亞 思 明
著

大海深處放飛的翅膀

北島與《今天》的文學流變

本書系山東大學（威海）人文社會科學青年團隊專案「『世界』的中國現當代文學與『人類命運共同體』之建構」（2020WQTDXM002）的階段性成果。

序

黃萬華

亞思明（崔春）這本《大海深處放飛的翅膀——北島與《今天》的文學流變》的著作是她的博士論文，完成於2014年。給我印象深刻的一件事，是按照當年申請博士學位的條件和思明已取得的研究成果，本可以於2013年就通過博士學位的申請，但她為了博士論文的品質，推遲了畢業時間。這對於她而言，是個重要的選擇。思明攻讀博士學位之前，在德國學習、工作了十二年。相較於同屆學生而言，早畢業一年，她就業就職顯然更有利。然而，她把博士論文放到了更重要的位置，願意用更多時間認真打磨論文。一年之後，她的論文得到了參與評閱和答辯的諸位教授的一致肯定，被評為山東省優秀博士論文。

北京大學中文系陳曉明教授評閱這篇論文時給予了三個「A」的評價，他指出：「選題有相當難度，論文作者把握得當，該選題無疑具有獨特的學術價值。」陳曉明教授所言是矣。

研究《今天》和北島的文學流變，是思明入學後自選的。經歷過80年代前後文學潮流的人都知道這一選題重要，但由於諸多緣由，在很長時間裡無法得到深入研究。她選擇這一選題後，老師們都同意了，而能否處理好其難度，關鍵在於如何「把握得當」。思明的努力首先就在於此。

亞思明對《今天》和北島文學流變的整個歷史背景的把握讓人感到其思考問題的視野的開闊。她立意通過一位作家和一本刊物去考察一段漢語文學史，這段文學史不僅貫通了中國大陸新時期文學前後的深刻變革，而且溝通了中國與海外的文學聯繫。這種視野首先讓她在細緻辨析豐富的文學史料的基礎上，深入把握了新時期文學的甦醒與文革時期艱難的覺醒、探索之間的內在聯繫。如果說「沒有文革」，何來「新時期」，那麼這應該指的是，「文革」作為一種全民族的災難，必然讓一些人逐漸覺醒，用「人的文學」、「現代的文學」抗衡極左政治對文學的毀滅，「詩的崛起」就是這樣一種覺醒。思明在辨析這一覺醒過程時，頗有為人賞識之處。《大海深處放飛的翅膀》一開始就凸顯了北島等精神上的早春來自對「文革」語體的反抗，這種語言的覺醒開闊而深入，從60、70年代的「潛在寫作」，到80年代的「新詩潮」，直至90年代的海外創作，語言覺醒的深入始終是對現實的抗爭，對生命永恆的追求。該著並未迴避北島等人與《今天》的一些經歷對於官方政治意識形態的叛逆性（這往往是北島和《今天》無法得到正常研究的重要緣由），但這種叛逆性始終聯繫著北島與《今天》逐步深化的語言意識，這種語言意識，是「自我」在「文革」年代的覺醒，是對人的尊嚴和價值的重新發現。該著對此的辨析，立足於豐富的歷史細節的呈現和以往被忽視的文本的解讀，語言的覺醒往往指向了文學史的重要轉折，時有重要的發現和精闢的論析。例如對北島、芒克以及「白洋淀詩群」其他成員在「文革」「潛在寫作」中體現的個人的、曲折的語言特質的分析澄清了「朦朧詩」這一在80年代引發詩歌重要變革的形式觀念包含的精神特質和多重向度，而對早期《今天》中北島、萬之、史鐵生等人小說創作的解讀，關注的是其與同時期「傷痕文學」相比，所呈現出的思想、藝術的早熟特質，這種特質依然通過各異的語言形式得以表現出存在主義影響下對人的尊嚴、價值的探求和尊重。「傷痕文學」和「朦朧詩」是中國大陸新時期文學開啟時最重要的文學現象，《大海深處放飛的翅膀》從北島與《今天》在其中的「缺席」發見其「在場」，從而去蔽地揭示了中國大陸新時期文學的一些源流。

在這樣一種溯源求本的歷史考察中，我們可以感受到辯證地看待社會及其思潮演進的文學史觀。如詹姆遜所言：「每一個社會構成或歷史上現存的社會事實上都包含了幾種生產方式的同時交疊和共存」、「現在在結構上已被貶到新的生產方式之內的從屬位置的舊的生產方式」仍然「殘存」，而「與現在制度不相一致但又未生成自己的自治空間的預示傾向」也已頑強萌生[1]，所以，任何歷史分期都不可能把前後兩個階段劃分得清清楚楚，一個歷史階段中，「主導性的各種形式」和「自由的潛在可能」往往同時存在，「一個歷史階段」的開始「意味著的，可能不是從一種存在狀態過渡到了另一狀態，而是意味著一種複雜化，意味著將一種結構與另一種結構加以疊合，意味著對同一社會空間中的不同原則進行增值處理或多重處理。階段或時期並非彼此相繼而是相互涵蓋，並非彼此置換而是相互補充，並非按順序發生而是同時存在」[2]。這種「交疊和共存」的社會構成改變了以往線性演進的社會模式，也使各種社會思潮（包括文學思潮）以種種進退糾結、「先」「後」交疊的形態存在、發展。所以，對任何一個時期的文學，尤其是發生重大文學轉折時期的文學，既找到各個時期「主導性的種種形式」，關注文學轉型中新的「自治空間」的生成，又敏銳發現「自由的潛在可能」，在兩者的「協合」中呈現「新」「舊」之間「疊合」、「附生」、「共存」、「多重增值」、「相互涵蓋」、「相互補充」等豐富狀態，才可能把握文學的內在運行，尤其是把握住那些「確已產生了足以構成兩個歷史時期的差別」，而且這種差別「是反映了歷史的前進」而不是「倒退」，「是

1 胡亞敏：〈後現代社會中的新馬克思主義批評〉，《華中師範大學學報》2000年第6期。

2 [美]馬克・波斯特著，范靜嘩譯：《第二媒介時代》（南京：南京大學出版社，2001年），第26頁。

不可逆轉的而不是轉瞬即逝」[3]的文學轉型，從而真正明瞭現當代文學該追求什麼，在追求什麼。該著是可以讓我們感受到這種文學史觀的，也讓人思考如何走出以往的文學史「迷思」。

《大海深處放飛的翅膀》考察北島和《今天》文學流變，還恰如其分地把握了中國內地和海外的溝通。從晚清陳季同、容閎等中國作家「海外語境」中的寫作開始，中國現當代文學就形成了「中國與海外」的多層面格局。北島和《今天》在其縱向的歷史軌跡上，本有著自身的足跡，尤其是北島與《今天》的海外漂泊。《大海深處放飛的翅膀》顯然沒有停留於這種地理空間上的身體遷徙，它描述的是北島與《今天》在海外的際遇，指向的是北島、《今天》與中國文學更深刻的聯繫。以往被看待為「斷裂」的諸多文學現象，得以匯流、銜接，尤其是出於詩（語言）的內在需要而發生的對傳統的重新思考。當「五四」以來的新詩傳統回歸於久遠的中國詩歌傳統，現代與傳統的根本性聯繫就被貫通了。同時，當《今天》在海外復刊，跨地域性的視野讓它將中國文學帶到一個世界性空間滋生、蔓延。海外作家辦有的刊物不少，但唯有《今天》才異常強韌、鮮明地延續80年代中國大陸文學的重要脈絡，使其不斷產生新的流脈。《大海深處放飛的翅膀》中，我們能讀到《今天》如何將內地80年代「重寫文學史」的討論延續了十年，甚至更久，這種延續不僅在於作為傳統的文學史的重新審視，事實上，也體現在北島等去國後的詩歌、散文創作中。歷史眼光的新視野讓傳統煥發生機，也讓現實創作活力不盡。這種狀況的發生，不僅在於海外與內地「本土」間的「距離」給予了《今天》和北島擺脫華文主流社會政治、社會機制負面制約的空間，更在於《今天》和北島在海外流徙中不斷調整、深化自身的創作實踐，而這種創

---

[3] 章培恆：〈關於中國現代文學的開端——兼及「近代文學」問題〉，章培恆、陳思和主編：《開端與終結——現代文學史分期論集》（上海：復旦大學出版社，2002年），第14頁。

作實踐無疑成為90年代後中國當代文學的重要內容。《大海深處放飛的翅膀》所揭示《今天》與北島展開的文學活動豐富了「中國與海外」這一現當代文學傳統的意義和價值。

《大海深處放飛的翅膀》上述內容都指向了中國現當代文學的重要問題，而問題的處理通過豐富的歷史場景和細節的精微論析得以解決，從而實現了作者努力的目標：將一位作家和一份刊物的命運與一段重要的文學史直接建立連接，以傳統文學史所缺失的個人化和細節化的生動呈現，讓文學史所包含的文學精神最終落實到一個大寫的「人」上。這種文學史的研究方法也讓亞思明的一些長處得以顯露。思明重視第一手文本的細讀，將其融化為自己的生命感悟和思想叩問，於是，展示歷史文本的敘述成了富有感染力、說服力的文學研究判斷。而這種個人化的感悟和追溯又有著極為扎實的歷史「現場」查勘，一百期在中國內地難以尋讀的《今天》，北島的全部作品，作者自己翻譯的諸多英文、德文資料……都在作者數年尋訪的經歷中，匯聚成《今天》和北島文學流變可以觸摸到的「在場」，從這樣的源頭奔湧出的學術思考對研究對象自然會「把握得當」。

七年前的這本博士學位論文，是亞思明一個很好的學術起點。畢業當年，她在時任山東大學人文社科一級教授的溫儒敏先生的關懷下，到山東大學（威海）文化傳播學院中文系任教。七年來，思明的學術興趣和研究領域有很大拓展，取得的進步、成果也令人對其抱有更多的期待，而思明在其起點上所抱有的對文學的熱愛、對學術的虔誠，所表現出的將學術難題化於「滴水穿石」的努力，都沒有改變，而是更為自覺、自然。而七年前的論著，今日出版，仍會讓人受益，也顯示了扎實的學術研究是有生命力的。

2020年3月5日

目次 CONTENTS

摘要

本文的研究主題是北島、《今天》及其見證下的一段漢語文學史。以北島的風格流變為主線，以《今天》雜誌的迴旋起落為副線——將個人與群體的創作活動互引為鑑——勾勒一位詩人、一個流派及其帶動下的文學變革的一段生動而曲折的發展歷程。語言的演進與社會的轉型在過去四十年間是交相映照的：一代又一代的寫者集結於「今天」的旗下，從創刊到復刊，歷經詩的「崛起」與詞的「流散」，三十年如一日地持續下去，其對文學獨立品質的堅守和重建經典的野心又是一以貫之的。

之所以確定這個選題，是因為《今天》實為中國當代文學研究繞不過去的一個存在。無論是60、70年代的「潛在寫作」、80年代的「新詩潮」，還是90年代以後的海外漢語文學創作，都與《今天》有著千絲萬縷的關聯。梳理《今天》的發展軌跡有助於去蔽溯源，揭示現代漢語在與世界文學或親或疏、若隱若現的溝通之中艱難生長的生命進程。特別是在當今這個洶湧而來的全球化時代，語種日益取代國籍成為一位原作家的身分標識，拓展中國文學史為漢語文學史也就成為文學史書寫的多元趨勢之一。本文有意來做一次小規模的開創性嘗試。

鑑於《今天》文本的浩繁蕪雜，本文主要考察北島——《今天》至始至終的主編及靈魂人物在過去四十年間的文學創作，並輔之以同人色彩較為鮮明的《今天》的部分詩作，同時關注散文、小說等其他文體的突出成就。同以往的研究相比，「越界」與「整合」的思路是本文的新意所在，即超越時間、地域、文化、媒介等的界限，將北島及《今天》從70年代至今的語言冒險放置於世界文學的精神譜系及全球文化的「流散」（diaspora）語境中予以考察，再以文學價值為共同點「整合」其文學資源。

本文力圖突破以大陸為中心的視野局限，廣泛搜閱國內及海外《今天》百期雜誌、北島的全部版本的作品、相關的中文、英文及德文評論，並首次披露一些調查訪談資料，努力做到學術無國界，為今後學者的深入剖析和多元闡釋奠定較為堅實的基礎。跨國比較和新老對照也使得北島及《今天》研究獲得前所未有的向度拓展，這也有助於揭示《今天》同仁在糅合中西語言優勢、古今美學經典方面所做出的先鋒性探索。文本的彙集同時凸顯了以往被詩歌光環掩蓋的《今天》其他領域——如散文、小說等文學門類的成就。此外，系統性地辨析和清理一些歷史歧義與模糊地帶可以引發我們對既有定論的新的思考：如通過考察「朦朧詩」的來源去脈、其代表作品與《今天》詩歌的關係，以及這一稱謂形成時的特殊的社會環境和時代氛圍，不難看出歷史概念的約定俗成有著很大的將錯就錯的成分；通過比較細讀也可以得出《今天》小說在思想性及藝術性上明顯優於「傷痕文學」的判斷，從而質疑其作為「新時期」文學開端的合理性。對北島早期詩歌如《結局或開始》的創作背景也有新的發現。以下是全文的整體架構：

緒論部分簡要勾勒了北島及《今天》三十多年來文學流變的基本脈絡，指出選題的價值和意義，考察現有成果及其局限性，闡發自己的研究路徑及方法。

正文共分上下兩編各四章。上篇「崛起」（第一到第四章）為國內部分；下篇「流散」（第五到第八章）為海外部分。

第一章追溯北島的成長和「今天派」的前史。從《今天》首發的〈結局或開始〉一詩中展露的疑點入手進行文獻爬梳和史實鉤沉，還原歷史現場，指出「文革」爆發時北島在北京四中的那段經歷對他後來寫詩及創辦《今天》產生的影響。與此同時，北島與四中同學的友誼也拓展到了「白洋淀詩群」的地下文學圈子。「白洋淀詩群」相對於後來的「今天派」有一種前史的關係，其代表性成員早在插隊落戶之前就已受到西方現代藝術的浸染，並從「文革」中後期的「皮書」風潮中領略了精神上的早春。根子、多多、芒克等「知青」通過語言的創造性運用反抗現實、與世界為敵；在「魔鬼化」和「逆崇高」的過程中顛覆文革語體、呼喚「新語言」，再經由北島、芒克等人創立的《今天》雜誌進入公眾視野。

第二章主要闡明「朦朧詩」與「今天派」歷史命名的夾纏之處。北島、芒克以及「白洋淀詩群」其他成員在「文革」時期的部分「潛在寫作」經民刊《今天》湧流而出，其「震驚效應」更是透過主流媒體的放大而引發了80年代的一場轟轟烈烈的「崛起」之爭。這場並非純文學性的論爭給這類新詩留下了一個其後被廣為人知的名稱：「朦朧詩」。但「朦朧」稱謂本身就是一個混淆視聽的含混指涉，遮蔽了新詩形成的歷史細節和精神特質，並在後期演變成為一個籠罩一切的口袋——因為「朦朧」本是現代詩歌的總體特質，而它所特指的那一類歷史上的新詩曾經作為一種語言叛逆的形式，以其個人的、曲折的美文特質反抗宏大的、直白的朗誦語體，其文脈上可追溯到「今天派」及前驅「白洋淀詩群」，下可延伸至「先鋒派」和「新生代」，其美學屬性和藝術風格到80年代中期也趨於豐富和多重向度。

第三章評析《今天》的小說成就。與同時代的「傷痕文學」相比，《今天》小說呈現出思想及藝術上的早熟特質：他們召喚「自我」、反抗專制、勇於承擔焦慮和絕望，重新發現人的價值和人的尊嚴；在語言及形式探索方面也有自覺的嘗試。《今天》作家群中北島、萬之、史鐵生等人的小說創作在內容和技巧方面各有所長，如北島透過衝突凸顯人的自然性與社會性的矛盾；萬之憑藉細膩的心理分析揭示人與世界的微妙的關係；史鐵生則以愛的名義回歸生命本真的人文關懷。但就哲學根本而言，《今天》小說滲透著存在主義思潮的影響，敢於直面現實的荒謬、人生的孤獨和生活的苦難，絕不阿其所好粉飾太平，為文革後中國文學走下神壇、重返人間邁出了先行的一步。

第四章討論由《今天》開啟的北島的文學轉折。以文本細讀和比較細讀的方法評述北島自1979至1986年間的主要詩作，並參照他在相應階段的個人經歷和社會活動，勾勒其風格演繹的大致曲線，指出情詩創作是他1979至1980年間一直被人所忽視的主要調式，認為從《界限》（1980）寫作開始，其現代詩風愈顯穩健。對語言本體的沉浸及對寫作本身的覺悟，主導了80年代中期以後的北島詩藝的變化。同時北島不僅僅是一個詩人，還是一位譯者，不僅通過翻譯磨礪他的詩傳導利器，還借鑑早年的翻譯文體來拓展漢語表達的疆域。通過具體的文本對照辨析陳敬容譯的波特萊爾、戴望舒譯的洛爾迦、葉維廉譯的帕斯，以及北島自己譯的特朗斯特羅姆與北島作品之間的互文關係，探討在當代語境中，翻譯文學對於促進語言的演進、糅合傳統與現代、調解民族性與世界性的複雜矛盾所扮演的角色。

下面進入到下篇「詞的『流散』」。

第五章回顧全球「流散文學」的歷史背景，指出20世紀的「流散」是一個語言事件，詩人的「流散」即詞的「流散」，場域也不僅限於國外。由於共同呈現的「先鋒」特質，80年代被劃分的「朦朧詩人」與「後朦朧詩人」貌似「斷裂」的關係到了80年代末實為殊途同歸，1990年海外復刊的《今天》成為合流之後的「先鋒詩」的發表陣地。兩代人都以同樣的寫者姿態將語言作為終極現實，這也符合漢語文學變革的內在生成邏輯。此外，「流散」語境也使得去國詩人獲得了一種反觀中西的雙重視野和「對位」思考的能力，並在文化差異的設身比較中，產生一種相應的採擷各國之長，同時與傳統銜接的內在需要的覺醒。

第六章簡述由宇文所安的一篇北島書評引發的世界華語文學圈

圍繞新詩的民族性與世界性問題所展開的一場大辯論，追蹤北島及其他「今天派」的新詩寫作與傳統詩學的縱向關聯，特別是到90年代以後，從身體到精神的「流散」使其獲得一種對傳統的再認識和再思考，擺脫現實因素的負面制約而從邊緣出發，到世界文學的海洋中找回自己民族傳統的文化記憶。通過細讀北島90年代的詩歌文本，指出其中的玄思妙想與《莊子・齊物論》存在的相通之處。

第七章探討北島的散文藝術成就，將其散文分為三類：漂泊路上的隨筆、早年生活的追憶、介於詩歌傳記和學術漫談之間的翻譯品鑑。其中又以第一類最為龐雜，可細分為「天涯記人」、「閒情記趣」、「浪遊記歷」、「旅途記囧」。不難看出，生命形態的「流散」與形而上學的「流散」在北島90年代以後的文學探索中互為表裡，並且匯入到20世紀流散美學的傳統中去。其散文正是落到紙面上的環球漂泊的印跡，不僅與地理意義上的步履書寫構成互文關係，也為其詩歌解讀提供了線索。也正是「漂泊流散」、「去革命話語」、「世界詩歌」，成就了北島散文藝術的古渡沉鐘。

第八章回到《今天》，介紹這份跨地域的漢語文學先鋒雜誌對中國文學史的重述所產生的廣泛而深遠的影響。例如《今天》接過被迫在中國內地中斷的「重寫文學史」的接力棒，在文學的地平線上另闢史學經緯，堅持了十年之久，並最終回到中國內地出版發行；由「今天舊話」欄目編選而成的《持燈的使者》從某種意義上來說，對於20世紀中國文學史的貢獻並非簡單的原始文獻的增補和完善，而是轉換視角，在歷史敘事上另闢蹊徑，迫使我們放棄對一段歷史理解的一貫的假設和前提；《七十年代》旨在從經驗層面去直面過去，接受歷史記憶的挑戰，從而思考「人」的變化，重新認識「人」的含義，分析文化變革的源頭和流向；《暴風雨的記憶》——北京四中「老三屆」學生關於一段特殊歷史時期的回憶性文字的結集從不同的角度和立場，記述了這場暴風雨中的個人經歷。由此，「結局」又回到了「開始」，正文結束。

結語部分在總結全文的基礎上反思我們的文學史觀和文學精神，提出文學史寫作的另一種可能。如果說，以往的歷史敘述往往與權力意志有關，將一位作家和一份刊物的命運與一段走過、路過、看過的文學史直接建立連接的做法，則好比打開了一扇觀察人文風景的意外之窗，補足了傳統文學史所缺失的個人化和細節化的生動呈現，並令文學精神最終落實到一個大寫的「人」上。

關鍵字：北島；《今天》；「今天派」；新詩潮；朦朧詩；流散

緒論　全球化語境中的一位作家、一份刊物和一段漢語文學史

從20世紀中國文學史到20世紀漢語文學史已經成為全球化時代文學史敘述自身深入展開的一種選擇[1]。特別是當生活和寫作都已超越地理意義上的國族疆域，移民日益成為作品的中心角色或決定性人物，語言——唯有語言才是文學賴以存在的家園。因此，從「越界」和「整合」的角度出發，將一段社會變遷之疊合、文學演變之交錯放置於世界性的「流散」（diaspora）[2]語境中予以考察，便不失為文學史建構的一種富有啟示性的思路，也是這篇論文作為一個小型樣本的一次初淺嘗試。

第一節　歷史歧義與遮蔽

研究漢語文學的現代進程離不開對世界格局的整體把握，因為自1917年白話文的全面確立以來，中國文學已被置於一個在語言功能上

---

[1] 例如黃萬華認為：從20世紀中國文學史到20世紀漢語文學史，主要是空間上的「越界」，從「文學的中國」這一空間「越界」到包括海外在內的「漢語的文學」，在消解單一中心論中提供了一種顛覆、超越以往以線性時間線索篩選作家作品、文學事件的文學史敘述。參見黃萬華：〈越界與整合：從20世紀中國文學史到20世紀漢語文學史——兼論百年海外華文文學的意義和價值〉，《江漢論壇》2013年第4期。

[2] 「diaspora」（流散，又譯飛散、離散）源於希臘語，原指植物通過種子和花粉的隨風飄散繁衍生命，後引申為猶太民族在「巴比倫之囚」以後離開耶路撒冷而播散異邦的生存狀態。「在當代的文學創作和文化實踐中，飛散（Diaspora）成為一種新概念、新視角，含有文化跨民族性、文化翻譯、文化旅行、文化混合等涵意，也頗有德勒茲（G. Deleuze）所說的游牧式思想（nomadic thinking）的現代哲學意味。」參見童明：〈飛散〉，《外國文學》2004年第6期。

與西語尤其是英語同構的開放性系統之內，20世紀的中國文學的三次重大「轉型」也與三次「留學」高潮密切相聯。「五四」前後的「海歸」學人已經成為「新文化」陣營的中堅力量，但其「中國身分」較之於「海外經歷」顯然更為彰顯，「民族的速強致勝心理內在制約了對外來思想資源取捨的價值尺度，由此建立起立足於感時憂國傳統對外來文化的呼應機制，即從民族、國家的憂患意識和現實出發來呼應世界潮流，有時反而滯後乃至疏離於世界文化潮流」[3]。第二次「留學」高潮從戰後延續到50、60年代。「以臺灣為主要出發地留學歐美的浪潮使數萬中國知識者移居海外，而且與『五四』留學高潮不同，他們中許多人留居海外至今，『旅外文學』由此開啟，從鹿橋、程抱一到於梨華、白先勇，代表了這一文學潮流的成就。」[4]第三次「留學」高潮，更確切地說是文學「流散」現象發生在80年代末以後，一批中國作家被推入複雜而特殊的境地，使得漢語寫作的場域發生了一次深刻的地緣變化，並促成了《今天》1990年8月的海外復刊[5]。有別於「五四」前後的「留洋者」，90年代之後的「流散者」大多已經功成名就或者小有名氣，外語程度不佳，從一個群情鼎沸的中心位置遷往寂寞清冷的異國他鄉，到天涯去上孤獨的一課。這樣的國際漂流從時間到目的指向上也並不明確。也許正因如此，中文始終是他們漂流瓶裡的那點稀薄而珍貴的空氣，而《今天》則好比羈客雲集的精神給

3 黃萬華：〈越界與整合：從20世紀中國文學史到20世紀漢語文學史——兼論百年海外華文文學的意義和價值〉，《江漢論壇》2013年第4期。

4 黃萬華：〈越界與整合：從20世紀中國文學史到20世紀漢語文學史——兼論百年海外華文文學的意義和價值〉，《江漢論壇》2013年第4期。

5 1989年8月，在挪威留學的萬之到柏林會見北島，北島首先提出《今天》復刊的可能性。1989年9至12月，北島應邀到挪威奧斯陸大學任訪問學者，和萬之商討《今天》復刊的具體細節。1990年5月，北島、萬之在挪威奧斯陸大學籌辦《今天》復刊的編委會會議。出席會議的有北島、萬之、高行健、李陀、楊煉、孔捷生、查建英、劉索拉、徐星、老木等。奧斯陸會議結束後，全體與會者應斯德哥爾摩大學東亞系邀請前往斯德哥爾摩繼續開會，並和瑞典作家舉行座談。編委會正式決定復刊《今天》，編輯部設在奧斯陸。1990年8月，《今天》復刊號在奧斯陸出版。

「氧」站。

截至2013年春季號，《今天》已經出到第100期。從國內到海外，這份已被載入瑞典出版的世界文學史——也是唯一入選的中文人文雜誌已然自成歷史[6]。誠如陳思和所言：「文學史上的《今天》，已經成為一個系統的符號，從『文革』時期的民間讀書思潮、潛在寫作、知青文學一直到90年代以後的海外漢語寫作，都活躍著這個《今天》的幽靈。它有自己的一個發展軌跡，自成體系，與這三十年的主流文學史若即若離保持著張力。」[7]梳理《今天》的發展軌跡有助於揭示以往被遮蔽的存在。例如陳思和提出的「潛在寫作」正是得益於《今天》的視域：

> 記得在1996年我收到瑞典斯德哥爾摩學院的邀請，去參加一個主題為「溝通」的國際作家對話會，到了瑞典才知道，參加會議的，除了瑞典的漢學家馬悅然、羅多弼、蓋瑪雅等幾位之外，幾乎全是來自世界各國的中國當代詩人和作家，這個會議的發起者是陳邁平，也就是著名的《今天》派小說家萬之，參加會議者中有當年《今天》的詩人芒克、多多、嚴力，小說家有史鐵生，從海外趕來的，還有詩人楊煉與友友，非《今天》派的有高行健、林白、余華、格非、朱文、朱偉，等等（可能還有誰，我一時想不起來了）。從這個陣容來看，有一半的與會者是當年《今天》同仁。換句話說，萬之在組織這個會議時也是有意識地把當年的朋友都召集到一起，他們重新相聚於海外，自然有一番撫今追昔感慨當年，由此引出了一系列關於《今天》的言說，他們的言說與我們平時流傳的有關《今天》

---

[6] 參見萬之：〈聚散離合，都已成流水落花——追記《今天》海外復刊初期的幾次編委會議〉，《今天》2013年春季號（總第100期特刊）。

[7] 陳思和：〈讀三部中國現代文學研究新著〉，《現代中文學刊》2011年第2期。

> 的故事不盡相同，也使孤陋寡聞的我，第一次有幸識荊眾多的《今天》元老，一種新的當代文學史視角在我面前徐徐拉開。後來我在當代文學史上提出了潛在寫作的理論，最初的感觸可以追溯到這個發生在斯德哥爾摩的故事。[8]

陳思和追憶中的斯德哥爾摩會議應是1996年6月30日至7月6日在瑞典舉行的題為「溝通：面對世界的中國文學」的中國作家研討會。之所以確立會議的主題為「溝通」，是因為從國家文學的層面來看，中國文學存在著一種國內和海外對立呼應、並列發展的特殊格局，主辦方希望能夠消弭地理障礙、人為因素或國家高牆所造成的隔絕，為中國和流寓海外的文學同行創造一次交流的機會，同時也旨在促進中國文學與世界文學之間的「溝通」。1996年第4期《今天》刊發了此次會議紀要以及部分與會者的發言稿，其中包括海內外作家達成的一份〈基本共識〉，第一句便是：「寫作是尋找個人和世界溝通的方式。寫作不僅僅是一種個人生存的方式，同時和他人的生存方式相關。參與並不說明作家獨立性的喪失。」[9]

事實上，《今天》的歷史本身就是一部在寫作中「尋找個人和世界溝通的方式」的歷史。它在不同時期分別表現為受官方話語壓抑的民間話語，以及被國內主流文學漠視的海外漢語文學。唯有從一個界域進入另一個界域而獲得多重視域，方能去蔽溯源，深化認知，還原這段漢語語言變革從萌芽到勃發再到離散的曲折的發展過程。例如以「越界」和「整合」的思路來看，「新詩潮」絕非無源之水，絕非一夜之間驟然湧現，「其實，反叛的語言已經存在很久了。它們被錄

---

8 陳思和：〈讀三部中國現代文學研究新著〉，《現代中文學刊》2011年第2期。陳思和的回憶遺漏了另一位與會者陳曉明。

9 「溝通：面向世界的中國文學」中國作家研討會〈基本共識〉：轉引自萬之：〈溝通、帕爾梅、我和我們——關於在瑞典召開的一次中國作家研討會〉，《今天》1996年第4期（總第35期）。

製在詩歌文本中，像短促、急切的暗號、口令、咒語和思想索引，封存於祕密的牆洞，等候一個抽象的希望……」[10]。早在白洋淀的閒暇遊戲中，根子、多多、芒克和北島就已經在波特萊爾的祛魅之燈下寫詩了。西方現代主義文學譯著成為早期「今天派」窺視世界的隱祕窗口，由此而創造出一種迥異於官方話語的「新語言」，並從一開始就具備走向世界的文化通約性。而到了海外「流散」時期，從社會起家的「朦朧詩」和由校園發跡的「後朦朧詩」這兩股殊途同歸的詩脈顯然已經合流於90年代的《今天》。這也是「一個時代的文學最合乎語言內部生成邏輯向前變革的可能，它必然超出了文學史每個名目下的寫作，同時又被正確嗅感到它存在的每個名目下的寫作所逐步實現。因而，它像一朵玫瑰的芬香一樣，將每個有著嚴肅預感的寫作者團結成一體。正是它，造就了我們這個時代詩歌寫作健康的多元，同時又使這種多元受制於一個內在的統一。忽略對這統一性的揭示，也就不可能真正揭示我們今天的寫作」[11]。

不僅如此，《今天》也在參與關於自身的歷史寫作。海外復刊後陸續開設的一些回憶性專欄為中國當代文學史搶救了一批寶貴的資料。正是在記憶的迴光返照之中，一些黑暗的細節才得以依稀呈現，《今天》作為「朦朧詩」主要陣營的真相也就逐漸浮出歷史的地平線。新世紀以來，一些文學史的著述者開始重新梳理《今天》的流脈，但也只是將之放置在「新詩潮」的框架內來評述[12]。這種處理方式無疑是忽視了《今天》作為一個獨立的文學運動的存在。雖然《今

---

[10] 朱大可：〈燃燒的迷津〉，《新華網》（http://news.xinhuanet.com/book/2003-03/06/content_762253.htm）。

[11] 張棗：〈朝向語言風景的危險旅行——中國當代詩歌的元詩結構和寫者姿態〉，張棗著，顏煉軍編選：《張棗隨筆選》（北京：人民文學出版社，2012年），第171-172頁。

[12] 例如洪子誠在《中國當代文學史》（北京：北京大學出版社）2007年的修訂版中，將「《今天》與朦朧詩」闢為「新詩潮」一章中的一節。

天》詩歌的成就往往掩蓋了其他門類的光芒，但我們不能否認，《今天》從一開始就是一份綜合性的文學雜誌，不僅刊發了北島、萬之、史鐵生、劉自立等人的多部原創性的小說作品——與80年代中期開始出現的「先鋒小說」有一脈相承之處，而且也是阿城、黃子平等人文學評論的發軔之地。此外，《今天》還派生出「星星畫會」的美術團體、「四月影會」的攝影家團體，有人稱之為「詩歌扎的根，小說結的果，電影開的花」[13]，總之是一個跨行業跨地域的文學藝術的春秋時代。

浮出地表的《今天》，或者說，從歷史的遮蔽中脫「影」而出的那一部分，令「傷痕文學」是否真的堪當「新時期文學」發端的問題顯得內幕重重。相較於「傷痕文學」寫作是為了「更好地洗刷自己心靈上和思想上的傷痕，去為實現新時期的總任務而奮鬥」[14]，《今天》則拒絕這種主流意識形態指導下的政治性表述，強調「詩人應該通過作品建立一個自己的世界，這是一個真誠而獨特的世界，正直的世界，正義和人性的世界」[15]。應該說，《今天》對於文學去政治化的堅持在那個政治壓倒一切的年代本身就是一種反叛。而這種反叛與其說是狹義的政治的反叛，不如說是語言的反叛。正是語言上的「異質性」成全了《今天》群體的衝擊力[16]。按照李陀的說法，《今天》是在「傷痕文學」之外獨闢蹊徑，為漢語寫作進行了一次全新的引導[17]。

至於「朦朧詩」，這是混淆歷史視聽的又一含混指涉。顧城回憶說：「其實，這個名字誕生的前幾年，它所『代表』的那類新詩就

---

[13] 查建英：〈北島〉，《80年代訪談錄》（北京：三聯書店，2006年），第75頁。

[14] 盧新華：〈談談我的習作《傷痕》〉，牟鍾秀編：《獲獎短篇小說創作談1978-1980》（北京：文化藝術出版社，1982年），第27頁。

[15] 北島：〈我們每天的太陽（二首）〉，《上海文學》1981年第5期。

[16] 參見劉禾：〈序言〉，劉禾編：《持燈的使者》（桂林：廣西師範大學出版社，2009年），第vi頁。

[17] 參見劉禾：〈序言〉，劉禾編：《持燈的使者》（桂林：廣西師範大學出版社，2009年），第vi頁。

誕生了，只不過沒有受過正規的洗禮罷了。當人們開始注意這類新詩時，它已經度過壓抑的童年，進入了迅速成長的少年時期。它叫什麼名字呢？不同人從不同角度給它起了不同的名字：現代新詩、朦朧詩、古怪詩……，後來，爭論爆發了，必須有一個通用的學名了，怎麼辦？傳統的辦法是折中，『朦朧詩』就成了大號。」[18]這個信手拈來的戲謔性的稱號後來卻將《今天》之名覆蓋掉了，甚至變成了一個包羅萬象的口袋，不僅囊括了「今天派」不同時期的作品，還將同期湧現的不少跟風之作納入其內。北島本人對「朦朧詩」稱謂甚為反感，認為這是一個官方的標籤，「那年頭我們根本無權為自己申辯」[19]。多多則表示：「首先就不存在什麼朦朧詩，這是一個強加的概念，你去問每一個朦朧詩人，沒有一個會同意這個概念。」[20]

因為一時的權宜之計而造成的積習難返的確產生了歷史的歧義。如果考察《今天》詩歌，便會發現90年代被介紹最多的「朦朧詩人」顧城、舒婷其實並非《今天》主將，只因其詩歌風格較合主流媒體的口味而被從更具挑戰性、反抗性的《今天》集體剝離出來。一些優秀個體反而消失不見，例如芒克。「朦朧詩」作為「今天派」的代名詞的確籠罩了《今天》的本來面目，而還原歷史卻並非置換概念那麼簡單。

第二節　度過與回憶中的「青春」

談論《今天》，不能不提及北島；同樣，研究北島，不可不參照《今天》。考慮到《今天》——尤其是海外復刊後的《今天》作品龐

18　顧城：〈「朦朧詩」問答〉，收入廖亦武主編：《沉淪的聖殿——中國20世紀70年代地下詩歌遺照》（烏魯木齊：新疆青少年出版社，1999年），第480頁。

19　查建英：〈北島〉，《80年代訪談錄》（北京：三聯書店，2006年），第74頁。

20　多多訪談：〈我主張「借詩還魂」〉，《南方都市報》2005年4月9日。

雜，本文還是以北島的作品成熟及風格流變為貫穿始終的主要線索，而《今天》文學特質的演化則主要參考同人色彩較為濃郁的「今天派」詩歌部分。與此同時，存在主義思潮影響下的老《今天》的小說成就也值得探討；凸顯個人可感性細節的新《今天》的回憶性文字也格外引人關注。

一份刊物同一位作家一樣，也是在一段時空中走過其生命的歷程。早在1980年，作家阿城在評論《今天》短篇小說時就曾寫道，《今天》的作者們都是青年人，基本上快度完那種充滿新鮮感的青春：

> 「青春」是一個需要小心翼翼地愛護的時期，沒有任何粘合劑可以把碎了的它粘合起來。所謂「討還」只是一種概念遊戲。青春是只能度過、回憶而不能重複的。整個一代人現在看來是太慷慨了，他們像一個不知底細的農夫，誠心誠意地培育一顆種子，卻結出了一個嚇人的果子。
>
> 《今天》的作者們就在細細地剖開這個果子。這個果子的每一個細胞就是一個人。[21]

「青春」期的《今天》及其作者們——包括北島是一去不返了，近年來他們所做的事情似乎就是在「回憶」中穿越過去。瑞典詩人特朗斯特羅姆曾將人生比作彗星，頭部密集，尾部散漫。核心部分是童年和青少年，一個人的青春經歷決定了他的一生。其實，度過中的「青春」多半懵懂，回憶中的「青春」才真正明亮，是一種生命的重播。許多懸而未決的謎題就在回眸的一瞬有了答案。

北島自陳從1970年開始寫詩[22]，但最初的創作已被湮沒，所有追

---

[21] 韭民（阿城）：〈《今天》短篇小說淺談〉，《今天》（1978-1980）第9期。

[22] 北島：〈附錄：北島寫作年表〉，收入北島：《零度以上的風景——北島1993-1996》（臺北：九歌出版社，1996年），第149頁。

溯的努力僅能從目前所見寫於1972年的作品開始[23]。根據宋海泉的回憶，早在1972年底或1973年初他與北島第一次見面之前就已讀過他的一些詩，像〈金色的小號〉、〈你好，百花山〉等，他那時的詩作是「以其清新秀麗而別開生面」[24]。

不過，在〈小木房裡的歌〉（1973）中創造童話般美好春景的北島同一年也發出了「冰川紀過去了，／為什麼到處都是冰凌；／好望角已經發現，／為什麼死海裡千帆相競？」的疑問[25]。也就是說，那首震撼了一代人心靈的舉世名篇〈回答〉（1976）並非橫空出世之作，那麼，北島究竟從何時開始破滅了他的浪漫主義的幻想，轉而成為一個悲觀的現代主義者呢？

此前，學界的共識是：北島「參加了1976年4月5日的天安門運動，就在此時，他寫下了最為傳誦的詩作〈回答〉」[26]。然而，《今天》文學雜誌自1990年海外復刊之後，陸續披露的史料和見證者的回憶否定了這種說法。對照齊簡保存的北島在1973年3月15日完成的〈告訴你吧，世界〉的手稿[27]，北島作為一個詩人的風格蛻變的時期還要提前。

受波特萊爾、洛爾迦、特朗斯特羅姆等西方現代派詩人影響至深的北島很早就表現出一種極具批判意識的「先鋒性」，以此來對抗浪漫主義的陳腐思想孕育而出的逃避現實的傾向。而他所使用的文體，

---

[23] 杜博妮（Bonnie McDougall）：〈朦朧詩旗手——北島和他的現代詩〉，《90年代》月刊1984年5月（總第172期），第94頁。

[24] 宋海泉：〈白洋淀瑣憶〉，收入劉禾編：《持燈的使者》（桂林：廣西師範大學出版社，2009年），第126頁。

[25] 這首〈告訴你吧，世界〉（1973）是後來成為當代詩史經典之作的〈回答〉（1976）的雛形。參見北島：〈告訴你吧，世界〉，李潤霞編：《被放逐的詩神》（武漢：武漢出版社，2006年），第420頁。

[26] 杜博妮（Bonnie McDougall）：〈朦朧詩旗手——北島和他的現代詩〉，《90年代》月刊1984年5月（總第172期），第94頁。

[27] 齊簡：〈詩的往事〉，收入劉禾編：《持燈的使者》（桂林：廣西師範大學出版社，2009年），第12-13頁。

也帶有一種別具一格的譯文的特質。例如70年代的北島擅用波特萊爾式的矛盾修辭法，並佐之以鏗鏘有力的朗誦語體，創造出不少膾炙人口的格言警句。然而，正如蘇珊・桑塔格所指出的：「格言式思維的本質在於總是處於結論的狀態中，一種要得出最後結論的企圖內含於所有強有力的創造警句的活動之中。」[28]因此，北島早期的詩歌也流於一種美學上較為粗淺的「觀念式寫作」，其中潛伏的最大的危險性就在於極易淪為對立面的意識形態的工具，對此，北島也一直在做反省：「〈回答〉中的反抗者如同鏡像中的主宰者。問題是誰有權代表誰來宣告呢？這裡有一種僭越的危險。一不留神，反抗者就轉變成了主宰者。歷史上這種事兒還少嗎？」[29]

70年代中期，北島在寫詩的同時還創作小說，例如1974年他曾把中篇小說《波動》作為生日禮物贈給他的女友[30]。這部小說無疑是「地下文學中已知的反映下鄉知青情感生活的最成熟的一部，無論在藝術上還是在思想認識深度上，都是地下文學中的佼佼者，並具有長篇小說的規模、氣度」[31]。1979年曾初次讀到《波動》的李陀2012年重新閱讀，並為修訂版寫下序言，稱儘管這部小說裡也寫了「傷痕」，內容裡也有和其他以「文革」為題材的小說比較近似的地方，但「《波動》是和『傷痕文學』十分不同的另一種寫作」[32]。究其根

---

28 [美]蘇珊・桑塔格著，沈弘、郭麗譯：〈寫作本身：論羅蘭・巴特〉，收入[美]蘇珊・桑塔格著，陶潔、黃燦然等譯：《重點所在》（上海：上海譯文出版社，2011年），第85頁。

29 原文刊載於2008年6月1日《南方都市報》GB32版，篇名為〈1978年12月，《今天》創刊：青春和高壓給予他們可貴的能量〉。相同的文章刊載於《今天文學雜誌網路版》之上時，更名為〈《今天》的故事——北島訪談錄〉，內容比原刊更為完整，故本文主要參考《今天文學雜誌網路版》（http://www.jintian.net/fangtan/2008/nfdsb1.html）。

30 齊簡：〈詩的往事〉，收入劉禾編：《持燈的使者》（桂林：廣西師範大學出版社，2009年），第13頁。

31 楊健：《1966-1976的地下文學》（北京：中共黨史出版社，2013年），第126頁。

32 參見李陀：〈《波動》修訂版序言〉，《現代中文學刊》2012年第4期。

本，在於《波動》所刻畫的蕭凌這個人物「絕不只是一個活在紙上的文學形象，無論是蕭凌式的自我放逐，無論是作為這種自我放逐的內在動力的虛無主義，在那個年代，特別是在『文革』的後半期其實都是普遍存在的」；而到了80年代的「新啟蒙」和「思想解放」運動，也「或明或暗地膨脹、湧動，悄悄地在『改革』的歷史中留下了深刻的印記」[33]。是的，歷史從未斷裂，而《波動》極具預見性地捕捉到了「波動」的連續性。北島此後還寫過一系列短篇，如〈稿紙上的月亮〉、〈幸福大街十三號〉等，在技法及風格上頗有先聲奪人之勢。但從70年代末開始，大量翻譯作品的出現令北島看到了差距，乾脆放棄。北島認為：「詩人和小說家是兩種動物，其思路體力節奏以及獵物都不一樣。」[34]而後期的散文寫作是他在詩歌與小說之間的一種妥協。

北島自認不是一個有勇氣的人，他後來憑〈回答〉、〈宣告〉、〈一切〉、〈結局或開始〉等一系列振聾發聵的吶喊而被視為集啟蒙與破壞於一身的反叛者的事實也許與他的個人經歷有關。1976年7月，北島最最鍾愛的妹妹珊珊在湖北下水救人不幸罹難，悲痛欲絕的北島決心以另一種方式來祭奠妹妹的死——為一個更有意義的目標獻身。而歷史很快就給了他這樣一個機會。1976年，「四人幫」下臺、「文革」宣布結束，特別是到了1978年，隨著「天安門事件」的平反，「西單民主牆」適時出現，為民間話語提供了一個發表的平臺，《今天》創刊[35]。這是中國當代文學史上的一件大事，自此，湧出地表的地下文學形成了一種與官方文學對峙的局面。雖然這種對峙很快

33　參見李陀：〈《波動》修訂版序言〉，《現代中文學刊》2012年第4期。

34　參見翟頔、北島：〈附錄：遊歷，中文是我惟一的行李〉，收入北島：《失敗之書》（汕頭：汕頭大學出版社，2004年），第284-295頁。

35　《今天》創刊於1978年12月23日，1980年12月被迫停刊，一共出版九期，另有三份「今天文學研究會」內部交流資料及四本叢書。每一期篇幅從六十頁到八十頁不等，內容有詩歌、小說及評論。每一期的印量為一千本左右。

宣告失敗，但語言內部的變革已經不可遏制。「毛文體」一統天下的一元格局已被打破，而隱喻的、曲折的、美文的多元語素發展起來。

熱血沸騰的80年代將「只想做一個人」的北島捧成了英雄，相對而言，他又如何從一代英雄的聲名中找回如何做一個人的內省，卻少有人認真追究。1980年之後，一度模棱兩可的政治路線終於定調，《今天》又被埋入地底，北島也以《今天》主編的身分在1981年被要求「寫檢查交代問題」[36]，到了1983年又成為「反精神污染運動」的批判對象[37]。但官方禁忌成了民間流行的廣告標語，詩歌一度承擔了過於沉重的負擔。「那是由於時間差——意識形態解體和商業化浪潮到來前的空白。詩人戴錯了面具：救世主、鬥士、牧師、歌星，撞上因壓力和熱度而變形的鏡子。我們還險些以為那真是自己呢。沒兩天，商業化浪潮一來，捲走面具，打碎鏡子，這誤會再也不會有了。」[38]

從1979至1986年，北島創作的第二個階段，以生存困惑起始，以存在主義的洞察為終。此後北島自陳：「記得80年代中期，當『朦朧詩』在爭論中獲得公認後，我的寫作出現空白，這一狀態持續了好幾年。如果沒有後來的漂泊和孤懸狀態，我個人的寫作只會倒退或停止。」[39]也就是說，北島自認為1989年以後的異國飄零促進了他的文學生命的成長。

---

36 北島、《南方都市報》：〈《今天》的故事——北島訪談錄〉，《今天文學雜誌網路版》，（http:// www.jintian.net/fangtan/2008/nfdsb1.html）。

37 北島、》南方都市報》：〈《今天》的故事——北島訪談錄〉，《今天文學雜誌網路版》，（http://www.jintian.net/fangtan/2008/nfdsb1.html）。

38 北島：〈朗誦記〉，《藍房子》（南京：江蘇文藝出版社，2009年），第176頁。

39 唐曉渡、北島：〈「我一直在寫作中尋找方向」——北島訪談錄〉，《詩探索》2003年Z2期。

第三節　回歸傳統與重建「家園」

如果說，北島前二十年的創作實踐是膠著於文學性和政治性的糾纏之中，近二十年的創作實踐則是以民族性和世界性的縱橫交錯為網結。從歷史的眼光來看，具備足夠「自我強健」和「承受能力」的國際漂流者的出現是促成西方現代藝術繁榮的關鍵，而這一環節對於現代漢語文學來說遲到了近一個世紀。不同於先前終以衣錦還鄉、效忠報國為目的的留學海外，流寓海外需要打破的是自我中心主義（egocentrism）、我族中心主義（ethnocentrism），顛覆西方與東方、自我與他者、主體與客體、殖民者與被殖民者、移民與土著之間的二元對立的思維模式。喬伊絲曾說：「流亡，就是我的美學。」其中蘊含的政治意味在全球化時代趨於淡化，或多或少是一種自我放逐，無處是家，又四海為家，「對任何地理上的歷史上的『國』都不具迂腐的情結」[40]。正如保加利亞裔的法國學者朱麗婭・克利斯蒂娃（Julia Kristeva）所指出的：「在一個越來越異質化、越來越世界化的世界中，我們都變成了外來者，只有承認『我們自身內的外來者』（the stranger in ourselves），我們才能學會與別人生活在一起，達成一個文化多元的、種族多元的社會。儘管這聽上去像一個烏托邦的願望，但它正在變成一種新世界的必然。」[41]

從1989至1999的十年間，北島以三冊堅實的詩集，頑強地回應了生命旅途上的沉思與孤獨，分別是香港牛津大學出版社和臺灣九歌出版社出版的《在天涯》（1993）、《零度以上的風景》（1996）和《開鎖》（1999）。需要說明的是：九歌出版社的另一本詩集《午夜

40　旅美作家木心在〈帶根的流浪人〉中如此評價米蘭・昆德拉。

41　轉引自張德明：〈流浪的繆斯——20世紀流亡文學初探〉，《外國文學評論》2002年第2期。

歌手》（1995）包含了北島從1972至1994年間的創作，其中1989年之後的部分亦收錄於《在天涯》和《零度以上的風景》，因此不做贅述。

除了個人寫作，1990年海外復刊的《今天》也是貫穿北島文學實踐的一根紅線：

> 當時有一大批中國作家滯留在海外，比如李陀、查建英、劉索拉、高行健、陳邁平等，於1990年春天到奧斯陸開會，大家一致同意恢復出版《今天》，為海內外的中國作家提供一個共同的園地。同年8月《今天》復刊號問世。1991年夏天，我們在美國愛荷華召開編委會，決定調整方向，把《今天》辦成一個跨地域的漢語文學先鋒雜誌。除了發表文學作品外，《今天》也支持那些邊緣化的文化藝術，讓中國文化的香火不斷。《今天》近些年陸續推出各種專輯，包括「中國實驗戲劇專輯」、「中國獨立」影專輯、「新紀錄片運動專輯」、「香港文化專輯」等。[42]

從辦刊方針來看，新《今天》與老《今天》是一脈相承的，即「堅持文學的『先鋒性』，抗拒成為任何話語的工具」[43]。由於孤懸海外的現實處境，新《今天》很難真正進入國內學人和讀者的視野，但它成了文學種子的離散地。例如，《上海文論》1988年開闢「重寫文學史」欄目夭折之後，《今天》於1991年開始接過這個話題，使之繼續下去，並且堅持了整整十年。編選而成的論文集《昨天的故事——關於重寫文學史》也於2011年5月由北京三聯書店出版。這也是《今天》以另一種形式返回它的歷史的故鄉。

---

[42] 北島、《南方都市報》：〈《今天》的故事——北島訪談錄〉，《今天文學雜誌網路版》，（http://www.jintian.net/fangtan/2008/nfdsb1.html）。

[43] 查建英：〈北島〉，《80年代訪談錄》（北京：三聯書店，2006年），第78頁。

進入新世紀之後，中國大陸首發了包含北島海外新作的個人詩集《北島詩歌集》（2003），對照上一部單行本《北島詩選》（1986），兩本相隔十七年的詩歌選集代表著北島在中國大陸從認可到拒絕再到鬆綁的歷程。不僅僅是詩，「歸來的陌生人」帶給人們的還有《失敗之書》（2004）、《時間的玫瑰》（2005）、《青燈》（2008）、《藍房子》（2009）、《午夜之門》（2009）、《城門開》（2010）這樣厚厚的一摞散文集。人們驚異於那個早年內心激越的詩人放任他的文字解甲歸田之後表現出的那種「無限悲觀的幽默」。正如帕斯捷爾納克意識到「抒情詩已不再可能表現我們經歷的廣博。生活變得更麻煩、更複雜。在散文中我們能得到最佳表達的價值……」，北島也認為：「詩歌最多能點睛，而不能畫龍，畫龍非得靠只鱗片爪的勾勒連綴才成。」[44]正是有了這些文字，有了散文和詩歌之間密切的互文，我們才得以一窺北島世界的全貌，靜觀他如何像在自己詩裡期待的那樣，「在火山岩漿裡沉積下來／化作一股冷泉／重見黑暗」[45]。

北島的海外作家身分也引起了國際漢學家的興趣。其中，宇文所安在1990年發表的〈什麼是世界詩歌？〉[46]是最具爭議的一篇漢學論著。宇文所安認為北島有意識地創作「在翻譯中不會流失民族風味」的「世界詩歌」，以獲取歐美重要文學大獎，並直陳亞洲國家的「現代詩」僅僅是西方現代主義風潮湧動下的模仿品。此言一出，不僅掀起中國詩評界對北島「再評價」的風波，也引發世界華文學界對現代漢詩的「漢語性」和「世界性」的思考。

---

[44] 北島：〈自序〉，《失敗之書》（汕頭：汕頭大學出版社，2004年）。

[45] 北島：〈同謀〉，收入《午夜歌手——北島詩選1972-1994》（臺北：九歌出版社，1995年），第67頁。

[46] 宇文所安（Stephen Owen）著，洪越譯，田曉菲校：〈什麼是世界詩歌？〉，《新詩評論》2006年4月（總第3輯）。此文原發於〈The Anxiety of Global Influence: What is World Poetry〉，《New Republic（新共和）》1990年11月。

宇文所安的這篇文章其實是北島英譯詩集《八月夢遊者》（*The August Sleepwalker*）的書評，原書是以1986年出版的《北島詩選》[47]為底本，再加上寫於1986年的《白日夢》連綴而成。也就是說，宇文所安評論的對象是北島去國前的作品，而且與其說是個人指摘，不如說是全面質疑現代漢詩的價值。許多學者相繼發表了評論文章作為回應，影響較大的一篇是奚密的〈差異的憂慮——一個回想〉[48]，就中國現代詩的淵源針對宇文所安的理解做出駁斥，指出：「如果從三千年的古典詩傳統來看，現代漢詩還是異端的話，我們仍不能否認現代詩的產生和發展不可能在整個中國詩傳統之外存在，其意義也不可能在中國傳統之外探求。一點也不矛盾的是：宇文教授對『中國詩』和『世界詩』之間差異消失的憂慮，也正是他對『傳統詩』和『現代詩』之間差異消失的憂慮。兩種憂慮我以為都是想像比現實的成分居多。」[49]

由於翻譯的時差問題，宇文所安的評論到2006年才傳到中國大陸，十幾年前的那場大西洋彼岸的口水仗直到今天還在國內引發餘震。例如林少華〈詩與史之間：早期北島的詩〉反思宇文所安對北島詩的批判以及抗議者的還擊，認為：「漢語新詩雖然接受了包含俄國詩歌在內的西方文學的影響，但多少也與它與古典新詩同樣使用漢字有關，新詩在不同程度上也糅合了古典詩歌的某些要素。這些要素也可以從北島的詩中看出。」[50]

多年來旅居海外，一直在英語的漩渦裡掙扎、對著鏡子說中文的北島對於傳統與現代的關係也有了新的認識：「自80年代初起，大量的西方作品譯介到中國。在與西方現代主義文學的相遇過程中，有

---

47 北島：《北島詩選》（廣州：新世紀出版社，1986年）。
48 奚密：〈差異的憂慮——一個回想〉，《今天》1991年第1期（總第12期）。
49 奚密：〈差異的憂慮——一個回想〉，《今天》1991年第1期（總第12期）。
50 林少華：〈詩與史之間：早期北島的詩〉，《讀書》2011年第4期。

一個相當流行的看法，認為現代主義必然是反傳統的。我本人就深受這一看法的影響。其實這完全是誤解。」[51]在一次訪談中，北島談到他對傳統的看法：「中國古典詩歌對意象與境界的重視，最終成為我們的財富（有時是通過曲折的方式，比如通過美國意象主義運動）。」[52]「意象派」在某種程度上其實是中國古典詩歌與希臘古典詩歌的東西合璧，「現代美國詩歌的源起就像是希臘遇見中國」[53]。其最顯著的特徵是國際性，異質因數之間的碰撞和交流是異常活躍的，碰撞導致的結果就是重新審視自己的傳統，以一種「通古今（中外）而觀之」的雙重視野來對文化遺產進行現代化轉型。這也正是北島及《今天》的一些作家在做的事情。

2001年底，因父親病重，北島回到了闊別十三年的北京，發現在自己的故鄉成了異鄉人。從那時起，他萌生了一種衝動，「我要用文字重建一座城市，重建我的北京。……我打開城門，歡迎四海漂泊的遊子，歡迎無家可歸的孤魂，歡迎所有好奇的客人們」[54]。重建「家園」成了北島最近十年的文學主題。其實從「流散」的角度來看，「『家園』既是實際的地緣所在，也可以是想像的空間；『家園』不一定是落葉歸根的地方，也可以是生命旅程的一站」[55]。若從漂泊和回歸的交匯中去理解生命的存在，尋找「心靈的故鄉」並不等同於「尋根」，因為「尋根是在平面找歷史，找到歷史未必找到心靈」；而「心靈的故鄉」可以昇華為一種想像、一種聖地、一種圖騰：「『心靈的故鄉』和『出生的原鄉』分別存在。安土重遷不出家門的人，心靈可能

51　北島：〈特朗斯特羅姆〉，《時間的玫瑰》（香港：牛津大學出版社，2005年），第188頁。

52　唐曉渡、北島：〈「我一直在寫作中尋找方向」——北島訪談錄〉，《詩探索》2003年Z2輯。

53　北島：〈越界三人行——與施耐德、溫伯格對話〉，收入北島：《古老的敵意》（香港：牛津大學出版社，2012年），第135頁。

54　北島：〈序：我的北京〉，《城門開》（北京：三聯書店，2010年）。

55　王鼎鈞：〈水心〉，《左心房漩渦》（臺北：爾雅出版社，1988年），第13頁。

是漂泊的。原鄉，此身遲早終須離開，心靈的故鄉此生終須擁有。」[56]

身處權力與資本共謀的全球化社會，北島警惕「娛樂的泡沫引導著新時代潮流，知識界在體制陷阱中犬儒化的傾向，以及漢語在解放的狂歡中分崩離析的危險」[57]。唯有重建「家園」，「最終留下薪火相傳的文化創造力，才是一個民族生生不息的立身之本」[58]。這是「五四」以來無數志士仁人做過的關於民族文化復興之夢。這個夢想支撐著《今天》走到今天，並去展現另一種意義上的全球化圖景：「語言和精神的種子在風暴中四海為家的全球化。」[59]

第四節　成果綜述與研究路徑

通過以上的簡要勾勒，北島及《今天》三十年來文學流變的基本脈絡已經大致呈現。「詩歌就像一股潛流，在噴發後又重返地下。」[60]回顧歷史，《今天》同仁所引領的「新詩潮」的確經歷了70年代的蓄勢待發、80年代的噴湧而出，以及90年代的再度沉潛，並很早就引起了學界的廣泛關注。其中在闡述「朦朧詩」論爭時，大部分史學家都以首先標舉「朦朧」名號的章明〈令人氣悶的「朦朧」〉（1980），以及視所謂「朦朧」為美學轉折的「三崛起」——謝冕〈在新的崛起面前〉（1980）、孫紹振〈新的美學原則在崛起〉（1981）、徐敬亞〈崛起的詩群〉（1983）為中國大陸文藝政策與現代主義美學不斷溝通的開始[61]。通過1980年代初期的這些辯論，「朦

---

[56] 王鼎鈞：〈水心〉，《左心房漩渦》（臺北：爾雅出版社，1988年），第14頁。
[57] 北島：〈美國聖母大學《今天》紀念活動上的致辭〉，2006年。
[58] 北島：〈對未來發出的9封信——致2049的讀者〉，《中國新聞週刊》2009年第37期。
[59] 北島：〈美國聖母大學《今天》紀念活動上的致辭〉，2006年。
[60] 查建英：〈北島〉，《80年代訪談錄》（北京：三聯書店，2006年），第79頁。
[61] 例如謝冕在其評論文章中，對「不拘一格、大膽吸收西方現代詩歌的某些表現方式」，「越來越多的『背離』詩歌傳統」的「一批新詩人」給予支持。接著，孫紹振、徐敬亞也分別撰文表示支持。

朧詩」作為一個被官方所認可的稱謂逐漸進入文學史，同時也建構了自身的「秩序」。其中包含「朦朧詩」的定義、「代表性」成員的選擇、「經典」文本的指定等諸多方面。這些隨時代而變幻的內容界定從一個側面反映了既有體制對《今天》文學的接受程度。

一、已有成果及局限

1989年之後，北島消失在中國大陸當代詩壇的討論之中長達近十年之久。直至1998年，隨著時局的鬆動，學界才開始追憶詩歌的「黃金時代」，尋求文藝美學的豐富性和多元化，關於北島及《今天》的詩學研究也自此逐年增加。重回學界視野的北島在過去幾年聚集了不少目光，透過其傳奇性的三棱鏡，許多混淆難分的歷史概念開始得到色彩斑斕的分解，如「朦朧詩」、「今天派」、「白洋淀詩群」、「新詩潮」等等。瑪律克斯曾在其著作《百年孤獨》中說：「事實並不重要，關鍵是人們是如何記憶的。」歷史記憶猶如一塊正在被爭奪的殖民地，搜集被湮沒的碎片，講述被遺忘的故事，便成了文學史家的當下使命[62]。近年來《今天》的一些專欄專輯關注的正是「個人的可感性細節」，如同重建記憶之城的磚瓦[63]。這也正是我們構建一段文學史的基石。

近年來北島研究卓有建樹，其中洪子誠的〈北島早期的詩〉[64]用到比較文學的研究方法，從「朦朧詩」產生的時代背景開始闡述北島有別於他者的「深刻性」：強烈的否定意識和批判精神，以及對意象

---

[62] 參見丁雄飛：〈黃子平再談「二十世紀中國文學」〉，《東方早報・上海書評》2012年9年23日。

[63] 參見林思浩、北島：〈我的記憶之城——北島訪談〉，《南方週末》2010年10月7日D19版。

[64] 洪子誠：〈北島早期的詩〉，《海南師範學院學報（社會科學版）》2005年第1期（總第75期）。

的自覺密集使用。一平的〈孤立之境——讀北島的詩〉[65]系統評析了北島三十餘年的詩歌創作，將之分為國內和國外兩部分，更注意到國內作品也應分為1980年之前的地下時期以及1980年以後的獲文壇承認之後的創作。一平以「孤立」二字形象地捕捉到了北島一以貫之的寫作姿態。楊四平的〈北島論〉[66]著眼於北島的創作風格的演變，思考文學史對北島形象的建構以及抒情主體形象在其詩歌中經歷的從「同謀者」到「倖存者」，再到「八月的夢遊者」、「午夜歌手」的三層遷移。陳超〈北島論〉[67]的獨到之處則在於將北島詩歌作為對人的自由精神和困境的展示、對漢語語言內在奧祕的探尋、對詩歌藝術形式的探索來進行論述，恰如其分地「還原」北島為一個「純粹的詩人」。歐陽江河為北島詩集《零度以上的風景》所做的序言〈初醒時的孤獨〉後來收入其文集《站在虛構這邊》時更名為〈北島詩的三種讀法〉[68]，分別介紹了對北島的「政治性閱讀」、前後對照的「系譜讀法」，以及專注於文本內在聯繫的「修辭性讀法」，對國內詩評家影響很大，足以作為推導北島後期創作的觀點借鑑。

2006年之後，中國始現關於北島的碩士學位論文，且逐年增加，有成為熱點之勢。這些論文大多考察新近引入國內的北島海外創作，如安徽師範大學陳漢生〈北島海外詩歌研究〉（2012）、上海復旦大學陳伊〈歸來的陌生人——從北島詩歌的英譯看「世界文學」的可能性〉（2011）、重慶西南大學王冠〈筆在絕望中開花——論北島詩歌的生命哲學〉（2010）、上海交通大學殷穎〈北島出國後詩歌研究〉

---

65 一平：〈孤立之境——讀北島的詩〉，《詩探索》2003年Z2期。

66 楊四平：〈北島論〉，《涪陵師範學院學報》2005年第6期，另見香港《二十一世紀》2005年4月號（總第37期），網路版（http://www.cuhk.edu.hk/ics/21c/supplem/essay/0412041g.htm）。

67 陳超：〈北島論〉，《文藝爭鳴》2007年第8期。

68 歐陽江河：〈北島詩的三種讀法〉，《站在虛構這邊》（北京：三聯書店，2001年），第187-210頁。

（2007）、吉林大學馬牧野〈主題的變奏和詩意的呈現——北島國外時期詩作研究〉（2007）、廣州暨南大學劉靜靜〈北島散文創作論〉（2013）、江蘇蘇州大學奚旺〈文體學視野下的北島創作的意象複調〉（2009）等。這些論文對北島研究的內容和方法都有新的嘗試。特別是蘇州大學奚旺注意到北島不同文體的作品：詩歌、小說、散文、詩論和譯作的深層和內部隱藏著祕密的關聯，通過意象之間的融合、映照形成了獨特的超越文體的對話性和開放性。

《今天》也開始成為博士論文選題，如暨南大學張志國《《今天》與朦朧詩的發生》（2009）以考察《今天》為原點，採取詩歌文體學與文學社會學的研究視角，對「朦朧詩」緣何發生、如何發生的問題做出系統而深入的剖析。北京首都師範大學王士強《1960-70年代「前朦朧詩」研究》（2009）的特色是將口述資料作為重要的資料來源，聚焦60、70年代北京地區的非主流詩歌活動，從歷史、文化、美學方面對《今天》及其前史進行探究與發掘。上海華東師範大學梁豔《《今天》（1978-1980年）研究》（2010）則偏重於文獻和史實爬梳，鉤沉《今天》雜誌的來龍去脈，考辨其中涉及的複雜的人事關係和歷史夾纏。例如提出了「今天派」與「朦朧詩派」的不同之處，對「新詩潮」、「朦朧詩」、「今天派」的創作一一做了釐定，並對《今天》作品與「傷痕文學」之間的關係做出了自己的分析。

上述課題在取得自身進展的同時也凸顯了一個普遍性的瓶頸：萬千視角的放大審視並不能帶來研究對象整體面貌的浮現，反倒像是一個「從蠅眼中分裂的世界」[69]。癥結所在，還是各個視域之間缺乏「溝通」，如：評析北島詩歌的不參考其散文及小說作品，考辨《今天》歷史的不關照其復刊及海外延續。即便是對北島單個作家的研究

[69] 北島：〈履歷〉，《守夜——詩歌自選集1972-2008》（香港：牛津大學出版社，2009年），第36頁。

而言，熱點也多集中在社會影響巨大的早期階段，或者最新吸引眼球的晚近作品，卻對80年代過渡時期的微妙轉型缺乏重視。其結果是：各個細分領域貌似碩果纍纍，合在一起卻是支離破碎，不明所以。這是一個資訊爆炸的年代：我們得到的知識太多，對知識的用途又知之甚少，最後湮沒在知識的海洋裡。1989至1994年，木心在紐約為一小群中國藝術家開講「世界文學史」，五年講下來，「不是解決知識的貧困，而是品性的貧困。沒有品性上的豐滿，知識就是偽裝」[70]。文學研究畢竟不能等同於史料考據，因為文學也是人學，「一個文學家，人生看透了，藝術成熟了，還有什麼為人生而藝術？都是人生，都是藝術」[71]。正如之前所述，寫作是「尋找個人和世界溝通的方式」，文學史寫作也是如此，「通」乃第一要義，不必拘泥於時間、地域、文化、媒介的限制，掙脫鐐銬才能飛出迷樓，從更高更遠處觀察全域。特別是像追蹤北島和「今天派」這樣一個眷念世界文化、追求藝術審美的詩人和群體，其文學生長其實是和他們對世界的認識程度密切相關的。因此，考察其作品必須「越界」，不是僅僅將之放置於中國文學的版圖之內審視，而是比較細讀他們的創作與他們同期閱讀的世界文學作品，從中找到一種超越國界的精神譜系的脈絡。畢竟，「中外文學可以打破語言的障礙而成為全人類共用的精神財富」[72]。這也是海內外中國作家在斯德哥爾摩會議上所達成的「基本共識」。

此外，「越界」是流動，是拓展，是開放，但其指向應是「整

---

70 木心講述，陳丹青筆錄：《文學回憶錄》（桂林：廣西師範大學出版社，2013年），第545頁。

71 木心講述，陳丹青筆錄：《文學回憶錄》（桂林：廣西師範大學出版社，2013年），第546頁。

72 「溝通：面向世界的中國文學」中國作家研討會〈基本共識〉：轉引自萬之：〈溝通、帕爾梅、我和我們——關於在瑞典召開的一次中國作家研討會〉，《今天》1996年第4期（總第35期）。

合」，在流動、拓展、開放中整合、分享文學資源。「在文學史敘述越發『眾聲喧嘩』之時，文學價值仍應是『眾聲』所在。如果說『整合』需要一個共同點，那麼它就是文學價值，『整合』就是要不遮蔽文學價值這一最重要的文學資源。」[73]例如雖說早期「今天派」的詩作在特定的歷史時期所引起的社會轟動與群體的時代情緒有關，但這種社會轟動歸根到底是通過文本的震驚效果來實現的，而震驚效果又是「以『新語言』的反常風格來製造的」[74]。而到了海外流寓時期，《今天》詩人在倍感身分危機的同時也在做一種語言冒險，試探漢語表達的真正的邊界。應該說，語言的變革是串連北島及《今天》不同階段的文學流變的一條中心線索，中國國內《今天》和海外《今天》這兩個部分貌似獨立實則相互呼應，是對文學價值的共同追求將它們「整合」到了一起。

二、研究路徑及方法

綜上所述，按照「越界」和「整合」的思路來組織章節，全文共分上、下兩篇，上篇是以70、80年代的中國國內「崛起」為背景；下篇是以90年代以後的海外「流散」為語境，二者構成一對平行反向循環。「崛起」是一種社會效應，在封閉的政治高壓環境下尋求向外的突破口；「流散」是一個語言事件，或多或少是以美學內部自行調節的意願為內驅力。一如落葉要幾度飄零才能歸根，個人也只有通過搜尋朝向陌生、開闊、空白和對話之路才能發現並皈依傳統。因此，「流散」最終是要返回心靈的故鄉。正如北島詩中所言：「歸程／總是比迷途長／長於一生」[75]。

---

[73] 黃萬華：〈越界與整合：從20世紀中國文學史到20世紀漢語文學史——兼論百年海外華文文學的意義和價值〉，《江漢論壇》2013年第4期。

[74] 參見[德]胡戈・弗里德里希著，李雙志譯：《現代詩歌的結構——19世紀中期至20世紀中期的抒情詩》（南京：譯林出版社，2010年），第138頁。

[75] 北島：〈黑色地圖〉，收入《守夜——詩歌自選集1972-2008》（香港：牛津大學出

上篇開篇以北島早期的一首代表作——〈結局或開始〉將我們引入正題。眾所周知，該詩是北島題獻給遇羅克烈士的，但令人疑惑的是，1980年7月在《今天》第9期首發之時卻既不標明「給遇羅克」，也不注明寫作時間。鑑於遇羅克於1970年3月遭到殺害，北島為什麼要在十年之後發表這樣的一首詩？他和遇羅克又究竟是什麼關係？帶著這樣的疑問我們試圖返回歷史現場，一直追溯到「文革」爆發時的北京四中——正是在時空的那個連結點上，北島的幾個好朋友曾和遇羅克一起並肩戰鬥過。而那段經歷不僅在北島早期的幾首詩中留下了印跡，也深深地影響了他後來的人生發展軌跡。他何以與芒克結下了詩歌友誼？何時完成了他最早的風格轉向？又緣何要冒著極大的政治風險創辦地下文學刊物《今天》？這些重要拐點形成的一切線索均可以在他早年的生活中得以尋見。

北島與芒克的相識也向我們展開了「白洋淀詩群」所開闢的一小片奇異的語言風景。最早受到西方現代藝術浸染的一群「知青」在那裡祕密流行著一種危險的文字遊戲——寫詩，寫一種離經叛道的詩，為什麼說這些詩具有一種超前的現代品質？毀滅性激情和創新性幻想所點燃的精神火炬如何在代表性成員之間傳遞？其早期的「新語言」探索與後來創刊的《今天》又有什麼關係？這些問題將在第一章第二節中得以解答。

《今天》的出現令「新語言」的震驚效應波及民間社會，並經由官方媒體的轉載分裂了主流文壇，產生了一場異常激烈而又影響深遠的論爭，並給這類新詩留下了一個歷史性的命名：「朦朧詩」。第二章將重點論述「朦朧詩」實乃一個歷史「偽概念」的觀點。與此同時，80年代的文學爭端也與政治轉型緊密糾結，「崛起」之爭表面上是在論詩，實則關係到改革的方向和立場問題，文學外部場域的較量

版社，2009年），第175頁。

也不容忽視，其中將首次披露孫紹振獨家訪談的一些資料。

作為一份靠詩歌起家的雜誌，關於《今天》非詩歌藝術類別的研究目前尚屬學界空白，其中數量豐富且品質上乘的小說創作一直遭到漠視。因此，第三章將集中分析北島、萬之、史鐵生等人發表在《今天》上的小說作品，並與同期的「傷痕文學」做比較細讀，借用存在主義的理論來解釋其中滲透的另類的思想及藝術品性。

由於寫作與評論之間存在的時差問題，80年代引發熱議的北島詩歌多是他70年代的作品，而經由《今天》開啟的北島的文學轉折卻少有人關注。例如「主情」是素以理性見長的北島1979至1980年創作易被忽略的調式，與此同時他從早期的與現實對峙轉為通過暗喻逃離。《今天》停刊之後，北島曾有一年多的時間作品被禁，翻譯成了他這段時期的主要文學活動，並對其寫作產生了影響，甚至從一開始，「翻譯文體」就是照亮地下文壇語言探索的啟示之星。因此，上篇最後一節將辨析北島去國前創作與翻譯文學之間的關係，以此考察世界文學是如何通過翻譯這一媒介來激勵中國新詩的現代性成長的。

自下篇開始，復刊的《今天》令20世紀的漢語文學切換到一個全新的語境，也是迄今為止的《今天》研究所不曾涉及的領域，故而有必要在第五章做一個背景性的介紹。需要強調的是：全球化時代的「流散」是一個語言事件，具有深刻的美學含義；其本身與身體並無太大關係，更多的是一個心靈的問題。《今天》文學也就相應地發生了觀念及氣質上的改變。去國作家與母語之間的關係因語言工具性的抽離而更具一種純精神性的親密，反映到作品當中便是語言本體主義的價值取向。因此不難解釋，為何80年代貿然喊出「Pass北島」口號的新生代詩人到了90年代反而與之握手言歡，成為新《今天》的同人寫者。此外，「流散者」所獲得的雙重視域也令這些作家在跨文化的旅行中扮演著一種採擷各國之長的對話者的角色。

然而，漢語寫作場域的地緣變化也加重了「全球性影響的焦慮」，由宇文所安的一篇關於「世界詩歌」的評論引發了一場海外漢學界圍繞新詩的民族性與世界性的大辯論。我們將在第六章第一節中回顧這場論爭雙方的主要觀點。也不僅僅是北島，「今天派」的整體創作歷來受到所謂蹈襲西方現代主義而「數典忘祖」的苛責，那麼，包括北島在內的「今天派」對於傳統的看法究竟在去國前後有無改變？在其作品中又有何具體體現？這將是第六章第二節探討的話題。

90年代以後的北島創作表現出兩種悖反的趨勢：一是在詩美的「純粹性」追求上愈顯尖端化；二是通過散文寫作拉近他與同代讀者的距離。第七章主要針對北島散文的「世界性」探索來考察他對豐富漢語文學的審美內涵及文體形式所取得的開創性成就。例如，他在一個功利至上的時代對「失敗者」的放浪人性表現出了罕見的溫情；同時還在華語文學圈內難能可貴地掌握了自嘲的藝術。其散文集《時間的玫瑰》則創造了一種全新的「混搭式」文體，綜合遊記、詩歌、傳記、評論、翻譯等多種文體的特點來展示詩人其人與其文、歲月與生活細密交織的壯美圖景。不僅完成了地域與時空的跨越，更從翻譯的角度上對比詩歌作品在不同譯者語言中的異質呈現。

晚近北島的散文寫作及《今天》的一些頗受好評的散文專欄還有一個共同的特點：便是在回憶中穿越過去，消解任何預設性立場地直面歷史，並呈現一些個人可感性細節。第八章便主要介紹這些深具文學史視野和使命感的欄目及專輯：「重寫文學史」、「今天舊話」、「七十年代」和「暴風雨的記憶」，正是在「暴風雨的記憶」之中，開篇所述的北島早年的那段與遇羅克有關的經歷得以浮現。由此可見，本文的整體架構是一個環形結構——從「結局或開始」說起，到「結局或開始」終止——上、下兩編彷彿一對括弧號包裹著一位作家和一份刊物的命運的影廓。

鑑於早期北島及《今天》文學大致是對觀念的傳遞，對現實的反抗，這一時期的創作尚與外界互為鏡像，從中得以尋見作者「履歷」

發展和社會變革的線索，因此在研究方法上也就內外參照，在文本細讀的基礎上考察文學生產的外部因素——如閱讀資源的現代啟蒙、地下圈子的同人色彩，以及讀者和外界的反應等等。值得注意的是，「今天派」詩人早在出國之前就已開始了「精神流散」，他們的語言先於他們的腳步逸出國境線以外。正是對語言本體的沉浸以及對寫作本身的覺悟，主導了80年代中期以後的北島詩藝的變化，也預示了他90年代海外創作的走向。

眾所周知，新詩——尤其是向著藝術「純粹性」趨近的新詩因其表意方式的獨特而深具現代文學的複雜性，與其他文學類別相比，不僅通過分析的方式來達到認知，更斥諸於直感和覺悟境界[76]。因此，解讀「今天派」詩歌——特別是其晚近創作無疑是一件困難的事情。對此，我的策略是由遠及近、從易到難地去對這一詩群做不同時期的取樣分析，標明精神領域的地標性作品，避免過度闡釋。以北島為重點個例，以其他詩人為同類參照，主要採用英美新批評派的文學本體論的批評方法，如「反諷批評」、「張力詩學」、「語境批評」、「複義理論」等。此外，莊子〈齊物論〉印證了後結構主義的某些觀點[77]，亦同北島90年代以後的詩歌精神有所呼應。

闡釋北島和《今天》詩人的世界性探索當然也少不了比較文學的研究方法，其中隱藏的不少典故要到歐美現代詩歌中去尋找。此外還須結合後殖民理論，例如後殖民理論的代表性人物之一霍里・巴巴提出「文化現代性的跨國界的播撒」，主張作家站在一種「離家」

---

[76] 布羅茨基認為，存在著三種認識方式：分析的方式、直覺的方式和聖經中先知們所採用的領悟的方式。現代詩歌與其他文學形式的區別就在於，它能同時利用這所有三種方式（首先傾向於第二和第三種方式）。參見[美]布羅茨基：〈諾貝爾獎受獎演說〉，收入[美]布羅茨基著，劉文飛、唐烈英譯：《文明的孩子——布羅茨基論詩和詩人》（北京：中央編譯出版社，1999年），第44頁。

[77] 參見趙毅衡：〈「反者道之動」：當代詩學的逆向傳達〉，《意不盡言——文學的形式－文化論》（南京：南京大學出版社，2009年），第6頁。

（unhomed）的立場上。「所謂『離家』（unhomed）不同於『無家可歸』，也不同於反對家的概念，而是不以某種特定文化為歸宿，而處於文化的邊緣和疏離狀態。昔日歌德提出世界文學的概念，但那仍然是歐洲中心主義的，只有今天『離家』作家才能創造出真正的後殖民文學。」[78]

最後要交代的一點是，由於《今天》至今已出到一百餘期了，新人新作不斷湧現，區區一篇博士論文自然涵蓋不了《今天》文學的全部價值所在。本文側重詩學研究，特別是從70年代至今的一以貫之的「今天派」的詩歌精神，並以始終在場並成為其靈魂人物的北島的作品為代表，疏漏之處在所難免。因此，這份研究並非結局更是開始。

---

[78] 趙稀方：《後殖民理論》（北京：北京大學出版社，2009年），第117-118頁。

上篇

詩的「崛起」

第一章　「等待上升的黎明」
——《今天》（1978-1980）以前的北島與「白洋淀」詩群

在中國當代文學史上留下聲名的北島長期以來是以硬漢形象示人的。所謂文如其名，「北島」抑或「石默」的礁岩般的堅硬質感在很大程度上掩蓋了「艾珊」[1]的似水柔情。但北島並非生而而為北島的，縱觀他70年代的作品，從〈在揚子江上放歌〉（1971）、〈你好，百花山〉（1972）、〈微笑・雪花・星星〉（1973）到〈告訴你吧，世界〉（1973）、〈結局或開始〉（1975）、〈回答〉（1976），北島經歷了一個詩人從浪漫主義到存在主義的轉變。究竟什麼是促使他成熟蛻變的契機呢？

一切要從遇羅克說起。遇羅克——這位〈出身論〉的作者死於一個捍衛常識竟要以犧牲生命為代價的可怕的年代。他的流星般的消逝劃破了黎明前夜的黯淡夜空。北島與遇羅克在人生道路上並非正面相逢——儘管《北島詩選》留下了兩首題獻給他的詩作：〈宣告〉及〈結局或開始〉。從現今所能找到的最早的版本來看，這兩首詩起初發表於民間刊物《今天》第8期（1980年4月）及第9期（1980年7月）時，並未指明「獻給遇羅克」，直至同一年的《人民文學》第10期（1980年10月）及《上海文學》第12期（1980年12月）分別予以轉載時，才添加了副標題——「給遇羅克烈士」。與此同時，北島還在〈結局或開始〉的末尾追述道：「這首詩初稿於1975年。我的幾位好朋友曾和遇羅克並肩戰鬥過，其中兩位朋友也身陷囹圄，達三年之

[1] 「艾珊」也是北島慣用的一個筆名，據筆者推測，應是取自「愛珊」之意——以紀念1976年因救人而溺水身亡的妹妹珊珊。

久。這首詩記錄了在那悲憤的年代裡我們悲憤的抗議。」[2]對於早年現場的返回是結局也是開始，其中的一些重要細節要在歷史的迴光返照中才能依稀呈現。

第一節　北島與遇羅克：從「結局或開始」說起

根據近年披露的一些回憶性資料，北島在〈結局或開始〉的跋語中所言的幾位「曾和遇羅克並肩戰鬥過」的朋友應是牟志京、張育海、趙京興和陶洛誦。前三位和北島同是北京四中1966至1968年畢業的老三屆學生，陶洛誦則與遇羅文——遇羅克的弟弟有過一段戀情，後同趙京興結為連理[3]。陶洛誦還是北島當時的女友史保嘉在師大女附中的同學。1969年，趙京興因寫哲學書稿、作為遇羅克的同案犯被打成「反革命」，1970年1月，與女友陶洛誦一起鋃鐺入獄，1972年末前後獲釋[4]。

一、與遇羅克並肩戰鬥過的幾位朋友

「文革」爆發時，北島和他的這幾位朋友還只是十七八歲的中學生，在暴風雨中接受了成人洗禮。當年的四中是文化大革命的中心之一，在這個舞臺上，「革命就像狂歡節，讓人熱血沸騰」[5]。據北島回憶：「北京四中既是『貴族』學校，又是平民學校。這其間有一種內在的分裂，這分裂本來不怎麼明顯，或許是被刻意掩蓋了，而『文

---

[2] 北島：〈結局或開始——給遇羅克烈士〉，《上海文學》1980年第12期。

[3] 參見牟志京：〈似水流年〉，收入北島、曹一凡、維一編：《暴風雨的記憶——1965-1970年的北京四中》（北京：三聯書店，2012年），第27-28頁。

[4] 參見趙京興：〈我的閱讀與思考〉，收入北島、曹一凡、維一編：《暴風雨的記憶——1965-1970年的北京四中》（北京：三聯書店，2012年），第359-362頁。

[5] 趙振開：〈走進暴風雨〉，收入北島、曹一凡、維一編：《暴風雨的記憶——1965-1970年的北京四中》（北京：三聯書店，2012年），第241頁。

革』把它推向極端，變成鴻溝。」[6]正在此時，「血統論」口號應運而生：「老子英雄兒好漢，老子反動兒混蛋」，幾乎把所有的人都捲了進去。由於出身問題，同學之間出現進一步分化。「一個『貴族』學校，突然卸去樸素優雅的偽裝，露出猙獰面目。」[7]

四中學生中第一個站出來公開反對「血統論」的應是67屆高二（二）班的牟志京，他張貼大字報，參加辯論會，被幾個女紅衛兵當面吐唾沫，還因在「出身問題」上替一位同學解圍被打掉一顆門牙。1966年12月底，牟志京在北京街頭的一根電線桿上讀到油印的〈出身論〉，極為欽佩，通過上面的地址找到遇羅文，相談甚歡，便產生了將〈出身論〉鉛印傳播的念頭[8]。

憑著反「血統論」積累的一點政治資本及個人交情，牟志京竟然成功地搞到了學校貸款、介紹信和印刷紙張。1967年1月18日，《中學文革報》創刊，其中〈出身論〉占了三個版面，署名「北京市家庭問題研究小組」的真正作者是遇羅文的哥哥遇羅克，他成了《中學文革報》的主筆[9]。

《中學文革報》的誕生在社會上激起極大反響，這也許是新中國建立報刊體制後第一份沒有官方背景的小報，並由此開了民間話語自製的先河，一時之間，各地的民辦傳媒如雨後春筍般紛紛湧現。僅北京四中的高二（二）就出品兩份報紙，除牟志京主編的《中學文革報》之外，另一份是張育海和幾個同學辦的《只把春來報》。「這報名是他起的，用毛澤東詩句一語雙關。第二期發表了他寫的〈論出

6　趙振開：〈走進暴風雨〉，收入北島、曹一凡、維一編：《暴風雨的記憶——1965-1970年的北京四中》（北京：三聯書店，2012年），第249頁。

7　趙振開：〈走進暴風雨〉，收入北島、曹一凡、維一編：《暴風雨的記憶——1965-1970年的北京四中》（北京：三聯書店，2012年），第243頁。

8　參見牟志京：〈似水流年〉，收入北島、曹一凡、維一編：《暴風雨的記憶——1965-1970年的北京四中》（北京：三聯書店，2012年），第8-16頁。

9　參見趙振開：〈走進暴風雨〉，收入北島、曹一凡、維一編：《暴風雨的記憶——1965-1970年的北京四中》（北京：三聯書店，2012年），第255頁。

身〉，與遇羅克的〈出身論〉相呼應。相比之下，《中學文革報》影響大得多，波及全國，《只把春來報》也跟著沾光。」[10]北島那時比他們低一年級，幫他們賣過報，沿街叫賣，「人們一聽是四中辦的，又和出身有關，爭相搶購」[11]。

《中學文革報》供不應求，不斷加印。據北島回憶：「那一陣，四中門口擠滿來自各地的人，焦慮與期盼的眼睛像大海中的泡沫。」[12]北島後來的詩中就有這樣的〈眼睛〉（1972）：

星星點點泡沫般的眼睛，
閃耀在沉默的人海裡。

那是一雙呆滯的眼睛，
濃厚地塗滿宗教彩漆。

那是一雙放縱的眼睛，
紅頭巾、藍衣角飄來蕩去。

那是一雙緊眯的眼睛，
一隻閃著靈活，一隻寫著權力。

……

[10] 趙振開：〈走進暴風雨〉，收入北島、曹一凡、維一編：《暴風雨的記憶——1965-1970年的北京四中》（北京：三聯書店，2012年），第252頁。

[11] 趙振開：〈走進暴風雨〉，收入北島、曹一凡、維一編：《暴風雨的記憶——1965-1970年的北京四中》（北京：三聯書店，2012年），第252頁。

[12] 趙振開：〈走進暴風雨〉，收入北島、曹一凡、維一編：《暴風雨的記憶——1965-1970年的北京四中》（北京：三聯書店，2012年），第256頁。

你用閃射的雷電，
宣洩了春天的祕密。

是的，
春天已不再是祕密。[13]

然而好景不常。1967年4月13日，「中央文革」的戚本禹在講話中點名批判〈出身論〉和《中學文革報》，從而為這份報紙的命運畫上了句號。從創始到終結，《中學文革報》總共出版了六期，第1期印數是三萬份，其他幾期印數在三萬到六萬份之間。另外還出版了以〈出身論〉為主要內容的特刊，前後付印兩次，總數約六萬份[14]。

堪稱兄弟篇的《只把春來報》也平分「春」色，從首刊2月23日算起，四個多月共出版了五期，每期印製四萬四千份[15]。據參與者之一李寶臣回憶：「〈論出身〉發表後引起了社會注意。記得當時一車報紙四萬餘份，在西單東北路口叫賣時，排起了長隊，二分錢一份，不到三個鐘頭就賣光了。」[16]

無論是牟志京還是張育海，這些言行出位的學長們都曾是北島上空的啟蒙之星。特別是張育海，絕頂聰明、不甘平庸，有一種強烈的反主流意識，「即使捲入革命浪潮仍持某種戲謔態度」，按他自己的說法：「政治充滿了戲劇性，戲劇充滿了政治性。」[17]後來張育海跨

[13] 北島：〈眼睛〉，收入李潤霞編：《被放逐的詩神》（武漢：武漢出版社，2006年），第387-388頁。

[14] 參見牟志京：〈似水流年〉，收入北島、曹一凡、維一編：《暴風雨的記憶——1965-1970年的北京四中》（北京：三聯書店，2012年），第22-24頁。

[15] 參見李寶臣：〈往事豈堪容易想〉，收入北島、曹一凡、維一編：《暴風雨的記憶——1965-1970年的北京四中》（北京：三聯書店，2012年），第295頁。

[16] 李寶臣：〈往事豈堪容易想〉，收入北島、曹一凡、維一編：《暴風雨的記憶——1965-1970年的北京四中》（北京：三聯書店，2012年），第294頁。

[17] 參見趙振開：〈走進暴風雨〉，收入北島、曹一凡、維一編：《暴風雨的記憶——1965-1970年的北京四中》（北京：三聯書店，2012年），第251頁。

過邊境參加緬共人民軍，1969年6月戰死沙場，年僅二十一歲。他從緬甸寫給朋友的幾封信，以幾何級數的增速在北京知青中廣為傳抄。就在死前沒幾天的信中，他這樣寫道：「……我們還年輕，生活的道路還長，……不是沒有機會投身於歷史的潮流，而是沒有準備、缺乏鍛鍊，到時候被潮流捲進去，身不由己，往往錯過……。」[18]

這信對北島影響至深，變成了他詩裡的〈星光〉（1972）：

分手的時候，
你對我說：別這樣，
我們還年輕，
生活的路還長。

你轉身走去，
牽去了一盞星光。
星光伴著你，
消失在地平線上。[19]

……

「星」是北島70年代作品中很重要的一個意象，意喻著個人的能量、激情與才華。北島說過，「要想戰勝壓制你的時代，就得變得比它更強大」[20]，正是「從一個個星星的彈孔中／流出了血紅的黎

---

[18] 張育海：〈張育海自緬共人民軍致友人書〉，轉引自趙振開：〈走進暴風雨〉，收入北島、曹一凡、維一編：《暴風雨的記憶——1965-1970年的北京四中》（北京：三聯書店，2012年），第254頁。

[19] 北島：〈星光〉，收入李潤霞編：《被放逐的詩神》（武漢：武漢出版社，2006年），第381頁。

[20] 北島、陳炯：〈用「昨天」與「今天」對話——談《70年代》〉，《時代週報》

明」[21]。類似的「星光」時有閃爍，而背景總是令人感到壓抑的時代的夜空。例如〈冷酷的希望〉（1973）：「夜／湛藍色的網／星光的網結」[22]；還有小說《波動》（1974）：「茫茫的夜空襯在背後，在整個黑色的海洋中，她是一個光閃閃的浪頭，而星星則是那無數的飛沫」[23]；「杯子在空中閃爍。星星。居然會有這樣的感覺。那它們一定是無所不在的。即使在那些星光不可能到達的地方，也還會有別的光芒。而一切就是靠這些光芒連接起來的：昨天和明天，生與死，善與惡……」[24]。後來北島等人創辦《今天》，也是意欲升起一盞微茫的星光。這種「啟蒙主義」的激情和「英雄主義」的崇高多少有些自戀的姿態，但也有它的歷史必然性。

二、1973年的白洋淀之行

北島是什麼時候開始成為北島的呢？或者說，完成他向自己黑色的、堅硬的風格的轉化？齊簡（史保嘉）認為，其標誌應該就是〈冷酷的希望〉（1973）、〈太陽城劄記〉（1974）、〈日子〉（1974）、〈在帶血的冰河上〉以及〈詛咒〉等詩作的問世[25]。可惜後兩首詩已經失傳，而齊簡手中至今還存有北島寫於1973年3月15日的〈告訴你吧，世界〉，即〈回答〉（1976）的原型[26]。也就是說，

2009年8月26日。

21 北島：〈宣告〉，《今天》（1978-1980）第8期，《人民文學》1980年第10期轉載時，這一句改為「從星星般的彈孔中／流出了血紅的黎明」。雖然這首詩的初稿時間成謎，但就內容和風格來看，應該與〈結局或開始〉（1975）是同一時期的產物。

22 北島：〈冷酷的希望〉，收入李潤霞編：《被放逐的詩神》（武漢：武漢出版社，2006年），第403-404頁。

23 艾珊（北島）：《波動》，《今天》（1978-1980）第5期。

24 艾珊（北島）：《波動》，《今天》（1978-1980）第4期。

25 參見齊簡：〈詩的往事〉，收入劉禾編：《持燈的使者》（桂林：廣西師範大學出版社，2009年），第14頁。

26 參見齊簡：〈詩的往事〉，收入劉禾編：《持燈的使者》（桂林：廣西師範大學出版社，2009年），第12-13頁。

1973年，北島就已經發出石破天驚的那句：「我－不－相－信！」這首詩震撼了整整一代人，「只有真正相信過的人才可能感到那樣的震撼」[27]。

北島寫詩的1973年3月正好與他本人的一段敘述暗合：「1973年一個春夜，我和史保嘉來到永定門火車站，同行的有原清華附中的宋海泉。此行目的地是白洋淀邸莊，探望在那兒插隊的趙京興和陶洛誦。」[28]

趙京興在四中比北島低一年級，剛滿十八歲就已通讀過馬恩列斯全集，「僅《資本論》就讀了六遍，精通黑格爾、康得、費爾巴哈等西方經典哲學，並寫下《哲學批判》和《政治經濟學對話提綱》等書稿。」[29]他年輕氣盛，口無遮攔，將生死置之度外，公然反對「上山下鄉」運動，認為這「必然加重農民負擔，把城市危機轉嫁給農民」[30]。他還稱「文化大革命是社會矛盾的總爆發」，「社會主義走到文化大革命這一步，就像火車頭一樣在那兒左右搖擺，不知道往哪兒去了」；他在日記中寫道：「伴隨著人們的地下活動，將會出現新的歷史舞臺」；而在《政治經濟學對話提綱》中，他大膽提出：「要讓商品經濟打破計畫經濟」[31]。如此離經叛道，難免惹禍上身。

趙京興曾寫大字報支持《中學文革報》和〈出身論〉，並參加過關於〈出身論〉的辯論會，引起了遇羅克的注意。遇羅克隨後寫了一封信給他，「在信中以魯迅為例，講述了偉人的悲劇命運——往往被

---

27 查建英：北島：〈主持人手記〉，《80年代訪談錄》（北京：三聯書店，2006年），第67頁。

28 北島：〈斷章〉，收入北島、李陀主編：《70年代》（北京：三聯書店，2009年），第35頁。

29 趙振開：〈走進暴風雨〉，收入北島、曹一凡、維一編：《暴風雨的記憶——1965-1970年的北京四中》（北京：三聯書店，2012年），第256-257頁。

30 轉引自趙振開：〈走進暴風雨〉，收入北島、曹一凡、維一編：《暴風雨的記憶——1965-1970年的北京四中》（北京：三聯書店，2012年），第257頁。

31 轉引自趙振開：〈走進暴風雨〉，收入北島、曹一凡、維一編：《暴風雨的記憶——1965-1970年的北京四中》（北京：三聯書店，2012年），第257頁。

後人利用，失去他們思想的本來面目。這顯然是對當時極左派對馬列思想歪曲濫用的不滿」[32]。自此，二人開始有過一些交往，於言詞交鋒中享受著「獨立之精神、自由之思想」帶來的樂趣，並為此不惜付出生命的代價。1968年1月遇羅克被捕入獄，兩年之後趙京興步其後塵。1970年3月，他在獄中得知遇羅克的死訊，同號們都認為他離這一天也不遠了，但最後倖免於難，「據說與戚本禹有關，他在1967年4月代表『中央文革』小組在講話中表示，對涉案〈出身論〉的中學生概不追究」[33]。

〈出身論〉也讓陶洛誦走近了遇羅文和遇羅克，並參與了《中學生文革報》的工作。趙京興主辯那場「出身論」PK「血統論」的辯論會時，陶洛誦也在場，當時的情形歷歷在目：

> 一個身穿黑色制服棉襖，戴著寬大花邊眼鏡的少年沉穩地翻著面前的一大堆馬列著作，引經據典地駁斥對手，我正好與他面對面，他的神情與周圍人有很大的差異。「他似乎不關心與真理無關的一切。」——我不由自主在想。忽聽旁邊有人讚嘆：「這發言的人是誰？真了不起。」[34]

這個被遇羅克稱讚過的人後來成了她的丈夫。1970年趙京興被抓之後，陶洛誦堅持「不論到哪兒」都要和他在一起，結果作為同案犯也被關押起來[35]。

---

[32] 趙京興：〈我的閱讀與思考〉，收入北島、曹一凡、維一編：《暴風雨的記憶——1965-1970年的北京四中》（北京：三聯書店，2012年），第346-347頁。

[33] 趙京興：〈我的閱讀與思考〉，收入北島、曹一凡、維一編：《暴風雨的記憶——1965-1970年的北京四中》（北京：三聯書店，2012年），第347-348頁。

[34] 陶洛誦：〈我和遇羅克的一家〉，收入徐曉、丁東、徐友漁主編：《遇羅克——遺作與回憶》（北京：中國文聯出版社，1999年），第240頁。

[35] 參見趙京興：〈我的閱讀與思考〉，收入北島、曹一凡、維一編：《暴風雨的記憶——1965-1970年的北京四中》（北京：三聯書店，2012年），第360頁。

1973年的春天，北島和史保嘉前往白洋淀邸莊探望趙京興與陶洛誦時，兩人剛於半年前先後獲釋。

> 我們在昏暗的燈光下舉杯。百感交集——重逢的喜悅，劫後的慶幸，青春的迷惘，以及對晦暗時局的擔憂。短波收音機播放外國古典音樂，飄忽不定，夾雜著怪怪的中文福音布道。在中國北方的水域，四個年輕人，一盞孤燈，從國家到監獄，從哲學到詩歌，一直聊到破曉時分。[36]

趙京興對主流史觀的質疑令北島深有感觸：「歷史和權力意志有關，在歷史書寫中，文人的痛苦往往被誇大了。又有誰真正關心過平民百姓呢？看看我們周圍的農民吧，他們生老病死，都與文字的歷史無關。他說。」[37]以此為戒，北島後來的作品有意規避宏大敘事和高調抒情，強調「在沒有英雄的時代裡／我只想做一個人」[38]，便是有感於「人民在褪色的壁畫上／默默地永生／默默地死去」[39]。北島後來的小說〈在廢墟上〉[40]也有此類思想的流露。

白洋淀此行，北島還探訪了詩人芒克。他倆是頭一年的冬天通過劉羽相識的[41]。「1973年是芒克詩歌的高峰期。他為自己二十三歲生日寫下獻辭：『年輕、漂亮、會思想。』」[42]芒克後來成為北島創辦《今天》最重要的一位夥伴和參與者。

---

36 北島：〈斷章〉，收入北島、李陀主編：《70年代》（北京：三聯書店，2009年），第36頁。

37 北島：〈斷章〉，收入北島、李陀主編：《70年代》（北京：三聯書店，2009年），第36-37頁。

38 北島：〈宣告——給遇羅克烈士〉，《人民文學》1980年第10期。

39 北島：〈結局或開始——給遇羅克烈士〉，《上海文學》1980年第12期。

40 石默（北島）：〈在廢墟上〉，《今天》（1978-1980）第1期。

41 參見查建英：〈北島〉，《80年代訪談錄》（北京：三聯書店，2006年），第70頁。

42 北島的記憶有誤，芒克的生日獻辭應該是：「漂亮，健康，會思想。」參見北島：〈斷章〉，收入北島、李陀主編：《70年代》（北京：三聯書店，2009年），第37頁。

1973年由此而成為北島文學履歷中的一個重要的拐點。自〈告訴你吧，世界〉（1973）之後，北島的文字風格趨於沉鬱，如〈太陽城劄記〉（1974）中那一節著名的一字詩「生活：網。」他在其中傾入了太多的內涵，以至於「自己也被這個意念困擾得透不過氣來」[43]。

三、「代替另一個被殺害的人」

1974年，北島寫詩之餘也創作小說，中篇小說《波動》的初稿便是完成於這一年的11月下旬[44]。他將手稿裝訂成冊，委託他的好朋友、地下文學收藏家趙一凡暫為收存。1975年1月，趙一凡被捕，警察抄走了每一張紙片。所涉大案通報全國、由當時的公安部長親自簽發逮捕令，導致了幾十人坐牢、上百人受到牽連[45]。北島也開始轉移信件手稿，和朋友告別，隨時做好入獄的準備：

> 那一年我26歲，頭一次知道恐懼的滋味：它無所不在，淺則觸及肌膚——不寒而慄；深可深入骨髓——隱隱作痛。那是沒有盡頭的黑暗隧道，只能硬著頭皮往前走。我甚至盼著結局的到來，無論好壞。夜裡輾轉反側，即使入睡，也會被經過的汽車驚醒，傾聽是否停在樓下。車燈反光在天花板旋轉，悄然消失，而我眼睜睜到天亮。[46]

---

43 齊簡：〈詩的往事〉，收入劉禾編：《持燈的使者》（桂林：廣西師範大學出版社，2009年），第14頁。

44 參見北島：〈斷章〉，收入北島、李陀主編：《70年代》（北京：三聯書店，2009年），第37頁。

45 參見徐曉：〈無題往事〉，收入劉禾編：《持燈的使者》（桂林：廣西師範大學出版社，2009年），第199頁。

46 北島：〈斷章〉，收入北島、李陀主編：《70年代》（北京：三聯書店，2009年），第40頁。

1975年正值遇羅克遇害五週年，也是在這一年，北島相處幾年的女友向他作別，「她說自己是個俗人，她沒有勇氣做一名詩人的妻子」[47]。性命和情感的雙重危機令北島筆下的這首〈結局或開始〉充滿一種不成功便成仁的悲壯氣息：

我，站在這裡
代替另一個被殺害的人
為了每當太陽升起
讓沉重的影子像道路
穿過整個國土[48]

在一個「以太陽的名義／黑暗在公開地掠奪」的時代，「沉默依然是東方的故事」，而北島依然以一份孩童的純真尋找理想的土地：

我尋找著你
在一次次夢中
一個個多霧的夜裡或早晨
我尋找春天和蘋果樹
蜜蜂牽動的一縷縷微風
我尋找海岸的潮汐
浪峰上的陽光變成的鷗群
我尋找砌在牆裡的傳說
你和我被遺忘的姓名[49]

---

[47] 齊簡：〈詩的往事〉，收入劉禾編：《持燈的使者》（桂林：廣西師範大學出版社，2009年），第14-15頁。
[48] 北島：〈結局或開始——給遇羅克烈士〉，《上海文學》1980年第12期。
[49] 北島：〈結局或開始——給遇羅克烈士〉，《上海文學》1980年第12期。

如果烈士的鮮血沒有白流，明天的枝頭也將結出美好的果實，以告慰遇羅克的在天之靈。而作為他的後繼者，北島坦言自己並不是勇士，面對死亡和鐵窗的恫嚇，也會感到恐懼：

必須承認
在死亡白色的寒光中
我，戰慄了
誰願意做隕石
或受難者冰冷的塑像
看著不熄的青春之火
在別人的手中傳遞[50]

北島強調：他需要愛，渴望溫暖的家庭、寧靜的生活、自由的寫作，這普普通通的願望「如今成了做人的全部代價」。儘管如此，他還是要堅守「兒時的諾言」，哪怕再也不能得到這個「與孩子的心／不能相容的世界」的饒恕。為此，北島再次堅定地寫道：

我，站在這裡
代替另一個被殺害的人
沒有別的選擇
在我倒下的地方
將會有另一個人站起
我的肩上是風
風上是閃爍的星群

[50] 北島：〈結局或開始——給遇羅克烈士〉，《上海文學》1980年第12期。

也許有一天
太陽變成了萎縮的花環
垂放在
每一個不屈的戰士
森林般生長的墓碑前
烏鴉，這夜的碎片
紛紛揚揚[51]

〈結局或開始〉堪稱北島70年代詩歌的巔峰之作。這一時期的文學創作的社會意義超過文學意義，其「以卵擊石」的「知其不可而為之」的反抗令他的詩句染上了一種動人的憂鬱和高貴的絕望。

1976年7月，北島最最鍾愛的妹妹珊珊在湖北下水救人不幸罹難，他用自己的鮮血在紀念冊的扉頁上寫道：「珊珊，我親愛的妹妹，我將追隨你那自由的靈魂，為了人的尊嚴，為了一個值得獻身的目標，我要和你一樣勇敢，絕不回頭……」[52]

這樣的一個目標近在眼前。隨著毛澤東、周恩來、朱德三位領導人的去世和「四人幫」的倒臺，中國的意識形態管控開始鬆動。特別是到了1978年，西單「民主牆」為積蓄了整整一個冬天能量的地下文學的破土而出提供了一小塊土壤。那一年的12月23日，《今天》創刊，北島在〈致讀者〉中的第一句話便是：「歷史終於給了我們機會，使我們這代人能夠把埋藏在心中十年之久的歌放聲唱出來，而不致再遭到雷霆的處罰。」[53]

這一發刊詞與張育海的那封信遙相呼應。迎著先行者消失的方

---

[51] 北島：〈結局或開始——給遇羅克烈士〉，《上海文學》1980年第12期。

[52] 北島：〈斷章〉，收入北島、李陀主編：《七十年代》（北京：三聯書店，2009年），第45頁。

[53] 北島：〈致讀者〉，原署名：《今天》編輯部，《今天》（1978-1980）第1期。

向，北島牽去了一盞星光。「解開情感的纜繩／告別母愛的港口／要向人生索取／不向命運乞求／紅旗就是船帆／太陽就是舵手／請把我的話兒／永遠記在心頭……」，在《今天》誕生當晚騎車回家的路上，北島想起頭一次聽到的郭路生的詩句，眼中充滿淚水，「迎向死亡的感覺真美。青春真美」[54]。

1979年11月21日，北京市中級人民法院做出再審判決：「原判以遇羅克犯反革命罪，判處死刑，從認定的事實和適用法律上都是錯誤的，應予糾正，……宣告遇羅克無罪。」[55]

1980年的夏天，牟志京和遇羅錦（遇羅克的妹妹）在光明日報社與記者王晨數次會面後，長達兩萬字的文章〈劃破夜空的隕星——記思想解放的先驅遇羅克〉於7月21日、22日在《光明日報》連載。隨後全國各大報刊紛紛登載紀念遇羅克的文章，他成了廣為人知的英雄[56]。

此時距離遇羅克之死已經十年了，西單「民主牆」已被拆除，民刊命運風雨飄搖。北島在《今天》雜誌的最後兩期上刊登了〈宣告〉和〈結局或開始〉（早於《光明日報》的報導），也許是出於政治敏感性的考慮，隱去了「獻給遇羅克」的題注。直至主流媒體大開綠燈之後，這兩首詩才以「給遇羅克烈士」的真面目示人。《今天》於1980年9月正式接到公安局的停辦通知[57]，但在其帶動下湧現的文學

---

[54] 北島：〈斷章〉，收入北島、李陀主編：《七十年代》（北京：三聯書店，2009年），第49頁。

[55] 祝曉風、張潔宇：〈披露塵封的冤情——報導遇羅克冤案前後〉，收入梁剛建、喻國英主編：《光明日報新聞內情》（北京：光明日報出版社，1999年），第97-98頁。

[56] 參見牟志京：〈似水流年〉，收入北島、曹一凡、維一編：《暴風雨的記憶——1965-1970年的北京四中》（北京：三聯書店，2012年），第35頁。原文中的《光明日報》文章發表日期有誤，參見祝曉風、張潔宇：〈披露塵封的冤情——報導遇羅克冤案前後〉，收入梁剛建、喻國英主編：《光明日報新聞內情》（北京：光明日報出版社，1999年），第98頁。

[57] 參見田志凌：〈1978年12月，《今天》創刊：青春和高壓給予他們可貴的能量〉，《南方都市報》2008年6月1日GB32版。

變革卻在千萬人心中留下不滅的星光，也許，這也是另一種意義上的「結局或開始」。

第二節　黎明銅鏡裡的「今天」：「白洋淀詩群」的「新語言」探索

上一節我們提到，早在《今天》誕生之前，北島、芒克就開始寫詩了。寫詩的當然不僅僅是他們二人。英國文學理論家和批評家特雷・伊格爾頓（Terry Eagleton）曾經說過：「一個社會的語言的性質最能說明這一社會的個人和社會生活的性質。」與「大眾社會」中語言和文化之貶值相對，「人們在文學中，而且也許僅僅在文學中，才能生動鮮明地感覺到語言的創造性運用」。因此與其說文學是一門學科，不如說「它是與文明本身休戚與共的精神探索」[58]。即便是「文革」十年的封鎖、荒蕪乃至浩劫，也無法遏制這種精神探索的綿延不絕——「白洋淀詩群」的地下寫作便是明證。

所謂「白洋淀詩群」是指伴隨著1968年底大規模的知識青年「上山下鄉」運動，在河北省安新縣徐水白洋淀各村落間逐漸形成的一個鬆散的、共同追求詩歌藝術的文學青年群體，亦被稱為「白洋淀詩歌群落」[59]。其主要成員有芒克、多多、根子（岳重）、方含（孫康）、林莽、宋海泉、白青、潘青萍、趙京興、陶洛誦、戎雪蘭等。此外，還應包括雖未到白洋淀插隊，但與其成員有所往來，或曾赴白

58 [英]特雷・伊格爾頓：《二十世紀西方文學理論》（西安：陝西師範大學出版社，1987年），第36頁。

59 對「白洋淀詩歌群落」所做的「定義」，參見《詩探索》1994年總16期。該期的「當代詩歌群落」專欄集中刊登一組回憶「文革」時期白洋淀詩歌活動的文章，作者有宋海泉、齊簡、甘鐵生、白青、嚴力等。專欄的「主持人的話」（林莽執筆）以「親歷者」的身分，對該「群落」加以「定位」。認為這一「群落」發生時間「應是：1969-1976年」；人員構成「應是：在白洋淀下鄉的各個村落間形成的鬆散的共同追求詩歌藝術的文學青年群體」；詩藝特徵是「以現代詩為主要標誌」。

洋淀以詩會友、交流思想的文學青年，如食指（郭路生）[60]、北島、江河（于友澤）、嚴力、馬佳、依群、彭剛、齊簡（史保嘉）、盧中南、甘鐵生、鄭義、陳凱歌等。後者也是廣義上的「白洋淀詩群」成員。一些人雖然並不寫詩，或極少寫詩，但也通過其他形式的藝術精神和藝術探索不同程度地參與、啟迪了「白洋淀詩群」的創作，如畫家彭剛、書法家盧中南、社會學家趙京興等。

白洋淀之所以會在文革時期成為中國現代詩歌的搖籃，並不只是一個歷史的偶然。因其特殊的地理位置和水鄉風情，一批脫離插隊主流、留戀都市文化的「異端」很快聚攏在那裡，以原來就讀的學校為核心，吸收一些合得來的朋友。他們還經常進出北京，與京城的各色沙龍[61]或圈子接觸密切。如多多和根子曾經作為歌者參與「徐浩淵沙龍」[62]、芒克與彭剛組建「先鋒派」[63]等等。「整個白洋淀，就像當年的梁山泊，集合了一群經歷不同、背景各異，以當時正統的標準衡量無一例外地都是些『妖魔鬼怪』。」[64]

---

[60] 據林莽回憶，食指曾於1970年或1971年到白洋淀住過一週，去找何京頡——何其芳的女兒。「但是食指比較隱瞞這段歷史，這關係到他的私人生活。」參見張清華、林莽：〈見證白洋淀——林莽訪談錄〉，《新文學評論》2012年第4期。

[61] 文革時期，北京也存在一些地下文化沙龍，如「徐浩淵沙龍」、「史康成沙龍」、「趙一凡沙龍」等，其成員讀禁書、寫禁詩，學習音樂或者繪畫。徐浩淵本人則說，當年在北京真正能稱得上「沙龍」的地方，當屬黃元的家，還保留了文革前的樣子，有畫冊、書籍、唱片、鋼琴、美酒……，參見多多：〈1970-1978北京的地下詩壇〉，收入劉禾編：《持燈的使者》（桂林：廣西師範大學出版社，2009年），第89頁；楊健：《中國知青文學史》（北京：中國工人出版社，2002年），第226-227頁；楊健：《1966-1976的地下文學》（北京：中共黨史出版社，2013年），第54-57頁；徐浩淵：〈詩樣年華〉，收入北島、李陀主編：《70年代》（北京：三聯書店，2009年），第57頁。

[62] 參見多多：〈1970-1978北京的地下詩壇〉，收入劉禾編：《持燈的使者》（桂林：廣西師範大學出版社，2009年），第89頁。

[63] 參見亞縮、陳家坪：〈彭剛、芒克訪談錄〉，收入劉禾編：《持燈的使者》（桂林：廣西師範大學出版社，2009年），第243-251頁。

[64] 宋海泉：〈白洋淀瑣憶〉，收入劉禾編：《持燈的使者》（桂林：廣西師範大學出版社，2009年），第108頁。

各路「牛鬼蛇神」早在進駐白洋淀之前就已受到西方現代藝術的浸染。他們大多出身於文藝工作者、知識份子或幹部家庭。例如岳重的父親曾是北京電影製片廠的編劇，家中有四千冊藏書，十五歲上他即把《人・歲月・生活》、《往上爬》等黃皮書閱盡——這是他早熟的條件[65]。楊樺的爸爸是總政文化部的幹部，有特別購買證能買到「內部讀物」，「多多最早接觸的一批黃皮書就是從他家來的」[66]。

所謂的「黃皮書」是指自1962至1965年，以及「文革」中後期1971至1978年間，由人民文學出版社、上海人民出版社、上海譯文出版社推出的一套全面介紹西方現代文學的專供司局級以上幹部和著名作家閱讀的內部書籍，其中包括卡夫卡（Franz Kafka）的《審判及其他》、薩特（Jean-Paul Sartre）的《厭惡》、貝克特（Samuel Beckett）的《椅子》、凱魯亞克（Jack Kerouac）的《在路上》、塞林格（Jerome David Salinger）的《麥田裡的守望者》、加繆（Albert Camus）的《局外人》、艾倫堡（IIya Grigoryevich Ehrenburg）的《人・歲月・生活》等，這些另類意識形態的現代主義的經典著作後流傳民間，成為京城文學愛好者們窺視世界的隱祕窗口。但後期的「黃皮書」已經「名不副實」，一些書的封面改為了「白皮」、「灰皮」，如《人世間》（1971）、《白輪船》（1973）、《濱河街公寓》（1978）等。

距離北京不到二百公里的白洋淀也明顯感受到了「皮書」風潮帶來的精神上的早春，各地同學的頻繁串聯更是加大了資訊的傳播速度。除了文藝類的「黃皮書」、社科類的「灰皮書」，還有各色手抄詩集，在朋友之間祕密傳閱。這些從精神特質到語言風格都迥異於「毛文體」的西方文學譯作好比一塊石頭擊向平靜的水面，在

[65] 參見多多：〈1970-1978北京的地下詩壇〉，收入劉禾編：《持燈的使者》（桂林：廣西師範大學出版社，2009年），第90頁。

[66] 亞縮、陳家坪：〈林莽訪談錄〉，收入劉禾編：《持燈的使者》（桂林：廣西師範大學出版社，2009年），第286頁。

知青心底激起一圈一圈的漣漪，那漣漪的中心是現代詩，第一圈漣漪是洛爾迦（Federico Garcia Lorca），第二圈是波特萊爾（Charles Pierre Baudelaire），第三圈是茨維塔耶娃（Maria Ivanovna Tsvetaeva），第四圈是阿赫瑪杜琳娜（Bella Akhmadulina），第五圈……，第六圈……。北島曾說：「我常為我們這一代感到慶幸，若沒有高壓和匱乏，就不會有偷嚐禁果的狂喜。」[67]也許求知若渴的心靈就像艾略特比喻的那條白金絲，封閉的環境強化了催化劑的效力，令心靈愈能完善地消化和點化那些它作為材料的激情[68]。

「白洋淀詩群」所屬的那一代人經歷了罕有的戲劇化的人生：他們從熱血沸騰的夢想巔峰跌入冷酷無情的現實低谷，從熙攘熱鬧的中心城鎮遷往閉塞荒蕪的邊遠鄉村——「中國底層的現實遠比任何宣傳都有說服力」[69]。他們在青春迷失中尋找出路，在歷史夾縫裡倔強生長，在革命浪漫主義的幻彩褪色之後尋求填補信仰真空的精神給養。而波特萊爾、薩特、卡夫卡等現代派作家的作品無疑就成了一盞祛魅（Disenchantment）與啟蒙（Enlightment）的明燈。

一、根子：以「末世感」毀滅現實

被譽為現代詩歌鼻祖的波特萊爾是通過對「暗夜」和「反常」的把握來獲得一種與時代命運相符的詩歌的。其基本特徵之一是「嚴格的精神追求」和「明澈的藝術自覺」，從醜陋中喚醒了一種新的魔力，並讓美具有了一種侵略性的刺激，以此來反抗庸常與習見。對此，法國先

---

[67] 翟頔、北島：〈附錄：遊歷，中文是我惟一的行李〉，北島：《失敗之書》（汕頭：汕頭大學出版社，2004年），第284-295頁。

[68] 參見[英]T. S.艾略特：〈傳統與個人才能〉，收入[英]大衛・洛奇編，葛林等譯：《二十世紀文學評論（上冊）》（上海：上海譯文出版社，1987年），第134頁。

[69] 北島在一次採訪中稱，毛主席讓知青下鄉的決定最終改變了一代人——中國底層的現實遠比任何宣傳都有說服力，他們從此陷入了信仰的迷失。參見查建英：〈北島訪談〉，《八十年代訪談錄》（北京：三聯書店，2006年），第69頁。

鋒派作家科克托（Jean Cocteau）1945年評論道：「在他的種種怪相背後，他的目光緩緩地向我們游移而來，如同恆星之光。」[70]

文革時期的地下文壇是通過九葉派詩人之一的陳敬容的譯筆來間接領會波特萊爾的詩藝的：她所翻譯的波特萊爾的九首詩[71]由《譯文》[72]雜誌於1957年7月號刊出，被文學愛好者們大海撈針般搜羅到一起，工工整整抄在本子上，並深刻影響了根子、多多、林莽、宋海泉、北島[73]等人的寫作。例如根子寫於二十歲生日之前[74]的長詩〈三月與末日〉（1971），首句便是「三月是末日」，宋海泉1972年夏天讀到時感到一種強烈的震動，「以致拿詩稿的手不由自主地顫抖，反覆幾次，才把它讀完」[75]：「我感到我面對一個『獰厲』的魔鬼。這個魔鬼不同於反抗上帝、終於失去樂園的撒旦，也不同於遊戲人生、與上帝賭東道的靡菲斯特。像什麼呢？有幾分高舉反叛旗幟，以其犀利的冷漠傲視世人的拜倫的影子，有幾分波特萊爾的影子。」[76]

〈三月與末日〉以一種波特萊爾式的「末世感」澈底毀滅了春天

---

[70] 參見[德]胡戈・弗里德里希著，李雙志譯：《現代詩歌的結構——19世紀中期至20世紀中期的抒情詩》（南京：譯林出版社，2010年），第21-30頁。

[71] 陳敬容翻譯的那九首詩分別是：〈朦朧的黎明〉（Le crépuscule du matin）、〈薄暮〉（Le crépuscule du soir）、〈天鵝〉（Le cygne）、〈窮人的死〉（La mort des pauvres）、〈秋〉（Sonnet d' automne）、〈仇敵〉（L' ennemi）、〈不滅的火炬〉（Le flambeau vivant）、〈憂鬱病〉（Spleen）、〈黃昏的和歌〉（Harmonie du soir）。其中〈天鵝〉是〈巴黎風景〉（Tableaux parisiens）的一部分，〈窮人的死〉是〈死亡〉（La Mort）的一部分，其餘的皆是出自〈憂鬱和理想〉（Spleen et idéal）。

[72] 《譯文》當時的主編是矛盾，1959年的第1期開始更名為《世界文學》，由曹靖華仁總編，於1965停刊一年。由於文化大革命爆發，1966年在出版了一期（總139期）之後，這本當時唯一的評介外國文學作品的雜誌最終停刊了。《世界文學》再次正式復刊是在1978年。

[73] 關於波特萊爾對北島創作的影響，請參閱亞思明：〈詩意棲居的中間地帶——北島創作與翻譯文學的關係探析〉，《東嶽論叢》2012年第5期。

[74] 參見張清華、林莽：見證白洋淀——林莽訪談錄，《新文學評論》2012年第4期。

[75] 宋海泉：〈白洋淀瑣憶〉，收入劉禾編：《持燈的使者》（桂林：廣西師範大學出版社，2009年），第120頁。

[76] 宋海泉：〈白洋淀瑣憶〉，收入劉禾編：《持燈的使者》（桂林：廣西師範大學出版社，2009年），第120頁。

的現實，以一種創新性的幻想將邪惡強化為撒旦，將苦難燃燒為電流般的悚栗，表現了少年天才之作的驚人早熟的現代性：

三月是末日。

這個時辰
世襲的大地的妖冶的嫁娘
——春天，裹捲著滾燙的粉色的灰沙
第無數次地狡黠而來，躲閃著
沒有聲響，我
看見過足足十九個一模一樣的春天
一樣血腥的假笑，一樣的
都在三月來臨。這一次
是她第二十次把大地——我僅有的同胞
從我的腳下輕易地擄去，想要
讓我第二十次領略失敗和嫉妒。
……

既然他，沒有智慧
　　　　沒有驕傲
更沒有一顆
　　　　莊嚴的心
那麼，我的十九次的陪葬，也都已被
春天用大地的肋骨搭架成的篝火
燒成了升騰的煙
我用我的無羽的翅膀——冷漠
飛離即將歡呼的大地，沒有

> 第一次沒有拚命抓住大地——
> 這漂向火海的木船，沒有
> 想要拉回它[77]
> ……

即便是以今天的眼光來看，〈三月與末日〉也不失為驚世駭俗之作。詩人以豐沛的奇思和臆想改寫了事物的表象，勇於反抗現實，與世界為敵。而他所使用的語言也是對文革語體的顛覆和背離，具有超前的現代品質。直至80年代初，多多和他的詩友們還在討論「三月是末日」，其時間意識與T. S.艾略特相通：「四月是最殘忍的月份」[78]，其中蘊含的全新的語言結構、言說秩序帶給了他生命的頭一次震撼：

> 我記得我是坐在馬桶上反覆看了好幾遍，不但不解其文，反而感到這首詩深深地侵犯了我——我對它有氣！我想我說我不知詩為何物恰恰是我對自己的詩品觀念的一種隱瞞：詩，不應當是這樣寫的。在於岳重的詩與我在此之前讀過的一切詩都不一樣（我已讀過艾青，並認為他是中國白話文以來第一詩人），因此我判岳重的詩為：這不是詩。如同對郭路生一樣，也是隨著時間我才越來越感到其獰厲的內心世界，詩品是非人的、磅礴的，十四年後我總結岳重的形象：「叼著腐肉在天空炫耀」。[79]

---

[77] 根子：〈三月與末日〉，收入李潤霞編：《被放逐的詩神》（武漢：武漢出版社，2006年），第136-138頁。

[78] 參見多多：〈雪不是白色的〉，《今天》1996年第4期（總第35期）。

[79] 多多：〈1970-1978北京的地下詩壇〉，收入劉禾編：《持燈的使者》（桂林：廣西師範大學出版社，2009年），第89頁。

與艾青詩歌對「春天」的禮讚、對「大地」的深情相比，〈三月與末日〉簡直是反其道而行之：「春天」成了「妖冶的嫁娘」，總在「三月」來臨，帶著「血腥的假笑」，輕易將「大地」——「我僅有的同胞」擄去。既然「我」已做過「十九次的陪葬」，看清他「沒有智慧」、「沒有驕傲」，「更沒有一顆／莊嚴的心」，也就「第一次」不再同「大地」——「這漂向火海的木船」共赴火海……

〈三月與末日〉澈底毀滅了文革話語中「春天」、「三月」、「大地」的正面形象，超越了革命大眾的「期待視野」（horizon of expectations）。在傳統抒情詩中，「春天」總是孕育著明天的希望，「大地」則是默默地忍受眼前的苦難；而根子撕碎了浪漫主義的溫情面紗，叱責「春天」的偽善、「大地」的愚鈍，難免令人無以適從。但類似於「宗教的衰落」成為西方現代主義崛起的契機，在「文革」中拋灑青春的「老三屆」們的人生理想的沉落也令浪漫主義——這種「濺溢出來的宗教」[80]日益失去信眾。波特萊爾曾說：「在一個人身上，時時刻刻都並存著兩種要求，一個向著上帝，一個向著撒旦。」[81]人性的分裂使得單向度的追求必然導致異化和逆轉，而波特萊爾的「撒旦主義」正是要以「智識的惡」來遏制「平庸的惡」[82]，並以此獲得更高層次的騰躍。因此蘇珊・桑塔格（Susan Sontag）曾

---

80 英國詩人、文學理論家和哲學家湯瑪斯・厄內斯特・休姆（Thomas Ernest Hulme）認為：「浪漫主義就是濺溢出來的宗教，這是我能給它下的最好的定義。」參見[英]湯瑪斯・厄內斯特・休姆：〈論浪漫主義和古典主義〉，收入[英]大衛・洛奇編，葛林等譯：《二十世紀文學評論（上冊）》（上海：上海譯文出版社，1987年），第174頁。

81 [法]夏爾・波特萊爾：《波特萊爾全集》（伽利馬出版社七星版，1975年）第1卷，第682-683頁。

82 「平庸的惡」是猶太裔政治思想家漢娜・阿倫特（Hannah Arendt）提出的一個概念。在1963年出版的《艾希曼在耶路撒冷——關於艾希曼審判的報告》中，阿倫特認為惡可以分為兩種：一種是極權主義統治者本身的「極端之惡」，另一種是被統治者或參與者的「平庸之惡」。其中第二種比第一種有過之而無不及。而他們通常是旁人眼裡的克己奉公的「良善之輩」。

說：「一定程度的扭曲、一定程度的瘋狂、一定程度的不健康、一定程度的否定生命，正是貢獻真理的、是生產理智的、是創造健康的、是增強生命的。」[83]從這個意義上來講，〈三月與末日〉是對「文革」僵死的語言主體的一次電擊除顫。

德國語言文學家胡戈・弗里德里希（Hugo Friedrich）認為：「所謂現代就是指，從創新性幻想和獨立語言中誕生的世界是現實世界的敵人」，由此一來，現代抒情詩也就成了一種「幾乎單單由幻想造就、躍出現實或者毀滅現實的世界的語言」[84]。如此看來，這首公然與春天為敵的〈三月與末日〉無疑是一首早產的現代詩。

除了〈三月與末日〉，根子一共出品有八首詩，「每一首都長得可怕」，包括〈笑的種類〉、〈白洋淀〉、〈深淵上的橋〉、〈致生活〉等，現在僅存三首[85]，其餘全部遺失。至今，徐浩淵還珍藏有〈三月與末日〉、〈白洋淀〉這兩首她最喜愛的詩的底稿[86]。

根子的地下沙龍「詩霸」[87]地位令同時代的詩人很難不懾於他的光輝之下，但他在1973年夏到來之際遭到厄運：「社會上傳抄的他的詩被送到了公安局，後經中國文學研究所鑑定無大害，才算了事。就此，岳重擱筆。」[88]那一年，沙龍解體，多多開始與芒克結下詩

---

[83] [美]蘇珊・桑塔格：〈西蒙娜・薇依〉，[美]布羅茨基等著，黃燦然譯：《見證與愉悅：當代外國作家文選》（天津：百花文藝出版社，1999年），第147頁。

[84] 參見[德]胡戈・弗里德里希著，李雙志譯：《現代詩歌的結構——19世紀中期至20世紀中期的抒情詩》（南京：譯林出版社，2010年），第190頁。

[85] 這三首詩分別為〈三月與末日〉、〈致生活〉、〈白洋淀〉，收入李潤霞編：《被放逐的詩神》（武漢：武漢出版社，2006年），第136-157頁。

[86] 參見徐浩淵：〈詩樣年華〉，收入北島、李陀主編：《七十年代》（北京：三聯書店，2009年），第53頁。

[87] 這是當年的北京國務院宿舍、鐵道部宿舍「文化沙龍」女主人徐浩淵對根子的封號，她斷言：「岳重為詩霸，岳重寫了詩沒有人再可與之匹敵。」參見多多：〈1970-1978北京的地下詩壇〉，收入劉禾編：《持燈的使者》（桂林：廣西師範大學出版社，2009年），第90頁。

[88] 多多：〈1970-1978北京的地下詩壇〉，收入劉禾編：《持燈的使者》（桂林：廣西師範大學出版社，2009年），第91頁。

歌友誼，「相約每年年底：要像交換決鬥的手槍一樣，交換一冊詩集」[89]。

二、多多：建立精神的整體性的連接

與根子一樣，多多也是波特萊爾星系下的詩人，他說「沒有波特萊爾我不會寫作」[90]。但他走得更堅決，更澈底，以一種「眺望原野的印象力量」[91]去看太陽西沉。這種力量來自十六歲的痛苦的村莊——「文革」就像地震，但也震開了現代主義的泉源。

多多的詩裡很早就有一種「異」視野，這在中國當代文學作品中並不多見。如〈當人民從乾酪上站起〉（1972）、〈悲哀的瑪琳娜〉（1973）、〈手藝——和瑪琳娜・茨維塔耶娃〉（1973）、〈瑪格麗和我的旅行〉（1974）僅標題就不乏「異國情調」。他在一組題為〈萬象〉[92]（1973）的短詩中信手裁剪諸國印象：法蘭西（你放浪的美少年的側影／剛好裝飾一枚硬幣）、德意志（像一隻黑色的大提琴）、英吉利（偶爾又會流露出／大不列顛海盜的神氣）、美利堅（那兒的天空傾落下金幣／那兒的人民，就會幽默地撐起雨傘）、阿拉伯（別了，遺落在沙漠中的酒具、馬鞍）、印第安（遠處，一息古羅馬的哀愁／從丁當響著的鑰匙聲中傳來）。這些從書本裡得來的剪紙藝術自然不夠豐滿立體，但透著幾分憑欄遠眺的自在想像。多多曾說，他有猶太血統，「外祖家是世居開封的猶太人」[93]。若能確證，

---

89 多多：〈1970-1978北京的地下詩壇〉，收入劉禾編：《持燈的使者》（桂林：廣西師範大學出版社，2009年），第91頁。

90 凌越、多多：〈我的大學就是田野——多多訪談錄〉，《書城》2004年4月號。

91 多多：〈同居〉，收入李潤霞編：《被放逐的詩神》（武漢：武漢出版社，2006年），第282頁。

92 多多以〈萬象〉命名的組詩現有兩種版本，此詩收入《行禮：詩38首》，另一組組詩〈萬象〉收入《里程：多多詩選1972-1988》。參見多多：〈萬象〉，收入李潤霞編：《被放逐的詩神》（武漢：武漢出版社，2006年），第240-243頁。

93 參見宋海泉：〈白洋淀瑣憶〉，收入劉禾編：《持燈的使者》（桂林：廣西師範大學出版社，2009年），第118頁。

便不難理解他詩裡的「流散」（diaspora）[94]情結的存在。

荷蘭漢學家柯雷（Maghiel van Crevel）認為，與多多的近期作品相比，他早期的詩（1972-1976）在題材和語言上都更直截了當，中國性（Chineseness）[95]和政治性（politicality）[96]顯而易見，儘管並非占有重要地位[97]。例如《回憶與思考》系列中的短詩〈無題〉（1974）：

一個階級的血流盡了
一個階級的箭手仍在發射
那空漠的沒有靈感的天空
那陰魂縈繞的古舊的中國的夢
當那枚灰色的變質的月亮
從荒漠的歷史邊際升起
在這座漆黑的空空的城市中
又傳來紅色恐怖急促的敲擊聲……[98]

多多不承認自己是個「政治詩人」[99]，即便是早期的這些民族心

[94] 「diaspora」源於希臘語，原指植物通過種子和花粉的隨風飄散繁衍生命，後引申為猶太民族在「巴比倫之囚」以後離開耶路撒冷而播散異邦的生存狀態。在當代的文學創作和文化實踐中，流散（diaspora），又譯飛散、離散，成為一種新概念、新視角，含有文化跨民族性、文化翻譯、文化旅行、文化混合等含義，也頗有德勒茲（G. Deleuze）所說的游牧式思想（nomadic thinking）的現代哲學意味。詳請參見童明：〈飛散〉，《外國文學》2004年第6期。

[95] 顯然，「中國詩」的一般含義是：用中文寫的詩。此處用「中國性」，是以對中國的瞭解決定閱讀的前提。

[96] 關於「政治性」的定義並不僅是圍繞人們所熟知的「政治」這一概念。嚴格地講應是「社會政治性」更確切些，但這個詞在英語中是不能讀的。

[97] 參見[荷蘭]柯雷著，北島、柯雷譯：〈多多詩歌的政治性與中國性〉，《今天》1993年第3期（總第22期）。

[98] 多多：〈無題〉（一個階級……），《回憶與思考》，收入李潤霞編：《被放逐的詩神》（武漢：武漢出版社，2006年），第235-236頁。

[99] 參見凌越、多多：〈我的大學就是田野——多多訪談錄〉，《書城》2004年4月號。

理積澱和文化歷史烙印鮮明的詩句，政治抨擊也已完全被美學化了，其內部的獨特的音樂性構成了與傳統血緣的關聯所在。與早期的北島相比，多多的詩「觀念」意識淡薄，沒有控訴也沒有抗爭，一些襲用的口氣很大的關鍵字如「階級」、「人民」、「祖國」、「自由」、「歷史」、「民族」走下神壇，上演「荒誕」（absurd）。在現代詩學中，「荒誕」是掙脫拘束的主體性的一個勝利。多多用「荒誕」擊碎了現實，再將原本分隔的時空事物的碎片粘貼到他的光怪陸離、中西混雜的「超現實主義」（surrealism）的拼圖上去，如：

從那個迷信的時辰起
祖國，就被另一個父親領走
在倫敦的公園和密支安的街頭流浪
用孤兒的眼神注視來往匆匆的腳步
還口吃地重複著先前的侮辱和期望
（〈祝福〉，1973）[100]

浮腫憔悴的民族哦
已經硬化彌留的軀體
幾個世紀的鞭笞落到你背上
你默默地忍受，像西洋貴婦
用手帕擦掉的一聲嘆息：
哦，你在低矮的屋簷下過夜
哦，雨一滴一滴……
（〈無題〉，1973）[101]

---

[100] 多多：〈祝福〉，《回憶與思考》，收入李潤霞編：《被放逐的詩神》（武漢：武漢出版社，2006年），第234頁。

[101] 多多：〈無題〉（浮腫憔悴……），《回憶與思考》，收入李潤霞編：《被放逐的

自由，早已單薄得像兩片單身漢的耳朵
智慧也虛弱不堪，在產後冬眠
教育和兒童被髒手扼住喉嚨
知識像罪人，被成群地趕進深山
只有時間在虛假的報紙後面
重複導演的思想和預言
（〈鐘為誰鳴——我問你，電報大樓〉，1972）[102]

虛無
　　怎樣創造了世界
　　像一枚雞卵在灰色的黎明
　　　　　　　　　　　　孵化
一個荒誕離奇的流著鮮血的歷史
又怎樣以她優美的步子
　　　　　　　　走到了今天
……

這個紈絝的世界並不產生高貴的命運
像拾豆子一樣，人民從地上拾起天才

找到了虛無，你將珍惜生命
理解了偉大，你開始信仰酒
（〈致青年藝術家彭剛〉，1973）[103]

詩神》（武漢：武漢出版社，2006年），第234-235頁。

[102] 多多：〈鐘為誰鳴——我問你，電報大樓〉，收入李潤霞編：《被放逐的詩神》（武漢：武漢出版社，2006年），第239頁。

[103] 多多：〈致青年藝術家彭剛〉，收入李潤霞編：《被放逐的詩神》（武漢：武漢出版社，2006年），第245-246頁。

「祖國－孤兒」、「民族－貴婦」、「自由－耳朵」、「世界－雞卵」、「天才－豆子」……，通過詩的隱喻，多多完成了就現實世界而言無法連接者的連接，從而建立了一個新的語言世界。多多認為，「詩歌是精神的整體性的結晶」，而詩歌存在的理由之一，就是「炸開實證性的邏輯語法」，「解放想像力，擴大現實感，呈現生命的祕密」[104]。

多多是因語言自覺而變得思想尖銳的詩人，正如黃燦然對他的評價：「從一開始就直取詩歌的核心。」[105]如果對其早期的詩歌做一次小小的抽樣回顧，相信任何詩人和讀者都會像觸電一樣，被震退好幾步：「怎麼可以想像他在寫詩的第一年也即1972年就寫出〈蜜周〉這首無論語言或形式都奇特無比的詩，次年又寫出〈手藝〉這首其節奏的安排一再出人意表的詩？」[106]

語言的創新使得多多註定不被理解或者遲被理解，就像他詩裡的諷喻：「他們是誤生的人，在誤解人生的地點停留／他們所經歷的——僅僅是出生的悲劇。」[107]超然物外的姿態令多多即使到了新時期也對那場關於「朦朧詩」的懂與不懂的論爭免疫，頗有幾分波特萊爾式的自絕於時代：「不被理解，這是具有某種榮譽的。」因此在楊小濱看來，多多是少數幾位「能歸為『今天派』而不能歸為『朦朧派』」的詩人之一：「如果說『朦朧』還暗示了一種半透明（translucency）的狀態，多多的詩從開始就由於缺乏那種對光明的遐想而顯出絕對的晦暗（opacity）。」[108]這種晦暗實屬有意為之，經歷了哈樂德‧布魯姆（Harold Bloom）所言的一種「魔鬼化」和「逆崇

---

104 參見多多：〈雪不是白色的〉，《今天》1996年第4期（總第35期）。

105 黃燦然：〈多多：直取詩歌的核心〉，《天涯》1998年第6期。

106 黃燦然：〈多多：直取詩歌的核心〉，《天涯》1998年第6期。

107 多多：〈教誨——頹廢的紀念〉，收入李潤霞編：《被放逐的詩神》（武漢：武漢出版社，2006年），第279頁。

108 參見楊小濱：〈今天的「今天派」詩歌〉，《今天》1995年第4期（總第31期）。

高」[109]的過程，亦是對根子詩歌精神的弘揚與延續。

三、芒克與北島：承上啓下和發揚光大

1969年初，芒克與多多「同乘一輛馬車來到白洋淀」，並成為「三劍客」[110]中最早開啟新詩創作之人。不同於根子與多多的冷峻尖峭，芒克的風格表現為一種自然隨性。即便時有語出驚人，也透著一種無拘無束的童言無忌。1979年上半年最早從《今天》創刊號上讀到芒克的〈天空〉（1973）和北島的〈回答〉（1976）的唐曉渡，至今仍對那場心理地震般的閱讀體驗記憶猶新：

> 如果說，讀〈回答〉更多地像是經歷了一場理性的「定向爆破」的話，那麼，讀〈天空〉就更多地像是經歷了一場感性的「飽和轟炸」：
>
> 太陽升起來
> 天空血淋淋的
> 猶如一塊盾牌

時至今日，我仍然認為這是新詩有史以來最攝人魂魄、最具打擊力的意象之一。由於它，我們在語及「白雲」和「飛鳥」時必須斟酌再三，並且不輕言「高飛的鳥／減輕了我們靈魂的重量」[111]。

今天人們已經難以想像，〈天空〉對於「太陽神化」的終結意義。被喻為「自然之子」的芒克正是以一種令人欣慰的生命力本能地

---

109 關於「魔鬼化」和「逆崇高」，參見[美]哈樂德・布魯姆著，徐文博譯：《影響的焦慮——一種詩歌理論》（增訂版）（南京：江蘇教育出版社，2005年），第101-114頁。

110 芒克、多多、根子後被文學史家稱為「白洋淀詩群三劍客」。

111 唐曉渡：〈芒克：一個人和他的詩（代序）〉，芒克：《芒克的詩》（北京：人民文學出版社，2009年），第4-5頁。

忠實於自己的直覺、情感和想像，以一種鮮活的個人意象顛覆了權力對語言的控制。「他詩中的『我』是從不穿衣服的，肉感的，野性的，他所要表達的不是結論而是迷惘。」[112]而迷惘遠比結論耐人尋味。

美國詩人華萊士・史蒂文斯（Wallace Stevens）曾說：「詩人的主題是什麼？是他對世界的感覺。對於他，它是不可避免也不可窮盡的。」[113]一個人對世界的感覺可能只是他自己的，也可能是許多人的。詩人以此來提煉詞語，「他們的詞語造就了一個超越世界的世界，和一個在那超越中適於生活的生命」[114]。這種超越也是有賴於一種「新語言」的誕生才得以完成。弗里德里希認為，「新語言」這個概念只有在這一概念強調其侵略性用意時才變得更為精細：

> 新語言與俗常者分裂，由此對讀者來說成為一種震驚（Schock）。自波特萊爾以來，「驚異」（Überraschung）已經成為了現代詩學的一個專門用語——正如它在巴羅克文學中也一度是其專門用語一樣。瓦萊里寫道：「對現代藝術的研究必須表明，自半個多世紀以來，人們如何每五年就找到對震驚問題的一個新解答。」他自己承認，蘭波和馬拉美曾經如何在他心中引起了震驚反應。……作者與讀者之間的裂縫因震驚效果而始終敞開。震驚效果則是以「新語言」的反常風格來製造的。[115]

---

112 多多：〈1970-1978北京的地下詩壇〉，收入劉禾編：《持燈的使者》（桂林：廣西師範大學出版社，2009年），第91頁。

113 [美]華萊士・史蒂文斯著，陳東東、張棗編，陳東飆、張棗譯：《最高虛構筆記——史蒂文斯詩文集》（上海：華東師範大學出版社，2009年），第362頁。

114 [美]華萊士・史蒂文斯著，陳東東、張棗編，陳東飆、張棗譯：《最高虛構筆記——史蒂文斯詩文集》（上海：華東師範大學出版社，2009年），第369頁。

115 [德]胡戈・弗里德里希著，李雙志譯：《現代詩歌的結構——19世紀中期至20世紀中期的抒情詩》（南京：譯林出版社，2010年），第138頁。

「新語言」帶來的震驚效果是「給這午夜致命的一槍」，從芒克到根子，從根子到多多，再到宋海泉、方含、林莽……甚至白洋淀周邊的北島、江河，「從一個個星星的彈孔中／流出了血紅的黎明」[116]。例如宋海泉的〈海盜船謠〉明顯帶有〈三月與末日〉的影子；林莽的〈二十六個音節的迴響〉又令人想起宋海泉的〈流浪者之歌〉，這些現代主義的萌芽之作顯然都是從貧窮、衰落、苦難的時代暗夜中汲取靈感，恰如方含的詩句：「從破舊的籬笆、骯髒的街道和熟悉的人們臉上／找到我最早的生活的詩」[117]。

芒克也給了北島很大影響。他倆是通過「先鋒派」的聯絡副官劉羽引見認識的，北島回憶說：「我跟芒克見面以後互不服氣，吵了一架。但是芒克給我的震動的確是非常大的。我想我可以說1972年以前的詩就不願再討論了，真正開始寫詩，其實應該說是在1972年。」[118]

從1970年開始詩歌創作[119]的北島最初的作品已被湮沒。據宋海泉回憶，早在1972年底或1973年初他與北島第一次見面之前就已讀過他的一些詩，像〈金色的小號〉、〈你好，百花山〉等，他那時的文字是「以其清新秀麗而別開生面」[120]。齊簡（史保嘉）最早讀到北島的詩則是在1972年前後，據她的一段引文我們可以一窺1971年的北島風貌：

---

[116] 北島：〈宣告〉，《今天》（1978-1980）第8期，《人民文學》1980年第10期轉載時，這一句改為「從星星般的彈孔中／流出了血紅的黎明」。

[117] 方含：〈生日〉，《今天》（1978-1980）第2期。

[118] 北島、劉洪彬（整理）：〈北島訪談錄〉，收入劉禾編：《持燈的使者》（桂林：廣西師範大學出版社，2009年），第228頁。

[119] 北島：〈附錄：北島寫作年表〉，《零度以上的風景——北島1993-1996》（臺北：九歌出版社，1996年），第149頁。

[120] 宋海泉：〈白洋淀瑣憶〉，收入劉禾編：《持燈的使者》（桂林：廣西師範大學出版社，2009年），第126頁。

把我的話語傳向四方吧，
——長風的使者！
我是那漆黑的午夜裡
一把黎明的火
我是那死樣的沉默中
一首永恆的歌！[121]

可見北島也不是生而為北島的，他在浪漫主義時期的高昂話語和永恆之歌到了1973年轉為沉鬱。那一年，他有了白洋淀之行；那一年，他寫下了〈告訴你吧，世界〉——震撼了整整一代人心靈的舉世名篇〈回答〉的原型之作[122]。

白洋淀之行，北島探訪了社會學家趙京興及其女友陶洛誦、詩人芒克，為他後來創作〈宣告〉、〈結局或開始〉等詩篇埋下了伏筆[123]。1973年也是芒克詩歌的高峰期，正是北島與芒克等人的友誼，才有了後來《今天》的故事。而北島個人的詩藝，也因詩友之間的借鑑更為精進，他70年代中後期的一些詩的意象明顯染上了芒克的幾分瀟灑，而少了初期的拘謹。以下是兩組對比：

以太陽的名義
黑暗公開地掠奪
（北島：〈結局或開始〉，1975）[124]

---

121 這幾行詩出自北島於1971年夏季去湖北沙洋幹校探望父親返京時在江輪上所寫的〈在揚子江上放歌〉，轉引自齊簡：〈詩的往事〉，收入劉禾編：《持燈的使者》（桂林：廣西師範大學出版社，2009年），第8頁。

122 參見齊簡：〈詩的往事〉，收入劉禾編：《持燈的使者》（桂林：廣西師範大學出版社，2009年），第12-13頁。

123 參見亞思明：〈北島與遇羅克——從「結局或開始」說起〉，《名作欣賞》2013年3月上旬（總第423期）。

124 北島：〈結局或開始〉，《今天》（1978-1980）第9期。

太陽落了
黑夜爬了上來
放肆地掠奪
（芒克：〈太陽落了〉，1973）[125]

不，渴望燃燒
就是渴望化為灰燼
而我們只求靜靜地航行
你有飄散的長髮
我有手臂，筆直地舉起
（北島：〈紅帆船〉）[126]

在波濤的上面
我豎起胳膊的桅杆
我是被海浪拋起的孩子
遙望著寂靜的海岸
（芒克：〈海岸・海風・船〉，重寫於1978年）[127]

這些詩句都是經由民刊《今天》的出版發行而流傳於世。從1978至1980年，《今天》總共發行了九期，另有三份「今天文學研究會」內部交流資料及四本叢書。其中「至少前四期或前五期的絕大部分稿

---

[125] 芒克：〈太陽落了〉，《今天》（1978-1980）第3期，原文沒有標明寫作年代；另見芒克：〈太陽落了〉，《芒克的詩》（北京：人民文學出版社，2009年），第25頁。

[126] 北島：〈紅帆船〉，《北島詩選》（廣州：新世紀出版社，1986年），第64頁。沒有標明寫作年代，初稿發表於《今天》（1978-1980）第8期，與後來編入詩選的修改版本差異很大。

[127] 芒克：〈海岸・海風・船〉，《今天》（1978-1980）第8期。

件」是由地下文學收藏家趙一凡提供的[128]。這位傳奇式人物不僅與郭路生（食指）、北島、芒克、多多、齊雲（依群）等詩人保持著密切聯絡及交往，並且作為一個時代的見證人和珍藏者對於「新詩潮」的緣起、發展、積聚、壯大直至破土而出發揮了無可替代的作用。馬佳認為，「白洋淀詩群」後期對詩歌有延續性的有三個人：「一個是多多，多多我覺得是最真實、最勇敢的。芒克是做了承上啟下這麼一個銜接工作。而北島是把這些人給光大出去。我覺得三者之間不可缺一。」[129]

「白洋淀詩群」相對於「今天派」有一種前史的關係，不少後來追認的「朦朧詩」代表作，便是源出於此。例如北島的〈回答〉[130]（1976）、〈宣告〉（1975）、〈結局或開始〉（1975）、〈太陽城劄記〉（1974）；芒克的〈天空〉（1973）、〈秋天〉（1973）、〈十月的獻詩〉（1974）；食指的〈相信未來〉（1968）、〈這是四點零八分的北京〉（1968）；方含的〈謠曲〉（1975）；江河的〈紀念碑〉（1977）；依群的〈巴黎公社〉（1971）等。其中芒克是一個貫穿始終的在場者；多多是一個拒絕合流的在野者；北島則是一個湧泉時期的開掘者，而主流媒體對《今天》作品的轉載更是令「新語言」的震驚效應波及全社會，由此引發了一場尖銳、激烈而又影響深遠的「朦朧詩」論爭。當然，源頭之處的泉水最是清冽甘醇，愈到下游，愈有泥沙俱下的污濁傾向，因此多多才有「我所經歷的一個時代的精英已被埋入歷史，倒是一些孱弱者在今日飛上天空」[131]的感慨。

---

128 參見廖亦武主編：《沉淪的聖殿——中國20世紀70年代地下詩歌遺照》（烏魯木齊：新疆青少年出版社，1999年），第129頁。

129 亞縮、陳家坪：〈馬佳訪談錄〉，收入劉禾編：《持燈的使者》（桂林：廣西師範大學出版社，2009年），第279頁。

130 此詩初稿作於1973年，參見齊簡：〈詩的往事〉，劉禾編：《持燈的使者》（香港：牛津大學出版社，2001年），第14-15頁。

131 多多：〈1970-1978北京的地下詩壇〉，收入劉禾編：《持燈的使者》（桂林：廣西師範大學出版社，2009年），第88頁。

受視野所限，最早打破夜的沉默的星之光芒往往不能落入同代人的眼裡。根子的詩多已失傳；遲至80年代中期，多多作品才得以首次集中亮相[132]。「黎明死了／在血泊中留下早霞」[133]，早在1971年，地下沙龍的風雲人物依群就已寫下這樣撼動人心的詩句。但「黎明的銅鏡」中呈現的是「今天」，其「新語言」探索點燃了不滅的精神火種，並隨著文明的進程一代代地傳承下去。

[132] 多多作品的首次集中亮相是在1985年出版的上、下兩冊的《新詩潮詩集》中，由當時是北京大學中文系學生的老木（劉衛國）主編，為「內部交流」的「非正式」出版物。此前的報刊中未曾發表過多多的作品，《今天》也未刊發過他的詩，只是在最後一期「今天文學研究會」內部交流資料上出現了他的署名「白夜」的詩。

[133] 齊雲（依群）：〈巴黎公社〉，《今天》（1978-1980）第3期。

第二章　「朦朧」之論與「崛起」之爭——《今天》（1978-1980）詩歌的歷史辨歧

正如前文所述，上世紀的70年代末、80年代初，「地下詩歌」最終從潛流到激流、從蓄勢待發到噴湧而出是以民辦詩報、自印詩集為突破口，其中「最早創辦、影響廣泛，並成為『新詩潮』標誌的自辦刊物，是出現於北京的《今天》」[1]，也是後來追認的「朦朧詩」代表作的最初的發源地。這些稚氣未脫的詩作實為火山岩下一眼難得的冷泉，與現代主義流脈淵源相通，彷彿「烘烤著的魚夢見海洋」[2]。其開端也並非簡單的「橫的移植」，更深刻的根源在於人的覺醒、「思」與「詩」的同步更新及互為鏡像。這股從行文到形式都迥異於鼎盛時期的「革命詩學」的另類思潮，在中國詩壇引發了一場尖銳、激烈而又影響深遠的論爭，並給這類新詩留下了一個歷史性的命名：「朦朧詩」。

第一節　「朦朧詩」：歷史的偽概念

關於「朦朧」，一切內涵外延皆脫不了「朦朧」。《現代漢語詞典》中，「朦朧」有兩層意思：（一）月光不明。（二）不清楚；模糊：暮色朦朧／煙霧朦朧[3]。而從語義學的角度上，英國學者威

---

1 洪子誠、劉登翰：《中國當代新詩史》（北京：北京大學出版社，2010年），第206頁。

2 北島：〈履歷〉，《午夜歌手——北島詩選1972-1994》（臺北：九歌出版社，1995年），第64頁。

3 參見中國社會科學院語言研究所詞典編輯室編：《現代漢語詞典》（北京：商務印

廉・燕卜蓀（William Empson）在其1953年版的學術專著"*Seven Types of Ambiguity*"[4]中稱：「所謂朦朧，在普通語言中指的是一種非常明顯的、而且通常是機智的或騙人的語言現象。」[5]燕卜蓀認為：「當我們感到作者所指的東西並不清楚明瞭，同時，即使對原文沒有誤解也可能產生多種解釋的時候，在這樣的情況下，作品該處便可稱之為朦朧。」[6]

具體到「朦朧詩」，最早提出這一稱謂的章明寫道：

> ……少數作者大概是受了「矯枉必須過正」和某些外國詩歌的影響，有意無意地把詩寫得十分晦澀、怪癖，叫人讀了幾遍也得不到一個明確的印象，似懂非懂，半懂不懂，甚至完全不懂，百思不得一解。……為了避免「粗暴」的嫌疑，我對上述一類的詩不用別的形容詞，只用「朦朧」二字；這種詩體，也就姑且名之為「朦朧體」吧。[7]

一、「朦朧」：時代的潛臺詞

「朦朧體」是對50年代的「頌歌」傳統、60年代的「戰歌」傳統的背離。從「頌聖德，歌太平」，到「東風吹，戰鼓擂」，廣義

書館，2012年）第6版，第889頁。

4 關於這本著作的中文譯名，業內提法並不統一，如周邦憲、王作虹、鄧鵬譯為《朦朧的七種類型》（北京：中國美術學院出版社，1996年）；趙毅衡譯為《含混七型》〔參見趙毅衡《重訪新批評》（天津：百花文藝出版社，2009年），第140頁〕；朱自清譯為《多義七式》〔參見朱自清《朱自清說詩》（上海：上海古籍出版社，1998年），第181頁〕；楊自伍在翻譯韋勒克的《近代文學批評史》（上海：上海譯文出版社，2002年）第5卷時，在第七章中譯為《歧義七類》，在第十章卻譯為《晦澀的七種類型》。朦朧在語義上與含混、多義、歧義、晦澀多有重疊。因燕卜蓀的分析方法也適用於朦朧詩，故在此採用周邦憲等的譯本。

5 [英]威廉・燕卜蓀著，周邦憲、王作虹、鄧鵬譯：《朦朧的七種類型》（北京：中國美術學院出版社，1996年），第1頁。

6 [英]威廉・燕卜蓀著，周邦憲、王作虹、鄧鵬譯：〈第二版序言〉，《朦朧的七種類型》（北京：中國美術學院出版社，1996年），第4頁。

7 章明：〈令人氣悶的「朦朧」〉，《詩刊》1980年第8期。

地說，中國50至70年代公開發表的詩歌作品，大多帶有明顯的政治色彩，是某種意義上的「廣場詩歌」[8]：並非指向個人閱讀，其寫作目標和藝術形式，實為訴諸集體情緒反應，好比一種韻律的活塞，將政治感情或意識論斷打入公眾的耳朵裡。英國哲學家約翰・斯圖亞特・穆勒（John Stuart Mill）曾言，當詩人的「表達行為本身不是目的，而是達到目的的手段——即通過他表達的感情，來影響別人的感情、信仰，或意志，當他的情感表達……也帶有那個目的、那種想要給別人造成印象的願望時，詩就不再是詩，而變成雄辯了」[9]。

為了製造雄辯的轟動效應，「廣場詩歌」往往旗幟鮮明、語言直白、節奏強烈，「像炸彈、像火焰、像洪水、像鋼鐵般的力量和聲音」；只有當時代的熱浪漸漸平息，人們才又恢復了聽力，正如前蘇聯詩人曼德爾施塔姆的描述：「我和許多同時代人都背負著天生口齒不清的重負。我們學會的不是張口說話，而是吶吶低語，因此，僅僅是傾聽了越來越高的世紀的喧囂，在被世紀的浪峰的泡沫染白了之後，我們才獲得了語言。」[10]

大時代的眾聲合唱掩藏了多少小人物的悄聲細語。在貴州，新詩潮的先行者黃翔在1962年創作的〈獨唱〉中寫下這樣的詩句：

我是誰
我是瀑布的孤魂
一首永久離群索居的

---

8 參見洪子誠、劉登翰：《中國當代新詩史》（北京：北京大學出版社，2010年），第114頁。

9 轉引自[美]邁・霍・艾布拉姆斯：《批評理論的方向》（1953），高逾譯，[英]大衛・洛奇編，葛林等譯：《二十世紀文學評論（上冊）》（上海：上海譯文出版社，1987年），第37頁。

10 參見北島：〈曼德爾施塔姆〉，《時間的玫瑰》（香港：牛津大學出版社，2005年），第222-223頁。

詩

我的漂泊的歌聲是夢的

遊蹤

我的惟一的聽眾是

沉寂[11]

而在上海、北京，各種地下詩社、文化沙龍的自發存在[12]、知青個體與群落的祕密寫作[13]匯成了汩汩湧動的潛流，與官方文學同時行進於體制的表層之下。例如，若沒有「60年代以來中國新詩運動的奠基人」[14]食指，便沒有北島寫詩的開始[15]；若沒有與「白洋淀詩群」

---

[11] 黃翔：〈獨唱〉，洪子誠、程光煒編選：《朦朧詩新編》（武漢：長江文藝出版社，2004年），第101頁。這首詩標明寫於1962年。據黃翔本人的陳述，他在1950年代末1960年代初就已寫出「異質性」的詩。因為這些作品都遲至1980年代才與讀者見面，史實也缺乏多方面來源的支持，因而詩評家在處理上頗為猶豫。參見洪子誠、劉登翰：《中國當代新詩史》（北京：北京大學出版社，2010年），第220頁。

[12] 例如1960年代初北京的「X詩社」和「太陽縱隊」等的活動，被稱為「時代之根」，這是《沉淪的聖殿》一書所表現的理解，也為許多1980年代末以來出版的當代詩歌史（文學史）論著所採納。文革時期，北京也存在一些文化沙龍，如徐浩淵沙龍、史康成沙龍、趙一凡沙龍等，其成員讀禁書、寫禁詩，以被禁的「消極主體性」展開早期的詩藝探索。徐浩淵本人則說，當年在北京真正能稱得上「沙龍」的地方，當屬黃元的家，還保留了文革前的樣子，有畫冊、書籍、唱片、鋼琴、美酒……。參見多多：〈被埋葬的中國詩人〉（1970-1978），廖亦武主編：《沉淪的聖殿——中國20世紀70年代地下詩歌遺照》（烏魯木齊：新疆青少年出版社，1999年），第195頁；楊健：《中國知青文學史》（北京：中國工人出版社，2002年），第226-227頁；楊健：《文化大革命中的地下文學》（北京：朝華出版社，1993年），第86-87頁。徐浩淵：〈詩樣年華〉，《今天》2008年秋季號，「70年代」專號（總第82期），第134頁。

[13] 例如「白洋淀詩歌群落」被看作是《今天》的「前驅」，對這一「群落」所做的「定義」，刊於《詩探索》1994年的總16期上。

[14] 參見翟頔、北島：〈附錄：遊歷，中文是我惟一的行李〉，《失敗之書》（汕頭：汕頭大學出版社，2004年），第284-295頁。

[15] 北島在一次採訪中說：「那是70年春，我和幾個朋友到頤和園划船，一個朋友站在船頭朗誦食指的詩，對我的震動很大。那個春天我開始寫詩。之前都寫舊體詩。」參見翟頔、北島：〈附錄：遊歷，中文是我惟一的行李〉，《失敗之書》（汕頭，汕頭大學出版社，2004年），第284-295頁。

的芒克相識，便沒有北島後來的詩[16]。如此拓展開來，若沒有1971年夏季芒克詩中「那暴風雪藍色的火焰」，便沒有1972年春節前夕岳重（根子）帶來的生命的頭一次震動——〈三月與末日〉；若沒有岳重的詩（或者說如果沒有對他的詩的恨），多多也是不會去寫詩的[17]。這些悖離時代主旋律的「靡靡之音」通過背誦或傳抄的方式不脛而走，以一種青春的生命氣息去融化凍僵了的漢字符號系統，並表現出某種程度的語言的「異質性」。如：「順著原始林間的小路，／綠色的陽光在縫隙裡流竄」（北島：〈你好，百花山〉）；「太陽升起來，／天空這血淋淋的盾牌」（芒克：〈天空〉）；「太陽已像拳師一樣逾牆而走／留下少年，面對這憂鬱的向日葵……」（多多：〈萬象〉），諸般新奇意象解構的不僅是詞義的固化更是思維的定向。因此，「新詩潮」從一開始就是居於黑暗的邊緣，以一種隱蔽的影子角色誦念他的時代潛臺詞，他的發音不是標準而是含混，他的形象不是清晰而是迷離。「他們好像在刻意追求某種朦朧的意象，好像在照相時故意把焦距對得不太準確，使感情和意象的聯繫比較模糊和隱祕。」[18]

《今天》在「新詩潮」中的統領地位決定了「今天派」與「朦朧詩」歷史命名上的夾纏不清。王家新指出：「存在的只是『今天派』，而所謂朦朧詩只不過是它在歷史上形成的某種『氛圍』。」[19]洪子誠表示：「雖說『朦朧』的這一命名常為人所詬病，但它的價值也許又正在於『朦朧』。」[20]于堅提出：「當時的指責者批判《今

---

[16] 參見芒克：《瞧！這些人》（長春：時代文藝出版社，2003年），第24頁。

[17] 參見多多：〈被埋葬的中國詩人〉（1970-1978），廖亦武主編：《沉淪的聖殿——中國20世紀70年代地下詩歌遺照》（烏魯木齊：新疆青少年出版社，1999年），第195-202頁。

[18] 孫紹振：〈給藝術的革新者更自由的空氣〉，《詩刊》1980年第9期。

[19] 王家新：〈回答四十個問題〉，《中國詩選》（成都：成都科技大學出版社，1994年），第417頁。

[20] 洪子誠、劉登翰：《中國當代新詩史》（北京：北京大學出版社，2010年），第215頁。

天》『朦朧』，這恰恰正是《今天》重現的母語氣質。」[21]柏樺則認為，「朦朧」是一種表意策略，「對抗」才是其本質的美學屬性，「『今天派』作為一種歷史性產物，它既有效地對抗了文革話語，又暗示了一種新的文學傳統的產生」[22]。

二、「朦朧詩」：「今天派」的代名詞

以「今天」的眼光來看，「朦朧詩」是一個歷史的「偽概念」。一般說來，詩或文學是不可以依據它們內在的語言特性來定義的，因為文本的意義不僅僅是內在的，更存在於文本與其他文本、與文學的規則和標準，以及與作為一個整體的社會的聯繫之中。文本的意義也與讀者的「期待視野」有關。文學作品就是不斷地產生期待和打破期待。這也正是前蘇聯形式主義文論家尤里・勞特曼（Yury M. Lotman）的觀點[23]。

「朦朧詩」就閱讀感受而言是一種我見猶疑的指稱。「一個人的詩的手法可能只是另一個人的日常言語。」[24]同樣，一個人的朦朧可能為另一個人所洞若燭火，到了另一個時期，甚至為多數人所洞若燭火。《今天》詩歌之所以會被貼上「朦朧詩」的標籤，實因它為一個心向太陽的社會展開了一道別樣的夜景，但如若比之卞之琳30年代的《魚目集》、馮至40年代的《十四行集》，無論舒婷、顧城還是北島早期的詩大概都不能算是深沉。即便是對《今天》詩人自身而言，「朝向語言風景的危險旅程」才剛剛啟程，他們牽去了一盞星光，

---

[21] 于堅：〈持久的象徵——《今天》出刊一百期有感〉，《今天》2013年春季號（總第100期特刊）。

[22] 柏樺、余夏雲：〈《今天》：俄羅斯式的對抗美學〉，《江漢大學學報（人文科學版）》2008年第1期。

[23] 參見[英]特雷・伊格爾頓著，伍曉明譯：《二十世紀西方文學理論》（西安：陝西師範大學出版社，1987年），第113頁。

[24] [英]特雷・伊格爾頓著，伍曉明譯：《二十世紀西方文學理論》（西安：陝西師範大學出版社，1987年），第113頁。

「這光芒幫助了陷入短暫激情真空的青年迅速形成一種新的激情壓力方式和反應方式，它包括對『自我』的召喚、反抗與創造、超級浪漫理想及新英雄幻覺」，新的一代「自覺地跟隨『今天』的節奏突破了思想的制度化、類同化……發現了新詞、新韻，甚至新的『左派』……」[25]。

我們不能稱某一類詩群是「朦朧詩」，正如我們不能稱某一類詩群是「晦澀詩」或「古怪詩」[26]。雖然前者因其語義上的中性而被論爭雙方所接受，沿用至今並已立史存證——「時至今日，已經沒有誰再去費神考察或重新審定這一命名」[27]——但也不能改變「朦朧詩」這一專業術語的非專業性。一旦我們認同燕卜蓀關於「所有的優秀詩歌都是朦朧的」假說[28]，「朦朧詩」就變成了一個籠罩一切的巨大的口袋。論及北島的詩歌，將青澀的70年代與趨於成熟的80年代並置，並將近二十年的寫作歷練全部納入其中，實為中國當代新詩史或文學史書寫，屢見不鮮且行之有年的體例[29]。北島本人對「朦朧詩」這一稱謂甚為反感，認為應該叫「今天派」，因為它們是首先出現在《今天》上的[30]。至於那幾首因被官方刊物轉載而於1980年進入評論家視野、並引起廣泛爭議的被冠以「朦朧詩」名號的北島詩作：〈太陽城劄記〉（1974）、〈結局或開始〉（1975）、〈回答〉（1976）和

25　柏樺：《左邊——毛澤東時代的抒情詩人》（香港：牛津大學出版社，2001年），第37頁。

26　詩評家丁力等人曾在「朦朧詩」論爭中稱這些有爭議的詩為「古怪詩」，他認為：「『朦朧詩』這個提法很不準確，把問題提輕了。……我的提法是古怪詩，也就是晦澀詩。」參見丁力：〈新詩的發展和古怪詩〉，《河北師院學報》1981年第2期。

27　唐曉渡：〈新的變換：「朦朧詩」的使命〉，《唐曉渡詩學論集》（北京：中國社會科學出版社，2001年），第59頁。

28　參見[英]威廉・燕卜蓀著，周邦憲、王作虹、鄧鵬譯：〈第二版序言〉，《朦朧的七種類型》（北京：中國美術學院出版社，1996年），第10頁。

29　參見楊嵐伊：《語境的還原：北島詩歌研究》（臺北：秀威資訊科技，2010年），第12-13頁。

30　查建英：〈北島〉，《80年代訪談錄》（北京：三聯書店，2006年），第77頁。

〈一切〉（1977），實為構思並完成於1974至1977年的創作[31]。80年代的北島已經向過去的「反語式」朦朧[32]告別，轉而展開更為縝密的語言思考，但這種後續性轉變卻沒有多少人在意。

顧城和他的詩友們，一直覺得「朦朧詩」的提法本身就很朦朧：「『朦朧』指什麼？按老說法是指近於『霧中看花』、『月迷津渡』的感受；按新理論是指詩的象徵性、暗示性、幽深的理念、迭加的印象、對潛意識的意識等等。這有一定道理，但如果僅僅指這些，我覺得還是沒有抓住這類新詩的主要特徵。這類新詩的主要特徵，還是真實——由客體的真實，趨向主體的真實，由被動的反映，傾向主動的創造。」[33]

阿根廷詩人豪爾赫・路易士・博爾赫斯（Jorge Luis Borges）也曾在哈佛的諾頓講座中說過：「寫詩的方法有兩種。大家通常把它區分為平淡樸實與精心雕琢的風格，我認為這種區分方法是錯誤的。因為重要而且有意義的是一首詩的死活，而不是風格的樸實與雕琢。」[34]古今中外都不乏以平淡鮮明的文字寫出震撼人心的詩作的例子，但博氏也要為像路易士・德・貢戈拉（Luis de Góngora y Argote）、約翰・鄧肯（John Donne）、威廉・勃特勒・葉慈（William Butler Yeats）、詹姆斯・喬伊絲（James Augustine Aloysius Joyce）之類的作家平反。「他們的文章段落、他們的文字儘管可能很難懂，我們可能會覺得這

---

[31] 參見李潤霞編：《被放逐的詩神》（武漢：武漢出版社，2006年），第411、413-417、418-420、423頁。

[32] 根據燕卜蓀的劃分，「反語式」朦朧被歸為第七種類型，即「一個詞的兩種意義，不僅含混不清，而且是由上下文明確規定了的兩個對立意義」，北島早期的詩多以矛盾的語義凸顯此類朦朧，如希望－寒冷，英雄－人，春天－謊言，結局－開始，生活－網等。參見[英]威廉・燕卜蓀著，周邦憲、王作虹、鄧鵬譯：《朦朧的七種類型》（北京：中國美術學院出版社，1996年），第302頁。

[33] 顧城：〈「朦朧詩」問答〉，老木編：《青年詩人談詩》（北京：北京大學五四文學社，1985年），第34頁。

[34] [阿根廷]豪爾赫・路易士・博爾赫斯著，[加拿大]凱琳－安德・米海列司庫編，陳重仁譯：《博爾赫斯談詩論藝》（上海：上海譯文出版社，2008年），第95頁。

些文章很奇怪。不過卻能感受到文章背後的感情，這些感情都是真實的。而光是這一點就足以讓我們崇拜這些作家了。」[35]

同樣，倘若我們把「今天派」定義為一種非官方的存在觀，其鮮活的意象和真誠的獨語恰好與充斥當時文壇的「乏味的直白和矯飾的抒情」[36]形成了對立，這一類新詩對於當代文學最重要的貢獻與其說是「朦朧」之美，不如說是「詩心」之真。

那麼，「詩心」又為何物？李漁在《閒情偶寄》中舉過這樣一個例子：王陽明曾登壇講學，反覆解說「良知」二字。有人聽不懂，問他：「良知這件東西，是白的，還是黑的？」王陽明說：「也不白，也不黑，只是一點帶赤的，便是良知了。」「詩心」便是赤子之心。

早期「今天派」以赤子之心抒發一己之見，他們脫離「文革」語體自創的一套滿足個人精神及智力需求的文本是離經叛道，更是自我救贖，擦亮了一點啟蒙之光，「在當時扮演了帶來啟示，帶來異端思想和帶來懷疑精神的青年宗師這樣一種歷史角色」[37]。當讀者為一行行詩句所深深打動的同時，打動他的其實是有關過去的感受或經歷在心中的迴蕩或重現。孫紹振還清楚地記得他初次讀到舒婷和北島的手抄詩集的情形：

> 大約是1975年，他（蔡其矯）來了，一手托著一個手抄本的詩集，是兩個年輕人的。我狼吞虎嚥地瀏覽了一個女工的詩集，雖然，經歷和我如此之不同，但是，她對人的隔膜的哀傷，對人與人之間溝通的渴望，還有可意會而難以言傳的、潛在微妙的體驗和意識，包括那無聲的共鳴和溫婉的默契，那樣的微

---

[35] [阿根廷]豪爾赫・路易士・博爾赫斯著，[加拿大]凱琳－安德・米海列司庫編，陳重仁譯：《博爾赫斯談詩論藝》（上海：上海譯文出版社，2008年），第100頁。

[36] 樹才：〈「中間代」：命名的困難〉，《中國詩人》2004年1月（總第28期）。

[37] 歐陽江河：《站在虛構這邊》（北京：三聯書店，2001年），第288頁。

> 妙，那樣的清純，完全是另外一個心靈的和藝術的世界。……真正要記住舒婷這個名字，則要等到1978年底，舒婷詩歌引起了爭議的時候。蔡其矯展示給我的另一個手抄詩集，是北島的。給我的衝擊也極具有震撼性，他的哲理性的冷峻和深邃，令我感到骨頭裡冒出來一股涼意。……雖然那時，我並不完全認同他的這種孤獨的姿態，但是，作為詩歌藝術的追求者，我不能不感到，這不僅僅是思想的，而且是藝術的突破。時間大概是1975與1976之間，我是真正感到自己的虛弱了。詩歌領域，並不是只有頌歌和戰歌的語言，另一種詩的境界，已經被開拓出來。我平時所感所思，老是被自己拒絕於詩門之外，可人家已經寫得這樣精彩了。寫到這裡，我想起來，後來，有人以為我在1980年開始為朦朧詩吶喊，是冷鍋子裡爆出來一顆熱栗子。其實，並不是，我的內心早就感到了某種蛻變。[38]

舒婷本人則將1977年初讀北島詩的感受形容為「不啻受到一次八級地震」：「就好像在天井裡掙扎生長的桂樹，從一顆飛來的風信子，領悟到世界的廣闊，聯想到草坪和綠洲。我非常喜歡他的詩，尤其是〈一切〉。正是這首詩令我歡欣鼓舞地發現：『並非一切種子都找不到生根的土壤。』在我們這塊敏感的土地上，真誠的嗓音無論多麼微弱，都有持久而悠遠的回聲。」[39]舒婷稱自己本是鼓浪嶼海灘「一枚再平常不過的貝殼」，經由《今天》，帶上大海，在解凍與破冰時期，順應人心，發出了屬於自己的微弱聲音。

徐敬亞也至今清晰記得那種震撼：「詩還可以這樣寫！——我當時完全被驚呆了。它是一根最細的針的同時它又是一把最重的錘……

---

38 孫紹振訪談：〈我與「朦朧詩」之爭〉（未刊稿）。

39 舒婷：〈生活、書籍與詩〉，劉禾編：《持燈的使者》（香港：牛津大學出版社，2001年），第175-176頁。

在吉林大學潮濕陰暗的走廊裡，我的眼前每個字都似乎閃閃發光。那樣的震撼，一生中大概只能出現一次。」[40]帶著最初的閱讀興奮，徐敬亞寫出了對「今天詩派」的評論〈奇異的光〉，那也是他的第一篇詩歌評論。「按位址寄給了劉念春，收到的卻是北島的回信，並很快發表在《今天》第9期上。當時評論他們的人很少，這使我有幸成為早期《今天》的理論撰稿人之一。」[41]

如同西川為《今天》創刊三十週年所寫的一句感言：「《今天》使可能成為兄弟姐妹的人成為了兄弟姐妹。」不僅僅是「今天派」，包括後來的「新生代」如韓東、于堅、西川、柏樺、孟浪、朱朱等人都曾受此詩歌精神的感召。于堅說：「油印的《今天》令我震撼，我還記得多年前閱讀它時像捧著燃燒的泥炭的那種灼熱感。我知道我終於看見了那種可以與我此前讀過的那些死者的作品相提並論的東西了，而這些作者活著。」[42]柏樺回憶道：「北島〈回答〉的激情，正好供給了那個時代每一個內心需要團結的『我－不－相－信』的聲音。那是一種多麼巨大的毀滅或獻身的激情！彷彿一夜之間，《今天》或北島的聲音就傳遍了所有中國的高校……」[43]

三、「今天派」：先鋒詩的開創者

原本是小圈子裡祕密流行的文字遊戲，《今天》一度因為高層統治的權力真空而浮出水面，1980年之後，又因政治路線的重新定調而被埋入地底[44]。盛載「異端思想」和「懷疑精神」的容器遁於無形，

---

[40] 徐敬亞：〈《今天》，中國第一根火柴〉，《詩歌報》2011年8月4日第3版。

[41] 徐敬亞：〈《今天》，中國第一根火柴〉，《詩歌報》2011年8月4日第3版。

[42] 于堅：〈持久的象徵——《今天》出刊一百期有感〉，《今天》2013年春季號（總第100期特刊）。

[43] 柏樺：〈始於1979：比冰和鐵更刺人心腸的歡樂〉，《今天》2008年秋季號，「70年代」專號（總第82期）。

[44] 《今天》雜誌於1980年9月被迫停刊，之後以「今天文學研究會」的名義編發三期《文學資料》，1980年12月末在收到市公安局的通知後終止一切活動。

唯有一股文學的清流匯入主流媒體，繼而在一場硝煙四起的「崛起」之爭後奉「朦朧詩」之名留在了公眾記憶裡。

但《今天》詩歌的精神特質唯有放置於《今天》的歷史語境中方能為人所洞見。徐曉回憶說：

> 我清楚地記得，1985年冬天，我踩著積雪到北京大學參加學生會主辦的藝術節，北島、芒克、多多、顧城被邀請在階梯教室裡講演，當學生們對現代派問題、朦朧詩的概念糾纏不清時，北島開始回憶《今天》。我不知道坐在講臺上的《今天》元老和主力們當時有怎樣的感受，大學生們對這一話題的茫然和冷淡深深地刺痛了坐在觀眾席上的我，我覺得受了傷害，並且為這些無從責怪的學生感到悲哀，我甚至想走上講臺，講述我們當年承擔的使命和風險，我們所懷的希望和衝動……那時離《今天》停刊只有四年……[45]

80年代進入中國高校的「天之驕子」往往忽視了被「朦朧」化的《今天》詩行的「高貴的憂鬱」和「動人的絕望」，而出於「影響的焦慮」輕易喊出「Pass北島」的口號。其實無論打倒者還是被打倒者本身當時都尚未成熟穩健。時代的壓力、歷史的機遇使得早期《今天》詩人的語言與語境之間呈現一種緊張關係。他們對壓力的反抗主要不是政治的，或本意不是政治的，但「在自由缺席的地方，政治即是命運」[46]。當個人意象破壞了集體感知世界，個人審美衝擊到國家權力美學，夾縫求生的同人期刊隨時會因民主空間的重新閉合而遭取

---

45 徐曉：〈《今天》與我〉，劉禾編：《持燈的使者》（桂林：廣西師範大學出版社，2009年），第66-67頁。

46 引自歐文・豪（Irving Howe），參見[墨西哥]奧克塔維奧・帕斯：《沃爾特・惠特曼》，[美]布羅茨基等著，黃燦然譯：《見證與愉悅：當代外國作家文選》（天津：百花文藝出版社，1999年），第117頁。

締，《今天》也無法再在政治化的環境裡保持純文學立場的超然物外。他們選擇加入民刊的聯席會議，參加遊行集會，並因此而經歷了《今天》第1期後的第一次分裂。北島坦言：「《今天》一開始就存在一個很大的問題，即怎麼在文學和政治之間做出選擇？所以在我早期的作品中帶有很強的政治色彩，和當時的具體的個人經驗也很有關係，當時就是整天面臨著生離死別，就是這樣，所以它構成了一種直接的壓力。」[47]徐曉也說，自由的意志和精神總是與極權相悖，要麼你自言放棄，要麼你就是叛逆，「我們天生意識形態化，我們只能意識形態化」[48]。

一旦掀開「朦朧」的面紗，還那些曾經活躍在《今天》及其前驅「白洋淀」裡的詩人群一個「今天派」的正名，歷史的面目便會與此前「朦朧詩選」中的呈現有所差異。不難發現，80年代被介紹最多的「朦朧詩人」舒婷其實並非「今天」主將，只因其風格較為平易而更為受眾所接受。同時還有一些重要的個體遭到遮蔽，譬如芒克[49]，以及與芒克在十八歲那年同去白洋淀插隊的多多。

儘管芒克和多多很早就開始了詩歌寫作，同為「白洋淀詩群」的領軍人物，且芒克還參與創辦了《今天》，二人在新詩史上的地位卻長期遭到埋沒。這顯然與他們對待「官方詩界」的態度有關。為此，芒克還同北島有過議論：「他（北島）主張盡可能在官方刊物上發表作品，這同樣會擴大我們的影響。他有他的道理。但我認為這最多只

---

[47] 劉洪彬（整理）：〈北島訪談錄〉，劉禾編：《持燈的使者》（桂林：廣西師範大學出版社，2009年），第233頁。

[48] 徐曉：〈《今天》與我〉，劉禾編：《持燈的使者》（香港：牛津大學出版社，2001年），第61頁。

[49] 例如遼寧大學中文系1982年出版的《朦朧詩選》中，舒婷入選二十九首，北島入選十五首，芒克只入選一首。而一再重印印數驚人的春風文藝出版社1985年出版的《朦朧詩選》中，舒婷入選二十九首，北島入選二十七首，芒克只入選三首。而有的選本則根本沒有收入芒克的詩。

能是個人得點名氣，於初衷無補。」[50]因為拒絕與主流合流，芒克的詩很少「正式」出版發行，「崛起」之爭也基本不涉及他的作品。這令他與後來聲名鵲起的北島處境迥異。

而多多則是一位特別具有爭議性的詩人。在1988年第一屆「《今天》詩歌獎」的頒獎典禮上，獲獎者多多的作品曾收穫兩種截然不同的評價：以詩人雪迪為代表的認為，多多的詩是他那一代人理想與完美人格的外化與挽歌；而以評論家黃子平為代表的則稱，多多的詩與他本人的小說傾向正相反，不是理想的化身而是沉落[51]。黃燦然在論及多多時表示，多多的獨特或者被眾多評論家和讀者甚至文學史家所忽略的原因正在於他的特立獨行，即不被迷惑，也拒絕捲入「各種主義、流派和標籤中去」[52]。如此眾說紛紜，正是多多的複雜性所在。

說起「今天派」，就不得不提及他們的開路人食指（郭路生）。食指的詩自60年代末以來在知青群中廣為流傳，不僅影響了整個地下詩壇，也打動了千千萬萬的普通讀者。雖然《今天》發表過不少食指的作品，80年代前期，《詩刊》也曾登載過他的〈我的最後的北京〉，但他的命運猶如「時代的抹布」，「擦去灰塵，又被棄於塵土」[53]。90年代中期以來，對食指重要性的指認，成為「地下詩歌」發掘工作取得明顯成效的一項。但食指拒絕「朦朧詩人」這件並不合適的外套，以「我不朦朧」應之[54]。的確，受賀敬之、郭小川影響至

---

[50] 唐曉渡：〈芒克訪談錄〉，劉禾編：《持燈的使者》（桂林：廣西師範大學出版社，2009年），第241頁。

[51] 參見江江：〈詩的放逐與放逐的詩——詩人多多凝視〉，《今天》1990年第2期（總第11期），第70頁。

[52] 參見黃燦然：〈最初的契約〉，多多詩集：《阿姆斯特丹的河流》代序（太原：北嶽文藝出版社，2000年）。

[53] 參見黑大春編：《蔚藍色天空的黃金・詩歌卷》（北京：中國對外翻譯出版公司，1995年），第116頁。

[54] 食指1998年在接受崔衛平採訪時，當被問及其作品同後來詩人的區別時，他的回答是：「我不朦朧。」參見崔衛平：〈詩神眷顧受苦的人——郭路生訪談錄〉，廖亦

深的食指過於囿於朗誦語體的局限，且與傳統走得太近，牢記何其芳當年對他所說的：詩是「窗含西嶺千秋雪」，「得有個窗子，有個形式，從窗子裡看過去」[55]。不過，他的詩與革命詩歌有著本質上的不同：「他把個人的聲音重新帶回到詩歌中。」[56]崔衛平認為：在一個是非曲直顛倒的年代裡，食指的詩表現的是一種罕見的忠直——對詩歌的忠直，從而「體現了那個時代備遭摧殘的良知」[57]。多多則稱：就他「早期抒情詩的純淨程度上來看，至今尚無他人能與之相比」[58]。

食指啟發並激勵了一批更為出色的詩人。譬如北島，迄今清楚地記得1970年春與幾位好友在頤和園後湖划船時，聽人朗誦食指的詩「如輕撥琴弦，一下觸動了某根神經」：「我的70年代就是從那充滿詩意的春日開始的。當時幾乎人人寫舊體詩，陳詞濫調，而郭路生的詩別開生面，為我的生活打開一扇意外的窗戶。」[59]

北島是一位深具社會洞察力的詩人，他的承擔意識、自由理念及宏觀思辨使得他一方面能夠挑起「今天」的旗幟，一方面又能借用官方的平臺傳播「對抗」的話語。但他早期的一些作品因執於是非之端，為他贏得外在聲名的同時也消減了內在的詩意。劉小楓將北島這一代人劃為「四五」一代，並說：「『四五』一代從真誠地相信走向

武主編：《沉淪的聖殿——中國20世紀70年代地下詩歌遺照》（烏魯木齊：新疆青少年出版社，1999年）。

55 參見崔衛平：〈郭路生〉，劉禾編：《持燈的使者》（桂林：廣西師範大學出版社，2009年），第162頁。

56 參見陳炯、北島：〈用「昨天」與「今天」對話——談《七十年代》〉，《時代週報》2009年8月26日。

57 參見崔衛平：〈郭路生〉，劉禾編：《持燈的使者》（桂林：廣西師範大學出版社，2009年），第160頁。

58 參見多多：〈1970-1978：北京的地下詩壇〉，劉禾編：《持燈的使者》（桂林：廣西師範大學出版社，2009年），第88頁。

59 北島：〈斷章〉，北島、李陀主編：《七十年代》（北京：三聯書店，2009年），第32頁。

真誠地不信，為拒斥意義話語的對象性失誤提供了條件，也給出了新的危險。」[60]上海師範大學教授張閎在〈北島，或一代人的「成長小說」〉[61]中也指出，北島早期詩歌與官方意識形態之間有著「父與子的權力對抗」、「城樓與廣場間的回聲」般的關係。對此，北島表示認同：「對抗是種強大的動力，但又潛藏著危險，就是你會長得越來越像你的敵人。」[62]誠如約瑟夫・布羅茨基（Joseph Brodsky）所言：「世上最容易翻轉過來並從裡到外碰得焦頭爛額的，無過於我們有關社會公義、公民良心、美好未來之類的概念了。」[63]歷史好比一面鏡子，鏡外的「四五」一代舉著「革命文學」的標語朝裡望，瞅見鏡內的「五四」一代舉著「文學革命」的標語往外瞧。他們原本就是樣貌相似的歷史的同謀。

從「五四」一代到「四五」一代，從「文學革命」到「革命文學」，中國主流詩歌逐漸上升為一種神化，張棗將之命名為「太陽神話」，其核心意象就是「太陽」。而在「文革」時期，「太陽神話達到無以復加的程度」，致使文學窒息：「這種話語權威導致了一套話語體系，配置這個體系就要有一個說話的調式，一個說話的聲音，宏大的、朗誦性的、簡單的，而不是隱喻的、曲折的、美文的」[64]。

而「今天派」就是建立在反「太陽神化」的基礎上的。比較著名的一個例子是芒克的〈陽光中的向日葵〉：

---

60 劉小楓：〈「四五」一代的知識社會學思考箚記〉，《這一代人的怕和愛》（北京：三聯書店，1997年），第132頁。

61 張閎：〈北島，或一代人的「成長小說」〉，《當代作家評論》1998年第6期。

62 北島訪談：〈一個四海為家的人〉，訪談者：劉子超，原發表於《南方人物週刊》2009年第46期，原題〈此刻離故土最近〉，收入北島：《古老的敵意》（香港：牛津大學出版社，2012年），第9頁。

63 [美]約瑟夫・布羅茨基：〈畢業典禮致辭〉，[美]布羅茨基等著，黃燦然譯：《見證與愉悅：當代外國作家文選》（天津：百花文藝出版社，1999年），第307-308頁。

64 參見張棗：〈關於當代新詩的一段回顧〉，張棗著，顏煉軍編選：《張棗隨筆選》（北京：人民文學出版社，2012年），第165頁。

你看到了嗎
你看到陽光中的那棵向日葵了嗎
你看它，它沒有低下頭
而是把頭轉向身後
它把頭轉了過去
就好像是為了一口咬斷
那套在它脖子上的
那牽在太陽手中的繩索[65]
……

這裡展現了芒克特有的一種「野性」的反叛。而在其他「今天派」詩裡，更為豐富的表達俯首皆是：

以太陽的名義
黑暗公開地掠奪
（北島：〈結局或開始——獻給遇羅克〉）

太陽的正午之光的絞索
早已勒緊
整個世界落在我身上
（楊煉：《半坡組詩》）

痛苦的風暴在心底
太陽在額前
（舒婷：〈會唱歌的鳶尾花〉）

---

[65] 芒克：〈陽光中的向日葵〉，洪子誠、程光煒編選：《朦朧詩新編》（武漢：長江文藝出版社，2004年），第70頁。

你不自由，像一枚四海通用的錢！
（多多：〈致太陽〉）

太陽烘著地球，
像烤一塊麵包。
（顧城：〈生命幻想曲〉）

太陽落下去了
像滑進一扇虛掩的門
收回了對這個世界的許諾
（田曉青：〈海〉）

記得童年，鄉野的風質樸而溫和
是母親和土地給了我一顆純潔的心
如今，仙人掌一樣地腫大著
在埋葬著朝聖者的沙灘上
長滿針刺的身軀，迎送著每一顆暴虐的太陽
（林莽：〈二十六個音節的回想——獻給逝去的年歲〉）

早期「今天派」便是以多種多樣的個人意象顛覆了權力對語言的控制，恢復了漢語詩歌的生命力，但同時也因針鋒相對的環扣關係犯了二元對立的忌諱。北島說：「那時候我們的寫作和革命詩歌關係密切，多是高音調的，用很大的詞，帶有語言的暴力傾向。我們是從那個時代過來的，沒法不受影響，這些年來，我一直在寫作中反省，設法擺脫那種話語的影響。對於我們這代人來說，這是一輩子的事。」[66]

---

[66] 翟頔、北島：〈中文是我唯一的行李〉，《書城》2003年第2期。

陳超注意到，1984年後，「今天派」開始了想像力向度的調整或轉型：「北島由對具體意識形態的反思批判，擴展為對人類異化生存的廣泛探究。楊煉更深地涉入了對種族『文化－生存－語言』綜合處理的史詩性範疇。多多更專注於現代人精神分裂、反諷這一主題。芒克則以透明的語境（反浪漫華飾）跡寫出昔日的狂飆突進者，在當代即時性欣快症中，作為其伴生物出現的空虛和不踏實感。」[67]這四種向度在陳超看來是1984年後「今天派」最有意義的進展。

張棗則認為，「朦朧詩人」自80年代中期與「後朦朧詩人」貌似「斷裂」的關係實為殊途同歸，即對語言本體的沉浸及對寫作本身的覺悟，這使得詩歌在發展方向上趨於一種「元詩歌」（Metapoetry）——也就是「關於詩歌的詩歌」，或者說「詩歌的形而上學」。例如北島自〈詩藝〉之後的那一系列短詩、楊煉的〈諾日朗〉、顧城後來收錄在〈水銀〉的作品，還有多多的詩歌，均體現了元詩寫作的延伸。張棗在其完成於圖賓根大學的德語博士論文中用了近三章的內容詳細分析了「朦朧詩」及「後朦朧詩」的來源去脈，指出到80年代末，這兩股先來後到，但並無實質性差異的詩潮事實上已經合二為一。既然是同一類詩歌，就不該有兩種後設概念的對立：「幾位重要的詩評人也就相應地有了『先鋒詩』或『實驗詩』之類的提法。」[68]我們還將在下篇談到所謂「朦朧詩」與「後朦朧詩」在海外《今天》的合流，這也是「越界」視野帶給我們的去蔽溯源的洞見，由此更可以看出「朦朧詩」及「後朦朧詩」稱謂所造成的混亂。文學史上的命

---

[67] 陳超：〈先鋒詩歌20年：想像力方式的轉換〉，《燕山大學學報》（哲社版）2009年第4期。

[68] Zhang Zao. *Auf die Suche nach poetischer Modernität: Die Neue Lyrik Chinas nach 1919*, Tübingen: TOBIAS-Lib, Universitätsbibliothek, 2004. s. 242-243.例如唐曉渡稱朦朧詩是實驗詩的「開先河者」；陳超認為先鋒詩是對朦朧詩的超越（包括「朦朧詩人」後期創作的自我超越）。參見唐曉渡：〈實驗詩：生長著的可能性〉，《唐曉渡詩學論集》（北京：中國社會科學出版社，2001年），第43-48頁；陳超：《中國先鋒詩歌論》（北京：人民文學出版社，2007年）。

名常有其約定俗成、將錯就錯的成分，但為了儘快走出對當代中國新詩誤讀的怪圈，正名工作事不宜遲。

第二節　「崛起」：思想解放的關鍵字

與「五四」時期相仿，詩界變革在80年代也是廣泛意義上的社會變革的先聲，這股浪潮在1979至1980年間使得《今天》成為官方無法視而不見的事實：「一些『正式』出版的文學刊物，也開始慎重、有限度地選發他們的作品。」[69]其中最有影響力的莫過於《詩刊》了。北島回憶說：「當時《詩刊》的副主編邵燕祥是我的朋友，他把《今天》創刊號上的〈回答〉和舒婷的〈致橡樹〉，分別發在《詩刊》1979年的第3期和第4期上。《詩刊》當時發行量很大，超過上百萬份，無疑對『今天詩派』的傳播起了很大作用。在後來官方關於朦朧詩的討論中，卻不能提到《今天》。由於缺席，就只剩下『朦朧詩派』這個官方標籤了。」[70]

所謂的「朦朧詩」討論其實就是「崛起」之爭，即以「三崛起」——謝冕〈在新的崛起面前〉（1980）、孫紹振〈新的美學原則在崛起〉（1981）、徐敬亞〈崛起的詩群〉（1983）——為代表的革新派與保守派之間的論爭[71]。謝冕〈在新的崛起面前〉[72]的發表時間雖早於章明〈令人氣悶的朦朧〉，「朦朧」這個比較通俗的說法卻逐漸取代「崛起」而成為有爭議的詩群的特指。「『崛起』也並非完全是謝

---

[69] 洪子誠、劉登翰：《中國當代新詩史》（北京：北京大學出版社，2010年），第210頁。

[70] 劉溜、北島：〈北島：靠強硬的文學精神突圍〉，《經濟觀察報》2009年1月19日。

[71] 例如謝冕在其評論文章中，對「不拘一格、大膽吸收西方現代詩歌的某些表現方式」，「越來越多的『背離』詩歌傳統」的「一批新詩人」給予支持。孫紹振、徐敬亞也在其文章中認同詩界的藝術革新。

[72] 根據謝冕在「全國詩歌理論討論會」上的發言，經整理後刊發於《光明日報》1980年5月7日，和《詩探索》1980年第1期。

冕的發明，前不久，在報刊上有一篇表彰李四光的文章叫做〈亞洲大陸的新崛起〉。謝冕以他的文采和情采讓地質學的『崛起』變成了文學史、思想解放的歷史關鍵字。」[73]

「崛起」之爭也被視為中國大陸文藝政策與西方現代主義美學之間的重新溝通的開始。其中，1980年4月在廣西南寧召開的全國第一屆詩歌理論討論會「標誌著關於『朦朧詩』的爭論進入第二階段：從不登大雅之堂的油印刊物走向了全國性的學術殿堂。從嘰嘰喳喳的議論變成了嚴肅的論戰」[74]。據參加過此屆討論會的孫紹振回憶：

> 這時顧城的幾首詩已經在剛剛復刊的《星星》詩刊三月號上出現，引起了與會者極其強烈的震動。一方面，顧城那些富有一定社會意義的詩歌，如：〈一代人〉（「黑夜給了我黑色的眼睛／我卻用它尋找光明」）得到了讚賞。但是他的不包含直接的社會意義的作品，例如〈弧線〉，就遭到了不少人的聲討、質疑：這樣「古怪」的東西，也能算是詩嗎？聞山先生甚至在大會發言中，說顧城的一些詩是墮落。對這些詩最初的命名，並不是「朦朧詩」，而是「古怪詩」：它似乎古怪地刁難讀者，下決心讓人看不懂（後來還傳來舒婷對於看不懂的批評斷然拒絕：你看不懂，你的兒子會看懂）。爭論自然而然地爆發了。一派主張對於「古怪詩」這樣脫離群眾、脫離時代的墮落的傾向要加以「引導」；而另一派以謝冕和我為代表，則為「古怪詩」辯護。當年還是中年講師的謝冕提醒大家：每當一種新的創造產生，我們總是匆匆忙忙去引導，「採取行動」的結果，不但不是推動詩歌藝術的發展，反而是設置了障礙。[75]

[73] 孫紹振訪談：〈我與「朦朧詩」之爭〉（未刊稿）。
[74] 孫紹振訪談：〈我與「朦朧詩」之爭〉（未刊稿）。
[75] 孫紹振訪談：〈我與「朦朧詩」之爭〉（未刊稿）。

南寧會議之後，謝冕和孫紹振應《光明日報》之邀分別寫出了〈在新的崛起面前〉、〈詩與小我〉，「兩篇文章，都沒有特別引起注意。雖然這標誌著：關於朦朧詩的論爭進入了第三階段，從口頭轉移到了全國性的報刊和出版物上，從片段的感覺印象上升為系統的理論。朦朧詩也順理成章地以其藝術風貌開始了征服出版物的歷程」[76]。

繼選載北島、舒婷作品之後，《詩刊》在1980年第4期又開闢了「新人新作小輯」，「這使由《今天》所引領的詩潮影響進一步擴大」[77]。到了7月，還邀請一些可以接受的年輕詩人去參加「青春詩會」[78]，相關特輯在10月號刊出；8月號發表章明〈令人氣悶的朦朧〉一文，由此展開了所謂「朦朧詩」的大討論；9月，詩刊社在北京召開詩歌理論座談會，會上圍繞對「朦朧詩」的評價形成了兩種完全不同的意見，部分言論的綜述以〈一次熱烈而冷靜的交鋒〉為題發表在1980年第12期的《詩刊》上。

「崛起」之爭表面上是因「新詩潮」而起，實則關係到「中國新詩向何處去」的遠景展望，其中包含三個向度的設問：一、民族文學還是世界文學？（橫向）二、人民文學還是人的文學？（逆向）三、傳統文學還是現代文學？（縱向）

這三個設問各有側重卻互為依存，而對此的不同思考區隔開了各派陣營。例如「崛起」論的發軔者謝冕惕勵我們的新詩，「60年來不是走著越來越寬廣的道路，而是走著越來越窄狹的道路。30年代有過關於大眾化的討論，40年代有過關於民族化的討論，50年代有過關於向新民歌學習的討論。三次大討論都不是鼓勵詩歌走向寬闊的世界，而是在左的思想傾向的支配下，力圖驅趕新詩離開這個世界。……

---

[76] 孫紹振訪談：〈我與「朦朧詩」之爭〉（未刊稿）。

[77] 洪子誠、劉登翰：《中國當代新詩史》（北京：北京大學出版社，2010年），第210頁。

[78] 參見唐曉渡：〈我所親歷的80年代《詩刊》〉（上），《今天》2003年春季號（總第60期）；孫紹振訪談：〈我與朦朧詩之爭〉（未刊稿）。

有趣的是，三次大的討論不約而同地都忽略了新詩學習外國詩的問題。……片面強調民族化群眾化的結果，帶來了文化借鑑上的排外傾向」。而在剛剛告別的那個詩的暗夜，「我們的詩也和世界隔絕了。我們不瞭解世界詩歌的狀況」。重獲解放後的「今天」，「人們理所當然地要求新詩恢復它與世界詩歌的聯繫，以求獲得更多的營養發展自己」，因而出現了一批新的「探索者」。對於他們的創造，鑑於歷史的教訓，應當採取「容忍和寬宏」的態度[79]。

「崛起」論的另一位扛鼎人孫紹振則是從詩人個人與人民群眾的關係上來論述新詩重在「自我表現」，不屑於作時代精神的號筒：「在年輕的革新者看來，個人在社會中應該有一種更高的地位，既然是人創造了社會，就不應該把社會的（時代的）精神作為個人的精神的敵對力量，那種人『異化』為自我物質和精神的統治力量的歷史應該加以重新審查。傳統的詩歌理論中『抒人民之情』得到高度的讚揚，而詩人的『自我表現』則被視為離經叛道，革新者要把這二者之間人為的鴻溝填平。」[80]時隔三十年回顧這場論戰，孫紹振表示：

> 我當時的思想可以歸結為啟蒙主義個體價值論。這是從我切身的經歷中概括出來的。我們的主流理論中的人民有兩個特殊的內涵，第一是與敵人相對立的，第二是和個體相對立的。人民因與敵人對立而日益崇高起來，但同時，人民越是崇高，作為人民的個體卻越是卑微。當人民被提高到極點的時候，個體就被壓到了敵人的邊緣。建國以來，幾乎每一次殘民的運動，都以人民的神聖名義去推行，而人民的個體只能去打擊想像中的「敵人」，以免自己從人民的邊緣跌入敵人中去。[81]

---

[79] 參見謝冕：〈在新的崛起面前〉，《光明日報》1980年5月7日。

[80] 孫紹振：〈新的美學原則在崛起〉，《詩刊》1981年第3期。

[81] 孫紹振訪談：〈我與「朦朧詩」之爭〉（未刊稿）。

謝冕和孫紹振的言論贏得了一些學者的擁護，例如鍾文、吳思敬等支持者認為年輕的「探索者」和「革新者」的詩作不僅是「新的崛起」，並在一定程度上是「方向」，是未來詩壇的「希望」，必將「掀起詩歌發展的大潮」[82]。但這股新銳力量很快就遭遇到某種強大的「集體意志」的阻擊。「這種集體意志一方面感受著新詩（思）潮的衝擊所帶來的興奮、眩暈和不適，一方面念念不忘主流意識形態、體制和所謂『新詩傳統』的規範」，彷彿一隻「看不見的手」，掌控著整個局勢[83]。據親歷者之一唐曉渡回憶：「有關『朦朧詩』的論爭最初尚能保持學理上起碼的平等、自發性和張力（這在49年以後似乎還是第一次。僅此就應對這場論爭予以高度評價，而無論其於詩學建設的意義有多麼初級），但越是到後來，要求對詩壇年輕的造反者進行『積極引導』的壓力就越大。這一特定語境中的『關鍵字』透露，對那些自認為和被認為負有指導詩歌進程責任的人們來說，閱讀的焦慮從一開始就與某種身分危機緊緊糾纏在一起，而後者遠比前者更令人不安。」[84]

孫紹振在其訪談中說，〈新的美學原則在崛起〉原本遭遇《詩刊》退稿，隔了一個月左右忽然又被責編索回，這令他感覺有些蹊蹺，隨後從不同地方傳來的消息證實了他的猜想。果然，3月號的《詩刊》在他的文章前面加了一個挺有傾向的按語；4月號刊登了程代熙的批判文章。過了許久他才知道整個事情的來龍去脈[85]。

---

[82] 參見吳嘉、先樹：〈一次熱烈而冷靜的交鋒——詩刊社舉辦的「詩歌理論座談會」簡記〉，《詩刊》1980年第12期。

[83] 參見唐曉渡：〈我所親歷的80年代《詩刊》〉（上），《今天》2003年春季號（總第60期），第227頁。

[84] 唐曉渡：〈我所親歷的80年代《詩刊》〉（上），《今天》2003年春季號（總第60期），第227頁。

[85] 孫紹振說，他是從一個同學那裡知道批判他的起因：「《詩刊》退稿，是在1980年底，第一次『反自由化』已經決策。有權威人士指出，文藝界自由化，《人民日報》上太多消極的東西，報刊要清理。胡耀邦全力減壓。說80年12月以前，就不要算帳了。從81年開始吧。那時，電影界已經掛上號的是白樺的《苦戀》。《解放軍

1981年的「反對資產階級自由化」彷彿乍暖尤寒季節吹來的一股冷流，它似乎在提醒人們，「楓葉上寫滿的是春天的謊言」。但是形勢還是發生了相當的變化。這場運動以不了了之表明，勢比人強。「這裡的『勢』，既指改革開放的歷史大勢，更指人心向背之勢。人可能被異化成不同程度的機器甚或機器上的齒輪和螺絲釘，但一旦自省覺醒，他就會起而反抗其被強加的機械性。」[86]據當年已成眾矢之的的孫紹振回憶：

> 差不多在同一時期，《人民日報》刊登了程代熙的文章摘要和《詩刊》的按語，《紅旗》雜誌也有文章，對我進行批判。看到《人民日報》發表批判文章的當天，我走在去課堂的路上，心裡忐忑不安。從上世紀50年代過來的人都知道，《人民日報》發表批判文章對一個人意味著什麼。我不知道怎麼去面對學生。但沒想到，一走進教室，學生們竟全體起立，為我鼓掌。令我有熱淚盈眶的感覺。接著，出乎意料的是，不斷收到讀者支持的來信……[87]

1983年年初，徐敬亞的長文〈崛起的詩群——評我國詩歌的現代傾向〉刊載於甘肅蘭州的《當代文藝思潮》，其觀點與謝冕、孫紹振一脈相承，但更側重於強調「中國社會整體上的變革決定了中國必然產生與之適應的現代主義文學」。徐敬亞認為：「現代傾向的興起，

報》等都發了嚴厲的批判文章。我的〈新的美學原則在崛起〉還沒有發表。但是，一個領導人物在中宣部主持了一個會，把我的文章的列印稿拿出來，表示問題比較大了。青年詩人們已經形成了一種傾向。不能讓它形成自覺的理論。因而要展開評論。」參見孫紹振訪談：〈我與「朦朧詩」之爭〉（未刊稿）。

[86] 唐曉渡：〈我所親歷的80年代《詩刊》〉（上），《今天》2003年春季號（總第60期），第232頁。

[87] 孫紹振訪談：〈我與「朦朧詩」之爭〉（未刊稿）。

絕不是幾個青年人讀了幾本外國詩造成的，它，產生於中國最新的現實生活，是天安門詩歌運動的直接產物；是五四新詩的一個分支的復活；是30年代新詩探索的繼續；也是50年代民歌道路失敗後的再次嘗試。」[88]初出茅廬的徐敬亞當時並不知道，這篇評論引來的將是上百萬字的輪番筆伐[89]。典型的批駁包括：「學外國的『沉渣』而數典忘祖，敗人胃口」（臧克家）；「我還是堅持著：首先得讓人能看懂」（艾青）；「不能向資產階級那些市儈低級的作品看齊，引進腐朽落後的個人主義」（聞山）；「詩應是民族的，愈是民族的則愈是世界的。用『現代主義』代替一切是行不通的」（賈漫）[90]。諸般論辯無非都是在「傳統」的框架內否定新詩的現代更新的必要性。而「傳統」又可分為文化傳統、道德傳統、政治傳統三個層面。徐敬亞的觀點之所以會遭強力駁斥，根本原因在於「中國文化範型是一種文統、道統、政統相互緊密連結的超穩定結構，其中政治傳統主宰一切。向文化傳統要求更新無法避免地會觸動體制和權力關係」[91]。

從1983年9月直至1984年春天，「三崛起」一併成為詩歌界「清除精神污染」的主要標靶。「其間僅在《詩刊》上發表的有關批判（評）文章（包括轉載的徐敬亞的檢查）就達十數篇之多」[92]。批評者認為：「我們和『崛起』論者的分歧」，「不但是文藝觀的分

---

[88] 徐敬亞：〈崛起的詩群——評我國詩歌的現代傾向〉，《當代文藝思潮》1983年第1期。

[89] 時任《當代文藝思潮》主編的謝昌余退休後在《山西文學》撰文回憶了那段往事，對於當年的「引蛇出洞」內幕提供了非常詳盡的史料介紹。事實上早在徐敬亞文章刊發之間，有關部門就已開始組織力量進行批判。他們認為徐文是一份非常典型的反面教材。參見謝昌余：〈《當代文藝思潮》雜誌的創刊與停刊〉，《山西文學》2001年第8期。

[90] 針對徐敬亞觀點的批判情況，可參見發表於《文藝報》1984年第4期上的綜述文章〈一場意義重大的文藝論爭〉。

[91] 參見黃梁：〈意志自由之路——大陸先鋒詩歌歷史脈動與文化特徵（一）〉，《今天》1999年第3期（總第46期）。

[92] 唐曉渡：〈我所親歷的80年代《詩刊》（上）〉，《今天》2003年春季號（總第60期）。

歧，也是社會觀、政治觀、世界觀的分歧，是方向、道路的根本分歧」[93]。除「三崛起」之外，在不同程度上被劃入「污染」之列的還包括北島的〈彗星〉、〈一切〉，舒婷的〈流水線〉、〈牆〉，楊煉的〈諾日朗〉，顧城的〈空隙〉、〈結束〉等等。正如于堅所說，歷史上的每一次文學事件無不是為了向它的時代再次重申「何謂文學」，「文學的合法性就是母語的合法性。抹殺者喜歡強調《今天》詩歌對國家意識形態的反抗，確實，《今天》詩歌表達了對自己時代的憤怒和抗議，但這在美學上並不可恥，這些詩歌深刻地影響著當代文明。《今天》詩歌最重要的是，它是一種母語的重返，它對主流意識形態的抗議下面暗藏著母語的洪流，這一點往往被論者忽略」[94]。

雜誌可以被停刊，作家可以被封喉，但重返的母語的洪流勢不可擋。這也正是《今天》的真正價值所在，好比點燃了蠟燭，火柴就可以扔掉了。與此同時，一個時代的「朦朧」已經過去，更多的「新生代」力量加入到新詩探索者的行列當中，並以寫者的姿態繼續推進漢語文學的變革。

---

[93] 參見呂進：〈重慶詩歌討論會〉，《文藝報》（北京）1983年第12期。

[94] 參見于堅：〈持久的象徵——《今天》出刊一百期有感〉，《今天》2013年春季號（總第100期特刊）。

第三章　「傷痕」深處的存在主義
——以《今天》（1978-1980）小說為例

《今天》不僅是建國以後中國第一份真正意義上的「同人刊物」，更確立了一種「活在當下」的存在主義的時間向度。討論《今天》不能僅限於對其詩歌成就的肯定。本章試以北島、萬之、史鐵生等人的作品為例論述《今天》小說的存在主義精神特質，探討一代青年人如何絕處逢生卓然自拔，以純粹的文學品質和文本實驗求索自我救贖之路。與同期的「傷痕文學」相比，《今天》敢於正視歷史深處的荒謬與虛無，以切膚之感書寫個人最真實、最複雜、最鮮活、最隱祕的焦慮，並在敘述中不動聲色地蘊入對時間、死亡、宿命、夢魘的思考，以自由的選擇確證生命存在的真正價值。

第一節　存在主義視域下的《今天》的文學介入

1978年底，幾個年輕人圍著一臺破舊的油印機祕密生產出了解放後第一份真正意義上的「同人刊物」[1]。他們迫不及待地要在「血泊中升起黎明的今天」[2]唱出埋藏在心中十年之久的歌：「我們的今天，根植於過去古老的沃土裡，植根於為之而生、為之而死的信念中。過去的已經過去，未來尚且遙遠。對於我們這代人來講，今天，只有今天！」[3]

1　參見黃平：〈新時期文學的發生——以《今天》雜誌為中心〉，《海南師範大學學報（社會科學版）》2007年第3期，《人大複印報刊資料》全文轉載，2007年第12期。

2　《今天》編輯部（北島執筆）：〈致讀者〉，《今天》（1978-1980）第1期。

3　《今天》編輯部（北島執筆）：〈致讀者〉，《今天》（1978-1980）第1期。

《今天》[4]給了日光之下的文字和事物一種「新的維度」。十年之後異國相聚，劉再復評論說：「我特別喜歡『今天』，也就是『現在』這個時間向度，我覺得人類存在的本體價值寓於『今天』之中。」[5]不為一個抽象的「明天」而容忍「今天」生命的被踐踏，也不因過去的苦難而滿足於今天貧窮而卑微的生活，「採取『今天』的時間向度，意味著尊重生命，尊重自己，尊重時代，尊重人類此時此刻的工作和創造」[6]。

這種「活在當下」的價值取向從縱的眼光來看可與「五四」精神相連。魯迅在〈隨感錄五〇七・現在的屠殺者〉中說過：「殺了『現在』，也便殺了『將來』。——將來是子孫的時代。」李大釗也曾在刊於《新青年》第4卷第4號的〈今〉中寫道：「我以為世間最可寶貴的就是『今』，最容易喪失的也是『今』。……為什麼『今』最可貴呢？最好借耶曼孫所說的答這個疑問：『爾若愛千古，爾當愛現在。昨日不能喚回來，明天還不確定，爾能確有把握的就是今日。』」[7]

從橫的眼光來看，《今天》的創刊——這場註定要失敗的嘗試[8]本身就是「今天同人」在存在主義信仰上的最具體的實踐[9]。他們帶

---

[4] 《今天》創刊於1978年12月23日，1980年12月被迫停刊，一共出版九期，另有三份「今天文學研究會」內部交流資料及四本叢書。每一期篇幅從六十頁到八十頁不等，形式涉及詩歌、小說、評論、譯介文學，以及素描和版畫。1990年8月，《今天》在海外復刊。本章研究內容僅限於老《今天》（1978-1980）部分。

[5] 李陀、李歐梵、黃子平、劉再復：〈《今天》的意義——芝加哥四人談〉，《今天》1990年第1期（總第10期）。

[6] 李陀、李歐梵、黃子平、劉再復：〈《今天》的意義——芝加哥四人談〉，《今天》1990年第1期（總第10期）。

[7] 〈致讀者〉對「今天」的強調，鍾鳴認為「在被遺忘的職業革命家李大釗那裡，就已經存在了」。參見鍾鳴：《旁觀者》（海口：海南出版社，1998年）第2卷，第613頁。

[8] 北島在一次訪談中說：「當時我就有預感，我們註定是要失敗的，至於這失敗是在什麼時候，以何種方式卻無法預測。那是一種悲劇，很多人都被這悲劇之光所照亮。」參見查建英：〈北島〉，《八十年代訪談錄》（北京：三聯書店，2006年），第76頁。

[9] 參見楊嵐伊：《語境的還原：北島詩歌研究》（臺北：秀威資訊科技，2010年），第44頁。

著紙，也帶著繩索和身影。自由源於選擇，但也要有承擔責任的勇氣。「寫作，這是某種要求自由的方式；一旦你開始寫作，不管你願意不願意，你已經介入了。」[10]法國新哲學派的領袖人物貝爾納・亨利・列維（Bernard-Henri Lévy）指出，薩特名篇〈什麼是文學？〉其實通過介入回答了三個具體的問題：第一，寫什麼？答案：寫今天；第二，為誰而寫？答案：為今天而寫；第三，寫給誰看？答案：寫給多數人看。「介入的作家，就是『在死之前曾經活過』的作家。捍衛介入，不是別的，正是拋棄死後揚名的幻影。」[11]

文學介入使得《今天》從一開始就被捲入政治漩渦並最終被迫停刊。正如薩特1944年說過的：「文學並不是一首能夠和一切政權都合得來的無害的、隨和的歌曲，它本身就提出了政治問題。」[12]

《今天》重回學界視野是在90年代末期。一些文學史的著述者開始重新考察80年代新詩運動的源頭。例如1999年，洪子誠的《中國當代文學史》[13]清理了「新詩潮」的歷史脈絡，明確提及《今天》，介紹它與「朦朧詩」的關係。新世紀之後，對食指重要性的指認，以及「白洋淀詩群」面貌的浮現，成為這一階段「地下詩歌」發掘工作的最重要的成果[14]。

1999年，張炯主編的《新中國文學五十年》[15]中的詩歌部分《詩歌：新中國詩歌五十年行進的軌跡》由謝冕完成。作為當年支持「朦朧詩」的「三崛起」評論人之一，謝冕將《今天》獨立於「朦朧詩」

---

[10] [法]讓－保羅・薩特著，施康強譯：〈什麼是文學？〉，《薩特文集》（北京：人民文學出版社，2005年）第7卷，第142頁。

[11] 參見[法]貝爾納・亨利・列維著，閆素偉譯：《薩特的世紀——哲學研究》（北京：商務印書館，2005年），第109頁。

[12] 何林編著：《薩特：存在給自由帶上鐐銬》（瀋陽：遼海出版社，1999年），第194頁。

[13] 洪子誠：《中國當代文學史》（北京：北京大學出版社，1999年）。

[14] 參見洪子誠：《中國當代文學史》（北京：北京大學出版社，2007年），第238-239頁。

[15] 張炯主編：《新中國文學五十年》（濟南：山東教育出版社，1999年）。

之外，稱之接續了中國新詩自「五四」開始的現代更新的歷史，以現代主義為參照，在新詩發展基礎上致力於對陳舊而僵硬的藝術模式的革新。這無疑是給了《今天》很高的歷史地位。

不過，僅僅將《今天》放置於詩歌史中進行研究卻也遮蔽了《今天》其他文學門類的成就，譬如小說——相較於早熟的《今天》作品，一向被視為「新時期文學」發端的「傷痕文學」不免黯然遜色。有學者對關於「傷痕文學」才是「文革」以後文學變革標誌的普遍看法提出質疑。例如李陀表示：「我一直對這種寫作評價不高，覺得它基本上還是工農兵文學那一套的繼續和發展，作為文學的一種潮流，它沒有提出新的文學原則、規範和框架，因此傷痕文學基本是一種『舊』文學。」[16]他的觀點是：「其實，如果認真地追根溯源，這一文學變革應該從『朦朧詩』的出現，到1985年『尋根文學』，到1987年實驗小說這樣一條線索去考察。」[17]

黃平的〈新時期文學的發生——以《今天》雜誌為中心〉也提出：「傷痕文學」被確立為「新時期文學」的開端，是一種「歷史」選定的結果。黃平認為：在1978年的這個歷史上的關鍵時刻，「傷痕文學」適時地出現了，為如何開啟「新時期」敘述這一隱祕的「焦慮」提供了一個現成的答案，因而被各方力量建構成了經典。而《今天》則拒絕這一套「新人」的行為手冊與行動指南，也就形同「異類」遭到排斥[18]。

德國漢學家顧彬認為，率先打破文革後期那「磐石般沉默」的終歸還是1949年以後出生的年輕一代的詩人[19]。北島石破天驚的那一句

16　李陀、李靜：〈漫說「純文學」——李陀訪談錄〉，《上海文學》2001年第3期。

17　李陀、李靜：〈漫說「純文學」——李陀訪談錄〉，《上海文學》2001年第3期。

18　黃平：〈新時期文學的發生——以《今天》雜誌為中心〉，《海南師範大學學報》2007年第3期，《人大複印報刊資料》全文轉載，2007年第12期。

19　參見[德]顧彬撰，成川譯：〈預言家的終結——二十世紀的中國思想和中國詩〉，《今天》1993年第2期（總第21期）。

「告訴你吧，世界，／我－不－相－信！」彷彿是「給這午夜致命的一槍」。而年輕詩人的叛逆行為在國際上並非絕無僅有：「波蘭和東德詩人的抗議已在他們之前了。1968年克拉考就已出現了『此時』文學團體，它遠早於北京的《今天》雜誌（1978-1980）。『此時』要求回歸人性、摒棄『鬥士精神』、中止美化世界，對70年代影響極為深遠。更早，東德在60年代初就興起了一種詩歌浪潮，它的遭遇與中國後來的朦朧詩頗有相似。」[20]

詩人因其直覺的、超越的眼界往往能對受制於「事實」的理性主義或經驗主義的意識形態進行生動的批判，以藝術所體現的那些能量和價值去影響社會。例如19世紀英國的大部分浪漫主義詩人如布萊克（William Blake）、雪萊（Percy Bysshe Shelley）等都是政治活躍份子，「他們在自己的文學信念和社會信念之間所感到的不是衝突而是連續」[21]。但就藝術形式而言，薩特認為，詩人是從外部來看世界萬物，將語言作為絕對目的而非手段，因此不可能真正完成「介入」。這一點和小說家或戲劇家有所不同。詩歌是閃電，預示著雷鳴和暴風雨的到來。魯迅曾在《中國小說的歷史的變遷》中談到：「在文藝作品發生的次序中，恐怕是詩歌在先，小說在後的。」[22]遠古如此，現代也是這樣。例如被視作西方現代派鼻祖的法國詩人波特萊爾的《惡之花》發表於1857年，直至20世紀的20、30年代，現代主義文學才走向高潮，出現了一大批主要的代表作品，如喬伊絲的《尤利西斯》、卡夫卡的《城堡》、奧尼爾的《鍾斯皇帝》、皮蘭德婁的《亨利第四》等等。大規模的文學變革或社會變革來臨之際，先知先覺的詩人完成的僅是一個扣動扳機的動作，發出衝鋒號令，革命的最終勝利還

[20] 參見[德]顧彬撰，成川譯：〈預言家的終結——二十世紀的中國思想和中國詩〉，《今天》1993年第2期（總第21期）。

[21] [英]特雷・伊格爾頓著，伍曉明譯：《二十世紀西方文學理論》（桂林：陝西師範大學出版社，1987年），第22頁。

[22] 魯迅：《中國小說的歷史的變遷》（北京：人民文學出版社，1981年），第302頁。

是要靠龐雜的後衛大軍去取得。

就拿《今天》來說，小說發表篇目僅次於詩歌[23]，雖然不比「朦朧詩」迅速引發轟動，後續作用卻遠為持久。這裡不僅是史鐵生、阿城等重要作家創作的發源地，且對「尋根文學」領軍人物韓少功、「先鋒文學」始作俑者馬原等人產生過影響——直至80年代中後期甚至90年代他們才聲名鵲起。其中馬原的第一本小說集《岡底斯的誘惑》正是由《今天》編輯及作者萬之作序[24]。

第二節　《波動》：「生活示波器裡創巨痛深的一閃」

《今天》發表了北島的四篇短篇小說《在廢墟上》[25]、《歸來的陌生人》[26]、《旋律》[27]、《稿紙上的月亮》[28]和中篇小說《波動》[29]。其中《波動》初稿完成於1974年，是北島贈給當時女友的生日禮物，後經兩次修改定稿。據黃子平回憶：「我對他寫光和影的印象很深刻，暑假裡寫了一篇評《波動》的文章，登在最後一期《今天》上。那時候，該刊已經因為『眾所周知的原因』而改名為《今天文學交流資料》了，時間是在1980年的冬天。……我從《波動》讀出來一些存在主義的思想，選擇、自由、責任等。」[30]

---

[23] 《今天》（1978-1980）共發表三十四篇原創小說（中篇小說《波動》共分三部分連載），一百零九首原創詩歌。其中第3期和第8期《今天》為詩歌專刊，第7期《今天》為短篇小說專輯。

[24] 參見萬之：〈也憶老《今天》〉，劉禾編：《持燈的使者》（香港：牛津大學出版社，2001年），第319-322頁。

[25] 石默（北島）：《在廢墟上》，《今天》（1978-1980）第1期。

[26] 石默（北島）：《歸來的陌生人》，《今天》（1978-1980）第2期。

[27] 艾珊（北島）：《旋律》，《今天》（1978-1980），第7期。

[28] 石默（北島）：《稿紙上的月亮》，《今天》（1978-1980），第9期。

[29] 艾珊（北島）：《波動》，《今天》（1978-1980），第4、5、6期。

[30] 李陀、李歐梵、黃子平、劉再復：〈《今天》的意義——芝加哥四人談〉，《今天》1990年第1期（總第10期）。

黃子平所寫的這篇評論，在萬之看來至今仍然是「相關評論中最好的一篇」[31]。正如阿城對《今天》小說特點的總結：「其時正是『傷痕文學』時期，正是這個民族開完刀麻醉藥過了喊痛的時候。《今天》沒有直呼其痛，它鎮靜地看著傷口，思索著怎麼會挨這一刀，研究著鮮血的色澤與成分，動了靈思，這正是《今天》的氣質所在。」[32]黃子平也指出：「沒有曲折複雜的情節，沒有聳人聽聞的場面，也沒有迴腸蕩氣的感傷，更沒有聲淚俱下的控訴」[33]，《波動》在北島筆下是「生活示波器裡創巨痛深的一閃，這一震顫的來源必須到歷史的深處去尋找」[34]。

《波動》描寫了兩代人的愛情悲劇：林東平和若虹、楊訊和蕭淩。不同的是，林東平身上具有雙重悲劇性：「既被歷史惰性所擊敗，又被歷史惰性所同化。」[35]因為一時的「感情上的波動」，與領導同志之妻若虹相愛的林東平失去了高官要職，不得不用謊言和欺騙隱瞞不倫之戀及血緣關係，並為這一「慘痛的經驗」轉而扼殺年輕一代的愛情；而在工作崗位上，試圖東山再起的林主任也幻想過懲治腐敗、弘揚黨性，終因無心捨棄既得利益——高檔住宅、進口電器、古董字畫，以及為所欲為的地方特權而深感自己變成了一個「生活的旁觀者」。其麻木不仁正如奧地利作家斯佩貝爾（Manes Sperber）形容的「示範無知」（vorbildliche Unwissenheit）：「並非缺乏觀察能力，也並非不能從具體事件中推導結論，而是不願意捨棄信任，承受失

---

31 萬之：〈也憶老《今天》〉，劉禾編：《持燈的使者》（香港：牛津大學出版社，2001年），第320頁。

32 韭民（阿城）：〈《今天》短篇小說淺談〉，《今天》（1978-1980）第9期。

33 老廣（黃子平）：〈星光，從黑暗和血泊中升起——讀《波動》隨想錄〉，《今天文學研究會內部交流資料之二》，1980年11月。

34 老廣（黃子平）：〈星光，從黑暗和血泊中升起——讀《波動》隨想錄〉，《今天文學研究會內部交流資料之二》，1980年11月。

35 老廣（黃子平）：〈星光，從黑暗和血泊中升起——讀《波動》隨想錄〉，《今天文學研究會內部交流資料之二》，1980年11月。

望，並大膽決裂，因為從幻滅中解脫出來就等於把自己放逐到無人地帶。」[36]

與父輩相比，楊迅、蕭凌這一代人至少還沒有喪失探求希望的勇氣，他們在用自己的方式堅持抗爭，甚至不惜突破傳統道德和倫理的禁忌：反對「交公糧」的楊迅蹲過縣政府大獄；渴望親情的蕭凌堅持未婚生女；厭惡虛偽的林媛媛毅然離開家庭；憤世嫉俗的白華踏上了黑道。「也許探求本身就已經概括了這代人的特點。我們不甘死亡，不甘沉默，不甘順從任何已定的結論！即使被高牆、山巒、河流分開，每個人掙扎、彷徨、苦悶，甚至厭倦，但作為整體來講，信心和力量是永恆的。」[37]

阿城說：「這一代年輕人一個顯著的特點就是不再信『神』，這是一個極為深刻的變化。」[38]不再信「神」，也就意味著只能依靠個人。研究陀思妥耶夫斯基著作的學者維亞切斯拉夫・伊萬諾夫認為：「信仰問題已經不是『你是否相信上帝？』而是『你是否相信你的自我，是否相信它真的存在，是否相信它可以超越你的短促、暗淡的生命，並且比虛弱渺小的你更強大？』」[39]

「自我」的存在是《波動》中時時閃爍著的星光，它們沒有太陽的光芒萬丈，卻「從一個個星星的彈孔中／流出了血紅的黎明」[40]：「茫茫的夜空襯在背後，在整個黑色的海洋中，她是一個光閃閃的浪頭，而星星則是那無數的飛沫」[41]；「杯子在空中閃爍。星星。居然會有這樣的感覺。那它們一定是無所不在的。即使在那些星光不可

---

36 參見[德]顧彬撰，成川譯：〈預言家的終結——二十世紀的中國思想和中國詩〉，《今天》1993年第2期（總第21期）。

37 艾珊（北島）：《波動》，《今天》（1978-1980）第5期。

38 韭民（阿城）：〈《今天》短篇小說淺談〉，《今天》（1978-1980）第9期。

39 [美]大衛斯・麥克羅伊著，沈華進譯：《存在主義與文學》（瀋陽：春風文藝出版社，1988年），第28頁。

40 北島：〈宣告〉，《今天》（1978-1980）第8期。

41 艾珊（北島）：《波動》，《今天》（1978-1980）第5期。

能到達的地方，也還會有別的光芒。而一切就是靠這些光芒連接起來的：昨天和明天，生與死，善與惡……」[42]。除了黃子平，注意到《波動》的存在主義之光的還有曾任《文藝報》編輯部主任的易言，他在〈評《波動》及其他〉中寫道：「作者提倡一種『懦夫使自己懦弱，英雄把自己變成英雄』（讓－保羅・薩特）的哲理。作者通過他的描寫告訴我們，生活是荒謬的，人生是孤獨的，世界是悲劇性的，但人是自由的，人的本質要由人的行動來決定。人的本質、人的意義、人的價值正寓於這一群被生活扭曲了的人物的內心世界之中。」[43]

人，「必須始終在自身之外尋求一個解放自己的或者體現特殊理想的目標，才能體現自己真正是人」。「人類需要的是重新找到自己」。薩特的這種自稱是「人道主義」的存在主義思想，在法國乃至整個歐洲，對於經歷了空前酷烈的第二次世界大戰的人們，特別是那些在這次大浩劫、大動亂中心靈和肉體都受到巨大震撼和傷痛，正陷於迷惘彷徨，企圖尋找解脫的知識份子，具有強烈的吸引力[44]。而在存在主義盛行的同期，中國的知識份子又在做什麼呢？生於1927年的木心回憶說：「抗戰剛結束，大家忙於重建家園，我所看到的，沒有人思考根本的澈底性的問題。有種的，去延安，沒種的，參加國民黨所謂『戡亂』救國，既不去延安，也不去『戡亂』的，就在時代邊緣跑革命的龍套，跑得很起勁。我當時就是這樣。」[45]一心救國的中國近代思想家們歸根結柢還是「國」本主義的，這與存在主義的「人」

[42] 艾珊（北島）：《波動》，《今天》（1978-1980）第4期。

[43] 易言：〈評《波動》及其他〉，《文藝報》1982年第4期。

[44] 參見湯永寬：〈前言：薩特，一位「處於左派和右派的交叉火力之下」的哲學家〉，[法]讓－保羅・薩特著，周煦良、湯永寬譯：《存在主義是一種人道主義》（上海：上海譯文出版社，1988年），第2頁。

[45] 木心講述；陳丹青筆錄：《文學回憶錄》（桂林：廣西師範大學出版社，2013年），第905頁。

本主義有著很大的不同——什麼是人的存在？人在世界中占何種地位？人應當如何看待世界？——革命染紅的一代沒空想這些。

大規模的軍事戰爭並沒有催生中國的「The Lost Generation」，直至「文化大革命」的動亂之後，青年一代才開始發生蛻變。無論是「楊迅」型的理想主義者、「蕭凌」型的懷疑主義者、「林媛媛」型的自由主義者，甚至「白華」型的具有暴力傾向的英雄主義者，無不經歷了一個夢想幻滅、信仰坍塌的精神崩潰過程。北島的英文譯者杜博妮（Bonni S. McDougall）稱之為「迷途的一代」，並認為北島筆下的主要角色，「尤其是那些女性，多有尖酸刻薄和前路茫茫之感」，但「愛情、友誼、勇氣、創造力等等品質，在他的人物身上並沒有泯滅。他們的存在痛楚把他們劃到中國大陸上的正統之外，使他們活得寂寞，也讓他們與眾不同」[46]。與海明威筆下的「迷惘的一代」相比，存在主義與他們的心理感受更為合拍，令這些精神苦悶又不甘沉淪的「迷途的一代」找到了支撐的拐杖。由此，易言注意到：「《波動》並不是一個孤立的文學現象，它的出現令我想起了二次大戰以後興起的存在主義思潮和存在主義文學。我不是說我們已經有了一股很大的存在主義文學流派，但在當代文學青年中，確有受存在主義思潮和存在主義文學影響的人，而且寫出了滲透著這種思想的作品。我認為，把《波動》的出現，當作這樣的一種思潮來看，並不是過慮，也不是危言聳聽。」[47]

此外，《波動》還是作家尋找新形式和新技巧的一次寶貴的嘗試。畢竟，「人們不是因為選擇說出了某些事情，而是因為選擇用某種方式說出了這些事情才成為作家的」[48]。「青年知識份子騷動不寧

[46] 參見杜博妮：《以趙振開為例談當代中國小說中的愛情、真理與溝通》，收入趙振開：《波動》（香港：香港中文大學出版社，1991年），第v頁。

[47] 易言：〈評《波動》及其他〉，《文藝報》1982年第4期。

[48] [法]讓－保羅・薩特著，施康強譯：〈什麼是文學？〉，《薩特文集》（北京：人民文學出版社，2005年）第7卷，第108頁。

的追求與下層社會粗暴的掙扎奇異地交織在一起，在不到八萬字的篇幅裡包含了這樣多的社會容量和思想容量，這種令人驚訝的簡潔無疑得力於作者所採取的藝術形式。」[49]不同於現實主義文學作品所採用的全知全能式的敘事視角，也不同於以「我」的所見、所聞、所感引導敘事的內視角，《波動》的世界在五位不同性格、不同閱歷的主人公眼中分解、組合、變形，以一種多向度的碎片式的複合結構顛覆了傳統的完整的一元敘事模式。這種多角度的敘述方法令人想起威廉・福克納（William Faulkner）的《喧嘩與騷動》。福克納曾說，他把這個故事寫了五遍，「這五個部分像五片顏色、大小不同的玻璃，雜遝地放在一起，從而構成了一幅由單色與複色拼成的絢爛的圖案」[50]。

1979年初次讀到《波動》、三十多年後再讀並為再版寫下序言的李陀也對《波動》的敘事速度驚嘆不已：「小說敘事暢快得有如清泉石上流，雖然也有略微平緩或婉轉的時候，但絕沒有拖遝和停滯，更不會有淤積或堵塞。」[51]相較於整整一個時代的舒緩、沉悶、慢騰騰的行進，《波動》非比尋常的湍急在李陀看來應該歸因於動詞的密集使用、敘述角度的迅速切換，以及對話的短促和明快。

就表現手法而言，《波動》也以一種「意識流」的跳躍性和想像力向革命現實主義提出了挑戰，心理描寫細密而又酣暢，詩意盎然的語言潛藏哲思。「我們看到光線和色彩的變幻在作者筆下是得心應手的。沒有靜止的描寫，人物的外貌、性格、經歷總是在行動中表現出來。比喻和象徵新鮮而且準確。往往幾筆就勾出一幅鮮明的風景畫和風俗畫。」[52]

---

[49] 老廣（黃子平）：〈星光，從黑暗和血泊中升起——讀《波動》隨想錄〉，《今天文學研究會內部交流資料之二》，1980年11月。

[50] 李文俊：〈譯本序〉，[美]威廉・福克納著，李文俊譯：《喧嘩與騷動》（上海：上海譯文出版社，2007年），第6頁。

[51] 李陀：〈《波動》修訂版序言〉，《現代中文學刊》2012年第4期。

[52] 李陀：〈《波動》修訂版序言〉，《現代中文學刊》2012年第4期。

總之，《波動》的發表意味著一種無論思想性還是藝術性顯然超越「傷痕文學」的非現實主義的創作已有端倪可尋，「一種以存在主義為指導思想的文學流派，已經在社會上（主要是青年中）的存在主義思潮的影響下出現了」[53]。十幾年後，主張「重寫文學史」的陳思和對文革時期的地下文學的範作《波動》給予了高度評價，認為蕭凌是那個時代的一點「優雅、詩意」，小說「對人性的執著，是年輕一代精神上覺醒的契機與藝術探索的動力。它也為文革後中國文學的復甦做了預告」[54]。杜博妮將《波動》譯介到了西方，稱「這個中篇寫在文革後期最是混亂的時刻，與一些別的作品，一同刻畫那個到處是背叛出賣、理想幻滅、令人心灰意冷的世界。儘管作者年輕缺乏經驗、寫作又須祕密而為，《波動》卻異常成熟，頗有哲學深度和藝術創始性」[55]。李陀則認為，蕭凌身上的那種特定的生活態度和價值追求使得她可以同「五四」以來的眾多文學作品所創作的人物畫廊一道被列為當代「小資」的前輩。作為對「小資產階級」這一階級概念的某種「輕佻而又前衛」的特指，今天的「小資」已經演變為參與中國變革的「當代生活中最活躍的社會群體之一」[56]。

第三節　北島：勇於直面無法治癒的「傷痕」

原載於《今天》第2期的短篇小說《歸來的陌生人》是北島以一般「傷痕文學」的敘事終點為起點而進行的創作。這是一篇有著真實生活原型的作品。徐曉回憶說：

[53] 參見易言：〈評《波動》及其他〉，《文藝報》1982年第4期。

[54] 陳思和：《中國當代文學史教程》（上海：復旦大學出版社，1999年），第186-187頁。

[55] 杜博妮：〈以趙振開為例談當代中國小說中的愛情、真理與溝通〉，收入趙振開：《波動》（香港：香港中文大學出版社，1991年），第vi頁。

[56] 參見李陀：〈《波動》修訂版序言〉，《現代中文學刊》2012年第4期。

> 李南在與振開第一次見面時，講述了自己的故事：她的父親曾是北京人民藝術劇院所屬首都劇場的經理，被打成右派後放逐到外地勞改，二十多年來，歧視的目光、劃清界線的教育早已使她遍體鱗傷。當人們紛紛祝賀他們闔家團圓時，與父親隔絕了二十多年的女兒內心充滿了悲涼，團圓的結局是虛幻的，而父女間的陌生卻是永遠的。李南沒有想到，死死纏繞著她的家庭團圓的故事，很快被振開改寫成文學版……[57]

同樣是以平反之後的親情回歸為主題，《歸來的陌生人》中的「傷痕」卻是無法治癒的：

> 當時我的情況是父親摘了帽，回來了，平了反，他摘了帽也在勞改農場待了好多年才回來。好多人都向我們祝賀，可是我就覺得人的感情，經過了漫長的二十年的傷害、踐踏所造成的隔閡，已經很難癒合了。原來是全社會都要求我們劃清界線，但這個界線沒法劃，是吧？他們總可以說你沒劃清。後來又來祝賀，好像一下什麼事都沒有了。當時我覺得太可笑了，那傷還在心裡留著呢。所以看到《牧馬人》裡平反了就痛哭，就覺得莫名其妙。有什麼可哭的，是他們把你弄成這樣的，還讓你感恩戴德，太莫名其妙！[58]

比較細讀《傷痕》與《歸來》[59]，二者的情節安排、人物類型及思想內涵確有很大的不同。首先，《歸來》將政治傷害的起源上溯至

---

[57] 徐曉：〈今天與我〉，劉禾編：《持燈的使者》（香港：牛津大學出版社，2001年），第59-60頁。

[58] 廖亦武、陳勇：〈李南訪談錄〉，劉禾編：《持燈的使者》（香港：牛津大學出版社，2001年），第59-60頁。

[59] 《歸來的陌生人》的簡稱。依此類推。

「反右」時期，指明奪走蘭蘭父愛的不僅是十年文革，而是整整二十年的勞動改造。由此一來，《傷痕》的具象化的控訴目標——「四人幫」及其餘黨，到了《歸來》則變得面目模糊而又指涉不清。許子東認為，通常「文革小說」比較討巧的一種做法是「把濃縮匯聚所有人罪惡缺陷錯誤卑鄙的少數壞人狠狠釘在恥辱柱上」，以此製造簡潔有效的心理宣洩通道，「使所有（至少大多數）在『文革』中唱過歌、舞過旗、受過傷、沾過腥、流過血也昏過頭的人們，都可以問心無愧慷慨激昂地逃離『昨天』走向明天」[60]。

《歸來》則拒絕與大眾言和。《傷痕》裡善意的「他人」在《歸來》中成了「自我」的「地獄」。沒有「溫暖的集體生活」，也沒有「貧下中農的真誠愛護」，生活就像是一種欺騙、一場戲：「我闔上攤在面前的作文本。……哎，童年。我們的生活都是從這淡藍色的封皮後面開始的，是從那些橡皮塗髒的字句和標點開始的。說得確切點，也就是從某種程度的受騙開始的。老師們為生活勾出的光輪，又有哪一邊沒變成煙圈或鐵箍呢？」[61]

寧要「冷酷無情的真實」，也不要「歡樂安寧的表演」。就連對女主人公的描寫，《歸來》也絕無《傷痕》的臉譜化的「青春美麗」——她抽煙、叛逆、自私。「自私，我承認，這些年來，自私是一種本能，一種（保護）自己的手段，除此之外，我還能靠些什麼呢？」[62]

對於加給親人的「罪名」，《傷痕》中十六歲的曉華是深信不疑的，並且「按照心內心外的聲音，批判自己小資產階級的思想感情，徹底和她劃清階級界限」——儘管也聽爸爸生前說過：「媽媽曾經在

---

[60] 許子東：〈重讀「文革」〉，《許子東講稿》（北京：人民文學出版社，2011年）第1卷，第273頁。

[61] 石默（北島）：《歸來的陌生人》，《今天》（1978-1980）第2期。

[62] 石默（北島）：《歸來的陌生人》，《今天》（1978-1980）第2期。

戰場上冒著生命危險在炮火下搶救過傷患。」[63]而在《歸來》的情節設計裡，十一二歲的蘭蘭「跑遍了學校、劇協、居委會和紅衛兵總部，去向他們證明爸爸的無罪」，只因媽媽一天夜裡的一句話，「爸爸是個好人，是被別人冤枉的」[64]。

而當冤案昭雪、真相大白之後，曉華因為媽媽的病逝永遠與之分別，內心衝突達到了高潮，她化悲痛為力量，「在心中低低地、緩緩地、一字一句地說道：『媽媽，親愛的媽媽，你放心吧，女兒永遠也不會忘記您和我心上的傷痕誰戳下的。我一定不忘黨的恩情，緊跟黨中央，為黨的事業貢獻自己畢生的力量！』」[65]

這是典型的文藝為政治服務的腔調：個人在屬於自己、屬於家庭之前已經屬於社會、屬於黨。對此，顧城深有體會：

> 我們過去的文藝、詩，一直在宣傳另一種非我的「我」，即自我取消、自我毀滅的「我」。如：「我」在什麼什麼面前，是一粒砂子、一顆鋪路石子，一個齒輪，一個螺絲釘。總之，不是一個人，不是一個會思考、懷疑、有七情六欲的人；如果硬說是，也就是個機器人，機器「我」。這種「我」，也許具有一種獻身的宗教美，但由於取消了每一個作為唯一存在的具體個體，這種「我」也就不會有活力，也就難免衰滅了。[66]

《歸來》讓我們看到了「自我」的復活，「他相信自己的傷疤，相信自己的大腦和神經，相信自己應做自己的主人」[67]。過去的作品裡的老套、光明的結局成了一個黯淡的開場。頭上的帽子已經摘掉，

---

[63] 盧新華：《傷痕》，《文匯報》1978年8月11日。

[64] 石默（北島）：《歸來的陌生人》，《今天》（1978-1980）第2期。

[65] 盧新華：《傷痕》，《文匯報》1978年8月11日。

[66] 顧城：《請聽聽我們的聲音》（北京：北京大學五四文學社，1985年），第8頁。

[67] 顧城：《請聽聽我們的聲音》（北京：北京大學五四文學社，1985年），第8頁。

內心的隔膜卻遠未消除。「二十年前，當一個四五歲的孩子正需要父愛的時候，他就死了——這是媽媽、學校、善心的人們和與生俱來的全部社會教養告訴我的。豈止如此，你們還要我恨他，罵他，可能的話，還會給我根鞭子，讓我狠狠抽打他！現在倒好，你們又換了副面孔，讓我怎麼辦呢？哭，還是笑？」[68]

失去的童年不是要靠政策的落實所能找回，「青春是只能度過、回憶而不能重複的」[69]。《歸來》消解了文學對政治的圖解，還蘭蘭與爸爸的故事一個真實的落幕：「他們之間，隔著一排剛剛栽下的小楊樹，而這小樹，在不斷地膨脹著，伸展著，變成一排不可逾越的巨大柵欄，標誌是二十圈不規則的年輪。」[70]

同樣的小楊樹我們還可以在北島的另一篇小說《在廢墟上》中尋見：「一棵棵挺拔的小楊樹簇擁著他。他忽然覺得，他就像棵斷了根的老樹，站在自己的孩子之中，和群山晚霞相依，與清風露水結伴。」[71]這裡的主角是一位被斥為「老牌英國特務、反動權威」的歷史學家王琦，來到圓明園的廢墟上，正在經歷挨整批鬥前的複雜的生死攸關的內心掙扎。女兒正式宣布與他斷絕關係，老同學不堪羞辱當夜死去，老同事也對他避之唯恐不及。眾叛親離，活著還有什麼意義？

歷史學家想要尋死，因為他將崩裂的石塊和已經倒塌的曾經顯赫一時的殿堂相比，以為「在一個民族深沉的痛苦中，個人是微不足道的」，又想到，「沒關係，我死了，可我的書卻活著。……一個人的思想只要說出口，寫下來，就會形成另一種生命，不會隨著肉體一起被消滅掉」[72]。

---

68 石默（北島）：《歸來的陌生人》，《今天》（1978-1980）第2期。
69 韭民（阿城）：〈《今天》短篇小說淺談〉，《今天》（1978-1980）第9期。
70 石默（北島）：《歸來的陌生人》，《今天》（1978-1980）第2期。
71 石默（北島）：《在廢墟上》，《今天》（1978-1980）第1期。
72 石默（北島）：《在廢墟上》，《今天》（1978-1980）第1期。

假如小說順著這個思路寫下去，也就會在一般「傷痕文學」的範疇內淺嘗輒止。但是突然發生了一幕戲劇性的轉折：就在歷史學家將繩套拋上樹幹，做好上吊準備的關口，一個五六歲的鄉下小姑娘出現了，他們的幾句閒聊帶出了一個耐人尋味的尾聲：

> 「快回家去吧，你爸爸該著急了。」
>
> 「我爹死了，」她毫無表情地說，「上月初六，讓村北頭的二愣、拴柱他們用棍子打死了。」
>
> 「為什麼？」
>
> 「我爹偷過生產隊的西瓜。」

這一死因完全出乎歷史學家的意料。他的情緒瞬間爆發了，抱起孩子大哭起來……

> 小姑娘嚇壞了，連踢帶蹬地掙脫下來，朝樹林深處跑去。
>
> 夜，悄悄地降臨了。
>
> 他久久地坐在黑暗中。
>
> 忽然，他陡地站起來，堅定地朝小姑娘消失的方向走去，連頭也沒回。
>
> 繩套，在風中擺動著。[73]

王琦戰勝了死亡，他在黑暗中的冥想是一段「空白」，有一種現代主義的風格：不給人一個現成的觀念和意象，而是給人半個，另外半個由各人自己從心裡升起。也許小姑娘父親的死，還有小姑娘對父親之死的冷漠令王琦意識到自己的「傷痕」算不了什麼，這裡不難

[73] 石默（北島）：《在廢墟上》，《今天》（1978-1980）第1期。

看出曾在白洋淀插隊的趙京興對北島思想的影響：「歷史和權力意志有關，在歷史書寫中，文人的痛苦往往被誇大了。又有誰真正關心過平民百姓呢？看看我們周圍的農民吧，他們生老病死，都與文字的歷史無關。」[74]這也正是《在廢墟上》的跳脫之處。據阿城回憶，他曾讓賈平凹對《棋王》講些真實而不客氣的話：「他說，知青的日子好過。他們沒有什麼負擔，家裡父母記掛，社會上人們同情，還有回城的希望和退路。生活是苦一些。但農民不是祖祖輩輩這麼苦麼？賈平凹的這些話使我反省自己，深感自己不只是俗，而且是庸俗，由此也更堅定了我寫人生而不是寫知青的想法。」[75]

同樣，《在廢墟上》的精彩結尾也給小說增添了幾分人生況味。王琦由消極厭世，到勇於承擔焦慮（anguish）、捨棄（abandonment）和絕望（despair），是一種存在主義的轉變。存在先於本質，「薩特認為，人在世上處於無限的自由、無限的責任和虛無的存在的混雜中，人必須面對存在焦慮才能激發自我勇氣而重新發現人生的意義，使人從虛無中不斷賦予自己以本質，最終成為生成自我的本質」[76]。

類似的轉變也在北島的另兩篇短篇小說《旋律》、《稿紙上的月亮》中有所體現：前者是夫妻對婚姻危機，後者是作家對創作瓶頸的突破，同樣以意識流的筆調娓娓道來。因篇幅所限，在此不做贅述。

第四節　萬之：存在主義的心理分析

論及《今天》小說，就不能不提到萬之（陳邁平）。他是「《今天》作者裡學歷最高、書卷氣最濃的學者型作家」，從第2期開始，

[74] 北島：〈斷章〉，收入北島、李陀主編：《70年代》（北京：三聯書店，2009年），第36-37頁。

[75] 阿城：〈一些話〉，《中篇小說選刊》1984年第6期。

[76] 王岳川：〈薩特存在論三階段與文學介入說〉，《社會科學》2008年第6期。

幾乎每期都有他的小說發表，「在這本靠詩歌起家的雜誌裡，他的小說得到了意想不到的成功」[77]。1986年，萬之前往挪威奧斯陸大學攻讀戲劇學博士學位，1990年起在瑞典斯德哥爾摩大學東亞學院中文系任教。也許是因為出國太早，國內學界一直對萬之小說重視程度不高。徐曉認為：「邁平的小說具有明顯的現代主義色彩，在歷來以社會性來衡量創作水準的中國文學中，在以控訴為基調的傷痕文學盛行時，他超前地把他的關懷傾注於人與世界的關係，即使是在這本高水準的純文學雜誌中，他在人本層面上對人性的揭示也是深刻而獨到的。」[78]

萬之加入《今天》陣營是緣於一篇在大學裡被寫作課老師當作藝術性可取、但有思想性問題的被點名批評的小說習作。不過，正如官方禁忌是民間流行的最好的廣告標語，這篇小說後來在中文系同學中流傳起來，傳到北島那裡，看過之後託人帶口訊，希望與作者一見。萬之多年之後回憶說，沒有預想到「從此要和當代中國文學的一份重要刊物有了不解之緣，甚至會影響到我的一生。用句北島後來開玩笑的話說，『從此是上了賊船了』」[79]。

這篇小說就是發表在《今天》第2期上的《瓷像》[80]，也是萬之小說中與「傷痕」距離最近的作品，寫的是在那個「因為說錯一句話，寫錯一個字，撕錯一張紙，就會飛來橫禍，囹圄陷身」的年代，打碎一尊瓷像在父子心中所投下的陰影。父親的謙卑、虔誠以及孩子們對成人行為的戲擬愈發映襯出文革的類宗教氣氛對人的異化和摧殘。行文的荒誕與反諷使得小說別具一格而發人深省。

---

[77] 徐曉：〈今天與我〉，劉禾編：《持燈的使者》（香港：牛津大學出版社，2001年），第72頁。

[78] 徐曉：〈今天與我〉，劉禾編：《持燈的使者》（香港：牛津大學出版社，2001年），第72頁。

[79] 萬之：〈也憶老《今天》〉，劉禾編：《持燈的使者》（香港：牛津大學出版社，2001年），第298-299頁。

[80] 萬之：〈也憶老《今天》〉，劉禾編：《持燈的使者》（香港：牛津大學出版社，2001年），第299頁。

與北島相比，萬之是一位更具內在傾向型的作家。他的作品一般放棄大格局而從「小我」入手，以生命的燭火探測人性的幽微，以心理分析的筆法來描繪人與世界的關係。根據存在主義心理學家羅洛・梅（Rollo May）的觀點，人存在於世界的方式是一種三維模式，即周圍世界、人際世界和自我世界[81]。萬之的某些小說就是將個人放置於這種三維模式中來進行透視。

例如《雪雨交加之間》由「我」的視點出發，描述了在一個雪雨交加的夜晚，一位等車的女子，對在同一個車站等候夜班車的陌生男子從警覺到信任、從敵視到友好的態度轉變。「黑夜，會使人互相警覺，用門栓，用鎖，用緊閉的窗戶和睜大的眼睛。但是，它也會使人互相信任，用心，用呼吸，用發亮的眼睛。」[82]

這篇短小精悍的小說令人不禁想起施蟄存的名篇《梅雨之夕》。從30年代的上海灘上的頭等車裡走下來的少女也沒有傘，面對同在一個屋簷下避雨的帶著傘的陌生男子的猶疑與試探性的邀請，

> 她凝視著我半微笑著。這樣好久。她是在估量我這種舉止底動機，上海是個壞地方，人與人都用了一種不信任的思想交際著！她也許是正在自己委決不下，雨真的在短時期內不會止麼？人力車真的不會來一輛麼？要不要藉著他底傘姑且走起來呢？也許轉一個彎就可以有人力車，也許就讓他送到了。那不妨事麼？……不妨事。遇見了認識人不會猜疑麼？……但天太晚了，雨並不覺得小一些。
>
> 於是她對我點了點頭，極輕微地。

81　賓斯萬格根據海德格爾此在「在世界之中」的理論，把世界中的存在劃分為三種：周圍世界、人際世界和自我世界。羅洛・梅接受了存在哲學和賓斯萬格的觀點，他把人存在於世界上的關係設想成為一種三維關係，他稱之為「存在於世界上的三種方式」，包括人與環境的關係方式、人與他人的關係方式、人與自我的關係方式。

82　萬之：《雪雨交加之間》，《今天》（1978-1980）第4期。

——謝謝你。朱唇一啟，她迸出柔軟的蘇州音。[83]

半個世紀之後，大約是在中國北方，相似情境下的女子更多了幾分防範和恐懼：

> 「不，不用。」她拒絕了，口氣還很堅決。可聲音分明凍得發顫。她很年輕，穿著也很大方，卻又怕人。我真想問，怕什麼呢？就因為這是雪雨交加的夜晚？
>
> 「給你一個人用吧。我不能看著你淋雨。」
>
> 「不，不要。」
>
> 「那麼，我也只好淋雨了。」
>
> 這是一對陌生的年輕人，在一把雨傘下面，同舟共濟。沒有一句對話，只有雪，只有雨。雨和雪落在地上，就像低低的絮語，又被風吹散。路的盡頭，仍舊一片漆黑。[84]

施蟄存是「新感覺派」的代表作家，深受佛洛伊德的性心理分析理論的影響，作品注重描寫主人公的潛意識。在他的「梅雨之夕」，與美麗少女共傘同行的青年男子處於動物本能的「本我」與道德約束的「超我」之間飽受壓抑、意亂情迷。恍惚以為少女就是自己失散多年的初戀女伴，驀然發現道旁一家店裡倚在櫃上的女子是他的「妻」，又記起日本伯鈴木春信的一幀《夜雨宮詣美人圖》，「她也有些這樣的豐度。至於我自己，在旁人眼光裡，或許成為她底丈夫或情人了……」。

相形之下，萬之的心理分析更有幾分存在主義的色彩。雪雨交加的夜令人不安而焦慮，更加深了人的防備之心，但主人公的「存在」

[83] 施蟄存：《梅雨之夕》，《朔方》2003年第3期。

[84] 萬之：《雪雨交加之間》，《今天》（1978-1980）第4期。

使之發生了逆轉：雖然遭到了女子的冷遇，他還是舉著傘，「儘量舉過去一點兒。傘太小了，本來就是為我一個人準備的，但我儘量舉過去一點兒，小心地，又不碰到她」。

這樣的行為贏得了女子的好感，「她開始信任我。信任。她給我愉快，這正是白天得不到的東西。但願我就生活在這樣一個雪雨交加的夜晚」。這種愉快與性欲無關，只因女子的信任加強了主人公的「存在感」。羅洛・梅認為：「我的存在感並不是我看待外部世界、估量外部世界的能力；相反，它是我將自己看作是一個在世存在、認識自己是能夠做這些事情的存在的能力。」[85]

惡劣的環境有時反而會使人相守而不願分離，這是外部世界的人所不能理解的。在萬之的另一篇小說《遠方——雪》中，我們也能看到類似的例子。主人公的妹妹雪在插隊落戶時嫁給了偏遠鄉村的農民，1989年後回城探親時已經變成了一個「農村婦女」。但她寧願留在山區受窮也不要接受親人們的憐憫：

> 「我不否認我犯過錯誤，致命的錯誤。親信！狂熱！受騙！我甚至流過血。我現在是痛苦的，我願意向真理低頭認罪。但真理不在你們這邊，不在這個繁華無比的都市裡。我不願意像某些人那樣假惺惺地爬回媽媽身邊低頭認罪，說我誤解你們了。你們不滿意我，不滿意我這個農民，嘲笑我們的土氣，所以我才不願和你們談起這一切。要我離開那裡，要我昧著良心去拋棄那些在最困難的時候使我生活下來的人，不！我永遠不會同意離婚的……」[86]

---

[85] [美]羅洛・梅著，方紅、郭本禹譯：〈存在之發現〉，《羅洛・梅文集》（北京：中國人民大學出版社，2008年），第105頁。

[86] 萬之：《遠方——雪》，《今天》（1978-1980）第7期。

雪選擇留在鄉村，這種選擇也決定了她的存在方式，無論在旁人看來多麼不可理喻，她也因之而賦予生命一種悲劇性的尊嚴感，並自行走向毀滅性的命運——在一個大雪封山的夜晚難產而死，臨死之前嘴角還出現了一絲微笑，那是「痛苦的微笑，帶著譏諷，難以捉摸」。

城鄉之間的巨大差異所引起的人與世界的關係的錯位還在《城市之光》[87]裡有所體現。一輛黑色的小轎車載著三位時髦漂亮的都市男女，拋錨在「一條除非是最精密的軍用地圖上才標得出的公路」上，這對於一個連穿裙子都能引發轟動的偏僻村子來說不啻是空投了一枚重磅炸彈。「天外來客」所帶來的琳琅滿目的食品、時尚高級的著裝、大膽另類的行為方式——露天洗浴、勁歌熱舞，甚至當眾親吻，在保守閉塞的村民心中引起極大的震盪，並影響到三位年輕女教師——思想相對開明的鄉村知識青年的選擇：因都市小夥的孟浪而感到羞辱的A接受了同事D的邀約——而A原本「總想調到城裡去，不理睬D的熱情」；熱愛音樂的B從此夢想著另一個世界：「霓虹燈、樹影、大街上光的流動，歡樂與愛情……」；與城裡一直有著通訊往來的C有些「坐立不安，心緒不寧」，終於下定決心，她回宿舍的「第一件事就是鋪開信紙寫信」。

如果說，人生是由無數個偶然組成，那麼這種偶然性也會因為個人的選擇而帶有一定的必然性。《城市之光》裡的黑色小轎車也許不像鐵凝《哦，香雪》中駛過臺兒溝的綠色的火車，「挾帶著來自山外的陌生、新鮮的清風」，它更如一道迅疾的閃電，劃破了山村的寂寞與寧靜，並讓那裡的人們因內外世界的尖銳對立而感覺心理失衡，由此引發的焦慮令A惱羞成怒、令B夢想連篇，令C「有些厭煩」……。羅洛・梅認為，焦慮是存在的特徵之一，總是在人的生命展開過程中

---

[87] 萬之：《城市之光》，《今天》（1978-1980）第9期。

無可避免地產生。正常的焦慮會促使個人做出選擇，按著自己的構想與意願塑造自我。但假若個體不能正視而試圖迴避，就會令焦慮成為病態的神經症。

在小說《自鳴鐘下》，我們可以看到這種極端的現象。自鳴鐘象徵著某種按部就班的生活，而鐘下的一對老人總是坐在鐘樓的石階上。「自鳴鐘告訴你世界在這一刻走到了什麼地方，他們的身影告訴你世界的具體存在，他們和自鳴鐘彷彿渾然一體，少了哪一樣你都會覺得彆扭。」[88]這種一成不變的畫面既讓人感動，又令人悲哀：「只要他們在，世界的昨天和今天就沒有區別，昨天的八點和今天的八點就沒有什麼區別——指標指向同一個刻度，鐘聲發出同樣的聲音，你看見一對永無變化的老人的身影！難道自鳴鐘沒有把世界推向前進？」[89]

世界當然不會停止前進。很快，老伴的離世、鐘樓的破敗威脅到老太婆的「存在感」，但她拒絕改變生活方式，依然「死抓住過去不放」，這開始令「我」感到憤懣。終於有一天，在一個下著雨的冬天的早上，時針正指向八點，「我猛踩著油門，想快一點開過去，不再看見她。這時，鐘聲敲起來了，我猛然間感到不安，一個黑影子晃到了我的車前，整個車上一片驚叫。」[90]

這篇寓言體小說的結尾也是一個隱喻：活在過去的人必將葬身於時間的車輪之下。所以，儘管交警鑑定書上寫明事故與司機無關，「我」還是常常問自己，「特別是聽見了鐘聲，看見了那至今還立在那兒的自鳴鐘的時候，和我真的沒關係嗎？」[91]

---

[88] 萬之：《自鳴鐘下》，《今天文學研究會內部交流資料之二》，1980年11月。
[89] 萬之：《自鳴鐘下》，《今天文學研究會內部交流資料之二》，1980年11月。
[90] 萬之：《自鳴鐘下》，《今天文學研究會內部交流資料之二》，1980年11月。
[91] 萬之：《自鳴鐘下》，《今天文學研究會內部交流資料之二》，1980年11月。

萬之發表在《今天》的小說還有《開闊地》[92]、《噩耗》[93]、《謎》[94]、《沙》[95]，無不在表達一種存在主義的生存困惑。萬之曾對徐曉坦言：「人最愛的是自己。」他說，不管在什麼情況下，每個人都愛自己勝過愛他人，包括他本人亦如此。徐曉在當天的日記中寫道：「我知道他這話只為了表達他對自我的看法，表明人與世界的真實關係，並不是他的人生哲學，他也許只想說明這是人生在惡世上賴以保護自己，拯救自己的唯一邏輯。幸虧在這個世界上他還愛自己，否則，他的憂鬱、敏感、內向甚至孤僻在這樣的現實生活中將多麼不堪一擊。」[96]

第五節　史鐵生等：回歸本真的人文關懷

「愛自己」，這在一個崇尚無私、否定自我的社會是多麼令人羞於啟齒的一句表白。不過，相較於基督教「無我」、「利他」、「愛鄰人」的道德說教，尼采倒以為不如「愛自己」來得真實。他在《偶像的黃昏》中寫道：「人必須學會以一種衛生而健康的愛來愛自己，這樣他才能耐心自守，不至於神不守舍。」尼采認為，自私是人的天性，自私，然後才有自樂、自愛，然後才能愛人。「健康的自私」源於力量和豐裕，它強納萬物於自己，再使它們從自己退湧，作為愛的贈禮。薩特也認為，倘若一個人不自愛，經常責備自己、討厭自己，也將「同樣妨礙人們充分地占有自我」[97]。

---

[92] 萬之：《開闊地》，《今天》（1978-1980）第5期。

[93] 萬之：《噩耗》，《今天》（1978-1980）第9期。

[94] 萬之：《謎》，《今天文學研究會內部交流資料之二》，1980年11月。

[95] 萬之：《沙》，《今天文學研究會內部交流資料之二》，1980年11月。

[96] 徐曉：〈今天與我〉，劉禾編：《持燈的使者》（香港：牛津大學出版社，2001年），第73頁。

[97] [法]薩特著，關群德等譯：《他人就是地獄——薩特自由選擇論集》（天津：天津人民出版社，2007年），第114頁。

回歸本真的「人文關懷」也正是《今天》小說的氣質所在，這裡的「人」是渺小的「凡人」，不是高大的「超人」；是具體的「個人」，不是抽象的「人民」。為此作家不惜打破成規俗矩，「重估一切價值判斷」。例如史鐵生的小說《牆》[98]（《兄弟》）講述了一個「殺人犯」的故事，讀後卻令人不禁扼腕嘆息：假如沒有那一道隔開巨大的社會落差的「牆」，于志強是不是也不會為了哥哥的新房而身陷囹圄？而於犯最後被判死刑、立即執行也是為了「保護人民的利益」？「人民」這一概念的可疑，讓人不禁聯想起《波動》中林東平的一語中的：「難道居住在這土房裡的人，在垃圾裡翻來翻去的人，就是人民嗎？這個形象一旦從宣傳畫上走下來，顯得多麼蒼白可怕。」[99]而在牆的另一面儼然另一番天地：沙發、浴室、講究的樓房、打蠟的地板……，為了這些表哥得來不費力氣的東西，于志強葬送了自己的性命。「哎，真可憐。」小說結尾是表姐的一聲嘆氣。

《牆》是史鐵生發表在《今天》上的第一篇作品，此前，1979年，西北大學中文系的刊物刊登了他的短篇小說《愛情的命運》。據徐曉回憶，史鐵生對她當時參與編輯的《今天》很感興趣，也很欽佩那些為《今天》寫稿的作者，「我準備把《兄弟》（《牆》）拿到《今天》去發表時，他似乎並不那麼自信，結果卻受到了極高的評價。很快《花城》便轉載，並引起了極大的注意。他創作初期最有代表性的作品《沒有太陽的角落》最初也發表在《今天》，《青年文學》雜誌轉載時，將題目改為《就是這個角落》。」[100]

《沒有太陽的角落》中，心靈純潔、性格開朗的王雪像一道電光，照亮一個不受命運垂青的角落，令三位身體殘疾、飽受歧視的男

98　鐵冰（史鐵生）：《牆》，《今天》（1978-1980）第4期。

99　艾珊（北島）：《波動》，《今天》（1978-1980）第5期。

100　徐曉：〈我的朋友史鐵生〉，岳建一執行主編：《生命——民間記憶史鐵生》（北京：中國對外翻譯出版有限公司，2012年），第117頁。

青年感受到愛與被愛。在這個角落，「沒有偽善也沒有卑下，心就像和平的藍天，就像無猜的童年；眼前出現了一泓春水，閃著無數寶石一樣的光斑，輕輕拍打著寂寥的堤岸」[101]。白雪的美在於她的真實：「不像那些做作的演員，用濃眉大眼招徠觀眾，用裝腔作勢取媚邀寵……，她的心寫在臉上，她看得起我們。」[102]

這篇小說也曾被陳建功刊載於北大校刊《未名湖》，「我也記得在那個新舊文藝思想的糾結期，這篇作品和當時許許多多好作品一樣，受到了一些質疑，似乎是什麼『把生活寫得過於灰暗』、『缺少亮色』之類。這些質疑或許曾經使文場棲棲惶惶，不過，對於我們，對於鐵生，都算不得什麼了。即將進入80年代的中國，文學已經無須看著別人的臉色行事，更何況那些批評者並沒有讀懂史鐵生，沒有看到他在『沒有太陽的角落』所閃爍的潛燭幽光。」[103]

從二十一歲起就與史鐵生相識相知、後成為著名心理醫生的柏曉利認為：「我個人覺得史鐵生是國內對存在主義研究得最深、最透的人。存在主義有四大主題，這就是死亡、自由、孤獨和無意義。」[104]史鐵生一生的文學創作無不是在圍繞這四大主題鋪展開來。柏曉利記得：「他當年跟我討論過很多次，一個人怎麼有尊嚴地活著，並且如何『活在當下』。」[105]

事實上，與身體的殘疾相比，靈魂的殘缺才是更可怕的，卻不為世人所察。多少現代人由於理想的破滅、命運的無常開始放棄認識世界、認識自己，消極地遁入單調而又機械的日常，給心靈戴上厚厚的

---

[101] 金水（史鐵生）：《沒有太陽的角落》，《今天》（1978-1980）第7期。
[102] 金水（史鐵生）：《沒有太陽的角落》，《今天》（1978-1980）第7期。
[103] 徐曉：〈鐵生軼事〉，岳建一執行主編：《生命——民間記憶史鐵生》（北京：中國對外翻譯出版有限公司，2012年），第279頁。
[104] 柏曉利：〈附錄：尋找生命意義〉，岳建一執行主編：《生命——民間記憶史鐵生》（北京：中國對外翻譯出版有限公司，2012年），第205頁。
[105] 柏曉利：〈附錄：尋找生命意義〉，岳建一執行主編：《生命——民間記憶史鐵生》（北京：中國對外翻譯出版有限公司，2012年），第205頁。

盔甲，麻木不仁地空度時日。

陳凱歌的小說《假面舞會》正是一篇揭示這種「自欺」人格障礙的作品。所謂的「自欺」，在薩特看來，是人為了逃避自由所帶來的責任與壓力、孤獨與焦慮而採取的一種自我表現辯解的態度。通俗而言，當人在現實世界中，「總是否定他原來的樣子，而使自己符合於自己的社會和地位」，這便是「自欺」[106]。

小說的主要情節大致如下：李蒙是一位比「我」年長七歲的大學同學，一副「高傲而又漠然的面孔」，習慣於掩飾自己的真實內心。他是個「不討人喜歡的謎，我和別人稍稍不同的地方就是想打破謎底」。後來，在一次全系的假面舞會上，「我」無意中瞭解到李蒙的一段歷史：文革期間，他寧可忍受造反派的羞辱也要反叛自己的家庭，親手毀掉他爸的命根子——一套莎士比亞全集，後來去了東北兵團，足足待了九年，「臨走連個紙條都沒給家裡留」。

「我」開始理解那隱藏在李蒙「鐵青臉」背後的東西：「我相信，那就是一個人最可寶貴的靈魂：被別人也被自己踐踏了的做人的偉大自尊，以及由此滋生出來的可怕的刺入心房的自卑。」[107]正因如此，他不敢真實地面對生活，也失去了自愛和愛人的能力。

文學也是人學，而人是其一切可能的總和。阿城說：「一個人三歲就知道1+1=2。四個半個也是二，就得有一定經驗的人才能懂得。會解『無窮相加才是1』這道數學題的人才可寫小說。」[108]在《今天》的許多作品裡，人性的包容與調和將科學與倫理無以應對的矛盾與悖論融為一爐，如愛與恨、善與惡、情與理、自由與沉淪、肉體與靈魂……。《瘦弱的人》[109]以一種不可治癒的瘦弱嘲諷了我們這個社

---

[106] 參見林濱：〈現代人的「兩難困境」——試析存在主義人生哲學〉，《湖北大學學報（哲社版）》2006年第1期。

[107] 夏歌（陳凱歌）：《假面舞會》，《今天》（1978-1980）第9期。

[108] 韭民（阿城）：〈《今天》短篇小說淺談〉，《今天》（1978-1980）第9期。

[109] 迪星（馬德升）：《瘦弱的人》，《今天》（1978-1980）第1期。

會的「先天性貧血」；《一個孩子死了》[110]以一個醫務工作者的擅行「安樂死」保全了生命的尊嚴；《永動機患者》[111]將科學與白日夢煉成了自己的宗教；《仇恨》[112]和《圓號》[113]則在迷途的尋找中撒下戀人的絮語，按照鄭先（趙振先）的說法：「有些像德彪西的印象派音樂，迷離而又縹緲，讓人難以捕捉其意境。」[114]

此外，《今天》在辦刊中愈顯明晰的存在主義的思想內涵、知遠察微的人文關懷以及現代主義的審美風格使其在接受一些作品的同時也有所拒斥。據萬之回憶：

> 禮平的中篇小說〈晚霞消失的時候〉最早是拿到我們的會上來討論過的，有個別人很讚賞，但大多數人還是否決了。這篇小說後來登在某官方文學刊物（好像是《十月》）[115]上，還得了什麼官方小說獎，但也在當局「反精神污染」的運動中被點名批判，更是名噪一時，有人因此批評我們是不是看走了眼，放掉了一篇好作品。我無法詳盡複述當時我們否決這篇作品的理由，只能簡單地說，那時《今天》圈子中的人現代派和先鋒性意識已經越來越明確，這篇小說那種貌似深刻的古典敘事方式，沒完沒了的哲理辯論，是不合我們大部分人的口味的。我至今不認為我們做了什麼錯誤的決定，就是現在拿到這種作品，我這個小說編輯也仍然會否決的。[116]

---

[110] 蕭迪：《一個孩子死了》，《今天》（1978-1980）第9期。
[111] 晨漢（王力雄）：《永動機患者》，《今天》（1978-1980）第7期。
[112] 伊恕（劉自立）：《仇恨》，《今天》（1978-1980）第7期。
[113] 伊恕（劉自立）：《圓號》，《今天》（1978-1980）第5期。
[114] 鄭先：〈未完成的篇章〉，劉禾編：《持燈的使者》（香港：牛津大學出版社，2001年），第105頁。
[115] 萬之的記憶有誤，禮平的《晚霞消失的時候》後刊載於《當代》1980年第1期。
[116] 萬之：〈也憶老《今天》〉，劉禾編：《持燈的使者》（香港：牛津大學出版社，2001年），第307-308頁。

除了禮平的《晚霞消失的時候》，《今天》成員組討論過而沒有採用的小說作品還有鄭義《楓》、老鬼《血色黃昏》、張承志《黑駿馬》和《北方的河》。雖然這些作品後來都曾在中國文壇上留下過頗為響亮的名聲，但當時卻沒有被《今天》接受。「有的是因為作品的政治主題太強烈鮮明，有的是因為作品的語言風格太浪漫甚至誇張，都游離在當時的《今天》為自己劃定的美學疆界之外。」[117]

而對於稱霸一時的「傷痕文學」，《今天》也以兩篇評論：〈評《醒來吧，弟弟》〉[118]及〈評《傷痕》的社會意義〉[119]表明了自己的立場。德國漢學家顧彬認為，「傷痕文學」其實是一種「說客文學」（lobby literature）：「一方面為自己說話，另一方面為黨說話，企圖藉此既表達自己的政治觀點，又不受特別的政治壓力。為了避免受到批評，作品不得不安排一個和解結局，同時也再度體現了儒家『和為貴』的思想。從歐洲讀者的角度看來，這種放下身段的做法是總有些不足取。」[120]相比之下，《今天》小說的批判意識更為澈底。事實上，《今天》的一代更像是「弟弟」的一代，是「垮掉的一代」、「思考的一代」，但他們並沒有消沉，並沒有昏睡，「他們在迷失中尋找出路，在下沉中獲得力量，在集體失語的沉默中吶喊，為此甚至不惜付出生命的代價」[121]。正是這個經歷了「上山下鄉」運動、在「十年浩劫」中度過少年和青年時代的群體在中國當代史中發揮了非常重要和特殊的作用，「這一作用應該說至今還沒有得到很好的估計和清理」[122]。

---

[117] 萬之：〈也憶老《今天》〉，劉禾編：《持燈的使者》（香港：牛津大學出版社，2001年），第308頁。

[118] 林中（林大中）：〈評《醒來吧，弟弟》〉，《今天》（1978-1980）第1期。

[119] 史文（趙振先）：〈評《傷痕》的社會意義〉，《今天》（1978-1980）第4期。

[120] [德]顧彬著，范勁等譯：《二十世紀中國文學史》（上海：華東師範大學出版社，2008年），第311-312頁。

[121] 北島：〈今天三十年（代序）〉，徐曉主編：《今天三十年》（北京：今天文學雜誌社，2008年），第1頁。

[122] 北島、李陀：〈編者按〉，《70年代專號》（香港：今天文學雜誌2008年秋季號（總第82期）。

結語

綜上所述，《今天》在上個世紀70年代末80年代初的短暫存在好比發出最早光芒的持燈的使者，「逼近黑暗的細節」，並去引燃更多的文學復興的火種。他們立足於現時，不做虛妄的展望，以文學的形式介入當下的生活，「在讀者中引起『震盪』，其範圍不限於青年詩歌愛好者」[123]。與同時代的「傷痕文學」相比，《今天》小說呈現出思想及藝術上的早熟特質：他們召喚「自我」、反抗專制、勇於承擔焦慮和絕望，重新發現人的價值和人的尊嚴；在語言及形式探索方面也有自覺的嘗試。《今天》作家群中北島、萬之、史鐵生等人的小說創作在內容和技巧方面各有所長，如北島透過衝突凸顯人的自然性與社會性的矛盾；萬之憑藉細膩的心理分析揭示人與世界的微妙的關係；史鐵生則以愛的名義回歸生命本真的人文關懷。但就哲學根本而言，《今天》小說滲透著存在主義思潮的影響，敢於直面現實的荒謬、人生的孤獨和生活的苦難，絕不阿其所好粉飾太平，為文革後中國文學走下神壇重返人間邁出了先行的一步。

---

[123] 洪子誠、劉登翰：《中國當代新詩史》（北京：北京大學出版社，2010年），第209頁。

第四章　「難以想像的早晨」

——《今天》（1978-1980）開啟的北島去國前創作

「詩歌就像一股潛流，在噴發後又重返地下。」[1]《今天》於1980年12月被迫停刊，但「今天派」的寫作卻遠未停止，只是「在火山岩漿裡沉積下來／化作一股冷泉／重見黑暗」[2]。唯有如此，才能避免「和鏡子中的歷史成為／同謀」[3]。

80年代是北島個人際遇最為跌宕起伏的一個階段。置身於啟蒙與變革交相輝映的文化高潮，隨《今天》牽去的一盞星光站到了時代的風口浪尖上。喧嘩與躁動、損毀和讚譽在散播北島聲名的同時也令他茫然失措。正如里爾克在《羅丹論》中所說的，「榮譽不過是一個新名字四周發生的誤會的總和而已」[4]。創作與出版之間的年代逆差使得北島早期的一些詩作如〈太陽城劄記〉（1974）、〈結局或開始〉（1975）、〈回答〉（1976）、〈一切〉（1977）等[5]在進入讀者視野的同時成了「僅僅在書上開放過的花朵」[6]。「開放，那是死亡的時間」[7]，

---

1 查建英：〈北島〉，《八十年代訪談錄》（北京：三聯書店，2006年），第79頁。

2 這首詩寫於1979-1982年。參見北島：〈同謀〉，《午夜歌手——北島詩選1972-1994》（臺北：九歌出版社，1995年），第67頁。

3 北島：〈同謀〉，《午夜歌手——北島詩選1972-1994》（臺北：九歌出版社，1995年），第67頁。

4 [奧地利]里克爾著，梁宗岱譯：《羅丹論》（北京：中央編譯出版社，2006年），第8頁。

5 參見李潤霞編：《被放逐的詩神》（武漢：武漢出版社，2006年），第411、413-417、418-420、423頁。

6 北島：〈十年之間〉，《午夜歌手——北島詩選1972-1994》（臺北：九歌出版社，1995年），第52頁。

7 北島：〈你好，百花山〉，《午夜歌手——北島詩選1972-1994》（臺北：九歌出版社，1995年），第24頁。

1980年後的北島事實上已經與其先前的振聾發聵、先知先覺的歷史姿態告別，轉而展開更為縝密、內省的語言思考。間或嘗試的一些複雜而又微妙的探索傾向也預示著北島90年代即將踏上的自我放逐的詩歌之路。

第一節　彼岸有界、詩意無聲：論轉折時期的北島的詩（1979-1986）

本節聚焦北島自1979至1986年間的詩歌創作，以文本細讀的方式分析他在這一轉折時期所呈現的心路的變化，並對照他在相應階段的社會活動的軌跡，裡應外合地勾勒出北島的詩風的發展脈絡。之所以將前一塊里程碑落在1978年，一方面是遵照北島本人的意見：無論是中國版的《北島詩選》[8]、臺灣版的《午夜歌手》，還是香港版的《守夜》，北島在編選詩作並順時排序時，都堅持以1978年為界，區隔前一、二期的創作，而不像一般詩評家所採取的通約性做法：將1972至1986年並置於同一個時段論述——北島個人的詩學考慮由此可見一斑；另一方面，從《沉淪的聖殿》到《七十年代》都提醒我們：「70年代」的概念並非傳統意義上的「1971到1980」。例如李零是這樣界定的：「我的感覺，1966到1977年才是一段，叫七十年代；1978到1989年是另一段，叫八十年代。」[9]無論如何，1978年成了標誌性的分水嶺。考慮到《今天》誕生於1978年12月23日，已經接近這一年的終點，故以1979年開啟北島下一時期的寫作自有它的歷史合理性。

至於1986年以後，〈白日夢〉以降，北島便未再有公開發表之

8　從《北島詩選》英譯本*The August Sleepwalker*的譯者說明得知，並參照臺版《午夜歌手》的排列順序，1972至1978年間的創作納入第1輯，1979至1982年的創作納入第2輯。這冊由廣州新世紀出版社1986年出版的《北島詩選》是北島親自編選並順時排序的。參見Bonnie S. McDougall. "Translator's Note". *The August Sleepwalker,* New York: New Directions, 1990. p.15.

9　李零：〈七十年代：我心中的碎片〉，北島、李陀主編：《七十年代》（北京，三聯書店，2009年），第236頁。

作，直至1989年漂泊海外，北島和他的詩又是另一個語境下的故事了，並不在本章的討論範圍之列。

一、情詩之外的「彼岸」的追尋

論及北島的詩歌，與時代相搏的政治詩一直備受評論家青睞——彷彿一塊被拋入歷史虛空的反抗絕望的石頭，文如其名的堅硬觸感（「北島」抑或「石默」）在很大程度上掩蓋了「艾珊」[10]的似水柔情。很少有人注意到，北島也是一位情詩高手。柏樺記得，張棗曾經對他說過，「北島的〈黃昏·丁家灘〉使大學生們懂得了談戀愛時如何說話」。在一個陰雨天，他和張棗——兩個幽暗而親密的吸煙者曾在重慶歌樂山下「為這首詩的每一行所嘆息、所激動」[11]。

北島的1979也是在情詩中拉開序幕的。開篇的第一首便是揉進辛酸和歡樂之謎的〈雨夜〉[12]。首發於1979年6月出版的《今天》第4期時，原詩還有一個副標題——「給F」。「F」應為《今天》衍生的藝術團體、「星星畫展」的成員邵飛，亦是北島當年的戀人、後來的妻子。北島題獻給她的詩句不乏「革命+愛情」的浪漫主義的瑰彩，同時也有著存在主義的洞察力、波特萊爾式的「憂鬱病」[13]。例如這最後一節：

即使明天早上
槍口和血淋淋的太陽
讓我交出自由、青春和筆

[10] 艾珊也是北島慣用的一個筆名，據筆者推測，應是取自「愛珊」之意——以紀念1976年因救人而溺水身亡的妹妹珊珊。

[11] 柏樺：《左邊：毛澤東時代的抒情詩人》（南京：江蘇文藝出版社，2009年），第53頁。

[12] 北島：〈雨夜〉，《北島詩選》（廣州：新世紀出版社，1986年），第52-53頁。

[13] 關於北島的〈雨夜〉與陳敬容譯的波特萊爾的〈憂鬱病〉之間的比較細讀，請參閱亞思明：〈詩意棲居的中間地帶——北島創作與翻譯文學的關係探析〉，《東嶽論叢》2012年第5期。

我也絕不交出這個夜晚
我絕不會交出你
讓牆壁堵住我的嘴唇吧
讓鐵條分割我的天空吧
只要心在跳動，就有血的潮汐
而你的微笑將印在紅色的月亮上
每夜升起在我的小窗前
喚醒記憶[14]

以「蒙太奇」的電影手法組織繁複意象，在一系列的對比與衝撞中產生強烈的震撼效果，是北島上一時期的風格的延續。但1979年的詩情多了幾分甜蜜，同時抗爭者和受難者的悲劇意境依然存在。考慮到寫作這首詩時的特定的政治氣候的變化——「西單民主牆」被遷往月壇公園，民刊命運風雨飄搖，北島詩裡的深重危機感也就有因可循。同期《今天》發表的趙南（凌冰）的一首詩〈給你〉[15]就是非常浪漫、非常悲哀地描述了這段歷史。

《今天》雜誌於1980年9月被迫停刊，之後以「今天文學研究會」的名義編發三期《內部交流資料》，1980年12月末在收到市公安局的通知後終止一切活動。刊載於最後一期「今天」出版物（1980年12月初編印）上的〈楓葉和七顆星星〉，應是北島與《今天》同行的近兩年歲月裡的最後的絕唱。其間的全部詩作，僅以收入《北島詩選》的來計，十五首[16]作品中情詩占了九首[17]之多，可見「主情」是

[14] 北島：〈雨夜〉，《北島詩選》（廣州：新世紀出版社，1986年），第52-53頁。
[15] 凌冰：〈給你〉，《今天》第4期（1979年6月）。
[16] 其中〈結局或開始〉初稿於1975年，同樣題獻給遇羅克的〈宣告〉就主題和風格來看也應是當年的手筆，故不被納入統計。詳請參見亞思明：〈北島與遇羅克——從「結局或開始」說起〉，《名作欣賞》2013年3月上旬（總第423期）。
[17] 這九首情詩分別為：〈雨夜〉、〈睡吧，山谷〉、〈無題〉（把手伸給我）、〈枯

素以理性見長的北島1979至1980年創作易被忽略的調式。「假如愛不是遺忘的話／苦難也不是記憶」[18]——沉醉於熱戀及新婚幸福的北島似乎舒緩了他筆下的節奏[19]，只想躲開世事紛擾，「彷彿躲進一個千年的夢中」[20]。

「人是無港的船，時光是無岸的河，人漂泊著從上面走過。」——阿爾封斯・德・拉馬丁（Alphonse Marie Louise Prat de Lamartine）的〈湖〉道盡了良辰美景的稍縱即逝。即便是在最溫馨靜謐的瞬間，北島的詩裡也會有海的召喚。例如：「海呵，海／浪潮中上升的島嶼／和心一樣孤單」[21]；「如果大地早已冰封／就讓我們面對著暖流／走向海」[22]；「別回過頭去／別看沉入夜霧的窗戶／窗簾後面，夢／在波浪般的頭髮中／喧響」[23]；「是的，我不是水手／生來就不是水手／但我把心掛在船舷／像錨一樣／和夥伴們出航」[24]；「沙灘上，你睡著了／風停在你的嘴邊／波浪悄悄湧來／匯成柔和的曲線／夢孤零零的／海很遙遠」[25]……

很難解釋，在北京出生長大的北島的詩中何以會有如此密集的海的遙想。李歐梵曾在北島詩集《午夜歌手》的序言中寫道：「有人

子熟了〉、〈習慣〉、〈無題〉（在你呼吸的旋律中）、〈你說〉、〈和絃〉、〈楓葉和七顆星星〉。

[18] 北島：〈無題〉（把手伸給我），《北島詩選》（廣州：新世紀出版社，1986年），第59頁。

[19] 北島在獻給蔡其矯的散文〈遠行〉中寫道：「一九八〇年十月下旬，我和前妻從山東度蜜月回來。第二天一早，有人拍門大叫……。在朋友中，他是頭一個來賀喜的。」由此可以推測1980年前後應是北島愛情圓滿的季節。參見北島：〈遠行〉，《青燈》（香港：牛津大學出版社，2009年），69-70頁。

[20] 北島：〈睡吧，山谷〉，《北島詩選》（廣州：新世紀出版社，1986年），第54頁。此詩在《今天》第5期上首發時也是注明「給F」。

[21] 北島：〈船票〉，《北島詩選》（廣州：新世紀出版社，1986年），第56頁。

[22] 北島：〈紅帆船〉，《北島詩選》（廣州：新世紀出版社，1986年），第63頁。

[23] 北島：〈無題〉（在你呼吸的旋律中），《北島詩選》（廣州：新世紀出版社，1986年），第68頁。

[24] 北島：〈港口的夢〉，《北島詩選》（廣州：新世紀出版社，1986年），第81頁。

[25] 北島：〈和絃〉，《北島詩選》（廣州：新世紀出版社，1986年），第84頁。

說他早年以『北島』為筆名，頗有預卜先知的意義，因為他流亡的挪威、瑞典和丹麥各國都是歐陸的『北島』。」[26]也許是詩人敏銳的直覺使他得以清楚地聽到自己內心深處的聲音並念念不忘。在語言被要求為現實服務的詩歌的禁欲主義的年代，北島以其對「彼岸」世界的想像和追尋重新又將暗示性的聲音帶回給了語言。例如這首〈界限〉：

我要到對岸去

河水塗改著天空的顏色
也塗改著我
我在流動
我的影子站在岸邊
像一棵被雷電燒焦的樹

我要到對岸去

對岸的樹叢中
驚起一隻孤獨的野鴿
向我飛來[27]

以兩段獨立的小節反覆表明「我要到對岸去」的心意已決，並以色彩變幻、水波流動的鏡像暗示「我」對未知的「彼岸」的嚮往；而在「此岸」的岸邊，一棵「被雷電燒焦的樹」喻指曾遭受過雷霆處罰

[26] 李歐梵：〈既親又疏的距離感〉（序），《午夜歌手——北島詩選1972-1994》（臺北：九歌出版社，1995年），第14頁。
[27] 北島：〈界限〉，《北島詩選》（廣州：新世紀出版社，1986年），第85頁。

的「我」的精神實體——「影子」。越界的願望果真能夠實現?「對岸」真的是一個更加美好的世界?「一隻孤獨的野鴿」——來自「對岸」的信使——受驚似地「向我飛來」,給這如影如幻的冥想打上了一個懸疑的問號。

同樣是寫試圖越界的「彼岸」世界的探求者,瑞典詩人湯瑪斯·特朗斯特羅姆(Tomas Tranströmer)筆下的〈游動的黑影〉另有一番深意:

在撒哈拉沙漠的一塊岩石上
有一幅史前的壁畫:
一個黑色形象
在年輕古老的河裡游動

沒有武器,沒有戰略
既不休息,也不奔跑
與自己的影子分離
影子在激流下移動

他搏鬥著,試圖掙脫
沉睡的綠色圖像
為了游到岸上
和自己的影子結合[28]

〈游動的黑影〉選自特朗斯特羅姆1962年出版的詩集《半完成的天空》,彼時特朗斯特羅姆三十一歲,恰恰是北島創作〈界限〉時的

[28] [瑞典]湯瑪斯·特朗斯特羅姆著,李笠譯:〈游動的黑影〉,《特朗斯特羅姆詩全集》(海口:南海出版公司,2001年),第75頁。

年紀——根據順時排序的原則來推理，〈界限〉應是寫於〈楓葉和七顆星星〉之前，即北島1980年的作品。假如說，〈界限〉表現的是一個思考者或有可能的出發；〈黑影〉[29]表現的則是一個行動者絕無可能的抵達。特朗斯特羅姆以一幅史前壁畫的欣賞者的視角給了文字和事物一種「新的維度」。「綠色圖像」禁錮住了「黑色形象」一心想要「游到岸上」——「和自己的影子結合」的徒勞的搏鬥與掙扎。這何嘗又不是一種「界限」。

素有「隱喻大師」之稱的特朗斯特羅姆是詩歌的冷凝藝術的典範。北島是特朗斯特羅姆詩的第一位中譯者，對其推崇備至，特別是那種「穩准狠」的警句風格——「既突然又合理，像煉丹術一般」[30]。但北島開始接觸特朗斯特羅姆詩集及其英譯稿是在1983年夏末[31]，顯然晚於〈界限〉的寫作時間。可見對特氏的翻譯借鑑只是加速了而並非引領北島風格的轉向——他從早期的與現實對峙轉為通過暗喻逃離。華萊士・史蒂文斯（Wallace Stevens）說過：「現實是陳腐的，我們通過暗喻逃離它。只有在暗喻的王國，我們才能變成詩人。」[32]

從〈界限〉開始，北島的現代詩風愈顯穩健。法國詩人阿爾蒂爾・蘭波（Arthur Rimbaud）曾言，詩歌創作的目的，是「到達陌生處」。這「陌生處」——或曰「彼岸」，事實上無從抵達。詩人轉而「摧毀」現實，正如畢卡索（Pablo Picasso），「一幅圖畫就是摧毀的總和」。「這種被摧毀的現實構成了一種混沌的符號，標示出現實的匱乏性和『陌生處』的無法抵達。這種狀況不妨稱之為現代性的

---

29 〈游動的黑影〉的簡稱。

30 北島：〈特朗斯特羅默〉，《時間的玫瑰》（香港：牛津大學出版社，2005年），第187頁。

31 參見北島：〈藍房子〉，《藍房子》（香港：牛津大學出版社，2009年），第60頁。

32 [美]華萊士・史蒂文斯著，陳東東、張棗編，陳東飆、張棗譯：《最高虛構筆記——史蒂文斯詩文集》（上海：華東師範大學出版社，2009年），第269頁。

辯證法。它遠遠不止於蘭波，而是決定了歐洲的文學和藝術。」[33]而在中國，1949年以後的中國詩人一度以為美好的現實已經追上了「彼岸」，所以沒有必要通過暗喻逃離或者摧毀「此岸」。「現代性美學中間有私密原則，而新文學對現代性的私密性進行了沒收，被主流文學認可的文學書寫形式，上升為一種神化」，也就是「太陽神化」[34]。而在〈界限〉一詩中，我們看到了現實的隱遁和彼岸的影廓。

二、書寫之間的無聲的詩意

《今天》停刊前後，北島去《新觀察》雜誌當編輯。1981年年初，中共中央發了一個關於清理民刊的九號文件，幾乎所有民刊的頭頭都被一網打盡，北島也在名單之列：「當時《新觀察》隸屬中國作家協會。九號文件下來後，公安局找到作家協會，對我施壓，希望我寫檢查交代問題，被我拒絕了。」[35]這一時期的北島心情極度苦悶，理想與現實脫節，許多詩裡都烙有靈魂的暗影，令人想起〈界限〉中無處皈依的「影子」，如：

這不是告別
因為我們並沒有相見
儘管影子和影子

33　參見[德]胡戈・弗里德里希著，李雙志譯：《現代詩歌的結構——19世紀中期至20世紀中期的抒情詩》（南京：譯林出版社，2010年），第63頁。

34　參見張棗：〈關於當代新詩的一段回顧〉，張棗著，顏煉軍編選：《張棗隨筆選》（北京：人民文學出版社，2012年），第164-165頁。

35　北島在訪談中還提到：「《新觀察》主編是戈揚，副主編是楊犁（後為中國現代文學館館長）。前兩年我才聽楊犁的兒子楊葵說起，原來當年是楊犁替我寫了份檢查，才倖免於難。」原文刊載於2008年6月1日《南方都市報》GB32版，篇名為〈1978年12月，《今天》創刊：青春和高壓給予他們可貴的能量〉。相同的文章刊載於《今天文學雜誌網路版》之上時，更名為〈《今天》的故事——北島訪談錄〉，內容比原刊更為完整，故本文主要參考《今天文學雜誌網路版》（http://www.jintian.net/fangtan/2008/nfdsb1.html）。

曾在路上疊在一起
像一個孤零零的逃犯[36]
（〈明天，不〉）

走向冬天
不在綠色的淫蕩中
墮落，隨遇而安
不去重複雷電的咒語
讓思想省略成一串串雨滴
或者在正午的監視下
像囚犯一樣從街上走過
狠狠踩著自己的影子[37]
（〈走向冬天〉）

相信奇蹟吧
奇蹟就是那顆牆上的釘子
我的影子在試
釘子上搖晃的衣服
試我最後的運氣[38]
（〈主人〉）

「影子」是日光之下的現實的一種反式存在，它逆反於太陽卻也受制於太陽。以北島為代表的「今天派」曾在反「太陽神化」的基礎上建立了他們的詩學成就，但詩歌必須大於心智的觀念，它必須是本

---

36 北島：〈明天，不〉，《北島詩選》（廣州：新世紀出版社，1986年），第94頁。
37 北島：〈走向冬天〉，《北島詩選》（廣州：新世紀出版社，1986年），第106頁。
38 北島：〈主人〉，《北島詩選》（廣州：新世紀出版社，1986年），第122頁。

真的顯現。「觀念是人造的，見識才是本質的。」[39]就像史蒂文斯在其詩中所寫：「你必須再次成為一個無知的人／用一道無知的眼光再次看見太陽。」[40]

80年代初期，北島已經意識到了其早期創作的反式結構已經成為詩藝發展的桎梏，並因此而在詩中自嘲：

我曾正步走過廣場
剃光腦袋
為了更好地尋找太陽
卻在瘋狂的季節
轉了向，隔著柵欄
會見那些表情冷漠的山羊
……
當天地翻轉過來
我被倒掛在
一棵墩布似的老樹上
眺望[41]

「正步走過廣場」、「剃光腦袋」這兩種貌似正統和反叛的歷史姿態中所蘊含的精神內涵卻是相似的，反諷意味深長，過度的闡釋反而會消解詩意。這裡的「山羊」應有「替罪羊」[42]之意——背負

39 [美]華萊士・史蒂文斯著，陳東東、張棗編，陳東飆、張棗譯：《最高虛構筆記——史蒂文斯詩文集》（上海：華東師範大學出版社，2009年），第256頁。

40 [美]華萊士・史蒂文斯著，陳東東、張棗編，陳東飆、張棗譯：《最高虛構筆記——史蒂文斯詩文集》（上海：華東師範大學出版社，2009年），第166頁。

41 北島：〈履歷〉，《北島詩選》（廣州：新世紀出版社，1986年），第114-115頁。

42 用羊替罪來自古猶太教。儀式是這樣的：通過拈鬮決定兩隻公山羊的命運，一隻殺了做祭典，另一隻由大祭司將雙手按在羊頭上宣稱，猶太民族在一年中所犯下的罪過，已經轉嫁到這頭羊身上了。接著，便把這頭替罪羊放逐到曠野上去，即將人的

人所犯下的罪行，而被放逐荒野。義大利猶太裔詩人翁貝爾托・薩巴（Umberto Saba）曾在其名作〈山羊〉中寫道：「痛苦只是一個不變的、永恆的聲音。／孤獨的山羊的呻吟／是牠的回音。」[43]類似的「山羊」還在北島其後的詩中偶有顯現，如：

野山羊站立在懸崖上
拱橋自建成之日
就已經衰老[44]
（〈關於傳統〉）

只有山羊在夜深人靜
成群地湧進城市
被霓虹燈染得花花綠綠
你相信嗎[45]
（〈地鐵車站〉）

北島在《新觀察》雜誌只待了短短半年，不許工作，自己也覺無趣，後來通過朋友調到了外文局的《中國報導》，那是對外宣傳的世界語刊物。此後在外文局待了四年多，直到1985年。1983年，北島成了「反精神污染運動」的批判對象，再次停職反省。有一年多的時間

罪過帶入無人之境。參見《舊約・利未記》第16章。

43 [義大利]翁貝爾托・薩巴著，呂同六譯：〈山羊〉，王家新、沈睿編選：《當代歐美詩選》（瀋陽：春風文藝出版社，1989年），第336頁。

44 參照九歌版詩集《午夜歌手》的目錄編排，推知〈關於傳統〉是北島1982年的作品。北島：〈關於傳統〉，《午夜歌手——北島詩選1972-1994》（臺北：九歌出版社，1995年），第76頁。

45 參照牛津版詩集《守夜》及九歌版詩集《午夜歌手》的目錄編排，〈地鐵車站〉應是寫於1984至1985年。北島：〈地鐵車站〉，《守夜——詩歌自選集1972-2008》（香港：牛津大學出版社，2009年），第44頁。

禁止發表作品，只好化名搞翻譯，寫散文、傳記，賺點外快，以貼補家用[46]。再度提筆，帶來了這首里程碑式的〈詩藝〉[47]：

我所從屬的那座巨大的房舍
只剩下桌子，周圍
是無邊的沼澤地
明月從不同的角度照亮我
骨骼鬆脆的夢依舊立在
遠方，如尚未拆除的腳手架
還有白紙上泥濘的足印
那隻餵養多年的狐狸
揮舞著火紅的尾巴
讚美我，傷害我

當然，還有你，坐在我的對面
炫耀於你掌中的晴天的閃電
變成乾柴，又化為灰燼[48]

顯然，泰德・休斯（Ted Hughes）的那隻著名的「思想的狐狸」潛入到北島的詩裡。休斯一生熱愛動物，尤其對狐狸情有獨鍾，認為詩人應該捕捉頭腦中的感性和直覺的東西作為詩歌靈感：「寫詩就是捕捉動物，依靠的是詩意的直覺，就如同一隻警覺的狐狸潛回家

[46] 參見北島、南方都市報：〈《今天》的故事——北島訪談錄〉，《今天文學雜誌網路版》（http://www.jintian.net/fangtan/2008/nfdsb1.html）。

[47] 參照牛津版詩集《守夜》及九歌版詩集《午夜歌手》的目錄編排，推知《詩藝》是北島1984-1985年的作品。參見北島：《守夜——詩歌自選集1972-2008》（香港：牛津大學出版社，2009年），第45頁。

[48] 北島：〈詩藝〉，《北島詩選》（廣州：新世紀出版社，1986年），第152頁。

園。」[49]休斯的創作觀無疑帶有幾分神祕主義的色彩：藝術地處理一種語言，意味著進行一種召喚魔術。類似於法國光明會（Illuminaten）的語言理論：「詞不是人類的偶然產物，而是來自於宇宙的原初統一體（Ur-Eins）；詞的敘說造成了敘說者與這樣一種來源的魔術化溝通。」[50]以下參考白元寶所譯的休斯的〈思想的狐狸〉：

我想像著午夜時分的森林：
除了孤獨的鐘錶
和我翻起的空白書頁
還有別的東西在活動。

從窗口望去，我看不見星星：
在黑暗的更深處
更近的事物
正在加入此刻的孤獨。

一隻狐狸的鼻子觸摸著小樹枝、書頁，
如黑暗中的雪一樣冰涼而鮮美的鼻子；
兩隻眼睛轉動著，不時地轉動著，
一下又一下

……

[49] 李子丹、泰德・休斯：《思想之狐》，《英語知識》2009年01期。
[50] 轉引自[德]胡戈・弗里德里希著，李雙志譯：《現代詩歌的結構——19世紀中期至20世紀中期的抒情詩》（南京：譯林出版社，2010年），第38頁。詳請參見Friedrich, H.：《法國光明會的語言理論》（*Die Sprachtheorie der französischen Illuminaten,* in: Deutsche Vierteljahrschrift f. Literaturwissenschaft und Geistersgeschaft, 1935）。

> 最後，它帶著一股強烈而辛辣的狐臭
> 突然進入腦中那黑色的洞穴。
> 窗外依然沒有星星；鬧鐘擺動著，
> 書頁已經印上了文字。[51]

對比閱讀這兩首詩，不難發現，二者都是「元詩歌」（Metapoetry），即「關於詩歌的詩歌」，或者說「詩歌的形而上學」，類似於中國古代之「以詩論詩」。而在場景安排上彷彿一幕小小的舞臺劇。時間：夜晚；地點：室內，詩人坐在書桌旁冥思苦想，意識游離到遠方。但休斯的「森林」到了北島那裡成了「無邊的沼澤地」；林間的狐狸也變為圈養，在白紙上留下「泥濘的足印」。這些改變凸顯了寫詩的艱難：雖有明月的照耀和夢想的支撐，但外部世界污濁淪落，思想不自由，且靈感在帶給詩人讚美的同時也暗藏傷害。不僅如此，還有一個扮演著監察官角色的「你」坐在「我」的對面，掌控著來自上方的權力，任意將詩材化為灰燼。

1985年，北島接受牛漢的邀請，出任《中國》[52]雜誌的特聘編輯，擔負起推薦和審閱詩稿的工作，前後大約持續了一年時間直至停刊[53]。經北島之手，《中國》刊發了不少「新生代」——如王寅、柏樺、陸憶敏、張棗、翟永明等人的作品。這些比北島年輕十歲左右的新人新作沒有歷史傷痕，乾淨明亮，隨性所至、隨情而發，打破了先有觀念、後有寫作的既定模式，也激勵了北島推陳出新、另闢蹊徑的

---

[51] [英]泰德・休斯作，白元寶譯：〈思想的狐狸〉，《休斯的詩》（13首），《詩歌月刊》2007年第8期。

[52] 《中國》隸屬中國作協，由丁玲創辦於1985年1月，停刊於1986年12月，共出版十八期。1985年為雙月刊，1986年為月刊。主編為丁玲、舒群，副主編為魏巍、雷加、牛漢、劉紹棠，編委為王朝聞、葉水夫等十五人。後雖情況有變，但1985年的刊物封底內頁一直保留著這份名單。1986年後，只在刊物的最後一頁列發編輯名單。

[53] 參見牛漢、孫曉婭：〈訪牛漢先生談《中國》〉，《新文學史料》2002年第1期。

決心[54]。對語言本體的沉浸及對寫作本身的覺悟，主導了80年代中期以後的北島詩藝的變化：重要的不是教誨，而是寫作。正如羅蘭・巴特（Roland Barthes）對作家的定義：「站在所有其他話語交匯十字路口的旁觀者。」「寫作」這個不及物動詞的含義就是自由的樣板，「對於巴特而言，並非對寫作之外事物的投入（以實現社會或道德的目標）使得文學變成反對或顛覆的工具，而是寫作本身的某種實踐使然：過度的、遊戲的、複雜的、微妙的和感官的——這是一種絕不隸屬於權勢的語言。」[55]

愛爾蘭詩人謝默斯・希尼（Seamus Heaney）曾經援引《約翰福音》的經文指出：「在某種意義上，詩歌的功效等於零——從來沒有一首詩阻止過一輛坦克。在另一個意義上，它是無限的。這就像耶穌在沙上寫字，在它面前原告和被告皆無話可說，並獲得新生。」[56]耶穌寫什麼並不重要，重要的是他「既不對那群原告講話，也不對那個無助的被告講話」。詩歌就是這樣獲得管轄的力量的：「在它最偉大

---

[54] 張棗在其完成於圖賓根大學的德語博士論文《詩的現代性的追尋：1919年後的中國新詩》中稱，北島與柏樺等「新生代」詩人有過一些通信，在逐步深入的詩藝交流中他開始正視其早期創作的一些問題，並決心在詩歌創作的道路上另闢他途。Zhang Zao. *Auf die Suche nach poetischer Modernität: Die Neue Lyrik Chinas nach 1919*, Tübingen: TOBIAS-Lib, Universitätsbibliothek, 2004. s. 181-183.

[55] 參見[美]蘇珊・桑塔格著，沈弘、郭麗譯：《寫作本身：論羅蘭・巴特》，[美]桑塔格著，陶潔、黃燦然等譯：《重點所在》（上海：上海譯文出版社，2011年），第94頁。

[56] 希尼指的是《約翰福音》第八章有關耶穌寫字的記載：「文士和法利賽人把一個通姦的婦人帶到他面前；他們叫她站在當中，對他說，先生，這個婦人是捉姦在床的。摩西在法律上吩咐我們，這種人應該用石頭打死；但是你認為呢？……耶穌俯下來用手指在地面上寫字，彷彿沒有聽見他們。他們還是不住地問他，他就站起來，對他們說，你們當中有誰是沒有罪的，就先站出來拿石頭打她。他又俯下身在地面上寫字。他們聽了這句話，捫心自問是有罪的，於是一個接一個走出去，先是最年長的，終於最後一個也走了；留下耶穌一人，和那個站在當中的婦人。……於是耶穌對她說，我也不定你的罪。走吧，別再犯罪了。」[美]謝默斯・希尼：〈舌頭的管轄〉，[美]布羅茨基等著，黃燦然譯：《見證與愉悅：當代外國作家文選》（天津：百花文藝出版社，1999年），第274-275頁。

的時刻它會像葉慈所說的那樣企圖在一種單獨的思想中保住現實和公正」，把我們的注意力重新集中到我們自己身上來[57]。

詩意無聲，卻勝過千言萬語。北島的譯筆下，冰島詩人斯泰因・斯泰納爾（Steinn Steinarr）曾有詩云：「一把沙子。／而一切已被說出。」[58]特朗斯特羅姆也曾寫道：

> 我沉到世界的深底，像鐵錨。
> 抓住的一切都不是我所需求。
> 倦怠的憤慨，灼熱的退讓。
> 劊子手抓起石頭，上帝在沙上書寫。[59]

書寫的最高境界是對於那種只可意會不可言傳的境界的無限接近。例如法國象徵主義詩人斯特芳・馬拉美（Stephane Mallarme）認為詩歌創作意味著「在著意為之的晦暗中，借助暗示性的、永不直白的詞語召喚沉默不言的實物」[60]。「天地有大美而不言，四時有明法而不議，萬物有成理而不說」（《莊子・知北遊》），中國古典哲學和西方現代美學之間存在著相通之處，莊子的思想也印證了後結構主義的某些觀點[61]，亦在北島80年代中期以後的詩歌精神中有所顯現：「看到不可見之物，聽到不可聽之物」，與蘭波1871年對未來詩歌創

---

[57] 參見[美]謝默斯・希尼：〈舌頭的管轄〉〉，[美]布羅茨基等著，黃燦然譯：《見證與愉悅：當代外國作家文選》（天津：百花文藝出版社，1999年），第274-275頁。

[58] [冰島]斯泰因・斯泰納爾作，北島譯：〈在嬉戲的孩子〉，王家新、沈睿編選：《當代歐美詩選》（瀋陽：春風文藝出版社，1989年），第550頁。

[59] [瑞典]湯瑪斯・特朗斯特羅姆著，李笠譯：〈尾曲〉，王家新、沈睿編選：《當代歐美詩選》（瀋陽：春風文藝出版社，1989年），第516頁。

[60] 轉引自[德]胡戈・弗里德里希著，李雙志譯：《現代詩歌的結構——19世紀中期至20世紀中期的抒情詩》（南京：譯林出版社，2010年），第145頁。詳請參見Kommerell, M.：《關於詩歌的思考》（*Gedanken über Gedichte*, 2. Aufl. Frankfurt a. M. 1956, s. 41）。

[61] 參見趙毅衡：〈「反者道之動」：當代詩學的逆向傳達〉，《意不盡言——文學的形式－文化論》（南京：南京大學出版社，2009年），第6頁。

作的設計不禁暗合，也令人想起畢卡索稱繪畫為「盲人手藝」；約翰・凱奇（John Milton Cage）音樂作品《4分33秒》的無聲演繹：

欲望的廣場鋪開了
無字的歷史
一個盲人摸索著走來
我的手在白紙上
移動，沒留下什麼
我在移動
我是那盲人[62]
（〈期待〉）

劇場，燈光轉暗
你坐在那些
精工細雕的耳朵之間
坐在喧囂的中心
於是你聾了
你聽見了呼救信號[63]
（〈呼救信號〉）

歷史上偉大的詩人荷馬是盲人，偉大的音樂家貝多芬是聾子，但他們所看到的或聽到的恰恰是世人所視而不見，或聞所未聞。現代詩歌也是一種在言說和沉默之間尋求語言可能性邊界的藝術，其進一步的探索還將在北島80年代末出國以後得以延續[64]。如果說，早期北

---

[62] 北島：〈期待〉，《北島詩選》（廣州：新世紀出版社，1986年），第162頁。

[63] 北島：〈呼救信號〉，《北島詩選》（廣州：新世紀出版社，1986年），第167頁。

[64] 參見亞思明：〈「莫若以明」——讀《莊子・齊物論》感北島詩藝〉，《當代作家

島的詩依然是對觀念的傳遞，對現實的反抗，彷彿顯露在外的黑色的礁岩，冷靜而堅硬；中期以後則深深浸入了包容一切的語言的海。就像他翻譯的斯泰納爾的詩：「在深不可測的海底／我曾埋葬了我的意志、我的認識／而我不再知道／海是我自己／或我自己是海。」[65]

北島曾受波特萊爾影響至深，擅用「希望－寒冷」、「英雄－人」、「春天－謊言」、「結局－開始」、「生活－網」等波特萊爾式的矛盾修辭法（Oxymoron）構築一種現代主義的悖謬情境，但那恰如波氏所言依然帶有浪漫主義的永恆的傷痕。80年代的北島開始逃離現實潛往「陌生處」，在永無可能靠岸的旅程中「保存一座無目的的精神純粹性之島」（馬拉美語）。這同時也預示著「詞的流亡開始了」[66]。至此，北島將掀開他文學生命的下一個篇章。

第二節　詩意棲居的中間地帶：北島去國前創作與翻譯文學關係探析

北島去國前的創作就已呈現一種世界性的海洋氣象，這不禁讓人好奇，在一個政治封閉的年代，文化的開放資源由何而來。近年浮現的一些「皮書」資料令我們發現，阻隔西方資本主義話語入侵的萬里長城的磚縫裡也有鮮花盛開。例如包括卡夫卡的《審批及其他》、薩特的《厭惡》、貝克特的《椅子》、凱魯亞克的《在路上》、艾倫堡的《人・歲月・生活》等在內的近百部世界文學現當代重要作品的選編、翻譯和出版——俗稱「黃皮書」，為北島那代人提供了一個窺視世界的隱祕窗口。北島多次提到以「黃皮書」為代表的「翻譯文體」

評論》2012年第2期。

[65] [冰島]斯泰因・斯泰納爾作，北島譯：〈海〉，王家新、沈睿編選：《當代歐美詩選》（瀋陽：春風文藝出版社，1989年），第551頁。

[66] 北島：〈無題〉（他睜開第三隻眼睛），《午夜歌手——北島詩選1972-1994》（臺北：九歌出版社，1995年），第127頁。

對他早年創作及中國文學的影響：「如果沒有『翻譯文體』提供的文體基礎，也就沒有真正的地下文學，而正是地下文學經過漫長的潛伏期，在20世紀70年代末浮出地表，長成樹林。」[67]

以語言為「投槍」和「匕首」，刺透文革後期現代化暗夜的北島正是在「翻譯文體」中習得了他的「奇異的劍術」[68]。也正因有了翻譯文學的過渡的橋樑，詩人才得以打通國家的邊界，尋求貼近所有人類語言所共有的一個所謂的「文化和言語上的中間地帶」[69]。本節試以北島去國前詩歌創作為個案，辨析創作與翻譯的關係；探討在當代語境中，翻譯文學對於促進語言的演進、揉合傳統與現代、調解民族性與世界性的複雜矛盾所扮演的角色。

一、建立聯繫：波特萊爾詩歌與中國文學的革命性

北島所言的「翻譯文體」，是指1949年中共建國之後，一批重要的作家和詩人為逃避官方話語的干擾，並部分地滿足自己的創作欲，而將外國文學翻譯構建成的一種特殊的避難所和詩意的棲居地，使傳統通過一種曲折的方式得以銜接。「由此『翻譯文體』作為邊緣形式得以發展，並在20世紀60年代進入成熟期。」[70]

例如「九葉派」詩人之一的陳敬容，她譯的波特萊爾（Charles Pierre Baudelaire）的九首詩由人民出版社出版的《譯文》[71]雜誌於1957年7月

---

[67] 北島：〈翻譯與母語〉，《新世紀週刊》2001年第34期。該文為北島在「第三屆青海國際詩歌節」上的講演，經作者補充修改定稿。

[68] 波特萊爾在〈太陽〉一詩中將詩藝比作是一種劍術。參見[法]夏爾·波德萊爾著，郭宏安譯：《惡之花——郭宏安譯文集》（桂林：廣西師範出版社，2002年），第170頁。

[69] 荷爾德林（Friedrich Holderlin）提出，人類的每一種具體語言都是同一基本語言即所謂「純語言」的體現，翻譯就是尋找構成一個聯通所有人類語言所共有東西的一個所謂「文化和言語上的中間地帶」。參見謝天振：《翻譯研究新視野》（青島：青島出版社，2003年），第11頁。

[70] 北島：《翻譯與母語》，《新世紀週刊》2001年第34期。該文為北島在「第三屆青海國際詩歌節」上的講演，經作者補充修改定稿。

[71] 《譯文》當時的主編是茅盾，1959年的第1期開始更名為《世界文學》，由曹靖華

號刊出，被北島他們大海撈針般搜羅到一起，工工整整抄在本子上。「那幾首詩的翻譯，對發端於60年代末的北京地下文壇的精神指導作用，怎麼說都不過分。」[72]

柏樺曾在許多文章、訪談以及其自傳體長篇隨筆《左邊——毛澤東時代的抒情詩人》[73]一書中詳細談論過他第一次讀到波特萊爾詩歌時的強烈的震撼，簡而言之：「我在決定性的年齡，讀到了幾首波特萊爾遞上的決定性的詩篇，因此我的命運被徹底改變。」[74]

又幾乎在此同時，柏樺還讀到了令他震動的北島的詩歌：

> 當我讀到如下這些詩句時：「用網捕捉我們的歡樂之謎／以往的辛酸凝成淚水／沾濕了你的手絹／被遺忘在一個黑漆漆的門洞裡」（北島〈雨夜〉），我的心感到了一種幸福的疼痛，我幾乎當場就知道了，這是一種閱讀波特萊爾時同樣有過的疼痛。北島的這幾行詩讓我重溫了「比冰和鐵更刺人心腸的歡樂」（這句詩出自《惡之花》中〈烏雲密布的天空〉一詩），那當然也是一種經過轉化的中國式「歡樂」。[75]

波特萊爾的《惡之花》是一部開一代詩風的作品，是在「去者已不存在，來者尚未到達」這樣一個空白或轉折時代開出的一叢奇異

仁總編，於1965停刊一年。由於文化大革命爆發，1966年在出版了一期（總139期）之後，這本當時唯一的一份譯介外國文學作品的雜誌最終停刊了。《世界文學》再次正式復刊是在1978年。

[72] 北島：《里爾克》，《時間的玫瑰》（香港：牛津大學出版社，2009年），第89頁。

[73] 柏樺：《左邊——毛澤東時代的抒情詩人》（香港：牛津大學出版社，2001年版，另參見大陸版：柏樺：《左邊——毛澤東時代的抒情詩人》（南京：江蘇文藝出版社，2009年）。

[74] 柏樺：〈始於1979——比冰和鐵更刺人心腸的歡樂〉，收入北島、李陀主編《七十年代》（北京：三聯書店，2009年），第537頁。

[75] 柏樺：〈始於1979——比冰和鐵更刺人心腸的歡樂〉，收入北島、李陀主編《七十年代》（北京：三聯書店，2009年），第537-538頁。

的花。它應和了18世紀末至19世紀中期歐洲年輕人出於個人追求和世界秩序之間的尖銳失諧而感到的一種「無可名狀的苦惱」[76]。有趣的是，波特萊爾染上的「世紀病」也在文革後期的中國知青當中有了規模不小的症候群。

20世紀60年代後期的「上山下鄉」運動，把處在社會巔峰的「紅衛兵」拋到社會最底層。他們具有毛澤東時代的精神特徵——持續燃燒的激情火焰和英雄主義的暴力傾向[77]，又看遍了人間各種悲慘和陰暗。神話的破滅、理想的懸空令他們在波特萊爾的詩歌中找到了某種息息相通的心理呼應。這種跨時代、跨文化的共鳴正是通過翻譯而實現的。

波特萊爾《惡之花》的中文譯本並不算少。「『五四』新文學運動伊始，他就被介紹進中國文壇，產生過不小的震動。之後，中國作家不斷譯介波氏作品，更有人在其影響下從事白話自由詩的寫作，日漸形成一個聲勢不小的文學風潮，與現代文學的三十年相伴始終。」[78]

早在40年代流寓重慶期間，陳敬容即已開始移譯包括波特萊爾在內的法文詩歌，1946年夏回到上海，將其中的十幾首譯作發表在京滬的報刊上，文壇為之矚目。她後來又撰寫了幾篇隨筆，集中闡發關於波氏的閱讀感言，沒想到居然遭到左翼陣營的炮轟[79]。陳敬容回憶說：「那全部的十幾首譯詩，本來已編為一本《法國現代詩選》，打

---

[76] 參見郭宏安：〈論《惡之花》〉，[法]夏爾・波德萊爾著，郭宏安譯《惡之花——郭宏安譯文集》（桂林：廣西師範大學出版社，2002年），第66-67頁。

[77] 北島常常反省他所受的革命話語的影響，例如他說：「我們那代人被偉大志向弄瘋了，扭曲變態，無平常心，有暴力傾向，別說救國救民，自救都談不上。」參見北島：《藍房子》（南京：江蘇文藝出版社，2009年），第137頁。

[78] [新加坡]張松建：〈「花一般的罪惡」——四十年代中國詩壇對波德賴爾的譯介〉，《中國現代文學研究叢刊》2005年第2期。

[79] 關於那場風波的始末，詳請參見：[新加坡]張松建：〈「花一般的罪惡」——四十年代中國詩壇對波德賴爾的譯介〉，《中國現代文學研究叢刊》2005年第2期。

算找機會出版，後來在1948年秋天匆匆離開上海時，忙亂中竟把那部譯詩稿連同另一些稿件一道丟失了，再也無從找回。」[80]

1957年《譯文》月刊刊載的九首波特萊爾的詩[81]，是陳敬容重新翻譯的，作為對《惡之花》初版一百週年的紀念（上海譯文出版社於1979年初版的《外國文學作品選》第3卷中，收進了那九首譯詩中的六首）[82]。

正如「一千個讀者眼裡有一千個哈姆雷特」，不同人翻譯波特萊爾，也會生成不同的《惡之花》。陳敬容透過她的殘酷的青春，洞徹波氏詩中那特有的「豐富的色調」、「神祕的音樂」：

> 他給一切微細的事物都塗抹上一層神異的光輝，無論他的沉思，歌頌，嘲罵，或者詛咒，都同樣顯得真摯而深沉，毫無浮泛或誇大的感覺。……波特萊爾的詩，令人有一種不自禁的生命的沉湎。雖然他所寫的多一半是人生淒厲的一面，但因為他是帶著那麼多熱愛去寫的，反而使讀者從中獲得了溫暖的安慰……[83]

由於社會情況有別，陳敬容略去了《惡之花》詩集裡描寫尖峭醜怪事物的篇什，像〈腐屍〉、〈吸血鬼〉、〈血泉〉、〈骷髏農夫〉等作品完全被迴避了，擇選而譯的九首詩保留了浪漫主義的基本主題，但

80　陳敬容：〈題記〉，[法]波德萊爾、[奧地利]里爾克著，陳敬容譯：《圖像與花朵》（長沙：湖南人民出版社，1984年），第1頁。

81　陳敬容翻譯的那九首詩分別是：〈朦朧的黎明〉（Le crépuscule du matin）、〈薄暮〉（Le crépuscule du soir）、〈天鵝〉（Le cygne）、〈窮人的死〉（La mort des pauvres）、〈秋〉（Sonnet d' automne）、〈仇敵〉（L' ennemi）、〈不滅的火炬〉（Le flambeau vivant）、〈憂鬱病〉（Spleen）、〈黃昏的和歌〉（Harmonie du soir）。其中〈天鵝〉是《巴黎風景》（*Tableaux parisiens*）的一部分，《窮人的死〉是《死亡》（La Mort）的一部分，其餘的皆是出自《憂鬱和理想》（*Spleen et idéal*）。

82　陳敬容：〈題記〉，[法]波德萊爾、[奧地利]里爾克著，陳敬容譯：《圖像與花朵》（長沙：湖南人民出版社，1984年），第1頁。

83　陳敬容：〈波德賴爾與貓〉，《文匯報‧浮世繪》1946年12月19日。

幾乎都是在反題中發掘和展開：孤獨感、流亡感、深淵感、絕望感，流逝的時光，被壓抑的個性及反抗，對平等、自由、博愛的渴望等等，無一不帶有浪漫主義的典型色彩。其表現手法卻是顛覆性的：意象新奇而又密集，充溢著芳香、色彩、聲音的相互感應（通感）。波特萊爾的另一獨創之處在於他對「矛盾修辭法」（Oxymoron）的自覺使用：即把兩種截然相反的審美意象並列放置，如「惡」與「花」，因此他又是現代詩歌的開山鼻祖。

時至今日，陳敬容譯筆下的《惡之花》依然搖曳著一種令人心痛的美，例如這首〈憂鬱病〉（因篇幅所限，僅引用前三節）：

當低而重的天空像鍋蓋，沉壓著
長久為勞倦所覆蔽的嘆息的心，
又從那懷抱一切的地平線，
傾注給我們黑暗的白晝——比夜還淒清。

當大地變成了一所潮濕的監獄，
在那裡，希望正好像一隻蝙蝠，
用它膽怯的翅膀叩打著四壁，
又把頭向朽壞的天花板撞碰。

當雨撒下它那些粗大的線條，
如同大監獄的鐵柵的形態；
一群啞默的醜陋的蜘蛛，
來將它的絲網展布在我們腦海。[84]

[84] [法]波德萊爾著，陳敬容譯：〈憂鬱病〉，《圖像與花朵》（長沙：湖南人民出版社，1984年），第30頁。這部詩集是「詩苑叢書」中的一本，是陳敬容應詩人彭燕郊的請求，在舊有譯作的基礎上補譯編訂的。波德萊爾部分除了原先發表的九首，

這詩與北島的〈雨夜〉互為映照（略去第一節）：

低低的烏雲用潮濕的手掌
揉著你的頭髮
揉進花的芳香和我滾燙的呼吸
連接著每個路口，連接著每個夢
用網捕捉著我們的歡樂之謎
以往的辛酸凝成淚水
沾濕了你的手絹
被遺忘在一個黑漆漆的門洞裡

即使明天早上
槍口和血淋淋的太陽
讓我交出自由、青春和筆
我也絕不交出這個夜晚
我絕不會交出你
讓牆壁堵住我的嘴唇吧
讓鐵條分割我的天空吧
只要心在跳動，就有血的潮汐
而你的微笑將印在紅色的月亮上
每夜升起在我的小窗前
喚醒記憶[85]

同樣是寫雨，同樣由雨聯想起監獄，低沉的天空、潮濕的空氣、黑暗的眼前，卻又有歡樂和希望。只是後者的節奏還更激越一些，色

又增加了二十餘首。

85 北島：〈雨夜〉，《北島詩選》（廣州：新世紀出版社，1986年），第52-53頁。

調還更明亮一些，因為愛情。這兩首詩的意象極為相近：「鍋蓋」對應「手掌」，「四壁」對應「牆壁」，「鐵柵」對應「鐵條」，「絲網」對應「網」。

〈雨夜〉應是寫於1979年，這可由《北島詩選》的編選排序推導得知。根據《北島詩選》英譯本《The August Sleepwalker》的譯者說明[86]，《北島詩選》是北島親自編選並順時排序的：1972至1978年間的作品納入第1輯，1979至1982年間的納入第2輯[87]。而〈雨夜〉是第2輯中的第一首詩，創作時間上不言自明。

1979年在北島生命中意味著「今天」，也是過了今天不知是否還有明天的「今天」。可以說，《今天》[88]——這份與任何機構、任何機制沒有絲毫關聯的民間文學刊物在那個「政治壓倒一切」的年代的創刊，是北島作為發起人在存在主義信仰上的最具體的實踐[89]：「當時我就有預感，我們註定是要失敗的，至於這失敗是在什麼時候，以何種方式卻無法預測。那是一種悲劇，很多人都被這悲劇之光所照亮。」[90]

瞭解了北島書寫〈雨夜〉的語境，就不難理解為什麼他的筆端會流淌出那樣「動人的憂鬱和高貴的絕望」[91]：

---

86 Bonnie S. McDougall. "Translator's Note." *The August Sleepwalker*. New York: New Directions, 1990. p. 15.

87 Bonnie S. McDougall. "Translator's Note." *The August Sleepwalker*. New York: New Directions, 1990. p. 15.

88 《今天》創刊於1978年12月23日，1980年12月被迫停刊，一共出版九期，還有四本叢書。每一期篇幅從六十頁到八十頁不等，內容有詩歌、小說及評論。每一期的印量為一千本左右。

89 參見楊嵐伊：《語境的還原：北島詩歌研究》（臺北：秀威資訊科技，2010年），第44頁。

90 查建英：〈北島〉，《80年代訪談錄》（北京：三聯書店，2006年），第76頁。

91 波德萊爾認為：「詩人最偉大、最高貴的目的」是美，詩要表現的是「純粹的願望、動人的憂鬱和高貴的絕望」。參見郭宏安：〈論《惡之花》〉，[法]夏爾・波德萊爾著，郭宏安譯：《惡之花——郭宏安譯文集》，第99頁。

> 我們通過這幾行詩便可以透徹地認識了我們處的時代精神之核心。〈雨夜〉不是戴望舒式的〈雨巷〉，它已是另一番中國語境了，即一個當時極左的、一體化的文化專制語境下的中國。〈雨夜〉帶著一種近乎波特萊爾式的殘忍的極樂以一種深刻飽滿的對抗力量刺入我們歡樂的心中，這種痛苦中的歡樂只有我們那個時代的人才會深切地體會。[92]

北島的「雨夜」染上了波特萊爾的「憂鬱病」，而這種聯繫是通過陳敬容的譯文建立起來的。不僅僅是北島，整個地下詩壇都受到感染，例如「60年代以來中國新詩運動的奠基人」食指[93]讚嘆說：「還是陳敬容翻譯的波特萊爾的詩有意思：『青春是一場陰暗的暴風雨，星星點點透過來明朗朗的太陽[94]』。多棒的詩！這太美了！這種意象怎麼也揮之不去。這是真正的詩歌。」[95]

然而，「翻譯文體」並不是一座空中樓閣，它在試圖觸及原作精神內核的同時也逃不脫它所處的那個時代的民族語言風格的籠罩。例如張棗注意到：

> 朦朧詩那一代中有一些人認為陳敬容翻譯波特萊爾翻譯得很好，但我很少聽詩人讚美梁宗岱的譯本，梁宗岱曾經說要在法

---

[92] 柏樺：〈始於1979——比冰和鐵更刺人心腸的歡樂〉，收入北島、李陀主編：《七十年代》（北京：三聯書店，2009年），第538頁。

[93] 北島稱食指是「60年代以來中國新詩運動的奠基人」，沒有食指就沒有他寫詩的開始。他在一次採訪中說：「那是70年春，我和幾個朋友到頤和園划船，一個朋友站在船頭朗誦食指的詩，對我的震動很大。那個春天我開始寫詩。之前都寫舊體詩。」參見：翟頔、北島：〈附錄：遊歷，中文是我惟一的行李〉，北島：《失敗之書》（汕頭：汕頭大學出版社，2004年），第284-295頁。

[94] 原詩應為：「我的青春只是一場陰暗的暴風雨，／星星點點，透過來明朗朗的太陽」。參見：[法]波德萊爾著，陳敬容譯：〈憂鬱病〉，《圖像與花朵》（長沙：湖南人民出版社，1984年），第18頁。

[95] 艾龍：〈「中國氣派」與「人神合一」〉，《詩刊》2003年第12期。

語詩歌中恢復宋詞的感覺，但那種譯法不一定直接刺激了詩人。實際上陳敬容的翻譯中有很多錯誤，而且她也是革命語體的始作俑者之一，用革命語體翻譯過來的詩歌都非常具有可朗讀性，北島他們的詩歌就是朗讀性非常強。[96]

確如張棗所言，早在陳敬容之前，梁宗岱曾用一種典雅的文體詮釋波特萊爾，王了一也曾用文言文譯《惡之花》，洛爾迦在1947年印過一個單行本，題名《惡之花掇英》，但都比不上陳敬容譯本的影響力巨大。陳譯的成功之處在於她能立足於當時的語境，構建波特萊爾詩歌的革命性與中國文學的革命性微妙相通的中間地帶，創造出一種既能從藝術上接近《惡之花》的存在，又能從語言上照進地下文壇「期待視野」（horizon of expectations）的漢語文體，其影響意義深遠。例如還是那首〈憂鬱病〉（前三節），戴望舒的譯文如下：

當沉重的低天像一個蓋子般
壓在困於長悶的呻吟的心上
當他圍抱著天涯的整個周圈
向我們瀉下比夜更愁的黑光；

當大地已變成了潮濕的土牢——
在那裡，那「願望」像一隻蝙蝠般，
用它畏怯的翅去把牆壁打敲，
又用頭撞著那朽腐的天花板；

當雨水鋪排著它無盡的絲條

[96] 歐陽江河、趙振江、張棗對話錄：〈詩歌與翻譯：共同致力漢語探索〉，《新京報》2006年3月30日。

把一個大牢獄的鐵柵來模仿，
當一大群沉默的醜蜘蛛來到
我們的腦子底裡布它們的網，[97]

……

同陳譯相比，戴譯更為文氣但也拗口，語言的力度減弱。如「向我們瀉下比夜更愁的黑光」聽上去晦澀難懂，相比之下，「傾注給我們黑暗的白晝——比夜還淒清」就朗朗上口；「黑暗－白晝」更凸顯了波特萊爾慣用的矛盾修辭法，也被北島等「今天派」詩人所廣為吸取。「當雨水鋪排著它無盡的絲條／把一個大牢獄的鐵柵來模仿」，也顯然不如「當雨撒下它那些粗大的線條，／如同大監獄的鐵柵的形態」那樣淋漓盡致。看來現代漢語經過革命的洗禮更為標準化，也更為口語化了，而波特萊爾本人也是一個滌盡浪漫主義鉛華、極富開創性和革命性的詩人，他的作品擁有一種與詩的效能結合在一起的批判的智力。正因如此，有了波特萊爾的法國詩歌才終於走出了國境，「它使全世界的人都讀它；它使人不得不視之為現代性的詩歌本身；它產生模仿，它使許多心靈豐饒」[98]。這種革命性經由陳敬容演繹啟發了整個地下詩壇的寫作。柏樺表示：「陳敬容用『革命語體』翻譯波特萊爾，我以為與當時的中國語境極為吻合，真可以說是恰逢其時。」[99]

此外，從另一個角度來說，即便是對一個優秀的譯者而言，也絕非任何文本都能同等勝任。北島認為，這主要有兩方面的原因：「第一是詩歌自身生命力的問題，好的詩就是經得起不斷翻譯，好像轉世

---

[97] 戴望舒譯：《戴望舒譯詩集》（長沙：湖南人民出版社，1983年），第139頁。

[98] [法]瓦雷里著，戴望舒譯：〈波特萊爾的位置〉，收入《戴望舒譯詩集》（長沙：湖南人民出版社，1983年），第105頁。

[99] 柏樺：《左邊：毛澤東時代的抒情詩人》（南京：江蘇文藝出版社，2009年），第104頁。

投胎一樣，那是生命的延長。第二是譯者與詩作的緣分。」[100]例如，與戴望舒之間有著一種特殊緣分的作家並非波特萊爾，而是西班牙詩人洛爾迦。

二、跨越語言：從戴望舒《洛爾迦譯詩抄》到葉維廉《眾樹歌唱》

荷爾德林（Friedrich Holderlin）曾經提出：「人類的每一種具體語言都是同一基本語言即所謂『純語言』的體現，翻譯就是尋找構成一個聯通所有人類語言所共有東西的一個所謂『文化和言語上的中間地帶』。」[101]班雅明（Walter Benjamin）進一步深化了這一概念：「在一切語言及其作品之中，除了可表達的還存在著一種不可表達的東西。……而那種在語言的演變中尋求自我呈現、自我創造的東西，正是純語言的內核。」[102]班雅明認為：「用自己的語言將純語言從另一種語言的魔咒中釋放出來，通過再創作將囚禁於作品中的純語言解放出來，正是譯者的任務。」[103]

由此可見，翻譯絕不會是愚忠，更是一種叛逆。法國文學社會學家埃斯卡皮（Robert Escarpit）稱之為「創造性的叛逆」（creative treason），並說：「翻譯總是一種創造性的叛逆。」[104]

正是這種「創造性的叛逆」突破了語言的疆界，並在不同語種的遙相呼應之中獲得了新的凝聚思想、敞開思想、解放思想和構造思想

---

[100] 北島：〈翻譯與母語〉，收入《古老的敵意》（香港：牛津大學出版社，2012年），第160頁。

[101] 參見謝天振：《翻譯研究新視野》（青島：青島出版社，2003年），第11頁。

[102] Walter Benjamin. "Die Aufgabe des übersetzers", *Walter Benjamins Gesammelte Schriften*, Vol. IV-1. Frankfurt am Main: Suhrkamp Verlag, 1991. s. 19.

[103] Walter Benjamin. "Die Aufgabe des übersetzers", *Walter Benjamins Gesammelte Schriften*, Vol. IV-1. Frankfurt am Main: Suhrkamp Verlag, 1991. s. 19.

[104] [法]埃斯卡皮著，王美華、于沛譯：《文學社會學》（合肥：安徽文藝出版社，1987年），第137頁。

的力量。正如班雅明在〈譯者的任務〉中所指出的：「翻譯並非像原創那樣在語言的山林內部觀照自身，而是出乎其外，直面但不入山林半步地向內呼喚原創。只有站在一個獨一無二的點上向內呼喚，譯者自己的回聲才能給出作品所屬的外語的迴響。」[105]

偉大的翻譯往往能夠促進本國語言的演進乃至文化的提升。例如黑格爾（Georg Wilhelm Friedrich Hegel）對路德（Martin Luther）翻譯《聖經》、弗斯（Johann Heinrich Voss）翻譯《荷馬史詩》深為讚許，認為這種翻譯具有對德意志民族進行高層次的人類精神生活的教化功能，形成了這個民族本身的規範化的、便利於思想情感交流的學術語言和藝術語言，同時又從本民族文化和日常生活中汲取豐富的營養，而保持著這種語言自行生長的永不枯竭的生命力。

白話文運動以來的中國新詩本身就是對西方詩歌的仿擬和譯介嘗試的產物[106]，現代文學史上的許多傑出詩人自身也是譯者，他們在翻譯西方作品的同時也啟發了漢語寫作。例如戴望舒譯詩遠比寫詩多。據施蟄存回憶，「望舒譯詩過程，正是他創作詩的過程」，就成果來看，「他在詩創作的正與內容相應的形式上的變化過程和他譯詩的變化過程確是恰好一致」[107]。可見他翻譯外國詩，「不只是為了開拓藝術欣賞和借鑑的領域，也是為了磨煉自己的詩傳導利器，受惠的不止他自己」[108]。

由於時代隔絕等原因，現代派的戴望舒的詩對北島那一代人影響甚小，倒是他的譯作——如那本《洛爾迦譯詩抄》，穿越了意識形態

---

105 Walter Benjamin. "Die Aufgabe des übersetzers", *Walter Benjamins Gesammelte Schriften*, Vol. IV-1. Frankfurt am Main: Suhrkamp Verlag, 1991. s. 17.

106 卞之琳稱：「胡適自己藉一首譯詩（〈關不住了！〉）的順利，為白話『新詩』開了路」，並認為，胡適和他的同道「通過模仿和翻譯嘗試，在『五四』時期促成了白話新詩的產生」。參見卞之琳：〈「五四」以來翻譯對於中國新詩的功過〉，《譯林》1989年第4期。

107 卞之琳：〈「五四」以來翻譯對於中國新詩的功過〉，《譯林》1989年第4期。

108 卞之琳：〈「五四」以來翻譯對於中國新詩的功過〉，《譯林》1989年第4期。

的封鎖線，使傳統得以間接地延續。「這些戴望舒30年代旅歐時的譯作，於1956年才結集出版，到70年代初的黑暗中夠到我們，冥冥中似有命運的安排。時至今日，戴的譯文依然光彩新鮮，使中文的洛爾迦得以昂首闊步。後看到其他譯本，都無法相比。」[109]

《洛爾迦譯詩抄》不僅給北島的〈你好，百花山〉灑進幾許「綠色的陽光」[110]，更一度籠罩北京地下詩壇：「方含（孫康）的詩中響徹洛爾迦的回聲；芒克失傳的長詩〈綠色中的綠〉，題目顯然得自〈夢遊人謠〉；80年代初，我把洛爾迦介紹給顧城，於是他的詩染上洛爾迦的顏色。」[111]其實現代詩裡的「綠色」很多時候不再是一個定語，而是一個基質。「按照語法和語義上的特徵，這是悖論式形容詞的特例，這些形容詞既不展現也不裝飾名詞，而是異化名詞。」[112]如：「來自碎亂的吉他的一種綠色寧靜」（迭戈）；「你的頭髮，有潮濕星辰的綠」（希梅內斯）；「綠色的太陽，綠色的黃金」（聖瓊・佩斯）；「時間以綠色的方式充滿妒意地消逝」（克羅洛；在這裡，「綠色」在詞法上大膽地被用做半副詞半形容詞）；當然，最著名的例子還是洛爾迦的那首〈夢遊人謠〉：「綠的肌膚，綠的頭髮，／還有銀子般清涼的眼睛。」

顧城本人也表示是從1979年初才開始接觸現代技巧，讀現代心理學和哲學。「我首先讀到了洛爾迦——一個被長槍黨殘殺的西班牙詩人：『啞孩子在尋找他的聲音／偷他聲音的是蟋蟀王……』他竟在一滴露水中找，最後『啞孩子找到了他的聲音／卻穿上了蟋蟀的衣

---

[109] 北島：〈洛爾迦〉，《時間的玫瑰》（香港：牛津大學出版社，2009年），第3頁。

[110] 北島的這首詩具有洛爾迦式的音樂性和綠色調，其中有這樣一句：「沿著原始森林的小路，／綠色的陽光在縫隙裡流竄。」參見北島：〈你好，百花山〉，《北島詩選》（廣州：新世紀出版社，1986年），第2頁。

[111] 北島：〈洛爾迦〉，《時間的玫瑰》（香港：牛津大學出版社，2009年），第2-3頁。

[112] 參見[德]胡戈・弗里德里希著，李雙志譯：《現代詩歌的結構——19世紀中期至20世紀中期的抒情詩》（南京：譯林出版社，2010年），第193頁。

裳』。啞孩子找聲音，多美呀，當時我怎麼也想不明白，為什麼會這麼美。後來看了波特萊爾的理論我才知道，這是通感的作用。」[113]

除了「通感」和「意識流」，洛爾迦還令早期的「今天派」領會，詩人在感知和表達時，並不需要那麼多理性邏輯、判斷、分類、因果關係，「他在一瞬間就用電一樣的本能完成了這種聯繫。眾多的體驗在騷動的剎那就創造了最佳的通感組合」[114]。還是以洛爾迦的那首〈啞孩子〉為例（略去前後兩節）：

在一滴水中
孩子在找尋他的聲音。

我不是要它來說話，
我要把它來做個指環，
讓我的緘默
戴在他纖小的指頭上。

在一滴水中
孩子在找尋他的聲音。[115]

詩人憑想像力將看不見的「聲音」凝聚在看得見的「一滴水」中，並賦予這流動的存在一個固化的形態——一枚「指環」——「讓我的緘默／戴在他纖小的指頭上」。至此，孩子的「聲音」完

113 顧城：〈關於詩的現代技巧〉，收入顧工編：《顧城詩全編》（上海：上海三聯書店，1995年），第907頁。

114 顧城：〈關於詩的現代技巧〉，收入顧工編：《顧城詩全編》（上海：上海三聯書店，1995年），第907頁。

115 [西班牙]洛爾迦作，戴望舒譯：〈啞孩子〉，收入《戴望舒譯詩集》（長沙：湖南人民出版社，1983年），第241頁。

成了從聽覺到視覺，再到觸覺的轉換。這種多維「通感」是在超常態下進行的，詩人通過靈感去發現世界和人所未知的、全新的、匪夷所思的聯繫，世界就像經由仙子的手杖點化一樣呈現一種奇幻的魔法效應。在北島1978年的詩〈黃昏：丁家灘〉中，也有類似的魔法效應：

黃昏，黃昏
丁家灘是你藍色的身影
黃昏，黃昏
情侶的頭髮在你肩頭飄動

是她，抱著一束白玫瑰
用睫毛撣去上面的灰塵
那是自由寫在大地上
殉難者聖潔的姓名

是他，用指頭去穿透
從天邊滾來煙圈般的月亮
那是一枚訂婚的金戒指
姑娘黃金般緘默的嘴唇[116]

……

抽象的「黃昏」在這首詩裡有了具象的「身影」：「丁家灘」，一對情侶為之帶來了靈動的氣息。女主角抱著一束「白玫瑰」，其纖

---

[116] 北島：〈黃昏：丁家灘〉，《北島詩選》（廣州：新世紀出版社，1986年），第48頁。

塵不染令人聯想到「聖潔」的「自由」之名——這裡作者玩了一個機巧的語言遊戲，屬於典型的正話反說——「用睫毛撣去上面的灰塵」。男主角則由「從天邊滾來煙圈般的月亮」聯想到「訂婚的金戒指」，從視覺到觸覺，從浩渺無邊到觸手可及，再由「金戒指」聯想到沉默是金的「嘴唇」。這一系列瞬息萬變的全息通感頗有洛爾迦的神韻，將「月亮」比作「金戒指」的隱喻更是暗含洛爾迦另一首詩作〈婚約〉的典故：「從水裡撈起／這個金指箍」[117]。

德國漢學家顧彬認為，中國朦朧詩派的詩學背景主要來源於兩次大戰期間羅曼語族國家的文學流派，北島詩歌中的晦澀、拒絕釋讀的創作方法正是受洛爾迦等人的影響，這種寫法於兩次世界大戰期間曾流行於西班牙、法國和義大利等國[118]。對於西班牙詩歌的創作方法，德國著名的羅曼語語文學家胡戈・弗里德里希（1904-1978）給出的解釋是：洛爾迦等人創造性地繼承了貢戈拉留下的文學遺產，「晦暗風格早已經是其固有的特徵，它充滿精簡之語和暗示之處，傾向於充滿預感之物，省略實物性的或邏輯上的連接部分。現代抒情詩將這一風格納為己有」[119]。言簡意賅的意象拼接和預言口吻的確也是北島早期詩歌的特點。

80年代初，北京詩歌圈裡還流傳著一本葉維廉翻譯的外國當代詩選，令北島、多多、楊煉、江河等人眼界大開。這便是1976年在臺灣出版的詩人葉維廉的譯詩集《眾樹歌唱：歐洲、拉丁美洲現代詩選》。這部譯著不僅溝通了中國與世界詩壇，更是大陸與臺灣血脈相連的明證。繼戴望舒《洛爾迦譯詩抄》之後，很可能，這是最好的、

---

[117] [西班牙]洛爾迦作，戴望舒譯：〈婚約〉，收入《戴望舒譯詩集》（長沙：湖南人民出版社，1983年），第242頁。

[118] 參見[德]顧彬著，范勁等譯：《二十世紀中國文學史》（上海：華東師範大學出版社，2008年），第309頁。

[119] [德]胡戈・弗里德里希著，李雙志譯：《現代詩歌的結構——19世紀中期至20世紀中期的抒情詩》（南京：譯林出版社，2010年），第132頁。

最吸引早期「今天派」詩人的一本譯作[120]。

葉維廉曾被評選為臺灣十大詩人之一，「早在20世紀50、60年代，他便以領頭雁的身姿，率先譯介西方經典詩歌與新興理論，掀起臺灣現代主義的文學風潮；70、80年代，在『文學歸宗』的呼聲下，他更以比較文學的廣闊視域，重新詮釋古典詩詞，賦傳統以新義，把屬於中國的詩學，傳播向世界文壇，貢獻至大，影響深遠。」[121]《眾樹歌唱》70年代在臺灣出版時，讓初寫詩的陳黎這一輩年輕詩人大為驚豔：「葉維廉譯的那些歐洲與拉丁美洲詩人的詩，豐富了我們詩的語言，頓時成為教我們用新發聲法歌唱的眾奧菲斯。」[122]

而在中國大陸，《眾樹歌唱》令北島頭一回領略到墨西哥詩人奧克塔維歐・帕斯（Octavio Paz）那種隱祕的激情[123]。他的〈街〉在這本詩集裡特別引人注目：

一條長長的寂靜的街。
我在黑暗中走著，跌倒
又起來，我盲目地走，雙足
踏著寂靜的石頭和乾葉
（有人在我身後也踏著石頭和樹葉）[124]
我慢下來，他也慢下來
我跑，他也跑。我轉身：空無一人。
一片黑暗，無門可通。

[120] 參見王家新：〈從《眾樹歌唱》看葉維廉的詩歌翻譯〉，《新詩評論》2008年第2輯。

[121] 這是臺灣詩人瘂弦對葉維廉的評價。[美]龐德等著，葉維廉譯：《眾樹歌唱：歐美現代詩100首》（增訂版）（北京：人民文學出版社，2009年），封底。

[122] 臺灣詩人陳黎的評語。[美]龐德等著，葉維廉譯：《眾樹歌唱：歐美現代詩100首》（增訂版）（北京：人民文學出版社，2009年），封底。

[123] 參見北島：〈帕斯〉，《藍房子》（南京：江蘇文藝出版社，2009年），第59頁。

[124] 對照艾略特的英文譯稿，中文譯文中漏掉了這一句，疑為人民文學出版社的編校失誤。

在這些轉角處轉了又轉
總是轉到那一條
沒有人等著，沒有人跟著我的街
那裡我追蹤一個人，他跌倒
又起來而當他看見我時，說：空無一人。[125]

帕斯的短詩有一種懸思妙想的東方情韻，他熱愛李白、杜甫、王維，曾通過葉維廉的英譯將一些王維的詩翻成西班牙文，並邀葉到墨城同臺就王維所提供的「君問窮通理／漁歌入浦深」的「應和／應合」做對話，而成為好友，這都是拜翻譯所賜。可見，「詩，好的詩，確有跨越語言的力量」，而好的翻譯是讓好詩重生[126]。

這首〈街〉是帕斯早年的代表作之一，選自詩集《災難與奇蹟》（1937-1947）。詩中的「街」之於帕斯，好比「小徑交叉的花園」之於博爾赫斯。在這座「孤獨的迷宮」中，帕斯描述了一種令人毛骨悚然的經歷：一個人被人所追蹤，他極力擺脫，卻又轉身追蹤他人。恐怖的是：相對於被追蹤者的有形，追蹤者總是無形的。「街」象徵著歷史命運的交錯雷同，而「無形之人」對「有形之人」又總能構成內心的脅迫和屈從，但最大的敵人其實莫過於自己。〈街〉是北島最喜歡的帕斯的一首作品，內中暗含的某種歷史的弔詭之處與北島寫於1983至1985年間的一首短詩有所互文：

我曾和一個無形的人
握手，一聲慘叫

125 [墨西哥]奧他維奧·帕斯：〈街〉，[美]龐德等著，葉維廉譯：《眾樹歌唱：歐美現代詩100首》（增訂版）（北京：人民文學出版社，2009年），第308頁。

126 參見葉維廉：〈翻譯：深思的機遇（增訂版代序）〉，[美]龐德等著，葉維廉譯：《眾樹歌唱：歐美現代詩100首》（增訂版）（北京：人民文學出版社，2009年），第7頁。

我的手被燙傷
留下了烙印
當我和那些有形的人
握手，一聲慘叫
他們的手被燙傷
留下了烙印
我不敢再和別人握手
總是把手藏在背後
可當我祈禱
上蒼，雙手合十
一聲慘叫
在我的內心深處
留下了烙印[127]

〈觸電〉表達了北島對於「傷痕」或「烙印」的獨特思考：每一個「有形」的受害者大約都在不知不覺中參與一種「無形」的歷史暴行。而他的虔誠也無法令他獨善其身。就像他在另一首詩中所寫：「我們不是無辜的／早已和鏡子中的歷史成為／同謀……」[128]

三、探索「純語言」：北島翻譯特朗斯特羅默等北歐現代詩

80年代伊始，北島寫詩之餘也動筆譯詩。他第一次讀到瑞典詩人湯瑪斯・特朗斯特羅默（Tomas Tranströmer）[129]的詩集及其英譯稿是在1983年夏末，「湯瑪斯的意象詭異而輝煌，其音調是獨一無二的。

---

[127] 北島：〈觸電〉，《午夜歌手——北島詩選1972-1994》（臺北：九歌出版社，1995年），第93頁。

[128] 北島：〈同謀〉，《午夜歌手——北島詩選1972-1994》（臺北：九歌出版社，1995年），第67頁。

[129] 又譯作：湯瑪斯・特朗斯特羅姆。

很幸運，我是他的第一個中譯者。相比之下，我們中國詩歌當時處於一個很低的起點」[130]。

《世界文學》1984年第4期發表了石默（北島）譯的〈詩六首〉[131]，均出自特朗斯特羅默的這本詩集《野蠻的廣場》（1983）。六首詩中的四首後來也一併收入北島編譯的《北歐現代詩選》[132]。在〈譯序〉中，北島這樣描畫過詩人的肖像：

> 他的第一本詩集《十七首詩》（1954）發表後，轟動了詩壇。他的作品把象徵主義、表現主義、印象主義與傳統的歐洲抒情詩結合了起來，並體現了他的宗教信仰所帶來的某種寧靜。20世紀60年代初，他開始打破這種寧靜，並逐漸放棄了早期的形式主義。他十分推崇法國詩人艾呂雅的那種明快的風格和經濟的手法：「艾呂雅輕輕觸碰了某個開關，牆打開了，花園就在眼前。」他和他同時代的許多詩人反對他們前輩的作品中那種過於誇張、過於傷感和過於強調自我意識的隱喻，他們在自己的作品中並不排斥隱喻，而是試圖使它們更準確、更敏銳、更堅實。[133]

《北歐現代詩選》共收錄北島譯的特朗斯特羅默詩九首[134]，其中，〈自1979年三月〉被認為在某種程度上代表了他的趨向：

---

[130] 北島：〈特朗斯特羅默〉，《時間的玫瑰》（香港：牛津大學出版社，2005年），第156頁。

[131] 它們是：〈對一封信的回答〉、〈記憶看見我〉、〈黑色明信片〉、〈很多足跡〉、〈車站〉和〈自1979年三月〉。

[132] 《北歐現代詩選》是詩人彭燕郊主持的外國詩歌翻譯叢書「詩苑譯林」中的一種。「詩苑譯林」是「五四」以來中國第一套大型外國詩歌翻譯叢書，由湖南人民出版社出版，從1983年到1992年十年間共出書五十一種。

[133] 北島：〈譯序〉，北島譯：《北歐現代詩選》（長沙：湖南人民出版社，1987年），第5頁。

[134] 這九首詩分別是：〈晨鳥〉、〈零度以下〉、〈自1979年三月〉、〈記憶看見

厭倦了所有帶來詞的人，詞並不是語言[135]
我走到那白雪覆蓋的島嶼。
荒野沒有詞。
空白之頁向四面八方展開！
我發現鹿的偶蹄在白雪上的印跡。
是語言而不是詞。[136]

這詩令人不禁想起蘇軾的名句：「人生到處知何似，應似飛鴻踏雪泥。」又有幾分禪意：「不可說，不可說。一說就是錯。」真理是無法言說的。「是非之彰也，道之所以虧也。」（《莊子・齊物論》）而「詩是那無法表達的東西的語言」。海德格爾（Martin Heidegger）認為：「詩作為澄明的投射，在敞開性中所相互重疊和在形態的間隙中所預先投射下的，正是敞開。詩意讓敞開性發生，並且以這種方式，即現在敞開在存在物中間才使存在物發光和鳴響。」[137]

特朗斯特羅默的詩就是讓敞開性發生，洞穿不同存在物之間的邊界。「白雪覆蓋的島嶼」是一張空白的紙頁，「鹿的偶蹄在白雪上的印跡」勝過千言萬語。而他自己也曾說過：「我的詩是聚合點。它試圖在被常規語言分隔的現實的不同領域之間建立一種突然的聯繫：風景中的大小細節的匯集，不同的人文相遇，自然和工業交錯等等，就像對立物揭示彼此的聯繫一樣。」[138]

我〉、〈冬日的凝視〉、〈對一封信的回答〉、〈人造衛星的眼睛〉、〈黑色明信片〉和〈亂塗之火〉。其中〈晨鳥〉譯自詩集《音色與足跡》（1966），〈零度以下〉譯自詩集《真理的障礙》（1978），其餘七首則譯自《野蠻的廣場》（1983）。詩作是北島從英譯本轉譯的。

135 這裡的「語言」不是通常意義上的「語言」，而應是班雅明所指的「純語言」。

136 [瑞典]湯瑪斯・特朗斯特羅默：〈自1979年三月〉，收入北島譯：《北歐現代詩選》（長沙：湖南人民出版社，1987年），第64頁。

137 [德]海德格爾著，彭富春譯：《詩・言・思》（北京：文化藝術出版社，1991年），第68頁。

138 轉引自北島：《特朗斯特羅默》，《時間的玫瑰》（香港：牛津大學出版社，2005

無獨有偶，北島幾乎在他譯詩的同一時期（1983-1985）[139]也寫過一首類似的詩〈語言〉：

許多種語言
在這世界上飛行
碰撞，產生了火星
有時是仇恨
有時是愛情

理性的大廈
正無聲地陷落
竹篾般單薄的思想
編成的籃子
盛滿盲目的毒蘑

那些岩畫上的走獸
踏著花朵馳過
一棵蒲公英祕密地
生長在某個角落
風帶走了它的種子

許多種語言
在這世界上發行
語言的產生

年），第173頁。

139 根據《午夜歌手》的時間排序，〈語言〉被歸入「八月的夢遊者」〈1983-1985〉一輯，在其中的十四首詩中排第十二，推測寫作時間大約為1984至1985年。

並不能增加或減輕
人類沉默的痛苦[140]

從社會到人文再到自然，北島的「語言」使之有了有機的關聯。語言之間的碰撞，激起愛恨情仇的火花。理性的匱乏、思想的單薄亦會造成毒害和盲目。倒是無言的藝術和自然得以長久存在：如岩畫上的走獸、角落裡的蒲公英自有一種飛揚的生命力。所以說，「語言的產生／並不能增加或減輕／人類沉默的痛苦」。這首詩讓人想起《莊子・知北遊》中的一句：「天地有大美而不言，四時有明法而不議，萬物有成理而不說。」

不能斷定，〈語言〉一定是對《自1979年三月》的應和——北島所譯詩人甚多，但這兩首詩確有密切關聯，而北島與特朗斯特羅默之間又有一種特殊的緣分和默契。

北島散文集《藍房子》即是取名於特朗斯特羅默的別墅——「藍房子在斯德哥爾摩附近的一個小島上，……那房子其實又小又舊，得靠不斷翻修和油漆才能度過瑞典嚴酷的冬天。」[141]

《藍房子》令我們瞭解到兩位詩人的交往和友誼：1985年春天，特朗斯特羅默到中國訪問，北島陪他爬長城。半年以後，北島去了瑞典，頭一回見到藍房子。「瑞典的夏天好像鐘停擺——陽光無限。坐在藍房子外面，我們一邊喝啤酒，一邊嚐莫妮卡做的小菜，話題散漫。瑞典文和中文近似，有兩個聲調。兩種語言起伏應和，好像二重唱……」[142]

1990年初，北島漂泊到了北歐，在斯德哥爾摩一住就是八個月。

---

[140] 北島：〈語言〉，《午夜歌手——北島詩選1972-1994》（臺北：九歌出版社，1995年），第94-95頁。

[141] 北島：〈藍房子〉，《藍房子》（南京：江蘇文藝出版社，2009年），第66頁。

[142] 北島：〈藍房子〉，《藍房子》（南京：江蘇文藝出版社，2009年），第70頁。

「85年那個令人眩暈的夏天一去不返。我整天拉著窗簾，跟自己過不去。若沒有瑞典朋友，我八成早瘋了。」[143]那年12月，特朗斯特羅默中風了，右半身癱瘓，語言中樞受到損害，幾乎不能說話。北島得知消息很難過，寫了首詩給他，「聽莫妮卡說他看完掉了眼淚」：

你把一首詩的最後一句
鎖在心裡——那是你的重心
隨鐘聲擺動的教堂的重心
和無頭的天使跳舞時
你保持住了平衡……[144]

從最初的迷惘到鎮定，特朗斯特羅默保持住了平衡。他練習用左手彈琴、寫詩。令人驚訝的是，失去語言的詩人在詩中讓語言放光。「《悲哀貢朵拉》（1996）當年僅在瑞典就賣掉了三萬冊。很難想出，還有哪位詩人能在本國取得這樣的佳績。例如祖爾坎普（Suhrkamp）出版社60年代中期首發的很多保羅・策蘭（Paul Celan）的單本就一直井然有序地躺在書店的各個角落裡。」[145]

「隱喻大師」果然在「白雪覆蓋的島嶼」找到了他的語言，將詩歌的冷凝藝術發揮到了極致。從開始寫詩到摘取諾貝爾桂冠，六十年只寫了近乎四百頁。但他所表達的遠遠超出字面上的含義，就像他詩裡的陳述：「我寫給你的如此貧乏。而我不能寫的／像老式飛艇不斷膨脹／最終穿過夜空消失。」[146]

---

[143] 北島：〈藍房子〉，《藍房子》（南京：江蘇文藝出版社，2009年），第71頁。

[144] 北島：〈致T. Tranströmer〉，《午夜歌手——北島詩選1972-1994》（臺北：九歌出版社，1995年），第152頁。

[145] Alexander Gumz. "Der Dichter und die schneebedeckte Insel", *ZEIT ONLINE* (06.10.2011). (http://www.zeit.de/kultur/literatur/2011-10/tomas-transtromer-gumz/seite-2).

[146] [瑞典]湯瑪斯・特朗斯特羅默作，北島譯：〈致防線後面的朋友〉，這首詩出自特

除了特朗斯特羅姆，北島在1983之後也翻譯了其他一些北歐現代詩人的作品，如冰島詩壇現代派的開拓者之一斯泰因・斯泰納爾（Stinn Stinavr）、在當代丹麥詩歌界中占有重要地位的亨利克・諾德布蘭德（Henrik Nordbrandt），以及芬蘭詩人伊蒂絲・索德格朗（Edith Södergran）：「她把現代手法和傳統的抒情詩結合起來，被公認為開創了北歐現代詩歌的先河，影響了一代詩風。」[147]就像當年的葉維廉一樣，北島逐漸從詩歌翻譯中提升出來一些語言的策略：「要找回一種未被工具化或扭曲化的含蓄著靈性、多重暗示性和意義疑決性濃縮的語言」[148]，即班雅明所言的「純語言」的發掘。北島發現：「中文是一種天生的詩歌語言，它遊刃有餘，舉重若輕，特別適合詩歌翻譯。」[149]優秀的中文譯作可以將「純語言」從拼音文字的「語法膠」中解救出來。

80年代，北島的詩歌寫作也呈現出一種「向內轉」的趨向。從〈界限〉[150]開始，北島詩中的現實感減弱，代之以烏托邦的影廓。但正如他所翻譯的瑞典詩人約朗・索尼維（Göran Sonnevi）的詩：「每一種烏托邦本身包含它的死亡／正如語言包含它的超脫」[151]，詩人只能以一種創新性的幻想無限逼近他欲以抵達的烏托邦的邊界。「邊界」也是特朗斯特羅姆最常用的主題，也是語言的「邊界」，是可表達與不可表達的「邊界」：「請讀這字行之間。我們將二百年後相會。」[152]更早，葉維廉譯筆下，帕斯也曾寫道：「在遠處，邊界的盡

朗斯特羅默詩集《小路》（1973）。參見北島：〈特朗斯特羅默〉，《時間的玫瑰》（香港：牛津大學出版社，2005年），第179頁。

[147] 石默、楊遲譯：〈現代瑞典詩選〉，《外國文學》1985年第3期。

[148] 葉維廉：〈翻譯：深思的機遇（增訂版代序）〉，[美]龐德等著，葉維廉譯：《眾樹歌唱：歐美現代詩100首》（增訂版）（北京：人民文學出版社，2009年），第6頁。

[149] 北島：〈策蘭〉，《時間的玫瑰》（香港：牛津大學出版社，2005年），第137頁。

[150] 參見北島：〈界限〉，《北島詩選》（廣州：新世紀出版社，1986年），第85頁。

[151] [瑞典]約朗・索尼維：〈細弱的諧音；一種聲音〉（選譯），北島譯：《北歐現代詩選》（長沙：湖南人民出版社，1987年），第74頁。

[152] [瑞典]湯瑪斯・特朗斯特羅默作，北島譯：〈致防線後面的朋友〉，出自特朗斯特

頭，路滅跡，而寧靜開始。我緩緩地前行，用星殖布夜。用話語，用曙色出現時等待看我的遠水的呼吸⋯⋯」[153]

偉大的詩人都是語言大師。北島80年代中期以後的純詩之路是勢在必行，也是與他本人的翻譯實踐並駕齊驅。海德格爾曾說：「語言是存在之家。」語言的廣闊是放任想像力與創造力自由飛翔的天空。而語言的演進離不開翻譯文學的資源分享。一國傳統的溪流經由翻譯之渠匯入世界文化的海洋，再經昇華、冷凝以外來的雨雪形式滋潤母國的土壤。因此，偉大的翻譯註定會成為母語發展的一部分。在各種文學形式中，翻譯承擔著「監視原作語言的成熟過程和自己語言生產陣痛」的特殊使命，從班雅明〈譯者的任務〉的這一論點出發，北島甚至認為：「文學翻譯（尤其是詩歌翻譯）就是本國文學最重要的組成部分之一。由此推論，一個文學翻譯發達的國家和地區，其自身的文學往往也會更豐富、更有生命力。」[154]

80年代末，北島踏上了異國漂泊之路，與此同時，「詞的流亡」開始了。面對陌生者，語言失效了，「萬物正重新命名／塵世的耳朵／保持著危險的平衡」[155]。新的語境令北島對翻譯以及翻譯中的母語和傳統有了新的認識。這正是下篇即將開啟的內容。

羅默詩集《小路》（1973）。參見北島：〈特朗斯特羅默〉，《時間的玫瑰》（香港：牛津大學出版社，2005年），第179頁。

[153] [墨西哥]奧他維奧・帕斯：〈序詩〉，[美]龐德等著，葉維廉譯：《眾樹歌唱：歐美現代詩100首》（增訂版）（北京：人民文學出版社，2009年），第296頁。

[154] 北島：〈翻譯與母語〉，根據2011年8月8日在第三屆「青海國際詩歌節」上的演講稿整理。收入北島：《古老的敵意》（香港：牛津大學出版社，2012年），第155頁。

[155] 北島：〈鐘聲〉，《午夜歌手——北島詩選1972-1994》（臺北：九歌出版社，1995年），第115頁。

下篇

詞的「流散」

第五章 「重建星空的可能」
——全球化時代的《今天》語境及文學特質考辨

從古詩到新詩，中國文化的現代轉型本身就是一首史詩。20世紀風雲變幻的政治、經濟、社會氣候只能增進或是阻礙，卻無法根本切斷已經開放了的中文語境的對外交流。80年代末發生在中國的事件在某種程度上延緩了交流的回流[1]。一批中國作家被推入複雜而特殊的境地，使得漢語寫作的場域發生了一次深刻的地緣變化，促成了《今天》1990年8月在海外復刊[2]。

《今天》在海外漫長道路的起點是挪威首都奧斯陸，其中有很多的偶然因素。據曾任老《今天》編輯、新《今天》社長的萬之（陳邁平）回憶，1989年的秋季是流寓生涯的開始，緊接而來的黑暗漫長的北歐的嚴冬，對無家可歸的漂泊者來說是一種極大的心理考驗。同在奧斯陸訪學的北島和萬之幾乎每夜對坐飲酒尋找話題，「而北島經常的話題就是恢復出版《今天》，這個被扼殺在北京胡同裡的文學雜誌那時好像是冰箱裡的一隻凍雞，北島總想把它拿出來化凍，讓它

---

1 據李歐梵在《午夜歌手——北島詩選1972-1994》的序言中陳述，北島是「在八九年初主動地發起釋放魏京生的簽名運動，終至於流亡歐洲」。參見李歐梵：〈既親又疏的距離感（序）〉，《午夜歌手——北島詩選1972-1994》（臺北：九歌出版社，1995年），第14頁。

2 1989年8月，在挪威留學的萬之到柏林會見北島，北島首先提出《今天》復刊的可能性。1989年9至12月，北島應邀到挪威奧斯陸大學任訪問學者，和萬之商討《今天》復刊的具體細節。1990年5月，北島、萬之在挪威奧斯陸大學籌辦《今天》復刊的編委會會議。出席會議的有北島、萬之、高行健、李陀、楊煉、孔捷生、查建英、劉索拉、徐星、老木等。奧斯陸會議結束後，全體與會者應斯德哥爾摩大學東亞系邀請前往斯德哥爾摩繼續開會，並和瑞典作家舉行座談。編委會正式決定復刊《今天》，編輯部設在奧斯陸。1990年8月，《今天》復刊號在奧斯陸出版。

復活，讓它生蛋孵出小雞來。心誠則石開，北島的誠心最終說服了我」[3]。促成萬之做出決定參與《今天》復刊的當然也有國際環境的變化：諸多中國國內作家突然漂流到了海外，除《今天》老友如北島、楊煉、顧城、多多之外，還增加了高行健、劉賓雁、劉再復、李陀、孔捷生、蘇曉康、鄭義等原本屬於體制內的作家。大家迫切需要一個發表作品的園地。

《今天》復刊最終得以實現還要感謝時任奧斯陸大學東亞系主任的漢學家杜博妮的首筆經費支持。正是杜博妮第一個把北島及《今天》其他詩人的作品譯介到了西方，因此，將《今天》推向世界，杜博妮功不可沒。繼挪威奧斯陸之後，《今天》編輯部還相繼遷徙到了瑞典斯德哥爾摩（1990-1993）、美國紐約（1993-1996）、洛杉磯（1996-1998）、千橡城（1998-2008）、中國香港（2008-），堅持到了今天，截至2013年春季號已經出到第100期，成為民刊出版史上的一個奇蹟。誠如萬之所言，在某種意義上，《今天》是靠了一二人而重生，而延續，而堅持，「這一二人中首先是主編北島，幾十年如一日，矢志不渝。我曾把他形容為一個蜘蛛，假如沒有他的努力編織，圍繞《今天》的這張人際網路就不可能存在，這個蜘蛛的中心位置任何人沒法取代。其次是林道群，後來幫助《今天》在香港的出版印刷發行，都是他的熱心支持和無私奉獻，像一頭轅馬拉動著《今天》這駕三套車艱難前進」[4]。

《今天》的海外重組使得「迦陵頻伽共命鳥」得以同勉互勵，中國文學的觀念和氣質也因「流散文學」（Diaspora Literature）的出現而也發生了微妙的改變。楊煉說：「深刻根植於『中文之內』寫作

[3] 萬之：〈聚散離合，都已成流水落花——追記《今天》海外復刊初期的幾次編委會議〉，《今天》2013年春季號（總第100期特刊）。

[4] 萬之：〈聚散離合，都已成流水落花——追記《今天》海外復刊初期的幾次編委會議〉，《今天》2013年春季號（總第100期特刊）。

的詩人，由於其他原因，成為外語世界的漂流者，這是中文詩有史以來，一個全新的現象。」[5]北島在一首詩中寫道：「風掀起夜的一角／老式檯燈下／我想到重建星空的可能」[6]。

第一節　「流散文學」的歷史背景

「流散」現象在人類歷史上源遠流長。「流散」（diaspora，又譯飛散、離散等）一詞源於希臘語，原指植物通過種子和花粉的隨風飄散繁衍生命，後引申為猶太民族在「巴比倫之囚」以後離開耶路撒冷而播散異邦。而它的新解，是指民族文化文學獲得了跨民族的、世界性的特徵。在當代的文學創作和文化實踐中，「流散」成為一種新概念、新視角，「含有文化跨民族性、文化翻譯、文化旅行、文化混合等涵意，也頗有德勒茲（G. Deleuze）所說的游牧式思想（nomadic thinking）的現代哲學意味」[7]。

如果從詞源上分析，diaspora由希臘語dia和spenen組成，前者表示「穿越」、「經過」、「經歷」之意，後者表示「播散種子」。因此，「流散者」可以指歷史中經由移居、移民或流亡而離開母國並在新的地區定居的族群或居民。與該詞最接近的近義詞是exile（流亡）。在後殖民主義文化研究中，它的含義則比較近似雅克・德里達所使用的dissemination（播撒）。「該詞詞幹部分由dis和seminate構成，一表示『分離』的意思，二表示『播種』。霍米・巴巴對該詞的獨特解構，賦予其更進一步的含義。他將該詞分解為『dissemi+nation』，可

5　楊煉：〈詩意思考的全球化——或另一標題：尋找當代傑作〉，收入《唯一的母語——楊煉：詩意的環球對話》（上海：華東師範大學出版社六點分社，2012年），第4頁。

6　北島：〈重建星空〉，收入《舊雪1989-1990》，《在天涯——北島詩選》（香港：牛津大學出版社，1996年），第5頁。

7　童明：〈飛散〉，《外國文學》2004年第6期。

以翻譯成『跨國離散』，該含義也比較接近流散的內涵。」[8]

「流散」的存在是世界文學生生不息的重要一環。英國玄學派詩人約翰・多恩（John Donne, 1572-1631）曾有詩云：「沒有人是一座孤島／可以自全／每個人都是大陸的一片／整體的一部分」。同樣，從歷史的觀點來看，沒有一本書是一件完美、完整的藝術品，它不過是「從無邊無際的一張網上剪下來的一小塊」；沒有一種文學思潮是一國特有、獨有的潮流，「它不過是一個歷史階段的時代精神被體現在相互影響的國家中的不同形態」[9]。丹麥文學史家勃蘭兌斯（George Brandes）認為，在一個動盪、恐怖的時代，反動和進步浪潮裹挾下的文人往往被放逐到社會的邊緣，要麼鄉間隱居，要麼異國飄零。只有遠離喧囂和動亂，獨立思考的人才能存在，「也只有獨立思考的人才能創造文藝、發展文藝」[10]。例如19世紀再晚一些時候，歐洲的三個主要國家都分別流放了它們最偉大的作家：英國流放了拜倫，德國流放了海涅，法國流放了雨果，「但流放並沒有使他們任何一個人失掉他的任何文藝影響」[11]。

到了20世紀，移民成了文學作品的中心人物或決定性人物。像很多背井離鄉之人一樣，他用他的語言保存著他的家園，裝在隨身攜帶的行李箱裡：昆德拉的布拉格、喬伊絲的都柏林、格拉斯的但澤、布羅茨基的聖彼得堡……。「在這個漫遊的世紀，流亡者、難民、移民在他們的鋪蓋卷裡裝著很多城市。」[12]這是木心所言的「帶根的流浪

---

[8] 王敬慧：《永遠的異鄉客・導論》（博士論文），2006。

[9] 參見[丹麥]勃蘭兑斯著，張道真譯：〈引言〉，《十九世紀文學主流》（第一分冊　流亡文學）（北京：人民文學出版社，1980年），第2頁。

[10] 參見[丹麥]勃蘭兑斯著，張道真譯：《十九世紀文學主流》（第一分冊　流亡文學）（北京：人民文學出版社，1980年），第1-2頁。

[11] [丹麥]勃蘭兑斯著，張道真譯：《十九世紀文學主流》（第一分冊　流亡文學）（北京：人民文學出版社，1980年），第121頁。

[12] [英]薩爾曼・拉什迪：《論君特・格拉斯》，收入[美]布羅茨基等著，黃燦然譯：《見證與愉悅：當代外國作家文選》（天津：百花文藝出版社，1999年），第340頁。

人」：「天空海闊，志足神旺，舊閱歷得到了新印證，主體客體間的明視距離伸縮自若，層次的深化導發向度的擴展。」[13]

「帶根流浪」意味著對語言能力的拓展和對世界文化的眷念。離開母體有時「是一種必要，是保存和開展的另一種方式。它不會是『無根的一代』，它們有根，他們是帶著根走的，根就在它們的生命裡」[14]。語言之根使得傳統通過歷史的縱深得以繼承和發展；四海流浪使得對母體的忠誠不再具有迂腐的情結。薩伊德（Edward Wadie Said）在其《東方學》中曾引用歐洲中世紀神學家聖維克多的雨果一段話：「發現世上只有家鄉好的人只是一個未曾長大的雛兒；發現所有的地方都像自己的家鄉一樣好的人已經長大；但只有當認識到整個世界都不屬於自己時一個人才最終走向成熟。」[15]「流散」將作家的參照系統打開，隔著一段距離審視客地與原鄉。唯有在疏遠與親近之間達到一種微妙的平衡，才能對自身及異質文化做出合理的判斷。蘇裔美籍詩人約瑟夫・布羅茨基（Joseph Brodsky）曾經說過：

> 如果說流亡有什麼好處的話，那便是它能教給人謙卑。還能更進一步，稱流亡為教授謙卑這一美德的最後一課。這堂課對於一位作家來說尤其珍貴，因為它將作家放在一個最為深邃的透視圖中。如濟慈所言：「你遠在人類之中。」消失於人類，消失於人群——人群？——置身於億萬人之中；做眾所周知的那座草堆中的一顆針——但要是有人正在尋找的一顆針——這便

[13] 木心：〈帶根的流浪人〉，《哥倫比亞的倒影》（桂林：廣西師範大學出版社，2006年），第60頁。

[14] 王鼎鈞：〈本是同根生〉，《我們現代人》（作者自印，1975年）。參見黃萬華：〈鄉愁是一種美學〉，《傳統在海外：中華文化傳統和海外華人文學》（濟南：山東文藝出版社，2006年），第169頁。

[15] [美]愛德華・W・薩義德著，王宇根譯：《東方學》（北京：三聯書店，1999年），第331頁。

是流亡的全部含義。[16]

對於自古並非移民國家的中國來說，大不列顛的堅船利炮攻破的不僅僅是大清王朝的軍事防線，更是一個拒絕外來文明的「中央帝國」的閉關鎖國策略。「西風東漸」在帶來技術革新、思想洗禮和心理震盪的同時也令中國知識份子深刻感受到了傳統的負擔及其孱弱。中國被看作是一個急需救治的病人，疾病和傳統畫上了等號，而治病的藥物來自「現代」的西方。這便是「新文化運動」產生的歷史背景。

「新文化」要求「新語言」，因為任何文化或文明的主要因素之一便是語言[17]。1917年以來白話文的全面確立將中國文學置於世界文學的發展軌道之內。從文學發展的意義上講，它是要求寫作語言能夠容納某種「當代性」或「現代性」的努力，「進而成為一個在語言功能與西語尤其是英語同構的開放性系統」，其中國特徵表現為：「既能從過去的文言經典和白話文本攝取養分，又可轉化當下的日常口語，更可通過翻譯來擴張命名的生成潛力」[18]。

「白話文運動」的主要推手便是早期的「海歸」學人，如曾經作為第二批庚款留學生赴美的胡適，以及早在20世紀初就去日本留學的魯迅、陳獨秀、歐陽予倩、郭沫若、張資平、郁達夫、成仿吾、田

---

16 「Looking for a needle in a haystack」（乾草堆裡找針）是一句英語諺語，原指事物的渺邈難尋，此處意指微茫但被人所探尋的存在。德國哲學家阿多諾也曾說過，知識份子的希望不是對世界有影響，而是某天、某地、某人能瞭解他寫作的原意。[美]布羅茨基：〈我們稱為「流亡」的狀態，或浮起的橡實〉，收入[美]布羅茨基著，劉文飛、唐烈英譯：《文明的孩子——布羅茨基論詩和詩人》（北京：中央編譯出版社，1999年），第51頁。

17 參見[美]塞廖爾・亨廷頓著，周琪、劉緋、張立平、王圓譯：《文明的衝突與世界秩序的重建》（北京：新華出版社，1998年），第47頁。

18 張棗：〈朝向語言風景的危險旅行——中國當代詩歌的元詩結構和寫者姿態〉，收入張棗著，顏煉軍編選：《張棗隨筆選》（北京：人民文學出版社，2012年），第172頁。

漢、周作人等，他們後來都已成為中國現代文學的重要作家。1916年10月胡適在美國哥倫比亞大學讀研究生時受「意象派」的啟發寫下了〈文學改良芻議〉一文，直至1917年1月方才正式刊發。胡適當時複寫了兩份：一份寄給《留美學生季報》；一份寄到國內的《新青年》雜誌，提出了白話文學主張。耐人尋味的是：《留美學生季報》刊出後反響平平；倒是後來寄給《新青年》的文章猶如一石激起千層浪，掀起一場波瀾壯闊的文學革命。可見當時的留學生好比高擎「現代」光源的單行道上的火炬手，深知取自異邦的火種唯有照亮本土方能萬眾矚目，進而功德圓滿。

到了20、30年代，旅歐的徐志摩、李金髮、戴望舒、馮至等又相繼向中國引進浪漫主義、象徵主義和現代主義的詩歌；旅美的聞一多、梁實秋、陳衡哲、許地山、冰心、朱湘；旅歐的巴金、老舍等也紛紛成為「新文學」陣營的中堅力量。他們國學功底深厚、外語能力出色，橫跨中西扮演著一種「文化搬運工」的角色，在很大程度上促進了現代漢語的成熟演進。但其「中國身分」較之於「海外經歷」顯然更為彰顯，因為「留洋」並非「流散」，少則三年兩載、多則十年寒暑，終能學成歸國、衣錦還鄉。他們不必異國生根，他們走異路，逃異地，原為尋求治國藥方。

夏志清在他1961年出版的《中國現代小說史》中指出：現代的中國作家一直羈於「中國執迷」（obsession with china）[19]，未能洞察人性深淵，這使得他們的作品往往自外於世界性，流於一種褊狹的愛國主義：

> 現代的中國作家，不像陀思妥耶夫斯基、康拉德、托爾斯泰，和湯瑪斯・曼那樣，熱切地去探索現代文明的病源，但他們非

[19] 「obsession with china」亦被某些學者譯為「感時憂國」，或「對中國的執迷」等。

> 常感懷中國的問題，無情地刻畫國內的黑暗和腐敗。表面看來，他們同樣注視人的精神病貌。但英、美、法、德和部分蘇聯作家，把國家的病態，擬為現代世界的病態；而中國的作家，則視中國的困境，為獨特的現象，不能和他國相提並論。他們與現代西方作家當然也有同一的感慨，不是失望的嘆息，便是厭惡的流露；但中國作家的展望，從不逾越中國的範疇，故此，他們對祖國存著一線希望，以為西方國家或蘇聯的思想、制度，也許能挽救日漸式微的中國。假使他們能獨具慧眼，以無比的勇氣，把中國的困蹇，喻為現代人的病態，則他們的作品，或許能在現代文學的主流中，占一席位。[20]

夏志清關於「中國執迷」的說法也構成了德國漢學家顧彬（Wolfgang Kubin）思考20世紀中國文學史的一條中心線索。他認為夏志清用此概念言簡意賅地命名了這個對於中國作家來說如此典型的態度，也凸顯了他所認為的中國現代文學的主要問題所在：

> 「對中國的執迷」（obsession with china）表示了一種整齊劃一的事業，它將一切思想和行動統統納入其中，以至於對所有不能同祖國發生關聯的事情都不予考慮。作為道德性義務，這種態度昭示的不僅是一種作為藝術加工的愛國熱情，而且還是某種愛國性的狹隘地方主義。政治上的這一訴求使為數不少的作家強調內容優先於形式和以現實主義為導向。於是，20世紀中國文學的文藝學探索經常被導向一個對現代中國歷史的研究。現代中國文學和時代經常是緊密相聯的特性和世界文學的觀念

---

[20] [美]夏志清著，丁福祥等譯：〈現代中國文學感時憂國的精神〉（附錄二），[美]夏志清著，劉紹銘等譯：《中國現代小說史》（香港：中文大學出版社，2001年），第461-462頁。

相左，因為後者意味著一種超越時代和民族，所有人都能理解和對所有人都有效的文學。而想在為中國的目的寫作的文學和指向一個非中國讀者群的文學間做到兼顧，很少有成功的例子。[21]

綜合來看，「新文學」的發展壯大為漢語言文學融入世界性的現代審美大潮創造了開端，但也留下了弊端：一是對傳統文化的妄自菲薄；二是對「感時憂國」的過分耽溺。這使得主流文學逐漸變成革命的文本形式，淪為政治的宣傳工具。木心說：「五四以來，許多文學作品之所以不成熟，原因是作者的『人』沒有成熟。」[22]現代文學原本期待個人「自律」（Eigenbestimmung），需要「自我強健」（Ich-Stärke）和「承受能力」（Durchhaltevermögen），可惜時不待人，救亡的炮火壓倒了「啟蒙」的進程。大多數人由於缺乏足夠的「自我強健」而寧願選擇「他律」（Fremdbestimmung），投入民族國家的懷抱[23]。八年抗日，四年內戰，直至1949年中共建國，以「左翼文學」為主要構成的「革命文學」一支獨大，而「民主主義」和「自由主義」的思潮日益淡出，「執迷」升級為「迷狂」[24]，類似於一種神

[21] [德]顧彬著，范勁等譯：《二十世紀中國文學史》（上海：華東師範大學出版社，2008年），第7頁。

[22] 木心：〈風言〉，收入《瓊美卡隨想錄》（第2輯）（桂林：廣西師範大學出版社，2010年），第81頁。

[23] 顧彬認為，「他律」在文化和文化之間、國與國之間各有不同表現。在中國的情形下是民族國家、祖國提供了身分獲取的可能性，在時間進程中除了少數例外，大多數作家和藝術家都俯伏於此。這是西方不滿於20世紀中國文學的實質性原因。參見[德]顧彬著，范勁等譯：《二十世紀中國文學史》（上海：華東師範大學出版社，2008年），第7-8頁。

[24] 文學批評把一種「如癡如狂、充斥著道德說教和未來幻景」的文學稱為「迷狂文學」（Literatur der Verzückung）。這一現象在現代派之後僅僅殘存在社會主義文學之中；隨著後現代派的興起，它在西方已絕跡。參見[德]顧彬撰，成川譯：〈預言家的終結：二十世紀的中國思想和中國詩〉，《今天》1993年第2期（總第21期）。曼德爾施塔姆遺孀娜傑日達在《希望反對希望》一書中指出，革命其實是來自某些

化，張棗稱之為「太陽神化」[25]。到了「文革」時期，「太陽神化」達到無以復加的程度，為求「純化」與世隔絕，中斷了與西方、與古典及「新文化」傳統的交流和對接。

但文學作為一種與文明本身休戚與共的精神探索是無法被根本遏制的，好比植物的種子，會在某個角落中祕密生長。「白洋淀詩群」的地下寫作便是一個例子。

第二節　「流散」是一個語言事件

徐星回憶說：「在中國有這樣一批人，他們很早就開始做在這種大合唱中發出自己的聲音的嘗試，我們都知道僅僅是這樣的嘗試在當時的中國也是以『反革命』論處的，在『非官方』和『地下』，在這兩個詞被廣泛適用於各種形形色色的人們的今天，我甚至不知道該怎麼稱呼他們，比如郭路生、彭剛等。」[26]

郭路生（食指）被北島稱作是「60年代以來中國新詩運動的奠基人」[27]，他的詩與「革命詩歌」有著本質上的不同：「他把個人的聲音重新帶回到詩歌中。」[28]多多則以為：就他「早期抒情詩的純淨程度上來看，至今尚無他人能與之相比」[29]。郭路生是自朱湘自殺以來的一位瘋狂了的詩人，「也是70年代以來為新詩歌運動伏在地上的第

理念，為此著魔的人們認為可預見未來，改變歷史的進程。其實這是一種宗教，其代理人賦予它神權般的信條和倫理。參見北島：〈曼德爾施塔姆〉，收入《時間的玫瑰》（香港：牛津大學出版社，2005年），第220頁。

[25] 參見張棗：〈關於當代新詩的一段回顧〉，收入張棗著，顏煉軍編選：《張棗隨筆選》（北京：人民文學出版社，2012年），第164-165頁。

[26] 麥文：〈中國文學在國外研討會〉，《今天》1993年第1期（總第20期）。

[27] 參見翟頔、北島：〈中文是我唯一的行李〉，《書城》2003年第2期。

[28] 參見北島、陳炯：〈用「昨天」與「今天」對話——談《70年代》〉，《時代週報》2009年8月26日。

[29] 參見多多：〈1970-1978：北京的地下詩壇〉，收入劉禾編：《持燈的使者》（香港：牛津大學出版社，2001年），第117頁。

一人」[30]。

彭剛與芒克70年代初組建過「先鋒派」，他畫畫，也寫詩，無論形式內容還是語言，都給人以極大的震撼和新鮮感。他很早就開始探索現代主義和後現代主義的藝術方向，在馬佳看來，「現在也沒有人超過他」[31]。1975年彭剛被關了三天，詩集被燒，畫作被毀，從此退出文藝江湖[32]。「文革」結束後，彭剛考上北大化學系，80年代移居美國。

不僅僅是「奠基人」和「先鋒派」，廣義上的「白洋淀詩群」以及後來的「今天派」都是「新語言」的探索者。他們透過「黃皮書」窺視世界文學圖景，在時代的喧囂中傾聽不諧和音，以翻譯文體為基礎創造了一套滿足自己智力需求的文本。例如北島至今仍然喜歡使用的「蒙太奇」手法正是來源於法國超現實主義詩人：以意象（image）取代辭藻，再通過類似「蒙太奇」的剪輯和組合方式處理之後，便可直接構成詩的元素。恰如戴望舒評價法國現代新詩人比也爾・核佛爾第（Pierre Reverdy）的詩時所說：「他用電影的手法寫詩，他捉住那些不能捉住的東西。」沒有矯飾，但「飛過的鳥，溜過的反光，不大聽得清楚的轉瞬即逝的聲音」，他都「把他們聯繫起來，雜亂地排列起來，而成了別人所寫不出來的詩」[33]。

70年代末、80年代初，一些地下文學作品經由民刊《今天》進入公眾視野，再通過《詩刊》等主流媒體的轉載引發社會轟動效應。因其行文晦澀、拒絕釋讀，被批評界戲諷為「朦朧詩」。但晦暗難解

---

30 多多：〈1970-1978：北京的地下詩壇〉，收入劉禾編：《持燈的使者》（香港：牛津大學出版社，2001年），第118頁。

31 參見廖亦武、陳勇：〈馬佳訪談錄〉，收入劉禾編：《持燈的使者》（香港：牛津大學出版社，2001年），第390頁。

32 參見廖亦武、陳勇：〈彭剛、芒克訪談錄〉，收入劉禾編：《持燈的使者》（香港：牛津大學出版社，2001年），第355-356頁。

33 戴望舒：〈《比也爾・核佛爾第詩》譯後記〉，載《戴望舒譯詩集》（長沙：湖南人民出版社，1983年），第61頁。

本是現代詩歌的總體特徵，「詩歌在尚未被理解之時就會傳達自身意味」，T. S.艾略特在他的散文中如此說明[34]。不同於「文以載道」的中國古訓，文學作品重要的並不是要教誨我們某種特定的東西，而是要使我們變得大膽、靈活、敏銳、聰穎、超然。而且給予我們快樂。這是尼采、羅蘭・巴特等人的觀點[35]。人民應該用文學的語言說話——假如民智需要開啟，就像「文學革命」的初衷；而不是反其道而行之：文學用人民的語言說話——就像「革命文學」的宣傳。歷史往往事與願違，在一個瘋狂的季節轉了向；革命弄丟了它的夢想，人民讀不懂現代的文章。

徐星說：「自從我們選擇了文學，幻想用語言來表達我們自己的時候，自從我們認識到我們一直在受語言的愚弄，以我們中國人所處的特殊環境來說，我們已經開始了『流亡』，從那個壯麗無比然而枯燥，激昂熱烈然而廉價的語言中流亡……。」[36]多多也稱自己是在對文化革命的本質的一種思考中，從抵抗者變為流亡者：「我的流亡時間應當是從1972年——我真正寫作開始。」[37]

此種意義上的流亡，或曰「流散」，是語言意義上的。高行健曾言，這取決於一種生存方式的選擇，而完全不在於所處的時空[38]。宋明煒在一篇紀念薩伊德教授的文章中指出，薩伊德所說的「流散」，在抽象意義上，意味著永遠失去對於「權威」和「理念」的信仰：不再能安然自信地親近任何有形或無形的精神慰藉，以此，漂泊中的知識份子形成能夠抗拒任何「歸屬」的批判力量，不斷瓦解外部世界和

---

[34] 參見[德]胡戈・弗里德里希著，李雙志譯：《現代詩歌的結構——19世紀中期至20世紀中期的抒情詩》（南京：譯林出版社，2010年），第1頁。

[35] 參見[美]蘇珊・桑塔格著，沈弘、郭麗譯：〈寫作本身：論羅蘭・巴特〉，收入[美]桑塔格著，陶潔、黃燦然等譯：《重點所在》（上海：上海譯文出版社，2011年），第90頁。

[36] 麥文：〈中國文學在國外研討會〉，《今天》1993年第1期（總第20期）。

[37] 凌越、多多：〈我的大學就是田野——多多訪談錄〉，《書城》2004年4月號。

[38] 參見麥文：〈中國文學在國外研討會〉，《今天》1993年第1期（總第20期）。

知識生活中的種種所謂「恆常」與「本質」。在其視野裡，組成自我和世界的元素從話語的符咒中獲得解放，彷彿古代先知在遷轉流徙於荒漠途中看出神示的奇蹟，在剝落了「本質主義」話語符咒的歷史中探索事物的真相[39]。如此一來，「流散文學」和「流散」本身就具有了形而上學的含義。對此，布羅茨基曾有論述：對於作家這個職業的人士，「流散」的狀態首先是一個語言事件：「他被推離了母語，他又在向他的母語退卻。開始，母語可以說是他的劍，然後卻變成了他的盾牌、他的密封艙」，他與語言之間那種隱私的、親密的關係，變成了命運——「甚至在此之前，它已變成一種迷戀或一種責任。」[40]

並非地理或政治意義上的「流散」決定了「流散文學」的性質。作家勇於衝破語言的囚籠，拓展表達的疆域，為此不惜忍受孤獨和磨難，無論異國飄零還是家園留守，都不能不算是精神天空的「流散者」。而他們的書寫也以一種獨特的方式體現了一種個人「自律」的程度。從這個角度上來看，北島、多多、楊煉、顧城等「今天派」作家早在出國之前就已開始了「精神流散」（metaphysical diaspora），他們的語言先於他們的腳步逸出國境線以外，並在另一個時空找到了知己，譬如特朗斯特羅姆之於北島、茨維塔伊娃之於多多、聖－瓊・佩斯之於楊煉[41]、洛爾迦之於顧城……

楊煉曾用「眺望自己出海」這行詩句概括中國20世紀的歷史，其中也包括他自己和所有中國詩人的命運。一個意象：詩人站在海

39　參見宋明煒：〈「流亡的沉思」：紀念薩義德教授〉，《上海文學》2003年第12期。

40　參見[美]布羅茨基：〈我們稱為「流亡」的狀態，或浮起的橡實〉，收入[美]布羅茨基著，劉文飛、唐烈英譯：《文明的孩子——布羅茨基論詩和詩人》（北京：中央編譯出版社，1999年），第59頁。

41　80年代初，葉維廉譯的一本譯詩集《眾樹歌唱》曾在北京的詩歌圈中風靡一時。葉維廉說，楊煉從他翻譯的濮斯（大陸譯：聖－瓊・佩斯）的宇宙感中得到過靈感。參見葉維廉：〈翻譯：深思的機遇（增訂版代序）〉，收入[美]龐德等著，葉維廉譯：《眾樹歌唱：歐美現代詩100首》（增訂版）（北京：人民文學出版社，2009年），第15頁。

岸邊的峭崖上，眺望自己乘船出海。這既基於他自己親歷的國際漂流，更在給出一種思維方式：「所有外在的追尋，其實都在完成一個內心旅程。」[42]愛爾蘭詩人謝默斯・希尼（Seamus Heaney）也曾借用《尤利西斯》主人公史蒂芬・德達盧斯的那句令人困惑的宣言表達過類似的觀點：「通往『塔拉』的最佳捷徑是取道『聖頭』，意思是說離開愛爾蘭再從外面視察這個國家是抓住愛爾蘭經驗核心的最可靠途徑。」[43]北島也在〈白日夢〉中寫道：「傳統是一張航空照片／山河縮小成樺木的紋理」[44]。距離給了觀察一個縱觀全域的視角，也給了思考一個深思熟慮的機會。北島喜歡祕魯詩人瑟塞爾・瓦耶霍（César Vallejo）的詩句：「我一無所有地漂泊……」，假如沒有後來的漂泊和孤懸狀態，北島坦言，他個人的寫作只會倒退或停止[45]。

1989年的政治事件改變了一些出訪作家的命運，原定的歸國變得遙遙無期，90年代又迎來精英遷徙的大潮，至此，「移民是這個時代的重要角色」這句話才真正適用於中國。上世紀70、80年代的那種文學與政治的激越變奏舒緩下來，代之以新環境與舊回憶間的徘徊、且反覆挑戰知識與自由限度的知識份子的異國飄零[46]。

薩伊德在他的《知識份子論》中將「流散者」比作遭遇海難的人：學著如何與土地生活，而不是靠土地生活；不像魯濱遜（Robinson Crusoe）那樣殖民自己所在的小島，而像馬可・波羅（Marco Polo, 1254-

---

42 楊煉：〈詩意思考的全球化——或另一標題：尋找當代傑作〉，收入楊煉：《唯一的母語——楊煉：詩意的環球對話》（上海：華東師範大學出版社六點分社，2012年），第3頁。

43 [愛爾蘭]謝默斯・希尼：〈翻譯的影響〉，收入[美]布羅茨基等著，黃燦然譯：《見證與愉悅：當代外國作家文選》（天津：百花文藝出版社，1999年），第246頁。

44 北島：〈白日夢〉（節選），收入北島：《午夜歌手——北島詩選1972-1994》（臺北：九歌出版社，1995年），第110頁。

45 唐曉渡、北島：〈「我一直在寫作中尋找方向」——北島訪談錄〉，《詩探索》2003年Z2期。

46 參見[美]愛德華・W・薩義德著，單德興譯：《知識份子論》（北京：三聯書店，2002年），第44-58頁。

1324）那樣始終懷有驚奇感；是旅行家、過客，而不是寄生者、征服者或掠奪者[47]。因其多重視野和對照經驗，「流散」是過著習以為常的秩序之外的生活，「它是游牧的、去中心的（decentered）、對位的（contrapuntal）；但每當一習慣了這種生活，它撼動的力量就再度爆發出來」[48]。

不同於「五四」時期的「留洋者」，80年代以後的「流散者」是「一個被國家辭退的人／穿過昏熱的午睡／來到海灘，潛入水底」[49]。在與國家告別之後，權力，即使是被否定的權力，也不再是（唯一的）思維對象。一代人的「我們」終於變成了流寓海外的「我」，這個「我」嘗試「對著鏡子說話或者把影子掛在衣架上」[50]。

沒有了讀者的關注，也沒有了敵人的詛咒，突如其來的巨大自由彷彿浩無邊際的宇宙。布羅茨基做過這樣一個比喻：一位身居異地的作家，「就像是被裝進密封艙扔向外太空的一條狗或一個人（自然是更像一條狗，因為他們從不將你回收）。而這密封艙便是你的語言」[51]。

只有具備足夠「自我強健」和「承受能力」的「流散者」才經得起這樣的宇宙漂流。多多說：「在中國，我總有一個對立面可

---

[47] 參見[美]愛德華・W・薩義德著，單德興譯：《知識份子論》（北京：三聯書店，2002年），第54頁。

[48] 參見單德興：〈譯者序〉，[美]愛德華・W・薩義德著，單德興譯：《知識份子論》（北京：三聯書店，2002年），第1頁。

[49] 北島：〈創造〉，收入北島：《午夜歌手——北島詩選1972-1994》（臺北：九歌出版社，1995年），第189頁。

[50] 北島在〈鄉音〉中寫道：「我對著鏡子說中文／一個公園有自己的冬天」；在〈主人〉中則有這樣一句：「我的影子在試／釘子上搖晃的衣服／試我最後的運氣」。參見北島：〈鄉音〉，收入北島：《午夜歌手——北島詩選1972-1994》（臺北：九歌出版社，1995年），第137頁；北島：《主人》，收入《北島詩選》（廣州：新世紀出版社，1986年），第122頁。

[51] [美]布羅茨基：〈我們稱為「流亡」的狀態，或浮起的橡實〉，收入[美]布羅茨基著，劉文飛、唐烈英譯：《文明的孩子——布羅茨基論詩和詩人》（北京：中央編譯出版社，1999年），第59頁。

以痛痛快快地罵它；而在西方，我只能折騰我自己，最後簡直受不了。」[52]1993年，顧城自殺；此前不久，楊煉剛剛在紐約寫下：「黑暗中總有一具軀體漂回不做夢的地點。」[53]那是到了非得置諸死地而後生的時候，「那個從不可能開始的開始，才是真的開始」[54]。從1989至1995年，也是北島生命裡最黑暗的時期：六年之間搬了七國十五家，差點搬出國家以外。「在北歐的漫漫長夜，我一次次陷入絕望，默默祈禱，為了此刻也為了來生，為了戰勝內心的軟弱。我在一次採訪中說過：『漂泊是穿越虛無的沒有終點的旅行。』經歷無邊的虛無才知道存在有限的意義。」[55]

正是在這種「一夜長於一生」的「流散」生涯裡，語言空間得到了擴展，自我意識得到了加強。楊煉說：「從國內到國外，正如卡繆之形容『旅行，彷彿一種更偉大、更深沉的學問，領我們返回自我』。內與外，不是地點的變化，僅僅是一個思想的深化：把國度、歷史、傳統、生存之不同，都通過我和我的寫作，變成了『個人的和語言的』。」[56]

奧格斯堡的德國文學批評家赫爾穆特・考普曼（Helmut Koopmann）認為，強化自我意識正是「流散文學」的基本特徵，無處為家，又四海為家，「我們本能的反應就是把注意力集中到自我和自我經驗上」[57]。自我意識的加強又是與語言空間的拓展相輔相成。

---

[52] 轉引自[德]顧彬撰，成川譯：〈預言家的終結：二十世紀的中國思想和中國詩〉，《今天》1993年第2期（總21期）。

[53] 楊煉：〈黑暗們〉，收入楊煉：《大海停止之處：楊煉作品1982-1997詩歌卷》（上海：上海文藝出版社，2003年），第412頁。

[54] 楊煉：〈冥思板塊的移動——與葉輝對話〉，收入楊煉：《唯一的母語——楊煉：詩意的環球對話》（上海：華東師範大學出版社六點分社，2012年），第197頁。

[55] 北島：〈自序〉，《失敗之書》（汕頭：汕頭大學出版社，2004年），第2頁。

[56] 楊煉：〈因為奧德修斯，海才開始漂流——致《重合的孤獨》的作者〉，《今天》1997年第2期（總第37期）。

[57] 轉引自[德]顧彬撰，成川譯：〈預言家的終結：二十世紀的中國思想和中國詩〉，《今天》1993年第2期（總21期）。

德國哲學家希歐多爾·阿多諾（Theodor Wiesengrund Adorno）在旅美期間完成了他的偉大傑作《道德的最低限度》（*Minima Moralia*），將寫作視為居無定所的「流散者」的真正居住之地，這種生存狀態「要求一個人堅強起來對抗自憐，暗示著在技術上必須以全然的警覺去對抗任何知識張力的鬆懈，並消除開始使作品（或寫作）僵化或怠惰地隨波逐流的任何事物」[58]。

與此同時，與「流散」近義的「流亡」（exile）一詞所蘊含的政治意味在全球化時代趨於淡化。交通和通訊方式的多元便捷使得跨國遷徙日益成為一種自覺自願的自我放逐。徐星說：「我不喜歡『流亡』這個詞用於藝術，不僅僅因為它太古老、充填著這個概念的內容已不足以表達今天這個複雜的世界，重要的是它使藝術家們的工作看起來都是為了簡單地服務於政治、國家、政府、民族，而藝術的靈魂——美和技巧，在這個概念的沉重壓力下消失了。」[59]

與「流亡」相比，「流散」更能傳達一種蒲公英般的生命狀態。早在移居美國之前，王鼎鈞就曾在一篇題為〈本是同根生〉的文章中盛讚了蒲公英以「流散」、「飄零」來延續生命：

> 教師在課堂上對著一群孩子說：「蒲公英的種子附有一具天然的降落傘。大風把她們吹得很高，吹到很遠的地方，她們落下來，長成另一棵蒲公英。這些種子在成熟的那天就準備遠走高飛，準備使蒲公英分布繁衍，使蒲公英的名字更普遍，更響亮。」[60]

---

[58] Theodor Wiesengrund Adorno. *Minima Moralia: Reflections from Damaged Life*, trans E. F. N. Jepheott, London: New Left Books, 1951. p. 87.參見[美]愛德華·W·薩義德著，單德興譯：《知識份子論》（北京：三聯書店，2002年），第53頁。

[59] 麥文：〈中國文學在國外研討會〉，《今天》1993年第1期（總第20期）。

[60] 王鼎鈞：〈本是同根生〉，《我們現代人》（作者自印，1975年）。參見黃萬華：《在旅行中拒絕旅行：華人新生代和新華僑華人作家的比較研究》（北京：中國社

蒲公英可以實現生命版圖的擴大和延伸，只因她是帶著根走的，以一種積極高揚的姿態來拓展自身。文學藝術也是如此，唯有超越民族中心主義和西方中心主義的視域局限，開拓語言的冒險空間和藝術的表現空間，才能催生一種更為「成熟」的寫作。喬伊絲曾說：「流亡，就是我的美學。」木心自嘆不如喬伊絲闊氣，只說：「美學，是我的流亡。」[61]

第三節　詞的「流散」與「元詩」趨向

1990年8月，《今天》復刊號在挪威奧斯陸出版，北島擔任主編，這標誌著中斷了十年的《今天》得以延續。為此，復刊後的海外《今天》編輯部表示將不改初衷：反對文化專制，提倡文藝創作自由，主張中國文學的多元發展。「我們不可能迴避社會和政治現實的河流，但我們確認文學是另一條河流，以至個人可以因此被流放到現實以外。」[62]

但新《今天》與老《今天》又不可同日而語。北島打過這樣一個比方：「如果說老《今天》是在荒地上播種，那麼新《今天》就是為了明天的饑荒保存種子。」[63]

> 在這個意義上，《今天》復刊是為了表明，當代中國作家要尋找自己獨特的心路歷程：為了新的建造，他們會繼續在字裡行間停留，哪怕這已經是一座廢墟。
>
> 這也是一種抗爭。

會科學出版社，2008年），第61頁。

[61] 木心講述，陳丹青筆錄：《文學回憶錄》（桂林：廣西師範大學出版社，2013年），第818頁。

[62] 《今天》編輯部：〈復刊詞〉，《今天》1990年第一期（總第10期）。

[63] 查建英：〈北島〉，《八十年代訪談錄》（北京：三聯書店，2006年），第78頁。

我們曾說，我們也是醒來的伐木者，我們看見過百年前的流星。

我們又說，我們是栽種蘋果樹的人，百年以後的陽光此刻已照射在我們臉上。[64]

1991年6月，北島、萬之到芝加哥參加「中國文化批評」研討會，其間北島、萬之、李陀、黃子平、阿城、查建英等編委前往愛荷華市籌組「今天文學基金會」。在愛荷華召開的編委會上，大家進一步明確了辦刊方針——把《今天》辦成跨地域的漢語文學先鋒雜誌。除了發表文學作品外，《今天》也支持那些邊緣化的文化藝術，讓中國文化的香火不斷。例如《今天》近些年陸續推出的各種專輯，包括「當代中國的新紀錄運動專輯」[65]、「中國獨立戲劇專輯」[66]、「中國新獨立電影專輯」[67]、「紀實攝影展與宋莊專輯」[68]、「星星畫會專號」[69]等。

詩歌依然是這本依靠詩歌起家的人文雜誌的一塊招牌。無論是漂泊到海外，還是生活在國內；無論是文學史意義上的「朦朧詩人」，還是「後朦朧詩人」，對語言之本質的追問都讓寫者合流在「精神流散」的「今天」。「每個詩人都是猶太人」，茨維塔耶娃這句話恰切道盡了詩人「流散」的命運。「流散」令詩人語言與日常語言激烈碰撞，改變了詞與物的既有關聯。人的「流散」變成了詞的「流散」。

《今天》詩歌編輯張棗認為，1989年出現的「文學流散」現象雖然有外在的政治原因，但究其根本，美學內部自行調節的意願才是真正的內驅力：先鋒，就是「流散」，是對話語權力的環扣磁場的游

64 《今天》編輯部：〈復刊詞〉，《今天》1990年第1期（總第10期）。

65 《當代中國的新紀錄運動專輯》，《今天》2001年第3期（總第54期）。

66 《中國獨立戲劇專輯》，《今天》2005年第4期（總第71期）。

67 《中國新獨立電影專輯》，《今天》2007年第1期（總第76期）。

68 《紀實攝影展與宋莊專輯》，《今天》2007年第1期（總第76期）。

69 《星星畫會專號》，《今天》2007年第4期（總第79期）。

離。「或多或少是自我放逐，是一種帶專業考慮的選擇，它的美學目的是去追蹤對話，虛無、陌生、開闊和孤獨並使之內化成文學品質。這也是當代漢語文學亟需的品質。」[70]從這個意義上來講，「流散」早在1989年前就已開始，「流散」的場域也不僅限於國外。

「流散」或「先鋒」特質使得「朦朧詩人」與「後朦朧詩人」貌似「斷裂」的關係實為殊途同歸，即對語言本體的沉浸及對寫作本身的覺悟，令詩歌在發展方向上趨於一種「元詩」（metapoetry）——即「關於詩的詩」，或者說「詩的形而上學」。張棗用這個術語來指向寫者在文本中所刻意表現的語言意識和創作反思，以及他賦予這種意識和反思的語言本體主義的價值取向，「在絕對的情況下，寫者將對世界形形色色的主題的處理等同於對詩本身的處理」[71]。在其完成於圖賓根大學的德語博士論文中，張棗用了近三章的內容詳細分析了「朦朧詩」及「後朦朧詩」的來源去脈，指出到1989年，這兩股詩潮不僅沒有停止發展，而且事實上已經合二為一。既然是同一類詩歌，就不該有兩種後設概念的對立：「幾位重要的詩評人也就相應地有了『先鋒詩』或『實驗詩』之類的提法」。[72]陳曉明也注意到：「北島、多多、楊煉雖然被稱為第二代詩人，但他們在90年代的創作與第三代詩人有某種共通的地方。由此可見，漢語言詩歌在90年代的整體性變異。」[73]

---

70 張棗：〈當天上掉下來一個鎖匠〉，收入北島：《開鎖——北島1996-1998》（臺北：九歌出版社，1999年），第9-10頁。

71 張棗：〈當天上掉下來一個鎖匠〉，收入北島：《開鎖——北島1996-1998》（臺北：九歌出版社，1999年），第11頁。

72 Zhang Zao. *Auf die Suche nach poetischer Modernität: Die Neue Lyrik Chinas nach 1919*, Tübingen: TOBIAS-Lib, Universitätsbibliothek, 2004. s. 242-243. 例如唐曉渡稱朦朧詩是實驗詩的「開先河者」；陳超認為先鋒詩是對朦朧詩的超越（包括「朦朧詩人」後期創作的自我超越）。參見唐曉渡：〈實驗詩：生長著的可能性〉，《唐曉渡詩學論集》（北京：中國社會科學出版社，2001年），第43-48頁；陳超：《中國先鋒詩歌論》（北京：人民文學出版社，2007年）。

73 陳曉明：《中國當代文學主潮》（第2版）（北京：北京大學出版社，2013年），

《今天》成為合流之後的漢語言「先鋒」詩歌的發表陣地。以90年代出版的《今天》詩歌為例，我們可以看出漢詩的內傾趨向及「元詩」寫作的延伸，例如北島的這首〈寫作〉：

始於河流而止於源泉

鑽石雨
正在無情地剖開
這玻璃的世界

打開水閘，打開
刺在男人手臂上的
女人的嘴巴

打開那本書
詞已磨損，廢墟
有著帝國的完整[74]

「寫作」本身就是「元詩語素」（metapoetical components）[75]。整首詩是將「寫作」同「河流」、「源泉」、「雨」、「水」等自然事物做對比。靈感來襲，好比一場「鑽石雨」，犀利而尖銳，無情地剖解這不堪一擊的「玻璃的世界」；又像是「水閘」一般、一旦打開就滔滔不絕的「女人的嘴巴」。意識是流動的，彷彿天上的雨水

第455頁。

[74] 北島：〈寫作〉，收入張棗、宋琳編：《空白練習曲：《今天》十年詩選》（香港：牛津大學出版社，2002年），第27頁。

[75] 關於北島詩歌中的原始語素的詞庫，可以參見張棗：〈當天上掉下來一個鎖匠〉，收入北島：《開鎖——北島1996-1998》（臺北：九歌出版社，1999年），第18-19頁。

落到地下，匯成「河流」，再以「源泉」的形式儲存起來，醞釀著下一次的噴發。而一旦落筆成「書」，「詞」的含義就將變得模糊，用「詞」堆積起來的「帝國」般宏偉的紙上建築群也將坍塌為「廢墟」；就如同一旦成為「男人手臂」上的刺青，「女人的嘴巴」同樣也將徒有其形而緘默不語。

〈寫作〉表達了作者對「寫作」本身成為可能的懷疑。馬拉美有一句名言：世界的存在是為了變成一本書。為此，他充分實現了自波特萊爾以來漸為人所知的一個觀念：即藝術幻想不是理想化的摹畫，而是對現實的變異[76]。馬拉美將詩歌解釋為對物象的摧毀，「這樣的摧毀是為了讓物象在詞語中成為『純粹的理念』，成為精神本質」[77]，同時也是對沉默的接近。馬拉美認為，詩歌文本是一種「寂滅」，是一種魔術，這種魔術只有當詞語重新回到它們發源的「沉默的音樂會」時，才能被完全感知。因此理想的詩也是「沉默的詩」[78]。

〈寫作〉可以看作是北島對馬拉美的神祕虛無主義的應和。「鑽石雨」摧毀了現實世界，產生了詩，卻因「詞的磨損」而讓人難以感知。空有形式主義的美的詩歌好比帝國的廢墟，只有影廓是完整的。

同為「今天派」詩人並流亡異國的顧城在他的《水銀》組詩中也表現了一種語言意識和創作反思：

我們寫東西
像蟲子　在松果裡找路

---

[76] 參見[德]胡戈・弗里德里希著，李雙志譯：《現代詩歌的結構——19世紀中期至20世紀中期的抒情詩》（南京：譯林出版社，2010年），第82頁。

[77] [德]胡戈・弗里德里希著，李雙志譯：《現代詩歌的結構——19世紀中期至20世紀中期的抒情詩》（南京：譯林出版社，2010年），第114頁。

[78] 參見[德]胡戈・弗里德里希著，李雙志譯：《現代詩歌的結構——19世紀中期至20世紀中期的抒情詩》（南京：譯林出版社，2010年），第119頁。

一粒一粒運棋子
有時　是空的

集中咬一個字
壞的
裡邊有發黴的菌絲
又咬一個

不能把車準時趕到
松樹裡去
種子掉在地上
遍地都是松果[79]

據王安憶回憶：「1987年底在香港中文大學，聽顧城說過這樣一句話。他說，語言就像鈔票一樣，在流通過程中已被使用得又髒又舊。」[80]顧城是一個對語言有潔癖的人，他寫詩就是要像蟲子咬「字」一樣挑挑揀揀。

但有沒有詩在很大程度上又是一個偶然。顧城以為：「詩是不能寫的，它自然而來，跟文字一樣，它在與不在，人不能強求。」[81]因為「車」不能準時趕到，「種子」就要掉在地上，「遍地都是松果」。

---

[79] 這是《水銀》組詩中的一首〈我們寫東西〉，《今天》雜誌發表的是包括〈吸煙〉在內的另外幾首，這些作品在不同程度上體現了元詩寫作的深化。中德版的《水銀》1990年代初在德集中首發。參見顧城：〈吸煙〉，《今天》1990年第1期（總第10期）；顧城：〈我們寫東西〉，《水銀》（四十八首），收入顧工編：《顧城詩全編》（上海：上海三聯書店，1995年），第781-782頁。

[80] 王安憶：〈島上的顧城〉，《視野》2012年第7期。

[81] [德]顧彬撰，張呼果譯：〈片段：回憶顧城和謝燁〉，《今天》1994年第4期（總第27期）。

無獨有偶，被批評家歸屬為「後朦朧」或「第三代」詩人的于堅也在《今天》上發表過這樣一首詩：

聽見松果落地的時候
並未想到「山空松子落」
只是「噗」地一聲
看見時　一地都是松果
不知道響的是哪一個[82]

這裡強調的也是一種偶然性。「山空松子落」是詩，但現實場景發生的那一刻，詩卻不在腦子裡。在某種意義上，「寫」（不一定是寫在紙上）就是不能準時趕到的「車」，就像于堅在另一首詩中所描述的那樣：

生命中最黑暗的事件
「寫」永遠不會抵達
所謂寫作　就是逃跑的馬拉松
在語言的地牢裡
挖一條永不會進入地表的通道
因為它的方向是朝向所謂深處的
而它的目的地卻在表面[83]
……

---

82 于堅：〈短篇〉（選章），收入張棗、宋琳編：《空白練習曲：《今天》十年詩選》（香港：牛津大學出版社，2002年），第253頁。

83 于堅：〈事件：寫作〉，收入張棗、宋琳編：《空白練習曲：《今天》十年詩選》（香港：牛津大學出版社，2002年），第249頁。

對現代詩歌而言，「寫作」不再是一種傳達。傳達是向外進行的準確無疑的資訊傳遞，而現代詩歌的「寫作」是向內挖掘的晦暗艱澀的精神探索。這就造成了一種荒誕：「寫」，卻詞不達意，或不被理解。現代抒情詩自蘭波和馬拉美以來日益成為一種語言魔術。對於這樣的詩歌，真實的不是世界而僅僅是語言。所以現代抒情詩人也一再強調：「詩並不表意，詩存在。」[84]語言不再是詩人的工具，相反詩人倒是語言延續其存在的手段[85]。在某一個神祕的時刻，通過寫作，文字獲得了生命，詞掙脫了物的羈縻：

……
我寫作。蜘蛛嗅嗅月亮的腥味。
文字醒來，拎著裙裾，朝向彼此，

並在地板上憂心忡忡地起舞。
真不知它們是上帝的女兒。或
從屬於魔鬼的勢力。我直想哭。
有什麼突然摔碎，它們便隱去

隱回事物裡，現在只留下陰影
對峙著那些仍然琅響的沉寂。[86]
……

---

[84] [德]胡戈・弗里德里希著，李雙志譯：《現代詩歌的結構——19世紀中期至20世紀中期的抒情詩》（南京：譯林出版社，2010年），第170頁。

[85] 參見[美]布羅茨基：〈諾貝爾獎受獎演說〉，收入[美]布羅茨基著，劉文飛、唐烈英譯：《文明的孩子——布羅茨基論詩和詩人》（北京：中央編譯出版社，1999年），第43頁。

[86] 張棗：〈卡夫卡致菲麗絲〉（十四行組詩），收入張棗、宋琳編：《空白練習曲：《今天》十年詩選》（香港：牛津大學出版社，2002年），第58頁。

上述詩句摘自張棗的《卡夫卡致菲麗絲》（十四行組詩），寫作時間為1989年，距他離開四川外國語學院，遠赴德國特里爾留學已經三年了。之所以選擇卡夫卡作為語言客體，很重要的一個緣由是：張棗當時的處境與內在的那個卡夫卡有著一致性——他們同為外語世界的漂流者。1918年，當捷克從奧匈帝國分裂出來的時候，已經用德語完成大部分作品的卡夫卡彷彿是被囚禁在一座懸浮於捷克語境的文化孤島，他生前的那種沉悶的疏離感，和張棗在德國的感受相近，而這種「文學流散」狀態在某種程度上又增進了母語的隱祕性和親密感。

張棗寫詩，不是想好了再寫，而是語言讓他這樣寫下去[87]。「文字」化作舞蹈的精靈，靈性直感與智性覺悟相互作用，「寫」上升為對「寫」的反思。宋琳認為，張棗的「元詩寫作」與歐美現當代詩人如馬拉美、史蒂文斯、策蘭的寫作之間存在著呼應，即叩問語言與存在之謎，「詩歌行為的精神性高度是元詩寫作的目標，而成詩過程本身受到比確定主題的揭示更多的關注」[88]。因此，元詩寫作也是一種難度寫作，通過選擇障礙並排除障礙，「一步步接近那個幾乎由擲出骰子的偶然之手來決定的必然的格局」[89]，這也正是于堅所憧憬的境界：

寫作
這是一個時代最輝煌的事件
詞的死亡與復活

---

87 參見張棗、顏煉軍：〈「甜」：與詩人張棗一席談〉，收入宋琳、柏樺編：《親愛的張棗》（南京：江蘇文藝出版社，2010年），第206頁。

88 宋琳：〈精靈的名字——論張棗〉，收入宋琳、柏樺編：《親愛的張棗》（南京：江蘇文藝出版社，2010年），第152頁。

89 參見宋琳：〈精靈的名字——論張棗〉，收入宋琳、柏樺編：《親愛的張棗》（南京：江蘇文藝出版社，2010年），第152-153頁。

坦途或陷阱
偉大的細節
在於一個詞從遮蔽中出來
原形畢露
抵達了命中註定的方格[90]

由此可見，詩的母語既在國內又在海外，無論是功成名就的「朦朧」一代，還是後起之秀的「後朦朧」一代，「詞的流散」令寫作的同源和交匯愈加明朗，兩代人都以同樣的寫者姿態將語言作為終極現實，這也符合漢語文學變革的內在生成邏輯。值得一提的是，自2009年開始，《今天》還與美國西風（Zephyr）出版社合作，將一批當代優秀中國詩人的個人詩集翻譯成英文、法文等語種，如于堅的《便條集》（*Flash Cards*）、翟永明的《更衣室》（*The Changing Room*）、歐陽江河的《重影》（*Doubled Shadows*）、韓東的《來自大連的電話》（*A Phone Call from Dalian*）以及柏樺的《風在說》（*Wind Says*）等。這些新《今天》詩人開始引起美國詩歌界的注意，如于堅的《便條集》被美國詩歌基金會提名2011年最佳詩歌翻譯獎；翟永明詩集榮獲2012年的北加州詩歌翻譯獎，體現了現代漢詩的最新成就。一方面，一些老《今天》作者的寫作工齡也隨著刊物年份一道延長；另一方面，又不斷有新的寫者加入進來，他們在文學追求和價值理念上並沒有什麼不同。韓東曾在紀念《今天》三十週年的活動中發表講話說，「今天」不僅是一本文學期刊，不僅是一群寫作的人以及某種文學風貌，更是一種強硬的文學精神，「在此我想補充說明，所謂的強硬的文學精神就是指其獨立的品質。文學的獨立性及其表達，在中國特殊的現實中不是一個概念，更非理論玄談，即是堅持文學本體的必要、自由

---

[90] 于堅：〈事件：寫作〉，收入張棗、宋琳編：《空白練習曲：《今天》十年詩選》（香港：牛津大學出版社，2002年），第250頁。

創造的可能」[91]。《今天》曾靠這種「強硬的文學精神」突破歷史的重圍，更靠這種「強硬的文學精神」存在下去，以此實現一個持久的象徵，並早已超越任何「朦朧詩」或「後朦朧詩」的理論界定。

第四節　「流散」語境中的「對位」整合

個人自律所伴隨的語言自覺僅僅是新《今天》文學特質的一個部分，「流散」語境也使得去國詩人獲得了一種反觀中西的雙重視野和「對位」思考的能力，並在文化差異的設身比較中，產生一種相應的採擷各國之長，同時與傳統銜接的內在需要的覺醒。「對位」本是一個音樂術語，意指把兩個或幾個有關但是獨立的旋律合成一個單一的和聲結構，而每個旋律又保持它自己的線條或橫向的旋律特點。用於詩歌則是指將新詩的現代性和漢語性熔煉合一的實驗性嘗試。

眾所周知，中國新詩誕生於對西方詩歌的仿擬和譯介之間，但沿著現代化軌道的單向度行進也令新詩陷入一種身分尷尬：中國當代新詩可能最多只是一種遲到的、中文版的、西方後現代詩歌的複製品，它缺乏美學創新，缺乏漢語詩意。特別是當中國古典詩詞所蘊含的豐厚意象與高遠境界已經成為現代主義汲取的精神財富的時候——例如卡夫卡、龐德、博爾赫斯等許多現代文學大家都曾折服於中國文化的精湛的美學思維，只有創造性地繼承中華文明的寶貴遺產，將傳統聲韻匯入到現代交響樂的樂章裡去，中國新詩才會有遠大發展前景。漂泊海外多年，北島猛然發現：「傳統就像血緣的召喚一樣，是你在人生某一刻才會突然領悟到的。傳統的博大精深與個人的勢單力薄，就像大風與孤帆一樣，只有懂得風向的帆才能遠行。」[92]在海外朗誦

[91] 韓東：〈我認同的今天〉，《今天》2013年春季號（總第100期特刊）。

[92] 唐曉渡、北島：〈「我一直在寫作中尋找方向」——北島訪談錄〉，《詩探索》2003年Z2輯。

時，北島會覺得李白、杜甫、李煜就站在後面；在聽傑爾那蒂・艾基（Gennady Aygi）朗誦時，似乎看到他背後站著帕斯捷爾納克和曼德爾施塔姆，還有普希金和萊蒙托夫，儘管在風格上差異很大。「這就是傳統。我們要是有能耐，就應加入並豐富這一傳統，否則我們就是敗家子。」[93]

但正如楊煉所說：「匱乏個人創造性的傳統，不配被稱為『傳統』，充其量只是一個冗長的『過去』。」[94]指向未來的傳統必須進入一種類似於大氣或血液的語言循環系統——同一切循環現象相似，語言循環亦以代謝和淨化為主導，汲取內外宇宙的能量。例如博爾赫斯在論及阿根廷作家與傳統的關係時稱：「我們應該把宇宙看作我們的遺產，任何題材都可以嘗試，不能因為我們是阿根廷人而囿於阿根廷特色。」[95]

如何在漢語新詩的現代性追求中修復古典詩歌的詩意，使之橫貫中西，縱通古今，完成「對位」合成，已成為中國當代詩人面臨的一項艱巨任務。多多表示：「中國古詩詞無疑是人類詩歌的一大高峰。另一大高峰就是西方現代詩歌。這兩大高峰合在一起，成為我的兩大壓力。所以，我一開始就活在問題之中。現在也活在問題之中，以後也必將在問題中死去。」[96]主張「中西雙修」的張棗則認為，中國詩人「既不能像西方發達資本主義時期的詩人那樣，帶著殖民者的優越心態，陶醉於異國情調，又不能像居家者那樣悠閒地處理波瀾不驚的日常生活。必須把自己確立為一個往返於中西兩界的內在的『流散

---

[93] 唐曉渡、北島：〈「我一直在寫作中尋找方向」——北島訪談錄〉，《詩探索》2003年Z2輯。

[94] 楊煉：〈再談「主動的他者」——與阿多尼斯筆談〉，收入《唯一的母語——楊煉：詩意的環球對話》（上海：華東師範大學出版社六點分社，2012年），第51頁。

[95] [阿根廷]博爾赫斯著，王永年等譯：《博爾赫斯文集・文論自述卷》（海口：海南國際新聞出版中心，1996年），第90頁。

[96] 多多訪談：〈我主張「借詩還魂」〉，《南方都市報》2005年4月9日。

者』和對話者，寫作才具有當代性與合法性」[97]。

往返於中、西兩界，但又兩頭不靠，彷彿一個站在母語與外語交匯十字路口的旁觀者，「流散者」如薩伊德在《知識份子論》中描述的那樣：「存在於一種中間狀態，既非完全與新環境合一，也未完全與舊環境分離，而是處於若即若離的困境，一方面懷鄉而感傷，一方面又是巧妙的模仿者或祕密的流浪人。」[98]縱觀《今天》90年代的詩歌，許多作品就是這種中間狀態的文字流露，多多的〈阿姆斯特丹的河流〉是一個典型例子：

十一月入夜的城市
唯有阿姆斯特丹的河流

突然

我家樹上的橘子
在秋風中晃動

我關上窗戶，也沒有用
河流倒流，也沒有用
那鑲滿珍珠的太陽，升起來了

也沒有用
鴿群像鐵屑散落

---

[97] 參見宋琳：〈精靈的名字——論張棗〉，收入宋琳、柏樺編：《親愛的張棗》（南京：江蘇文藝出版社，2010年），第159頁。

[98] [美]愛德華・W・薩義德著，單德興譯：《知識份子論》（北京：三聯書店，2002年），第45頁。

沒有男孩子的街道突然顯得空闊
秋雨過後
那爬滿蝸牛的屋頂
——我的祖國

從阿姆斯特丹的河上，緩緩駛過……[99]

開篇直奔主題，時間、地點全交代清楚了：11月份的一個夜晚，水城阿姆斯特丹。但城市面貌隱去，唯有河流奔流不息。「突然」，一個急轉彎，老家樹上的「橘子」在眼前晃動，作者的鄉愁湧上心頭，而且無論如何也揮之不去。即使到了第二天早上，陽光燦爛，「鴿群像鐵屑散落」（歐洲街頭的鴿子遠比人多），作者依然想念故鄉的熱鬧的街景；即使陽光過後是秋雨，即使雨過天晴，不經意的一瞥——「那爬滿蝸牛的屋頂」，還是勾起了無限的回憶：「祖國」像一艘船，「從阿姆斯特丹的河上，緩緩駛過……」

對於「語不驚人死不休」的多多來說，〈阿姆斯特丹的河流〉是他的清新之作，全篇語言流暢，富有音樂性，特別適合京腔（鄉音）朗誦。但技法依然是超現實主義的。事實上多多想念的也許並非真實的，而是記憶中的北京：「橘子」、「鴿群」、「蝸牛」，這些自然景觀交疊在一起，令他依稀彷彿看見「祖國」之船載著往日的生活，從眼前的河上駛過。幻想與現實、家鄉與異域奇妙地交織在一起。

謝默斯・希尼曾經說過：「詩人具有一種在我們的本質與我們生活其中的現實本質之間建立意料不到和未經刪改的溝通的本領。」[100]

---

99 多多：〈阿姆斯特丹的河流〉，收入張棗、宋琳編：《空白練習曲：《今天》十年詩選》（香港：牛津大學出版社，2002年），第1頁。

100 [愛爾蘭]謝默斯・希尼：《舌頭的管轄》，收入[美]布羅茨基等著，黃燦然譯：《見證與愉悅：當代外國作家文選》（天津：百花文藝出版社，1999年），第254頁。

多多是這方面的行家裡手。他筆下的「祖國」是船，載著過客，載著記憶，而風景並非這邊獨好，只是物是「船」非，令人不禁嘆惋。雖然多多的詩名傳播較晚，但到了新《今天》時代，他已儼然成為海外詩壇主將，而他發表於這一時期的許多作品都因其穿透生活本質而熠熠閃著永恆之光，例如這首〈依舊是〉：

走在額頭飄雪的夜裡而依舊是
從一張白紙上走過而依舊是
走進那看不見的田野而依舊是

走在詞間，麥田間，走在
減價的皮鞋間，走到詞
望到家鄉的時刻，而依舊是

……

每一粒星星都在經歷此生此世
埋在後園的每一塊碎玻璃都在說話
為了一個不會再見的理由，說

依舊是，依舊是[101]

原詩很長，因篇幅所限只能摘取其中的幾段小節，但不難看出，這首詩講的是「變」中的「不變」。多多曾在訪談中說，他的大學就是田野，他從那裡開始寫作，無論是後來回城工作、海外漂泊，在他

[101] 多多：〈依舊是〉，《今天》1994年第2期（總第25期）。

身上只有詩歌最自然的一種形成，「絕不受什麼外在生存環境影響而改變而有任何影響」[102]。對他而言，寫作已經成為必需和更為本質的生命及生活[103]。

這首〈依舊是〉就是永恆追求的體現。從詞句上來看，時空跨越很大，原詩跨越暑寒榮衰、生離死別——因刪節不能完全體現，而貫穿其中不變的字眼就是「依舊是」。

生命的真實與寫作的隱喻在多多這裡是打成一片的，「白紙」不是「白紙」，「田野」不是「田野」，又或者，「白紙」是「田野」，「田野」是「白紙」。作者以一種翻閱書頁的速度穿越於經驗世界和虛擬世界之間：「詞間」、「麥田間」、「減價的皮鞋間」，視域的切換並未令他感覺衝突，反而卻是「依舊是」。遙遠如天上的「星星」，切近如埋在後園的「碎玻璃」，因為詩意的存在，它們都在說話，而這詩意是穿透世間萬象的永恆之光，因為一個萬變不離其宗的理由：「依舊是，依舊是」。

多多這首詩是對法國超現實主義的隱喻手法的巧妙借用。在傳統詩歌中，隱喻是為了揭示兩個對象之間已經存在，只是還沒有被認識到的相似性，因此具有與真理相似的地位。而對於現代詩歌來說，它並不適用，「因為現代詩歌不是用隱喻為一個現存者喚起一個相似者，而是借用隱喻強迫彼此分離者匯合為一」[104]。現代隱喻往往希望有一種盡可能極端的差異性，同時以詩歌的方式取消這種差異性。例如「白紙」和「田野」，「詞」和「麥田」，「星星」和「碎玻璃」無不都是最出人意表的組合，卻在多多的語言實驗室裡熔合成了一個整體。其中「田野」、「麥田」、「家鄉」是原鄉意象，是早年記憶

---

102 參見凌越、多多：〈我的大學就是田野——多多訪談錄〉，《書城》2004年4月號。

103 參見夏榆、陳璿、多多：〈「詩人社會是怎樣一個江湖」——詩人多多專訪〉，《南方週末》2010年11月17日。

104 參見[德]胡戈・弗里德里希著，李雙志譯：《現代詩歌的結構——19世紀中期至20世紀中期的抒情詩》（南京：譯林出版社，2010年），第194-195頁。

裡的東西；「白紙」和「詞」屬「元詩」語素，源於一種語言自覺意識；「減價的皮鞋」是過量生產和市場經濟的產物，意喻著庸俗、瑣碎的現實生活。看似毫不搭界的不同向度裡的事物，多多卻用現代的技法將它們「對位」整合到了一起。

與多多相仿，北島90年代的詩歌也是將回憶與現實、生活與寫作、東方與西方融為一爐的藝術，彷彿一種朝向語言風景的危險旅行，途中展開的重重視域、奇幻想像好比表現主義的顏料，一層層地塗抹到畫布上去。從1989到1998年，北島創作的一百五十餘首詩多是寫於路上，僅從一些作品的標題就能看出這一點，如：〈旅行〉、〈出門〉、〈在路上〉、〈冬之旅〉、〈目的地〉、〈回家〉、〈夜歸〉、〈東方旅行者〉等。另一些標題雖然略顯隱晦，但也不難猜出作者的漫遊者身分，如：〈風景〉、〈晚景〉、〈遠景〉、〈過夜〉、〈遠方的呼喚〉、〈布拉格〉、〈古堡〉、〈地平線〉、〈開車〉、〈過道〉等。這些漂泊之作是白紙上的足跡。因為海外生活所賦予的游牧心態和「流散」語境，我們可以看到一種去中心化的「對位」嘗試，如他在詩中所言：

東方與西方
一個切成兩半的水果

我掛網捕鳥
在自己吐核栽種的
樹下，等了多年[105]

---

[105] 北島：〈田園詩〉，《走廊1991-1992》，收入《在天涯——北島詩選》（香港：牛津大學出版社，1993年），第89頁。

一個「切成兩半的水果」經歷的只是一種形式上的分裂，當然，貝克萊[106]宣稱，蘋果的滋味來自於果實與齶的接觸，而不是果實本身。同樣地，謝默斯・希尼也說：「詩歌來自於詩與讀者的相會，而不是印在書頁上那些符號構成的分行。」[107]北島反對將東西方文化二元對立，他說：「從年輕時代開始，我們吸取的營養就是來自不同文化的，那時寫的詩就受西方詩歌的影響。作為作家，確實有文化認同的問題，而中文寫作本身就確定了你的身分——你是中國詩人。像哈金用英文寫作，他就是美國作家。在語言上的忠誠和在文化上的反叛，會形成一種緊張關係，這又恰恰是寫作的動力之一。」[108]吃東西方蘋果長大的《今天》同仁同時也是「栽種蘋果樹」的人[109]。在這樣一棵樹下「掛網捕鳥」，等待詩神的降臨。值得一提的是，鳥在古老的東西方文化中都是被當作靈魂來看待的，如里爾克的詩：「時常地，我們的前方／靈魂之鳥在翱翔」，詩人的天職就是去捕捉那些稍縱即逝的片羽吉光。

北島的詩是一種對文化本質主義的惕勵，但又不是要抹平東西方文化的差異，而是使精神成為容器，吸收經緯萬端未被理解的思想組合，從而喚醒並且擴展了精神本身。唯有如此，才會在僅僅一瞬間，「一把北京的鑰匙／打開了北歐之夜的門」[110]；猶如頓悟以後的豁然開朗：

一扇窗戶打開
像高音C穿透沉默

[106] 貝克萊（1685-1753）：愛爾蘭牧師和哲學家。

[107] [愛爾蘭]謝默斯・希尼：〈詩歌的糾正〉，收入[美]布羅茨基等著，黃燦然譯：《見證與愉悅：當代外國作家文選》（天津：百花文藝出版社，1999年），第284頁。

[108] 翟頔、北島：〈中文是我唯一的行李〉，《書城》2003年第2期。

[109] 參見《今天》編輯部：〈復刊詞〉，《今天》1990年第1期（總第10期）。

[110] 北島：〈僅僅一瞬間〉，《舊雪1989-1990》，收入《在天涯——北島詩選》（香港：牛津大學出版社，1993年），第20頁。

大地與羅盤轉動
對著密碼——
破曉！[111]

「高音C」令人想起茨維塔耶娃的音調。安娜・阿赫瑪托娃評價她說：「瑪麗娜的詩常常是從高音C寫起的。」布羅茨基則以為，「對多餘的拋棄，本身正是詩歌的第一聲呼喊——即聲音高於現實、實質高於存在的開始：這就是悲劇性意識的源泉。在這條道路上，茨維塔耶娃比俄國文學中、也許是世界文學中所有的人都走得更遠」[112]。帕斯捷爾納克晚年回答外國記者採訪時也曾說過：「我認為茨維塔耶娃是屬於高層次的——她從一開始便是一個已經成熟的詩人。在那笨嘴拙舌的年代，她已經發出了自己的聲音——人的，經典的聲音。」[113]

茨維塔耶娃影響了包括北島、多多、張棗等詩人在內的「今天」一代，他們通過詩歌尋求與她的精神對話。早在「文革」時期，多多就曾寫下〈手藝——和瑪琳娜・茨維塔耶娃〉（1973）；而在海外，張棗也因背井離鄉而與茨維塔耶娃倍感親近。精通英、德、俄三國外語的張棗甚至可以通過原文直接領略茨維塔耶娃與她的摯友——里爾克的風采。而在他自己的詩中，他夢想採擷各種語言的長處，發明一種自己的漢語，「因為母語不在過去，不在現在，而是在未來。所以它必須包含一種冒險，知道漢語真正的邊界在哪裡」[114]。還是以蘋果為例：張棗以為，反思在某種意義上是一種西方的能力，而感性是漢

[111] 北島：〈開鎖〉，收入張棗、宋琳編：《空白練習曲：《今天》十年詩選》（香港：牛津大學出版社，2002年），第32頁。

[112] [美]布羅茨基：〈詩人與散文〉，收入[美]布羅茨基著，劉文飛、唐烈英譯：《文明的孩子——布羅茨基論詩和詩人》（北京：中央編譯出版社，1999年），第143頁。

[113] 參見蘇杭：〈茨維塔耶娃：「活到頭——才能嚼完那苦澀的艾蒿」〉，《文景》2012年11月號。

[114] 張棗、顏煉軍：〈「甜」：與詩人張棗一席談〉，收入宋琳、柏樺編：《親愛的張棗》（南京：江蘇文藝出版社，2010年），第208頁。

語固有的特點，所以他特別想寫出一種非常感官，又非常沉思的詩，「沉思而不枯燥，真的就像蘋果的汁，帶著它的死亡和想法一樣，但它又永遠是個蘋果」[115]。〈跟茨維塔伊娃的對話〉就是這樣的一首詩，因篇幅所限，僅摘取十二節長詩中的第二小節：

我天天夢見萬古愁。白雲悠悠，
瑪琳娜，你煮沸一壺私人咖啡，
方糖迢遞地在藍色近視外愧疚
如一個僮僕。他嚮往大是大非。
詩，幹著活兒，如手藝，其結果
是一件件靜物，對稱於人之境，
或許可用？但其分寸不會超過
兩端影子戀愛的括弧。圓手鏡
亦能詩，如果誰願意，可他得
防備它錯亂右翼與左邊的習慣，
兩個正面相對，翻臉反目，而
紅與白因「不」字決鬥；人，迷惘，

照鏡，革命的僮僕似原路返回；
砸碎，人兀然空蕩，咖啡驚墜……[116]

張棗的詩講究押韻，「悠」對「疚」；「啡」對「非」；「果」對「過」；「境」對「鏡」；「回」對「墜」。「萬古愁」和「白雲

[115] 參見張棗、顏煉軍：〈「甜」：與詩人張棗一席談〉，收入宋琳、柏樺編：《親愛的張棗》（南京：江蘇文藝出版社，2010年），第211頁。

[116] 張棗：〈跟茨維塔伊娃的對話〉，收入張棗、宋琳編：《空白練習曲：《今天》十年詩選》（香港：牛津大學出版社，2002年），第62-63頁。

悠悠」也是古語。這樣的一首古意盎然的詩卻是以現代詩人為言說對象的。「你煮沸一壺私人咖啡，／方糖迢遞地在藍色近視外愧疚」，這裡又很俏皮地暗示了幾組資訊：茨維塔耶娃愛喝黑咖啡[117]，她是近視眼[118]。黑咖啡加白糖意喻一對黑白分明的主僕搭配，這或許也是大是大非的革命的搭配。

茨維塔耶娃是一位對詩藝的追求從不懈怠的詩人，她在詩中寫道：「我知道／維納斯是手的作品／我，一個匠人，懂得手藝」。但藝術在現實世界裡毫無用處。茨維塔耶娃也一度被革命所吸引，她出國前寫的一本頌揚白黨的詩集《天鵝營》後來遭到了她丈夫謝・雅・埃夫倫的反對。早年加入白黨、革命失敗後流亡捷克的埃夫倫向她敘述了白軍的殘暴，談到了他們的暴行和心靈的空虛。「天鵝在他的敘述裡變成了烏鴉，瑪麗娜迷惘了。」[119]

張棗通過幾句簡潔的詩行陳述了這段過往，表達了他對歷史的反思：「凡是活動的，都從分裂的歲月／走向幽會。哦，一切全都是鏡子！」[120]白與黑、紅與白、左與右、是與非，一切「對稱於人之境」的影像就像一首圓手鏡的詩，其結果：互為敵對的雙方總是長得愈來愈像！如此嚴肅重大的主題，張棗卻用輕鬆俏皮的詩來表明，可見他是試圖在智性與趣味之間建立一種巧妙的平衡。現代詩藝往往過於幽僻，令人望而生畏，而張棗希望通過重拾古典之美闖出一條新路

---

[117] 參見[俄]阿里阿德娜・埃夫倫著，蘇杭譯：〈女兒心目中的茨維塔耶娃〉（節選），收入[俄]丘可夫斯卡婭等著，蘇杭等譯：《寒冰的篝火：同時代人回憶茨維塔耶娃》（桂林：廣西師範大學出版社，2012年），第4頁。

[118] 參見[俄]伊利亞・愛倫堡著，馮南江譯：《人・歲月・生活》（節選），收入[俄]丘可夫斯卡婭等著，蘇杭等譯：《寒冰的篝火：同時代人回憶茨維塔耶娃》（桂林：廣西師範大學出版社，2012年），第11頁。

[119] [俄]伊利亞・愛倫堡著，馮南江譯：《人・歲月・生活》（節選），收入[俄]丘可夫斯卡婭等著，蘇杭等譯：《寒冰的篝火：同時代人回憶茨維塔耶娃》（桂林：廣西師範大學出版社，2012年），第14頁。

[120] 張棗：《卡夫卡致菲麗絲》（十四行組詩），收入張棗、宋琳編：《空白練習曲：《今天》十年詩選》（香港：牛津大學出版社，2002年），第58頁。

——「首先得生活有趣的生活」，這是張棗〈茨〉詩中表達的重要主題[121]。

綜上所述，不難看出，北島、多多、張棗等新《今天》主將是在用他們的詩歌整合中國與西方、現實與虛擬、傳統與現代的藝術手法和表現方式，以一種霍米・巴巴式的「雜交」（hybridity）來完成異域文化的「對位」碰撞。這也是與全球化時代的「流散」語境相得益彰的，如此，才能完善昔日歌德提出的「世界文學」的構想——在其首創於1827年的這一文學概念中，歌德指明「世界文學」的使命是通過宣導相互理解、欣賞和容忍來促進人類文明的進步。「這並不意味著各民族歸於同一，而是說他們應意識到各自的存在，即使互無好感，也應容忍對方。」[122]但20世紀洶湧而來的移民浪潮及「流散文學」顯然令民族文化已經超越了物我之間的二元對立，從而進入了一個去中心化的多元混雜的新時代。《今天》的先鋒探索和詩學實驗也為我們展開了一個深具未來指示性的樣本。

---

[121] 張棗1996年9月18日於圖賓根寫給傅維的一封信中如此表述。參見傅維：〈美麗如一個智慧——憶棗哥〉，收入宋琳、柏樺編：《親愛的張棗》（南京：江蘇文藝出版社，2010年），第112頁。

[122] [德]歌德：轉引自Fritz Strich. *Goethe und die Weltliteratur*. Bern: Francke Verlag, 1946. s. 13.

第六章　「全球性影響的焦慮」
——《今天》詩人的身分危機和創新機遇

「流散」開啟了語言變革的新紀元，中國新詩在越界探求國際美學資源的同時也將接受國際美學標準的審閱。漢語寫作場域的地緣變化在凸顯身分危機的同時也帶來了創新機遇。事實上，自胡適發表《嘗試集》的那一天起，中國新詩的嘗試者就開始成為背負身分危機的時代症候群。宋琳認為：「身分危機乃是語言危機在詩人意識中的反應，是現代性與傳統在當代漢詩中的雙重缺失造成的。」[1]

眾所周知，文學運動和政治改革的相互掛靠給白話新詩定下了明確的目的指向，就是要醫治口語與書面語分家的古典漢語的最大傷疾，以此來架通貴族與平民之間的理解的鴻溝，為此不得不拋棄有著上千年傳統的文言文寫作。例如魯迅之所以憎恨漢字就是因為它有一部鐵血的歷史，它是統治中華各民族的工具，它將文學與民眾分離，它是中國封建文化的動脈。然而，就在白話文學興起的同時，一股「民粹主義」的思潮也不脛而走，從啟蒙民眾走向「神化大眾」；從反對等級走向「反智主義」[2]。到了「文革」時期更是發展到了極致，成為一種巨大的語言遮蔽。李銳認為：「反智主義大旗下的神化大眾，是人類文明史上最黑暗、最可怕、最麻木、最殘忍、最具摧毀性的一種人類現象。在大規模的戰爭和社會動盪的背後，常常會看到這兩面猙獰的旗幟。叫人感嘆不已的是，新文化運動所大聲疾呼的

1　宋琳：〈主導的循環——《空白練習曲》序〉，收入張棗、宋琳編：《空白練習曲：《今天》十年詩選》（香港：牛津大學出版社，2002年），第xvii頁。

2　至於「五四」時期的「民粹主義」究竟達到什麼程度，詳請參見顧昕：〈民粹主義與五四激進思潮〉，《東方》1996年第3期。

『德先生』、『賽先生』久久不來，可反智主義和神化大眾卻或借革命之名，或被納入專制體制，而成為近一個世紀以來中國大地上主宰性的話語。」[3]

「白話文運動」以來新文學對文通字順的片面強調發展到最後確立了一種話語權威，直至「今天派」異軍突起，以「現代心智」對抗文化專制的存在。而詩的「崛起」恰恰在於詞的「流散」，所開啟的現代更新的進程卻被一些漢學家質疑為是對西洋風尚的簡單模仿。宇文所安的文章便是一個著名的例子。

第一節 宇文所安的評論：北島與「世界詩歌」

1990年11月，美國漢學界古典詩權威、哈佛大學教授宇文所安（Stephen Owen）發表了一篇題為〈全球性影響的焦慮：什麼是世界詩歌？〉[4]的書評，引發海外乃至國內詩壇圍繞新詩民族性與世界性的糾結展開了一場曠日持久的大辯論。

宇文所安的此篇書評是為北島英譯詩集*The August Sleepwalker*（《八月的夢遊者》）所作，但針對的絕不僅僅是北島個人，而是中國現代詩歌的整體命運：「基於詩可以脫離歷史的希望，基於文字可以成為透明的載體、傳達被解放的想像力和純粹的人類情感的想法，許多二十世紀初期的亞洲詩人創造了一種新的詩歌，意在和過去決裂。」[5]這是一個很難真正實現的夢想，因為「正如在所有單向的跨

3 李銳：〈我對現代漢語的理解——再談語言自覺的意義〉，《今天》1998年第3期（總第42期）。

4 Stephen Owen. "The anxiety of global influence. What Is World Poetry?" *The New Republic* (November 19, 1990). 中文譯文參見[美]宇文所安著，洪越譯，田曉菲校：〈什麼是世界詩歌？〉，《新詩評論》2006年第1輯（總第3輯）。

5 [美]宇文所安撰，洪越譯，田曉菲校：〈什麼是世界詩歌？〉，《新詩評論》2006年第1輯。

文化交流的情景中都會出現的那樣，接受影響的文化總是處於次等地位，彷彿總是『落在時代的後邊』。西方小說被成功地吸收、改造，可是亞洲的新詩總是給人單薄、空落的印象，特別是和它們輝煌的傳統詩歌比較而言」[6]。

宇文所安認為，身為國際讀者中的英美或者歐洲成員，閱讀北島的詩乃至整個的中國新詩，閱讀的其實是從自己的詩歌遺產之譯本所衍生出來的詩歌之譯本。這種情況在亞洲其他國家也有存在。例如早在「今天派」被正式介紹到日本來之前的1983年，詩人大岡信通過英譯未定稿讀到北島的詩歌〈一束〉時，發現這首詩在追求隱喻的作用方面同自己的詩歌〈肖像〉有些相似，都脫不了法國超現實主義的影子。隨後，他在其譯介的《芒克詩集》的導語中這樣寫道：「讀北島的時候，我時常聯想到例如R・夏爾，某一時期的——也許就是1930年代的——艾呂雅等人的詩歌。」[7]1988年2月23日，詩人井阪洋子在《京都新聞》的《詩時評》欄目裡也寫道：「提到中國，人們很容易想到漢詩、唐詩，但是讀了北島的詩，讓人覺得和艾呂雅、P. 策蘭等西歐的詩歌已經沒有什麼區別了。」[8]

到了歐洲本土，北島作品也給詩評家留下似曾相識的印象。1990年5月，瑞典詩人約然・格萊德爾（Goran Greider）在斯德哥爾摩「中瑞作家座談會」上指出：「可以這麼說，在形式上，在北島的詩歌被翻譯成瑞典語之前，甚至在它們被寫出來以前，我就已經讀過了。詩中的隱喻、象徵、比喻、聲調和其他修辭手法，所有這些都像是歐洲現代派詩歌童年期的東西。有時我甚至在他的詩中聽到了浪漫派抒情

---

6 ［美］宇文所安撰，洪越譯，田曉菲校：〈什麼是世界詩歌？〉，《新詩評論》2006年第1輯。

7 轉引自［日］是永駿撰，阿喜譯：〈試論中國當代詩〉，《今天》1997年第1期（總第36期）。

8 轉引自［日］是永駿撰，阿喜譯：〈試論中國當代詩〉，《今天》1997年第1期（總第36期）。

詩的遙遠的回聲……」[9]

格萊德爾所讀的北島集子是他的單本詩集《白日夢》（馬悅然譯，瑞典北方出版社）；宇文所安評論的《八月夢遊者》（杜博妮譯，美國新方向出版社）則是以1986年出版的《北島詩選》[10]為底本，再加上《白日夢》連綴而成。也就是說，早在北島出國以前，他的詩歌創作就被西方學者嗅出了現代派的味道，而且還是現代派歷史的早期階段。但宇文所安與格萊德爾的觀點又不盡相同。前者以為，北島〈無題〉的開頭兩句：「對於世界／我永遠是個陌生人」[11]與他十四歲那年毀掉的一首稚拙習作的唯一手稿如出一轍；〈雨夜〉的最後一節也是一個詩人應該學會避免寫出的詩句——「在中國現代詩裡，政治性詩歌或者非政治性詩歌都存在著濫情。」[12]

格萊德爾卻發現，在藝術不得不從屬於政治的「前現代」階段，北島詩歌的建構預期了一個現代社會的到來。「對詩人來說，在作者個人和巨大的歷史與政治創傷之間，詩人的個人時間和世界的非個人時間之間，有著距離，有著時間的差別，有著清晰可見的鴻溝。至少和瑞典詩人比較起來，這種距離，差別或鴻溝是清晰的，也是可能把握的。」[13]

也就是說，對於時代的「異數」北島來說，「對於世界／我永遠是個陌生人」實為真情實感，而並非故作姿態。同樣，遭到宇文所安批判的〈雨夜〉也絕非濫情之作。北島將之題獻給當年的戀人、後來

---

9 [瑞典]約然・格萊德爾撰，陳邁平譯：〈什麼樣的自行車？〉，《今天》1990年第1期（總第10期）。

10 北島：《北島詩選》（廣州：新世紀出版社，1986年）。

11 北島：〈無題〉，收入北島：《北島詩選》（廣州：新世紀出版社，1986年），第148頁。

12 [美]宇文所安撰，洪越譯，田曉菲校：〈什麼是世界詩歌？〉，《新詩評論》2006年第1輯（總第3輯）。

13 [瑞典]約然・格萊德爾撰，陳邁平譯：〈什麼樣的自行車？〉，《今天》1990年第1期（總第10期）。

的妻子邵飛。其時，「西單民主牆」被迫遷址，民刊命運風雨飄搖，北島以其個人生命中的「雨夜」呼應了人們對未來的普遍關注。而這並非難以理解，因為詩人往往因其天性的敏銳而能切身感受到「歷史的加速度」，再通過作品予以傳達，「黎明」由此呈現在「黎明的銅鏡」中。

藝術的最高標準是真實。正如波蘭詩人切斯瓦夫・米沃什將詩歌定義為「對真實的熱情追求」：「詩人站在現實面前，這現實每日新鮮，奇蹟般地複雜，源源不絕，而他試圖盡可能用文字圍住它。」[14]雖然一種貌似共同的風格連結著北島和早期的歐美現代派，但這在很大程度上源於心靈相通或精神默契。只要作家的創作仍忠於生活，就不構成對他人作品的直接的仿效，而他的詩歌就是一份擦去原文後重寫的文字密碼，「如果適當破譯，將提供有關其時代的證詞」[15]。

不過，就歷史發展而言，一國時代對於另一國來說存在著「遲滯」。這也正是「流散」詩人的普遍命運：時代夾縫裡的雙料的異類，好比格萊德爾形容的那輛「第二次發明的自行車」——你不能用騎舊車的方法來騎它，而它可以把你帶到你從未去過的地方。這輛「第二次發明的自行車」之所以還能在西方找到市場，在宇文所安看來是因為它具備了一種「世界詩歌」的國際通行特質：

> 當北島的詩成功的時候——有時，它確實非常成功——其成功的關鍵不在於文字（文字總是被困在語言的國籍裡），而在於只有用文字才能寫出來的意象中的畫面。McDougall在譯序裡也指出這一點。這是世界詩歌的一種可能的前景，寫一種根本上

14 [波蘭]切斯瓦夫・米沃什著，黃燦然譯：《詩的見證》（桂林：廣西師範大學出版社，2011年），第78頁。

15 [波蘭]切斯瓦夫・米沃什著，黃燦然譯：《詩的見證》（桂林：廣西師範大學出版社，2011年），第15頁。

可譯的詩的方法（黑格爾認為所有的詩都能在翻譯以後完好無損，因為詩的真正媒介不是文字，而是「詩意的思想」）。[16]

宇文所安以為，北島詩的成功之處不在於文字，而在於意象。深奧的文字有時很難把握，意象卻彷彿一幅幅動感的畫面，放映在譯者的腦海裡，再變成另一種文字還原出來。意象本身在任何一種語言裡都可能是優美動人的，這便是「世界詩歌」得以通行無礙的奧祕。至於什麼是「世界詩歌」？宇文所安的理解是：

世界詩歌是這樣的詩：它們的作者可以是任何人，它們能在翻譯成另一種語言以後，還具有詩的形態。世界詩歌的形成相應地要求我們對「地方性」重新定義。換句話說，在「世界詩歌」的範疇中，詩人必須找到一種可以被接受的方式代表自己的國家。和真正的國家詩歌不同，世界詩歌講究民族風味。詩人常常訴諸於那些可以增強地方榮譽感、也可以滿足國際讀者對「地方色彩」的渴求的名字、意象和傳統。與此同時，寫作和閱讀傳統詩歌所必備的精深知識不可能出現在世界詩歌裡。一首詩的地方色彩成為文字的國旗；正像一次旅行社精心安排的旅行，地方色彩讓國際讀者快速、安全地體驗到另一種文化。[17]

不難看出，宇文所安對「世界詩歌」的文學品質是持懷疑態度的，正因如此，他認為北島乃至整體意義上的中國新詩比不上中國古

---

16 [美]宇文所安撰，洪越譯，田曉菲校：〈什麼是世界詩歌？〉，《新詩評論》2006年第1輯（總第3輯）。

17 [美]宇文所安撰，洪越譯，田曉菲校：〈什麼是世界詩歌？〉，《新詩評論》2006年第1輯（總第3輯）。

典詩，也比不上西方現代詩。這不是詩人自身的問題，而主要涉及到中國文學在「世界文學」中的地位問題。在這一情況下，中國只是一個個案，世界很多國家都面臨同樣的處境。問題的關鍵在於國家文化和國際文化之間的關係。宇文所安表示：「新詩屬於國際文化，就像很多國際文化形式一樣（譬如說奧林匹克運動會就是一例），這是中國和其他國家平等交流的唯一方式。但是詩歌和體育競技的不同處在於，詩歌需要翻譯。如果一個詩人想獲得諾貝爾獎，他的作品必須經過翻譯，因此，翻譯的可能性就成為新詩的一部分。」[18]

宇文所安的上述評論在中國當代詩人和當代詩歌研究者中激起了相當的反應，其中不少是憤怒的反應。影響較大的早期回應是奚密的〈差異的憂慮——一個回想〉[19]。文章指出：宇文所安將「中國」和「世界」對立，「民族詩歌」和「國際詩歌」對立，這種中西二分法過於簡單僵硬，以至於忽略了文學影響的複雜進程。奚密舉例說：「一些所謂中國現代主義的詩人同時也表現出濃厚的傳統色彩（如早期的卞之琳、廢名、戴望舒，臺灣的瘂弦、楊牧等）。用『民族』和『國際』來嚴格界定詩歌無異將它們視為兩個截然對立、封閉的體系。」[20]特別是在環球資訊傳遞迅捷的現代，「民族」和「國際」之間的界限早已模糊難辨了。另一些批評的聲音來自周蕾（Rey Chow）1993年出版的論文集《離散寫作——當代文化研究中交涉的戰略》[21]。在這本書的「前言」裡，周蕾沒有從否認地域差異的角度來批駁宇文所安，而是對他在頌揚中國傳統遺產的同時所表現出的對中國當代文化的鄙視，以及從中流露出的一種肯定在東亞研究領域裡

---

[18] 唐勇：〈專訪漢學家宇文所安：我想給美國總統講唐詩〉，《環球時報》2006年9月3日。

[19] 奚密：〈差異的憂慮——一個回想〉，《今天》1991年第1期（總第12期）。

[20] 奚密：〈差異的憂慮——一個回想〉，《今天》1991年第1期（總第12期）。

[21] Rey Chow. Writing Diaspora: Tactics of Intervention in Contemporary Cultural Studies, Bloomington: Indiana University Press, 1993.

根深柢固的東方主義傾向表示不安[22]。

至於北島是否有意識地創作一種具有「自行翻譯的本領」的詩歌，以期獲得西方世界的普遍認可，並反過來促進國內聲望的增長？這一猜疑在*The August Sleepwalker*詩歌原作的生成時間面前不攻自破：《北島詩選》中有相當大比例的作品是寫於70年代中後期甚至更早，創作條件是極其艱苦的。北島詩的英譯者杜博妮也說，北島那時「只為自己和一小圈相近的朋友寫作。由於公開發表作品受極嚴格的限制而且有很大的危險性，所以願意從事創作的人很少想到要去加入官方作家那人數極少的行列」[23]。國內讀者尚且這般渺茫難尋，更不必說漂洋過海的可能性了。地下文學創作在很大程度上是為了自我救贖，或者說是難兄難弟之間的精神互援。北島的詩之所以後來在被翻譯成西國文字後讓國際讀者看著眼熟，實因文革時期的地下詩壇與翻譯文學的特殊關係所致[24]。

那麼，北島的詩果真具有國際通行的文學特徵嗎？江弱水認為，北島的詩「集約化的意象、短兵相接的句法、起落無端的詩節，有的是質感，卻沒有樂感」，因此，「在通過翻譯時，音樂性上幾乎沒有什麼折扣可打」；再加上「其民族歷史文化的遺傳因數之極為罕見……略無民族傳統的牽掛，遂可以在不同的語言之間赤條條來去」，這便是令北島流亡後詩作不僅擁有「世界語特性」，亦是其詩「具有高度抗磨損性」、宜於翻譯的兩大原因[25]。

---

22 Rey Chow. Writing Diaspora: Tactics of Intervention in Contemporary Cultural Studies, Bloomington: Indiana University Press, 1993. pp. 3-4.

23 Bonnie McDougall. "Bei Dao's Poetry: Revelation & Communication", *Modern Chinese Literature* 1 (Spring 1985).

24 關於北島去國前創作與翻譯文學的關係問題，詳請參見亞思明：〈詩意棲居的中間地帶——北島創作與翻譯文學的關係探析〉，《東嶽論叢》2012年第5期。

25 參見江弱水：〈孤獨的舞者，沒有布景與音樂——從歐陽江河序談北島詩〉，《創世紀》總111期（1997年6月）。

但也有學者並不同意這種看法。Dian Li在其學術專著*The Chinese Poetry Of Bei Dao, 1978-2000: Resistance and Exile*中，以一個完整的章節[26]討論了北島詩作中不可翻譯的成分。Dian Li認為，隱喻的文化背景以及歷史的知識和語感是北島詩作中難以準確翻譯的部分。[27]例如這首〈同謀〉：

……

手的叢林，一條條歧路出沒
那只年輕的鹿在哪兒
或許只有墓地改變了這裡的
荒涼，組成了市鎮[28]
In a jungle of hands, roads branch off and disappear
Where is the young deer
Perhaps only a graveyard can change
This wilderness and assemble a town[29]

……

北島將「叢林」比作「手」，「歧路出沒」令人想起交錯密布的掌紋。「那隻年輕的鹿在哪兒」？無論牠怎樣疾馳飛奔恐怕也逃不出命運的手掌心。出生入死，不如說死而後生：有了犧牲者的「墓地」，才有了狩獵者的「市鎮」。說到底，「自由不過是／獵人與獵物之間的距離」[30]。這裡暗藏著好幾層文化隱語：「麻衣相術」的宿

---

[26] Dian Li. *The Chinese Poetry Of Bei Dao, 1978-2000︰Resistance and Exile*. New York: The Edwin Mellen Press, 2006. pp. 101-113.

[27] Dian Li. *The Chinese Poetry Of Bei Dao, 1978-2000︰Resistance and Exile*. New York: The Edwin Mellen Press, 2006. pp. 107-109.

[28] 北島：〈同謀〉，《北島詩選》（廣州：新世紀出版社，1986年），第117頁。

[29] Bei Dao. "Accomplices". *The August Sleepwalker*, New York: New Directions, 1990. p. 89.

[30] 北島：〈同謀〉，《北島詩選》（廣州：新世紀出版社，1986年），第117頁。

命哲理、「逐鹿中原」的歷史輪迴，以及「如來掌心」的文學典故。這些都是英語譯文無從體現的，也只有深諳中國傳統文化的讀者才能懂得。

類似的例子還有不少。例如：〈回答〉裡「死無報應」的翻譯"death has no revenge"無疑喪失了一些修辭的力道，譯文掩蓋了這個表述中廣為流傳的佛教宗教暗示[31]。此外，楊嵐伊還注意到，〈守靈之夜〉[32]裡屢屢出現了一個詞「百年」：「百年既可以是一百年或者更久遠的時間，但這個詞同時也可以是年壽的盡頭，詩意在歧義間油然而生，然則，翻譯卻只能從中選取一種加以詮釋。」[33]黃運特在他的研究中也列舉了很多關於北島的詩如何被誤譯的例子，可供參考[34]。

此外，關於「世界詩歌」，德國當代最富盛名的詩人之一漢斯・馬格努斯・恩岑斯貝格爾（Hans Magnus Enzensberger）早在1960年就有了自己的觀察。他在其編選的《現代詩博物館》（*Museum der modernen Poesie*）的詩集前言中，提出了所謂「現代詩世界語」（Weltsprache der modernen Poesie）的構想：

> 從1910至1945的35年間，《現代詩博物館》的詩人們深信，詩歌的國境線日漸消弭，「世界文學」的概念前所未有地光芒四射，而在此之前的任何一個時期，這都是無法想像的事情。何以至此，通過閱讀現代詩主將們的傳記不難有所領悟：他們當中有一些人很早就已跨越疆域，做過文字領域的歷險者、翻

---

[31] Dian Li. The Chinese Poetry Of Bei Dao, 1978-2000: Resistance and Exile. New York: The Edwin Mellen Press, 2006. p. 109.

[32] 北島：〈守靈之夜〉，《北島詩選》（廣州：新世紀出版社，1986年），第168-169頁。

[33] 楊嵐伊：《語境的還原：北島詩歌研究》（臺北：秀威資訊科技，2010年），第142頁。

[34] Huang Yunte. Transpacific Displacement: Ethnography, Translation, and Intertextual Travel in Twentieth-Century American Literature. Berkeley: University of California Press, 2002. pp. 161-182.

> 譯、評論家，寫過散文或隨筆，鋒芒初露。假如文學這門學科不那麼囿於國家語言的邊界，其探索還將在一爿更加完美的綠地上演。但直接的影響和交流倒還在其次，這裡所言的現象並不引以為前提。例如智利聖地牙哥與赫爾辛基、布拉格與馬德里、紐約與列寧格勒之間的協調性常常令人驚異——雖然這些城市並無什麼相互關聯的跡象可尋。現代詩的進程導致——正如這部選集的文本所呈現的那樣，通過不同國家的反覆對比——一言以蔽之：一種詩的世界語的形成。這一結論並不意味著，世界語的表達會造成豐富性的減損。本書所證實的國際語言的偉大之處恰恰在於：並不排斥創奇出新，更多意義上是將創奇出新從國家文學的禁錮之中解放出來。[35]

《現代詩博物館》集結了世界二十多個國家九十六位詩人共計三百五十一首作品，首版發行並非什麼驚天動地的大事件，但隨著時間的推移，其地位和價值如同20世紀上半葉現代詩歌史上最豐厚的饋贈一般趨於恆定。在恩岑斯貝格爾看來，該選集更像是一本激勵德國作家創作的寫作指南——旨於在二戰之後的文學廢墟裡重建輝煌。

除卻詩集本身在德語文學圈內至今無人超越的影響力，恩岑斯貝格爾還敏銳地意識到：「世界詩歌」的時代已經悄然來臨。1910年左右發生的一連串詩歌爆炸性事件撼動了歐美文壇。如：1908年龐德發表了第一部詩集，一年以後威廉・卡洛斯・威廉斯（William Carlos Williams, 1883-1963）也自費印行了他的首本詩集；同年，法國詩人聖－瓊・佩斯的《克羅采畫圖》（*Image à Crusoé*）問世，義大利詩人馬里內蒂（Filippo Tommaso Marinetti, 1876-1944）在法國《費加羅報》發表〈未來主義宣言〉。1910年德國《狂飆》（*Der Sturm*）雜誌刊發了表現主義

---

[35] Hans Magnus Enzenberger. "Vorwort", *Museum der modernen Poesie*. Frankfurt a. Main: Suhrkamp, 1960. p. 6.

宣言和其他理論著述。俄羅斯詩人克勒勃尼科夫（V. Chlebnikow）、埃及亞歷山大港的卡瓦菲斯（C.P. Cavafis, 1869-1933）也相繼印發詩集。1912年接踵而至的還有紀堯姆・阿波利奈爾（Guillaume Apollinaire, 1880-1918）、戈特弗里德・貝恩（Gottfried Benn, 1886-1956）、馬克斯・賈克伯（Max Jacob, 1876-1944）等人的作品；一年後又迎來了朱塞佩・翁加雷蒂（Giuseppe Ungaretti, 1888-1970）、伯里斯・帕斯捷爾納克（Boris Pasternak, 1890-1960）……。詩的蒼穹突然布滿了璀璨的繁星，這無疑表明：「現代詩不再只是關乎個別作家作品，也不再只是時間之河裡偶然漂來的懸浮物，而是已然成為一種時代的氣象。與此同時，這些在西方世界裡此起彼伏、乍看起來似乎是零散而自發的出版著作很快就有了國際性的互文關係。」[36]

不過，恩岑斯貝格爾本人也承認，「現代詩世界語」無意間被蓋上了「西方中心主義」的印戳，因為現代詩的發展進程基本與工業文明同步，而那些以農耕文化為主的「前現代」國家要到1945年以後才始現「世界詩歌」端倪，這也正是亞洲、非洲的大部分國家未能入選《現代詩博物館》的主要原因所在。

值得一提的是，「世界詩歌」的興起在相當程度上是源於「流散」作家的「雜交」[37]寫作。交流的加速使得20世紀詩人之間的潛移默化和相互滲透漸成風尚，此外，紐約文學界大多來自東歐和中歐的移民，不同國家的文化因數混雜、交融，生成新型的文本，打破了根深柢固的文化本質主義觀念——即不再將一國文化看作固有的本源。例如出生於羅馬的阿波利奈爾從小跟隨母親在法國南部生活，其母生

---

[36] Hans Magnus Enzenberger. "Vorwort", *Museum der modernen Poesie*. Frankfurt a. Main: Suhrkamp, 1960. p. 5.

[37] 「雜交」（Hybridity）是後殖民主義理論家霍米・巴巴建構的一個理論術語，指的是在話語實踐上你中有我、我中有你的狀態，它與涇渭分明的本質主義者和極端論者的二元對立模式相區隔。參見趙稀方：《後殖民理論》（北京：北京大學出版社，2009年），第108-109頁。

於赫爾辛基，是波蘭和俄羅斯裔的混血；其父是義大利西西里人。阿波利奈爾始終堅持用法語寫作。希臘詩人卡瓦菲斯生於土耳其、長於英國。而他一生的大部分時間都在埃及度過。在《現代詩博物館》裡，現代詩不是以國家為單位參展，也沒有自己獨立的「展館」。恩岑斯貝格爾表示，「世界詩歌」的作者並不像奧林匹克運動會的獲勝選手那樣要在胸前披掛國旗，「喜歡歸類的人總是試著往詩人身上生搬硬套國家形象，但這恐怕是一件費力不討好的事情」[38]。

另一方面，不同於宇文所安的理解，「世界詩歌」不是商品，無須迎合讀者口味。「現代詩從一開始就是與市場經濟規律背道而馳的，甚至毋寧說是徹頭徹尾的反商品。」[39]反商品就是反操縱，這也正是詩的社會意義所在。特別是當我們的文化、閱讀以及娛樂方式無不受控於全球化時代資本運作之手，詩歌扮演的是一種批判與反抗的角色。這是一項孤絕而隱祕的事業，絕不等同於國際餐飲或跨國旅遊。

與此同時，恩岑斯貝格爾關於「現代詩世界語」的說法也暗示出國家文學結構相通的可能性，恰如切斯瓦夫・米沃什所言：「被文學藝術史家納入考慮的其中一個最奇怪的規律，是那種同時把生活在彼此遠離的國家中的人們連結起來的契合性。我甚至傾向於相信，時間本身的神祕實質決定了甚至那些互不溝通的文明之間在某個特定歷史時刻的相似性。」[40]

2010年秋，即《現代詩博物館》誕生半個世紀之後，德國哥廷根大學以「詩的世界語」為主題召開了首屆比較文學博士論壇，討

---

[38] Hans Magnus Enzenberger. "Vorwort", *Museum der modernen Poesie*. Frankfurt a. Main: Suhrkamp, 1960. p. 7.

[39] Hans Magnus Enzenberger. "Vorwort", *Museum der modernen Poesie*. Frankfurt a. Main: Suhrkamp, 1960. p. 9.

[40] [波蘭]切斯瓦夫・米沃什著，黃燦然譯：《詩的見證》（桂林：廣西師範大學出版社，2011年），第13頁。

論1960年以後國際詩歌的最新發展動向。在此次會議上，李雙志以北島、海子及張棗的詩歌創作為例，闡述他們如何參照荷爾德林、蘭波和策蘭的詩藝及美學思想，在中國新詩的語言及形式探索方面取得了新的突破。李雙志認為：「對於全球性的人文主義的想像有助於構建一個跨文化、跨語際的詩的世界。」[41]

第二節　「今天派」與中國新詩的現代更新

不僅僅是北島，說起早期的「今天派」，批評家往往會強調他們對西方現代主義的技巧的借鑑，卻忽略了詩歌是一種傳承的藝術，只要仍用漢字，所有的「基因密碼」都在其中，這就是中國新詩與傳統詩學的最基本的縱向關聯。語言自身有其內在生成邏輯，並不為任何先賢設計師們的意圖所左右。白話文至少從形式上繼承了文言文的象形方塊字，這就給傳統文化的潛隱延續預留下了火種。正如韓少功在《馬橋詞典》的後記中所說，「詞是有生命的東西。它們密密繁殖，頻頻蛻變，聚散無常，沉浮不定，有遷移和婚合，有疾病和遺傳，有性格和情感，有興旺有衰竭還有死亡。它們在特定的事實情境裡度過或長或短的生命。」[42]

另一個很少被人提及的事實是，1970年之前北島與幾個圈中好友都在寫離愁贈別的舊體詩，只是由於格律的束縛，表達的東西有限，沒有進一步地發展下去，直至被郭路生（食指）詩中的迷茫打動，才萌發了寫新詩的念頭[43]。多多也表示，早在1968年，就寫過三十幾首古詩詞；再早一點，還曾看過袁枚的《隨園詩話》、王國維的《人間

[41] Anna Fenner, Claudia Hillebrandt und Stefanie Preuß. "Eine ‚Weltsprache der Poesie'? Transnationale Austauschprozesse in der Lyrik seit 1960", *Literaturkritik* (Juni 2011).

[42] 韓少功：〈後記〉，《馬橋詞典》（北京：人民文學出版社，2008年），第358頁。

[43] 參見查建英、北島：〈北島〉，《八十年代訪談錄》，收入北島：《古老的敵意》（香港：牛津大學出版社，2012年），第75頁。

詞話》，以及李白、杜甫的詩。多多說：「我個人非常喜歡辛棄疾的詩詞，我喜歡他的豪情。還有姜夔，我從他那裡學到了意象。這種古典文化，說修養也好，說營養也好，總之都是前期準備。對詩人來說，許多前期準備都是不自覺的，那會兒看這些壓根就沒想到自己以後會寫詩。但是這種影響是致命的，因為漢語的精髓就在這裡。漢語最精妙、最具尊嚴的部分都在這裡。」[44]楊煉則認為，中文的最大魅力在於字，而非詞。雖然現代漢語發生了很大的變化，但當詩人自覺地思考語言的表達，總是不停地返回字的美感及其獨特的表現力。他舉例說，70年代所謂的「朦朧詩人」開始寫作的時候，彼此互不相識，卻不約而同地在做同一件事，就是刪掉那些空洞的政治大詞，因為這些詞不能被觸摸：它們一沒有感覺，二沒有思想：

> 多年以後，我把這個動作叫做我們的第一個小小的詩論。它的發生，完全是潛意識的，是語言祕密給詩人提出了要求。在精密搜索詩意感受的時候，一個對語言負責任的詩人不能用連自己也不知在說什麼的詞彙。所以朦朧詩恰恰朦朧在離開那種口號式的語言之後，返回到比較樸素的中文——石頭、月亮、水、河、花朵、陽光、繩索、刀子、雪等等，而這反倒讓習慣口號的讀者們看不懂了。如果我們把朦朧詩當作大陸當代詩的一種起點，正在於對古典詩歌和純淨語言的返回，而且返回得還不夠！我們的中文性本身，並沒有隨著現代化的進程而改變，它要求的是詩人再發現的能力。中文自己其實是最好的啟示，古往今來它吸納了非常多外來內容，但又始終在自己某種特定的規則裡面轉化。……我的意思是，只要比較在意地觀察翻譯的過程，一個外來詞被中文接受的過程，就不得不回到

---

[44] 多多訪談：〈我主張「借詩還魂」〉，《南方都市報》2005年4月9日。

了字這個根上。我們今天雖然不是在重建一個個人版本的七絕或七律，但是使當年的詩人們把語言特性發揮至完美程度的東西，仍然是我們的標準。[45]

由此可以看出，詩的「崛起」恰恰在於詞的「流散」——從一種整飭的文體規範中逃遁而出，去追尋傳統的溪流和世界的海洋，唯此，才能保持語言的新鮮和活力。用張棗的話說：先鋒，就是「流散」[46]。而這種語言意義上的離經叛道「使中國文學領域中的舊秩序，無論是五四之後形成的秩序，還是自〈延安文藝座談會上的講話〉之後形成的革命秩序（這兩個秩序之間有著又斷裂又連續的複雜關係），全都遭到質疑和顛覆」[47]。自延安整風之後，李陀認為，「五四」以來激進知識份子夢想中的語言烏托邦精神在另一種不但對整個中國的社會變革，而且對現代漢語的發展產生深刻而廣泛影響的語言實踐中復活——那就是「毛文體」[48]。具體到這一概念的內涵，李陀的解釋是：「毛文體其實也可稱作毛話語，但這樣命名會過多受到福柯的話語理論的限制，對描述毛體制下話語實踐的複雜性有不利之處。」[49]這種不利之處主要是忽略毛話語在實踐中的另一個層面：「在逐漸獲得一種絕對霸權地位的歷史過程中，毛話語同時還逐漸為自己建構了一種物質的語言形式，也可以說是一種文風，一種文體，換句話說，這個話語在一定意義上又是一種文體，它和這個文體有一

---

[45] 楊煉：〈冥思板塊的移動——與葉輝對話〉，收入楊煉：《唯一的母語——楊煉：詩意的環球對話》（上海：華東師範大學出版社六點分社，2012年），第202-203頁。

[46] 參見張棗：〈當天上掉下來一個鎖匠〉，收入北島：《開鎖——北島1996-1998》（臺北：九歌出版社，1999年），第9頁。

[47] 李陀：〈先鋒文學運動與文學史寫作（編者前言）〉，李陀編選：《昨天的故事——關於重寫文學史》（北京：三聯書店，2011年），第v頁。

[48] 參見李陀：〈汪曾祺與現代漢語寫作——兼談毛文體〉，《今天》1997年第四期（總第39期）。

[49] 李陀：〈丁玲不簡單——毛體制下知識份子在話語生產中的複雜角色〉，《今天》1993年第3期（總第22期）。

而二，二而一的不能分解的關係。」[50]

「毛文體」實現了「白話文運動」提出的「真正用俗話寫一切文章」[51]的革命設想，在長達幾十年的時間裡完全控制了上億人的言說與寫作，為現代漢語的規範化提供了一整套的修辭法則和詞語系統，以及統攝這些語素的一種特殊的文風。與此同時，「貴族主義」和「個人主義」的斑斕色彩的消失使得語言的平民化變成了語言的貧乏化，古典文言與當今西方話語的雙重受阻令現代漢語成為文化意義上的語言孤島，這就打破了漢語多元發展的生態平衡。因為1917年以來白話文學在中國的全面推廣不僅是一項語言革命，更是一種將書面漢語納入社會現代化進程的努力，進而成為一個在語言功能上與西方話語同構的開放性系統。只有從過去的文言經典和白話文本汲取養分，同時轉化當下的日常口語，並通過翻譯來擴張詞彙的生成潛力——如此微妙地維持這三種功能之間的生態平衡，而不是通過任何激進或保守的文學運動，才可證實這個新系統的「活」的開放性，也才能產生有著革新內涵的、具備陌生化效果的生效文本[52]。

前蘇聯流亡詩人布羅茨基曾在其諾貝爾獎受獎演說中指出，那種認為作家尤其是詩人，應當採用大眾的語言進行文學創作的主張是帶有虛幻的民主性和顯見的實際利益的，對於作家來說更是荒謬的，「這是一個使藝術（這裡指文學）依附於歷史的企圖。如果我們認定，該停止『智慧』的發展了，那文學便應該用人民的語言說話。否

[50] 李陀：〈汪曾祺與現代漢語寫作——兼談毛文體〉，《今天》1997年第4期（總第39期）。

[51] 「毛文體」並非毛澤東的個人發明。例如瞿秋白在〈鬼門關外的戰鬥〉、〈普洛大眾文藝的現實問題〉、〈大眾文藝的問題〉等文章中都曾提出過把一定的革命話語與特定的「大眾化」的「語體」相結合的設想：「這個革命就是主張真正用俗話寫一切文章。」參見《瞿秋白文集（二）》（北京：人民文學出版社，1954年），第858頁。

[52] 參見張棗：〈朝向語言風景的危險旅行——中國當代詩歌的元詩結構和寫者姿態〉，收入張棗著，顏煉軍編選：《張棗隨筆選》（北京：人民文學出版社，2012年），第172頁。

則，人民則應該用文學的語言說話」[53]。曼德爾施塔姆遺孀娜傑日達也在《希望反對希望》一書中提到，革命其實是來自某些理念，為此著魔的人們認為可以預見未來，改變歷史的進程。其實這是一種宗教，其代理人賦予它神權般的信條和倫理。「文革」時期的語言迷狂便是一個例子。而打破這一僵局，率先將自己從幻滅中解脫出來的正是「崛起」的「今天派」，更因主流媒體的介入引發了一場尖銳而又激烈的「朦朧詩」論爭，成為80年代文學變革的先聲。

至於「今天派」何以異軍突起，以一種隱喻的、曲折的、美文的風格對抗一元話語體系的存在？對此的解讀，西方世界援引的主要是社會現實和對抗政治的資源；中國大陸更多地則是援引反傳統的、現代主義的、從某種意義上來說是外來的文化資源[54]。然而，現代主義一定是反傳統的嗎？我們對傳統的界定委實褊狹。特別是在全球化時代，傳統就像風的形成那樣複雜，往往是可望不可及，可感不可知的，因此北島表示：「中國古典詩歌對意象與境界的重視，最終成為我們的財富（有時是通過曲折的方式，比如通過美國意象主義運動）。」[55]我們自己的語族血緣原本也是不純——承認這一點需要勇氣。例如被魯迅熱情稱讚為「真國學大師」的王國維早在1911年就意識到「學問之事，本無中西」（《國學叢刊・序》），甚至其詩學的中心概念「境界」一詞，據考證亦來源於佛經譯語[56]。

美國作家、翻譯家艾略特・溫伯格（Eliot Weinberger）認為：

---

[53] [美]布羅茨基：〈諾貝爾獎受獎演說〉，收入[美]布羅茨基著，劉文飛、唐烈英譯：《文明的孩子——布羅茨基論詩和詩人》（北京：中央編譯出版社，1999年），第35-36頁。

[54] 參見歐陽江河：〈初醒時的孤獨〉，北島：《零度以上的風景——北島1993-1996》（臺北：九歌出版社，1996年），第34頁。

[55] 唐曉渡、北島：〈「我一直在寫作中尋找方向」——北島訪談錄〉，《詩探索》2003年Z2輯。

[56] 參見宋琳：〈主導的循環——《空白練習曲》序〉，收入張棗、宋琳編：《空白練習曲：《今天》十年詩選》（香港：牛津大學出版社，2002年），第xix頁。

「中國當代詩歌首先要重新解讀自己原本的古典詩歌。……想想看T. S.艾略特，他重新發掘了約翰・多恩和安德魯・馬維爾這樣的英語詩人和18世紀超自然主義詩人。中國詩歌還沒有學會從過去發掘新東西，將古典詩歌重新整合。那種對過去作品的現代解讀尚未出現。我認為這是中國現代詩歌的一條出路。」[57]

汲取古典詩意、復興傳統文化正是《今天》的一些作家在做的事情。特別是當生活和寫作都已流離失所，故而開始的無所皈依的「精神流散」是籠罩我們這個時代的整體氛圍。談論當代詩歌就不能迴避這一廣義上的「流散」狀態。《今天》詩歌編輯宋琳認為：對「流散詩歌」也許存在著一種誤解，彷彿它僅是一個現代的發明，其實自屈原始，中國詩人就累代經歷著漂泊的命運，當代詩歌的「流散」形象與楚辭、古詩十九首或唐詩宋詞中的「流散」形象本質上有何差異呢？「如果有，那麼時代語境的複雜即其最顯著的因素之一。域外這個詞所指的空間現在擴大到了整個世界。」[58]

到了80年代末，「今天派」所經歷的從身體到精神的「流散」更使詩人們獲得了一種反觀傳統的視角。楊煉表示：「對我來說，歐洲不止意味著語言，它更是一個不停進行創造性轉型的文化。對於中國詩人，這是就近對比自身文化的絕佳機會。我很享受這裡的區別和距離，它們激起的，與其說是排斥力，不如說是聚合力。」[59]相較於「五四」以來作家的身分危機或「全球性影響的焦慮」不時引發的民族主義呻吟，「流散詩人」往往能夠更謙遜、更具智識地返回源頭尋找原型。《今天》詩歌編輯宋琳認為，漢語的拉丁化給這種古老的語

[57] 北島：〈越界三人行——與施耐德、溫伯格對話〉，收入北島：《古老的敵意》（香港：牛津大學出版社，2012年），第136頁。

[58] 宋琳：〈主導的循環——《空白練習曲》序〉，收入張棗、宋琳編：《空白練習曲：《今天》十年詩選》（香港：牛津大學出版社，2002年），第xxii頁。

[59] 楊煉：〈再談「主動的他者」——與阿多尼斯筆談〉，收入《唯一的母語——楊煉：詩意的環球對話》（上海：華東師範大學出版社六點分社，2012年），第46頁。

言帶來了新的生機，由此而獲得的世界性視野終將幫助我們深化對禹貢山水的認識。詩歌的運思何嘗不可越界而寧囿於一隅？「關鍵在於文化品質而不是題材範圍。對歷史的考古學問知與當代生活的詩意把握，借助一佛學術語，即不二法門。」[60]這裡的歷史指的是一種處於綿延狀態的、極度緩慢的人類境況的詩化歷史，傅柯（Michel Foucault）稱之為「緩坡歷史」。「誠然，詩學關注的主要是心史即對古人精神的傳繼而不是編年史的事實，因為詩藝最終有賴於虛構。」[61]

同樣，歐陽江河在為北島詩集《零度以上的風景》撰寫序言時也提到，考察北島的寫作可以與更為廣泛、更為隱祕、更為精神化的人文資源相聯，因為北島是一個關注心靈的詩人：「我感興趣的是，『漢語性』在何種程度上是一個經驗的、內省的、個人寫作和個人精神自傳的問題？在這裡，詞的問題與心靈問題又一次混而不分。有理由相信，北島在人性層面的審慎洞察力，肯定會通過對語言形式的精微省思以及對寫作資源的追溯而得到加強。我認為北島的這本詩集將表明，如何界定『漢語性』，這不僅僅是個工具理性問題，操作問題，表達或傳播問題，也是心靈問題。」[62]

歐陽江河的上述評論也可看作是對宇文所安的觀點的間接回應。上個世紀70年代，北島等人告別詩情畫意的舊體詩寫作而開啟「新語言」冒險——因為舊的文學形式已經包裹不住新的時代生活的複雜內容。恰逢現代派詩人點燃了他們內心的火焰。例如波特萊爾作為「世界文學」蒼穹裡的一顆公認的恆星代表了「現代心智」的出現，它所喚醒的懷疑精神和批判意識成為「地下詩壇」反抗文化專制的人文

[60] 宋琳：〈主導的循環——《空白練習曲》序〉，收入張棗、宋琳編：《空白練習曲：《今天》十年詩選》（香港：牛津大學出版社，2002年），第xix頁。

[61] 宋琳：〈主導的循環——《空白練習曲》序〉，收入張棗、宋琳編：《空白練習曲：《今天》十年詩選》（香港：牛津大學出版社，2002年），第xix-xx頁。

[62] 歐陽江河：〈初醒時的孤獨〉，北島：《零度以上的風景——北島1993-1996》（臺北：九歌出版社，1996年），第35頁。

資源。值得一提的是，「今天派」所領略的波特萊爾顯然含有「九葉派」詩人的再創作成分。由此，「九葉派」作為中國現代主義詩歌的高峰雖然與「今天派」隔著一條歷史的斷裂帶，其詩藝卻又透過譯筆間接相傳。不過，現代詩是為藝術上的成年人準備的，與其他文學類別相比，不僅通過分析的方式來達到認知，更斥諸於直感和覺悟境界[63]。哈樂德・布魯姆（Harold Bloom）曾說，偉大的詩篇可以有幾種迥然不同的難度：持續有力的用典，需要讀者具有很高的文化水準；認知的原創性，需要讀者享有極高的智識上的敏捷；個人的神話建構，初看起來是晦澀的，但其內在的連貫性會讓讀者逐漸瞭解——如葉慈的作品[64]。這就在精英讀者與普通大眾之間劃開了一條理解的鴻溝，同「五四」以來從「文學革命」到「革命文學」的終極追求相比，簡直是反其道而行之。無怪乎80年代初的「清除精神汙染運動」中「朦朧詩」首當其衝，其癥結與其說是對公眾理解力的嘲弄，不如說是對中國文學史的反諷。

與20年代象徵主義詩歌在中國的傳播不同，70、80年代北島、多多等「今天派」詩人對歐美象徵主義、意象主義的接受並非移花接木而是內心選擇的結果。假如忽略了對這一歷史情境的考察，便很容易得出「中國當代新詩是蹈襲西方現代詩歌」的結論——如宇文所安認定的那樣。但是，如果追尋詩人們的精神歷程和他們的痛苦的內心掙扎，就不難發現，正是大夢初醒時的憂悶以及憂悶的昇華給了他們尋找出路的智慧，由此才真正地理解並喜愛現代詩歌，磨礪詩性的思維

---

[63] 布羅茨基認為，存在著三種認識方式：分析的方式、直覺的方式和聖經中先知們所採用的領悟的方式。現代詩歌與其他文學形式的區別就在於，它能同時利用這所有三種方式（首先傾向於第二和第三種方式）。參見[美]布羅茨基：〈諾貝爾獎受獎演說〉，收入[美]布羅茨基著，劉文飛、唐烈英譯：《文明的孩子——布羅茨基論詩和詩人》（北京：中央編譯出版社，1999年），第44頁。

[64] 參見[美]哈樂德・布魯姆等著，王敖譯：《讀詩的藝術》（南京：南京大學出版社，2010年），第43頁。

和傳導器，開拓自己的視野和想像力，以此獲得無權者的權力、無產者的財產、無家可歸者的家園。這一切帶給了80年代的中國當代詩歌啟示錄般的輝煌。北島詩歌的日文譯者是永駿也表示：「中國的現代主義並不是西洋的所謂『無根草』，而是詩人們尋求自我解放的必然選擇……。事實上，讓中國當代詩歌結出纍纍碩果的，並不是對於方法和技巧的借鑑和吸收，而是詩人們的精神上的苦鬥和這一苦鬥所煥發出來的輝煌精神。而且，正是它們必將迎來今後的當代詩歌的『文藝復興』。」[65]

對現代更新的追求並不意味著對傳統文化的脫離，跨國尋求傳統資源更將帶來「世界性」的增進，這對「漢語性」是一種豐富而不是減損。正如歐陽江河所說，詩人的語言特性在某種程度上是一個精神自傳問題。「文明是受同一精神分子激勵的不同文化的總和，其主要的載體——無論是從隱喻的角度還是就文字的意義而言——就是翻譯。」[66]以北島為例，其精神向度的每一步向上的臺階都有一部地標式的翻譯文學作品：艾倫堡的四卷本回憶錄《人·歲月·生活》曾被北島奉為聖經，並讓他記住了一個名字叫曼德爾施塔姆[67]；陳敬容譯的波特萊爾，對發端於60年代末的北京地下文壇的精神指導作用，怎麼說都不為過[68]；戴望舒的《洛爾迦譯詩抄》、葉維廉的《眾樹歌唱：歐洲、拉丁美洲現代詩選》都在很大程度上更新了漢語詩歌的表現力。從1983年開始，北島自己也動手譯詩，他是特朗斯特羅姆的第一位中文譯者，二人結下了深厚的詩歌友誼。通過細讀並翻譯這位「隱

---

[65] ［日］是永駿撰，阿喜譯：〈試論中國當代詩〉，《今天》1997年第1期（總第36期）。

[66] ［美］布羅茨基：〈文明的孩子〉，收入［美］布羅茨基著，劉文飛、唐烈英譯：《文明的孩子——布羅茨基論詩和詩人》（北京：中央編譯出版社，1999年），第109-110頁。

[67] 參見北島：〈曼德爾施塔姆〉，收入《時間的玫瑰》（香港：牛津大學出版社，2005年），第195頁。

[68] 參見北島：〈里爾克〉，收入《時間的玫瑰》（香港：牛津大學出版社，2009年），第89頁。

喻大師」的作品，北島愈發意識到現代與傳統絕非二元對立的關係：「湯瑪斯擁有多麼豐富的傳統資源，從古羅馬的賀拉斯到日本的俳句，從瑞典前輩詩人埃克羅夫到現代主義的宗師艾略特、從法國超現實主義的艾呂雅到俄國象徵主義的帕斯捷爾納克。他承上啟下，融會貫通，在一個廣闊的背景中開創出自己的道路。」[69]

關於傳統，詮釋學大師伽達默爾（Hans-Georg Gadamer, 1900-2002）曾經闡釋：「有著一個存在於種種理性論辯之外的自圓其說。」[70]伽達默爾使他自己和文學順從歷史之風，「因為這些飄零的落葉終將歸根——而落葉歸根是因為，在沉默地縱貫過去、現在和未來的整個歷史之下，有一個起著統一作用的本質即『傳統』」[71]。伽達默爾並不擔心那些潛移默化的文化偏見或「成見」會對過去文學作品的接受造成不利影響，因為這些「成見」來自傳統本身，而文學作品又是傳統的組成部分。「偏見不是消極因素而是積極因素：導致現代這種『反對偏見的偏見』的是夢想能有完全公正知識的啟蒙運動。與短暫的和歪曲的偏見相對，創造性偏見來自傳統並且使我們聯繫於傳統。」[72]

也就是說，現代詩歌作為一種「反對偏見」的「創造性偏見」事實上也將同歸於傳統，這也正合乎漂泊海外多年的北島的發現：「傳統就像血緣的召喚一樣，是你在人生某一刻才會突然領悟到的。傳統的博大精深與個人的勢單力薄，就像大風與孤帆一樣，只有懂得風向的帆才能遠行。」[73]

---

[69] 北島：〈特朗斯特羅默〉，收入《時間的玫瑰》（香港：牛津大學出版社，2009年），第187頁。

[70] 參見[英]特雷·伊格爾頓著，伍曉明譯：《二十世紀西方文學理論》（西安：陝西師範大學出版社，1987年），第81頁。

[71] [英]特雷·伊格爾頓著，伍曉明譯：《二十世紀西方文學理論》（西安：陝西師範大學出版社，1987年），第80頁。

[72] [英]特雷·伊格爾頓著，伍曉明譯：《二十世紀西方文學理論》（西安：陝西師範大學出版社，1987年），第80頁。

[73] 唐曉渡、北島：〈「我一直在寫作中尋找方向」——北島訪談錄〉，《詩探索》2003年Z2輯。

曾經擔任《今天》詩歌編輯的張棗也在其詩作〈入夜〉中援引過「樹」和「葉子」的隱喻。對於「流散詩人」來說，傳統就是「樹」的根，是作為個人的「葉子」應該去尋找的。一如「葉子」要經過脫離才能再找到或回歸「樹」，個人也只有通過搜尋朝向陌生、開闊、空白和對話之路才能發現傳統。也就是說，個人要先反叛傳統，通過學習、記憶和現代更新將傳統進行內化，自身便成為了傳統的攜帶者：「那棵一直在葉子落成的托盤裡／吞服自身的樹，活了」[74]——這便是張棗所理解的傳統和個人的關係。

需要強調的是，「世界文學」與文化產業的全球化運營是兩回事。區別在於，前者是終將加入傳統的「生效」文本，而後者則是操縱著我們的閱讀和娛樂方式的壟斷經濟。因此，在詩歌「崛起」四十年後的今天，漢語詩歌再度危機四伏。由於商業化與集體化合圍的銅牆鐵壁，由於全球化導致的地方性差異的消失，由於新媒體所帶來的新洗腦方式，「詞與物，和當年的困境剛好相反，出現嚴重的脫節——詞若遊魂，無物可指可托，聚散離合，成為自生自滅的泡沫和無土繁殖的花草」[75]。或許就在這樣的一個時刻，詩歌的興衰更加顯得重要。為此，北島表示：「與民族命運一起，漢語詩歌走在現代轉型的路上，沒有退路，只能往前走，儘管向前的路不一定是向上的路

---

74 張棗：〈入夜〉，收入《張棗的詩》（北京：人民文學出版社，2012年），第196頁。

75 參見北島：〈缺席與在場——2009年11月11日在第二屆「中坤國際詩歌獎」上的獲獎致辭〉，收入北島：《古老的敵意》（香港：牛津大學出版社，2012年），第172頁。北島的上述言論遭到詩人臧棣的猛烈抨擊，除了這篇獲獎致辭，遭到批評的還有北島寫於2008年的短文〈《今天》三十年〉，2009年的短文〈民族文化復興之夢——致2049年的讀者〉，以及北島在2011年香港書展所做的講座「古老的敵意」、在「第三屆青海湖國際詩歌節」上的發言、近年接受中國媒體採訪時的有關言論等等。究其根本，臧棣不同意北島對當代中國詩歌現狀的質疑，認為此類言論除了有助於北島整體抹黑中國詩歌、「申請國際資本用於文學政治的特殊款項」並進一步強化北島自身的詩歌文化符號意義之外，並無可取之處。這篇九萬字的長篇訪談〈北島，不是我批評你〉刊載於《觀典》2011年12月號。

——這是悲哀的宿命，也是再生的機緣。」[76]這也正是今天詩人的艱鉅使命。

第三節　北島去國之後的詩路轉換及傳統承接

80年代末期，北島踏上了異國旅途，他的詩歌風格也發生了重大轉換。細觀其90年代以後的海外詩作，先入為主的觀念寫作蕩然無存，代之以詩思同步的語言本體主義的探索。這一類的詩歌在美學追求上是摒除一切非詩雜質的「純詩」；在結構趨向上則是顯露成詩過程的「元詩」。事實上，北島的這一轉向可以追溯到80年代中期，伴隨著白話漢語的成熟和時代的轉型，逐漸生成詩歌純藝術理念的表達潛能。其世界性的寫作並非只是簡單地蹈襲西方現代主義的後塵，而是通過承載人類文明的翻譯媒介，延續「現代」詩人的前期探索，找回屬於自己的民族傳統的文化記憶。

我們在本章第一節中所介紹的宇文所安的評論針對的是北島早期的詩，這一類詩大致是對觀念的傳遞，對現實的反抗，雖然一些振聾發聵的格言警句賦予了北島作為詩人的聲名，但格言式思維仍然脫不了是非判定的窠穴[77]，同時也給針鋒相對的異議之爭埋下了伏筆，如此循環往復難免陷入話語權力磁場的僵局。80年代的北島開始逃離現實潛往「陌生處」，在永無可能靠岸的旅程中「保存一座無目的的精神純粹性之島」（馬拉美語）。這同時也象徵著「詞的流亡開始了」[78]。

---

[76] 北島：〈缺席與在場——2009年11月11日在第二屆「中坤國際詩歌獎」上的獲獎致辭〉，收入北島：《古老的敵意》（香港：牛津大學出版社，2012年），第173頁。

[77] 例如蘇珊·桑塔格認為：「格言式思維的本質在於總是處於結論的狀態中；一種要得出最後結論的企圖內含於所有強有力的創造警句的活動之中。」參見[美]蘇珊·桑塔格撰，沈弘、郭麗譯：〈寫作本身：論羅蘭·巴特〉，收入[美]蘇珊·桑塔格著，陶潔、黃燦然等譯：《重點所在》（上海：上海譯文出版社，2011年），第85頁。

[78] 北島：〈無題〉（他睜開第三隻眼睛），收入輯四（1989-1990），《守夜——詩歌自選集1972-2008》（香港：牛津大學出版社，2009年），第75頁。

這也正是聖－瓊・佩斯（Saint-John Perse）在《流亡集》中所呼喚的「純語言的流亡」[79]。

一、「純詩」的美學理念及「元詩」結構的湧現

自80年代中期，北島便逐漸拋棄「觀念式的詩」而踏上「純詩」的理想之路。所謂「觀念式的詩」是指定義或闡釋類的詩，以反思和理性見長，往往主題明確又合乎邏輯，甚至可以達到心智和道德的辯證所構成的形式上的連貫[80]。宋理學家周敦頤所言的「文以載道」即屬此中典範：「文」像車，「道」像車上所載的貨物，通過車的運載，可以到達目的地。語言也就成了傳播思想的工具和手段。

但對現代詩歌而言，語言不再是詩人的工具，相反詩人倒是語言延續其存在的手段[81]。語言的世界是一個自足的世界，「在詞中，在言語中，有某種神聖的東西」，而「巧妙地運用一種語言，這是施行某種富有啟發性的巫術」[82]。作為法國象徵主義詩學的一個重要命題，「純詩」（Pure Poetry）也被稱作「絕對的詩」或「詩中之詩」，它是由愛倫·坡首創，為波特萊爾接受繼承，經過魏爾倫、馬拉美、蘭波等人的理論宣導及作品充實，直至瓦雷里正式提出概念，已經走過了象徵主義前後期兩個發展階段，在19世紀末到20世紀初，

---

[79] 法國詩人聖－瓊・佩斯曾在流亡美國期間創作《流亡集》，其中包括〈流亡〉、〈雨〉、〈雪〉、〈詩贈外國女友〉四題。參見[法]聖－瓊・佩斯著，葉汝璉譯，胥弋編：《聖－瓊・佩斯詩選》（長春：吉林出版集團有限責任公司，2008年），第89頁。

[80] 參見聖－瓊・佩斯對「觀念詩」的定義。轉引自葉汝璉：〈佩斯在中國（代序）〉，[法]聖－瓊・佩斯著，葉汝璉譯，胥弋編：《聖－瓊・佩斯詩選》（長春：吉林出版集團有限責任公司，2008年），第6頁。

[81] 參見[美]布羅茨基：〈諾貝爾獎受獎演說〉，收入[美]布羅茨基著，劉文飛、唐烈英譯：《文明的孩子——布羅茨基論詩和詩人》（北京：中央編譯出版社，1999年），第43頁。

[82] 參見[法]波德萊爾著，郭宏安譯：《1846年的沙龍——波德萊爾美學論文選》（桂林：廣西師範大學出版社，2002年），第66頁。

其影響波及歐洲大部。「這一首詩就是一首詩，此外再沒有什麼別的了——這一首詩完全是為詩而寫的。」[83]愛倫・坡最初是出於對19世紀美國文學嚴重的道德說教傾向的牴觸而提出了一個回歸文學本體的藝術構想：單純地為詩而寫詩。愛倫・坡認為，詩歌絕不是對外部世界的模仿，它至多是「在靈魂的面紗之下將感官對於自然的見聞再造出來」，因而詩歌是不依傍社會的，「任何社會、政治、道德、自然的條件都是對詩興的壓抑」[84]。波特萊爾發揚了坡的藝術自足觀，指出「藝術愈是想在哲學上清晰，就愈是倒退，倒退到幼稚的象形階段；相反，藝術愈是遠離教誨，就愈是朝著純粹的、無所為的美上升」[85]。象徵主義詩學的純藝術目標，在它的前期法國代表波特萊爾、馬拉美、魏爾倫、蘭波等詩人那裡，多體現為通過感官直覺去探求「自我」的「最高真實」，但到了後期象徵主義者那裡，由於第一次世界大戰之後的西方世界正在經歷普遍而深刻的精神危機，其主要代表人物葉慈（愛爾蘭）、艾略特（美國）、瓦雷里（法國）、耶麥（法國）和里爾克（奧地利）等，都不約而同地增加了反思和智性的內容，認為詩應該走出「自我」承擔社會使命。例如瓦雷里將「僅僅對一個人有價值的東西是沒有價值的」視為「文學的鐵的規律」，而要實現這個目標，語言的作用就顯得十分重要[86]。

「純詩」的概念本身就蘊含著一些元文學的思考。瓦雷里稱自己之所以「試圖創造和提出詩歌問題的一個純粹觀念」，是因為至少「有這樣一個問題的最純粹的觀念存在著」，而「純粹意義上的詩，

---

83 [美]愛倫・坡著，楊烈譯：〈詩的原理〉，收入潞潞主編：《準則與尺度——外國著名詩人文論》（北京：北京出版社，2003年），第18頁。

84 參見[美]雷納・韋勒克著，楊自伍譯：《近代文學批評史》（上海：上海譯文出版社，1997年）第3卷，第189-193頁。

85 [法]波特萊爾：《波特萊爾全集》（伽利馬出版社七星版，1975年）第2卷，第599頁。

86 參見[法]瓦雷里：〈詩與抽象思維〉，收入伍蠡甫主編：《現代西方文論選》（上海：上海譯文出版社，1983年），第37-38頁。

本質上卻純屬語言方式的使用」[87]。瓦雷里的詩學語言意識顯然有著一種師承關係——其師馬拉美正是因為對現代詩歌的元狀態的開啟而深受後世敬仰[88]，他筆下頻頻出現的「純粹」（rein）和「純粹性」（Reinheit）也透露了他對「純詩」的設想。德國語言學家胡戈·弗里德里希指出：「詩歌純粹性的前提是去實物化。現代抒情詩的其他所有特徵也都匯合在了這個概念中，依照它被馬拉美使用並傳於後世的方式：摒棄日常的經驗材料、含有教化或其他目的的內容、實踐性真理、普通人的情感、心靈的沉醉。詩歌在脫離了這樣一些元素之後就獲得了自由，任語言魔術發揮作用。」[89]也就是說，在「純詩」之中，思與詩同步，詩與言發生本體追問關係——即「元詩」[90]結構的湧現。「純詩」與「元詩」是從不同角度而論的兩個詩學術語，其極致境界有著極大的親似性，反倒讓人糾纏不清。好比同樣是金剛鑽石，「純詩」強調的是不含雜質的碳元素單質（化學成分）；「元詩」突出的則是碳元素的原子晶體構成（物理結構）。需要指出的是，「純粹」意義上的「純詩」正如瓦雷里所言，僅僅是「感覺性領域的一種探索」，是一個「難以企及的目標」，詩，「永遠是企圖向

---

87 參見[法]瓦雷里：〈論純詩——一次演講的箚記〉，收入潞潞主編：《準則與尺度——外國著名詩人文論》（北京：北京出版社，2003年），第6-7頁。

88 羅蘭·巴特在〈文學與元語言〉一文中認為，最早的元文學是19世紀下半葉由馬拉美開始的，「馬拉美的雄心壯志是把文學與關於文學的思想融合在同一文字實體中」。另參見[德]胡戈·弗里德里希著，李雙志譯：《現代詩歌的結構——19世紀中期至20世紀中期的抒情詩》（南京：譯林出版社，2010年），第126頁。

89 [德]胡戈·弗里德里希著，李雙志譯：《現代詩歌的結構——19世紀中期至20世紀中期的抒情詩》（南京：譯林出版社，2010年），第123頁。

90 關於「元詩」的概念可以參見張棗的闡述：「詩歌的形而上學」，即：「詩是關於詩本身的，詩的過程可以讀作是顯露寫作者姿態，他的寫作焦慮和他的方法論反思與辯解的過程。因而元詩常常首先追問如何能發明一種言說，並用它來打破縈繞人類的宇宙沉寂。」張棗：〈朝向語言風景的危險旅行——中國當代詩歌的元詩結構和寫者姿態〉，收入張棗著、顏煉軍編選：《張棗隨筆選》（北京：人民文學出版社，2012年），第174頁。

著這一純理想狀態接近的努力」[91]。因此，「純詩」寫作註定是一項孤絕而失敗的事業，它存在於「天地交合的邊際間」，永遠只能無限逼近卻又無法抵達，其「純美」境界「恰如我們平安地把手在火焰中橫過一樣。在火焰的本身中是不能逗留的」[92]。

同樣，北島90年代的詩作彷彿也是朝那「絕無之境」進行神祕的工作，與語言獨處的「流散」經驗令其詩句愈發晦澀，凸顯了一種不是由意義來謀畫，而是由詞語組合自身製造意義的實驗性質。這種風格轉變體現在美學上是「純粹性」的提升；從結構上來看則是「元詩」趨向的深化。陳曉明在評論北島90年代的寫作時也說：

> 確實，北島的寫作越來越純粹，如同是一種本質性寫作，它要找到一種直接性，直接追問事物的本質。……這使他的寫作本身陷入巨大的孤獨，他的那些不經意的寫作，看上去單純的寫作，就像是他個人在與龐大的語言系譜學作戰一樣。就這一點而言，正如江弱水所說：「這是一場孤獨的舞蹈，沒有布景，也沒有音樂，北島的詩正合於『回到動作本身』的現代舞的宗旨。」他的寫作本身是孤獨的寫作，只有他一個人面對詞語，面對純粹的記憶，甚至純粹的事物。[93]

可以說，北島70年代的詩尚與外界互為鏡像，從中得以尋見作者「履歷」發展的線索：例如〈眼睛〉（1972）映射出民意的期盼，亦是《今天》誕生的先聲；〈星光〉（1972）升起在先行者消

---

91 參見[法]瓦雷里：〈論純詩——一次演講的箚記〉，收入潞潞主編：《準則與尺度——外國著名詩人文論》（北京：北京出版社，2003年），第6頁。

92 參見[法]梵樂希（瓦雷里）：〈前言〉，收入曹葆華編譯：《現代詩論》（上海：商務印書館，1937年），第233頁。

93 陳曉明：《中國當代文學主潮》（第2版）（北京：北京大學出版社，2013年），第458-459頁。

失的方向，也為北島點亮心裡的明燈；〈結局或開始〉（1975）則是以遇羅克的名義「宣告」，在他倒下的地方，「將會有另一個人站起」……[94]。直至〈雨夜〉（1979）——寫給熱戀女友的「革命+愛情」宣言——其時「西單民主牆」已被遷往月壇公園，民刊命運風雨飄搖，因而「雨夜」不僅是北島個人生命中的「雨夜」，更增添了幾分社會政治的含義。誠然，正如張棗所言，「北島是一個語言本體直覺主義者」，對於現實秩序本能而執著的懷疑，使他一開始就靠言說來確證生存的價值：「我來到這個世界上，／只帶著紙、繩索和身影」[95]。儘管北島日漸意識到，言說是個人面對空白和虛無為尋找意義而進行的艱難甚至是無力和徒然的命名行為，但「他對詞與物之互饋在心靈凝注的那一瞬息所構幻出的美學遠景一直有著十分獨到的冷峻的把握，並能嫻熟地將這一瞬間轉塑成警策格言式的彷彿來自未知世界的詩意口信」[96]。正是北島對於語言的直覺把握使得他較早就從觀念式的寫作中抽身，轉而另闢他途，因為「觀念是人造的，見識才是本質的」[97]。對語言本體的沉浸以及對寫作本身的覺悟，主導了80年代中期以後的北島詩藝的變化，也預示了他90年代海外創作的走向[98]。

縱觀北島晚近的詩作，語詞不再出自寫作和經歷之間的統一，主題不再是可以通過生平事蹟闡明，這種「去個人化」被艾略特解釋為詩歌創作之精確性和有效性的前提條件[99]。現代詩歌自蘭波開始了

94　關於北島早期詩作的歷史社會背景，詳請參見亞思明：〈北島與遇羅克——從「結局或開始」說起〉，《名作欣賞》2013年第7期。

95　北島：〈回答〉，收入《午夜歌手——北島詩選1972-1994》（臺北：九歌出版社，1995年），第26頁。

96　參見張棗：〈當天上掉下來一個鎖匠〉，收入北島：《開鎖——北島1996-1998》（臺北：九歌出版社，1999年），第10頁。

97　[美]華萊士·史蒂文斯著，陳東東、張棗編，陳東飆、張棗譯：《最高虛構筆記——史蒂文斯詩文集》（上海：華東師範大學出版社，2009年），第256頁。

98　關於北島轉折時期的詩藝轉變，詳請參見亞思明：〈彼岸有界　詩意無聲——論轉折時期的北島的詩（1979-1986）〉，《南方文壇》2013年第5期。

99　參見[德]胡戈·弗里德里希著，李雙志譯：《現代詩歌的結構——19世紀中期至20

詩歌主體與經驗自我的異常分離，單單是這種分離就已經禁止人們將詩作理解為傳記式表達。更有甚者，現代詩歌的一個基本特徵是它日益堅定地與自然生命分離，也就是說，不僅僅去除了個人，也剔除了常規的人性。1925年，西班牙著名思想家奧爾特加・加塞特（Jose Ortega Y Gasset）發表了〈論藝術的去人性化〉，指明「去人性化」並不意味著「讓其變得不人性」，而是通過掃除自然感情狀態，顛覆先前有效的物與人之間的等級次序，即把人放在這個次序的最低一級，再以這樣一種視角來描述人。也就是說，讓人盡可能不顯現為人。「去人性化」由此成為理解現代詩歌的「匿名主體性」的一個詩學關鍵字[100]。

「去個人化」以及「去人性化」的確也是北島海外詩作的特點。詩的說話者通常只是一個獨白者，自我是虛構的，僅僅是語言的載體。很多詩作甚至根本只將物作為內容。這樣的例子不勝枚舉，例如：

深深陷入黑暗的蠟燭
在知識的葉岩中尋找標本
魚貫的文字交尾後
和文明一起沉睡到天明[101]
（〈多事之秋〉，1991-1993）

道路追問天空

一隻輪子

世紀中期的抒情詩》（南京：譯林出版社，2010年），第23頁。

[100] 參見[德]胡戈・弗里德里希著，李雙志譯：《現代詩歌的結構——19世紀中期至20世紀中期的抒情詩》（南京：譯林出版社，2010年），第155-156頁。

[101] 北島：〈多事之秋〉，收入《守夜——詩歌自選集1972-2008》（香港：牛津大學出版社，2009年），第92頁。

尋找另一隻輪子作證：[102]
（〈藍牆〉，1994-1996）

寫作與戰爭同時進行
中間建造了房子
人們坐在裡面
像謠言，準備出發[103]
（〈練習曲〉，1997-2000）

記憶暴君在時間的
鏡框外敲鐘——鄉愁
搜尋風暴的警察
因辨認光的指紋暈眩[104]
（〈那最初的〉，2001-2008）

以上詩句出自北島不同時段的海外詩作，「去人性化」是其共同特徵。沒有「我」在敘說，只有語言在言說，將所見與所思合二為一。由此一來，一首詩變成了一首醒著的夢，瓦雷里曾將之定義為「語言的感性力量和智識力量之間神奇而格外脆弱的平衡」[105]。這正是「純詩」的魅力所在。張棗也注意到，從結構上來看，這種「無自傳」寫作具有濃郁的「元詩」意味：「它是詩的內部構成的隱喻，

[102] 北島：〈藍牆〉，收入《守夜——詩歌自選集1972-2008》（香港：牛津大學出版社，2009年），第114頁。

[103] 北島：〈練習曲〉，收入《守夜——詩歌自選集1972-2008》（香港：牛津大學出版社，2009年），第163頁。

[104] 北島：〈那最初的〉，收入《守夜——詩歌自選集1972-2008》（香港：牛津大學出版社，2009年），第183頁。

[105] 轉引自[德]胡戈・弗里德里希著，李雙志譯：《現代詩歌的結構——19世紀中期至20世紀中期的抒情詩》（南京：譯林出版社，2010年），第173頁。

在它裡面發生的記憶、觀看、夢想、動作皆內化成寫者與空白的搏鬥。」[106]這樣的詩既不透露寫者的來歷、也對外界物性採取通約化的處理手法，例如寫「海」而不特指某個海；「蠟燭」、「道路」、「天空」、「輪子」、「房子」、「風暴」全部都是放之四海而皆準的「宇宙意象」。北島似乎相信「現代漢語已經真正生成了可以表達自身現代性的主體」，他對它們的徵用「基本上斡旋在現代漢語獨有而錯綜的語義場裡，來熔煉頗流暢又具範式的詩意」。[107]

二、「莫若以明」：找回民族傳統的文化記憶

毋庸置疑，北島向著藝術「純粹性」趨近的「純詩」意識是一種深具「世界性」的嘗試，許許多多的前輩大師，如艾略特、史蒂文斯、里爾克、策蘭都是圍繞這一主題展開他們一生追溯的詩意。然而引人深思的是，北島以其「世界詩歌」的寫作對於「環球後現代性」的參與是否真如宇文所安所說，僅僅只是「遲到」地領受了一份早已被西方納入傳統的詩學成果，從而更加深化了他作為中國詩人的身分危機？對此，張棗顯然並不認同。雖然從表面上來看，「北島只關注寫詩，寫出一種尖端的詩，而不關注他是否在寫漢語詩」，但生成這種表達潛能的正是「白話漢語的成熟和時代的轉型」[108]。張棗相信，在1949年之前或未經「文革」的50年代，白話漢語都還尚不足以承擔得了「流散」話語，而「流散」就是對話語權力的環扣磁場的游離，「或多或少是自我放逐，是一種帶專業考慮的選擇，它的美學目的是去追蹤對話，虛無，陌生，開闊和孤獨並使之內化成文學品質。這也

[106] 張棗：〈當天上掉下來一個鎖匠〉，收入北島：《開鎖——北島1996-1998》（臺北：九歌出版社，1999年），第9頁。

[107] 參見張棗：〈當天上掉下來一個鎖匠〉，收入北島：《開鎖——北島1996-1998》（臺北：九歌出版社，1999年），第21頁。

[108] 參見張棗：〈當天上掉下來一個鎖匠〉，收入北島：《開鎖——北島1996-1998》（臺北：九歌出版社，1999年），第9-23頁。

是當代漢語文學亟需的品質」[109]。

回望歷史，20世紀30年代的中國詩學界一度興起過包括創作和研究在內的「純詩」熱潮，但抗日戰爭的爆發中斷了「現代」詩人的探索。例如戴望舒曾對所譯詩作包含的「純詩」質地給予講解和說明，這些文字都散見於譯詩後記[110]。40年代，戴望舒還翻譯過瓦雷里〈波特賴爾的位置〉[111]——這是「純詩」理論譯介最重要的譯文之一。由於時代的隔絕，戴望舒在「純詩」方面的積澱直至四十年後才陸續傳遞給北島，其中《洛爾迦譯詩抄》深刻地影響了包括北島、顧城、方含、芒克在內的「今天派」。作為20世紀最偉大的西班牙詩人，洛爾迦對於「純詩」藝術的貢獻在於他創造性地發揮了源自馬拉美的「非邏輯性」語素，令現代抒情詩如夢似幻。在一次演講中，洛爾迦指出，「隱喻必須讓位給『詩歌事件』（poetic event），即不可理解的非邏輯現象」，他還引用了〈夢遊人謠〉的詩句為例，他說：「如果你問為什麼我寫『千百個水晶的手鼓，／在傷害黎明』，我會告訴你我看見它們，在天使的手中和樹上，但我不會說得更多，用不著解釋其含義。它就是那樣。」[112]這種「非邏輯現象」在北島作品中也比比皆是，例如在上一節中所列舉的那些詩句，無一適用於「正常」的邏輯慣性。

不可否認，正是一些優秀的翻譯文學作品極大地拓展了北島的詩學疆域，刺激了他的美學神經，令其最初的「流散」觸角得以延伸。

---

109 參見張棗：〈當天上掉下來一個鎖匠〉，收入北島：《開鎖——北島1996-1998》（臺北：九歌出版社，1999年），第9-10頁。

110 這些譯後記後來收入《戴望舒譯詩集》（長沙：湖南人民出版社，1983年版。另請參見高蔚：《「純詩」的中國化研究》（北京：中國社會科學出版社，2008年），第202頁。

111 [法]瓦雷里著，戴望舒譯：〈波特萊爾的位置〉，收入《戴望舒詩全編》（杭州：浙江文藝出版社，1989年）。

112 參見北島：〈洛爾迦〉，收入《時間的玫瑰》（香港：香港牛津大學出版社，2005年），第20-21頁。

但假如我們認同「文明是受同一精神分子激勵的不同文化的總和，其主要的載體——無論是從隱喻的角度還是就文字的意義而言——就是翻譯」[113]，那麼翻譯借鑑無非就是從人類文明的「弱水三千」中「取一瓢飲」，最初的源泉，又怎能說得清？事實上，「純詩」的藝術因數也潛藏在中國文化的藝術生命中。中國哲學自老莊始，其思維方式就是純藝術的。「中國傳統詩性文化所體現的對世界的認知方式是『性靈』性的，它追求『大象無形』、『大音希聲』、『大美不言』的至高審美境界，也體現出『無為而不為』、『道可道非常道，名無名非常名』的至高哲學理念」，只是近代以來，「我們嚴峻的家國命運不允許詩人們在純藝術上做太多停留，純美藝術自然舒展的原始生命形態被暫時忽略了」[114]。從「文學革命」到「革命文學」，對藝術的「純美」追求多為政治的現實需求所覆蓋，如王國維的「純粹美術」之宣導，在20世紀初並未得到應有的回應；戴望舒、梁宗岱[115]等人的前期探索又遭阻隔[116]——直至80年代中後期，詩歌中的純藝術理想才伴隨著文藝界的純文學呼聲而被重新提及。早在1931年，梁宗岱在給徐志摩的信中就曾寫道：「我們現代，正當中西文化之沖，要把二者儘量吸取，貫通，融化而開闢一個新局面——並非中學為體西學為用，更非明目張膽去模仿西方——豈是一朝一夕，十年八年的事！所以我們目前的工作，一方面自然要望著遠遠的天邊，一方面只好從

[113] [美]布羅茨基：〈文明的孩子〉，收入[美]布羅茨基著，劉文飛、唐烈英譯：《文明的孩子——布羅茨基論詩和詩人》（北京：中央編譯出版社，1999年），第109-110頁。

[114] 參見高蔚：《「純詩」的中國化研究》（北京：中國社會科學出版社，2008年），第7頁。

[115] 在「現代」詩人中，梁宗岱是較早涉足「純詩」理論的譯介者，其主要建樹詳請參見高蔚：《「純詩」的中國化研究》（北京：中國社會科學出版社，2008年），第206-251頁。

[116] 梁宗岱曾於1951年在廣西百色被關進監獄兩年多，差一點被公審並判死刑，新時期以後，他的作品才重見天日。參見柏樺：《左邊：毛澤東時代的抒情詩人》（南京：江蘇文藝出版社，2009年），第81-82頁。

最近最卑一步步地走。」[117]梁宗岱的體悟也可以概括為精神上的志存高遠；文字上的如臨深淵，或者借用他譯筆下的瓦雷里的語言：「在你的深淵追蹤那些沉思的靈魂底墜落如一張枯葉穿過記憶底無邊境界。」[118]可以這樣說：20世紀中國詩歌的「純詩」意識，是在法國象徵主義那裡找回自己民族傳統的文化記憶的。例如當我們細讀北島90年代的詩作，其玄思妙想似與《莊子‧齊物論》有著相通之處。

〈齊物論〉是《莊子》全書中義理最為豐富的一篇，它以一種「齊物」的價值觀、宇宙觀來燭照萬物，以齊「物論」，於百家爭鳴的是非爭端中跳脫出來，「乘雲氣，騎日月，而遊乎四海之外」。莊子是哲學家、思想家，也更是一位傑出的文學家，他的語言風格用清代學者劉熙載的話來說，「如空中捉鳥，捉不住則飛去」，「意出塵外，怪生筆端」[119]。正是這種模糊多義的「謬悠之說，荒唐之言，無端崖之辭」使得莊子學說得以突破認識論的藩籬而帶有一種語言哲學的特質。

例如《莊子‧齊物論》中有這樣一段被後人稱之為「相對主義」的精彩論述：

> 夫言非吹也，言者有言，其所言者特未定也。果有言邪？其未嘗有言邪？其以為異於鷇音，亦有辯乎？其無辯乎？道惡乎隱而有真偽？言惡乎隱而有是非？道惡乎往而不存？言惡乎存而不可？道隱於小成，言隱於榮華。故有儒墨之是非，以是其所非而非其所是。欲是其所非而非其所是，則莫若以明。

---

117 梁宗岱：〈論詩〉，收入《梁宗岱文集II》（北京：中央編譯出版社，2003年），第43頁。

118 梁宗岱：〈保羅‧梵樂希先生〉，收入《梁宗岱文集II》（北京：中央編譯出版社，2003年），第24-25頁。

119 [清]劉熙載：《藝概》（上海：上海古籍出版社，1978年），第183頁。

黃錦鋐先生的譯文如下：

> 人們的言論，和自然的風吹並不相同，所以學者們儘管發議論，但他們議論的對象是沒有一定的準則。（既然這樣）那他們究竟是發了議論呢？還是沒有發議論呢？他們都以為所發議論是有分別的，和小鳥有聲無意的叫聲有所不同，可是究竟是有分別呢？還是沒有分別呢？「道」被什麼隱蔽了而有真偽？「言論」被什麼隱蔽了而有是非？「道」在那裡而不存在呢？言論怎麼會有不可的呢？「道」是被小成有偏見的人隱蔽了的，言論是被浮華巧飾的人隱蔽了的。因此才有儒家、墨家的是非爭論，他們都以自己認為「是」的意見去批別人的「非」，而以自己認為「非」的意見，去批別人的「是」。要想糾正他們的錯誤，「是」就說「是」，「非」就說「非」，莫過於「以明」。[120]

莊子的這段論述與北島的一個認識不禁暗合。作為「新詩潮」的領軍人物，北島早期的部分詩作，連同詩人質疑現狀的勇氣以及高聲吶喊的形象自80年代開始深入人心。「卑鄙是卑鄙者的通行證，高尚是高尚者的墓誌銘」早已成為膾炙人口的名句。但今天如果有人提及〈回答〉，他會覺得慚愧，因為站在文革廢墟上的北島，他在〈回答〉裡的石破天驚的那一句「我－不－相－信！」與詩相比更像口號，是從一個是非之端滑向另一個是非之端，正如莊子所說的，「以是其所非而非其所是」。朱大可指出：「北島的懷疑主義教義因其拒斥的堅定性而成為英雄主義的變種，以致強化了這一包含在詩歌儀式中的美學信念。」[121]

---

[120] 黃錦鋐注譯：《新譯莊子讀本》（臺北：三民書局，2007年），第72頁。

[121] 朱大可：〈燃燒的迷津〉，《新華網》（http://news.xinhuanet.com/book/2003-03/06/

靜觀北島90年代以後的創作，不難發覺心路的變化也在他的筆端留下了痕跡：詩韻由激越趨於平靜，文字暗藏鋒芒而內斂幽思，遠是非而近乎道，用莊子的話來講：擯棄「是故滑疑之耀」，「為是不用而寓諸庸，此之謂以明」（《莊子・齊物論》）。也就是說，他不再炫耀智慧和言論，而是將之寄託於中庸之道，這就叫做「以明」。

例如〈舊地〉中，他寫道：

此刻我從窗口
看見我年輕時的落日
舊地重遊
我急於說出真相
可在天黑前
又能說出什麼

飲過詞語之杯
更讓人乾渴
與河水一起援引大地
我在空山傾聽
吹笛人內心的嗚咽[122]

這首詩給人一種「欲語還休」的蒼涼之感。真相是無法言說的。「是非之彰也，道之所以虧也。」（《莊子・齊物論》）言之不盡，不如「與河水一起援引大地」，在空山傾聽，「吹笛人內心的嗚咽」，是地籟，是人籟，還是天籟？

---

content_762253.htm）。

[122] 北島：〈舊地〉，收入《午夜歌手——北島詩選1972-1994》（臺北：九歌出版社，1995年），第222頁。

海德格曾說：「詩是那無法表達的東西的語言。」海德格認為：「詩意並不是作為異想天開的無目的的想像，單純概念與幻想的飛翔去進入非現實的領域。詩作為澄明的投射，在敞開性中所相互重疊和在形態的間隙中所預先投射下的，正是敞開。詩意讓敞開性發生，並且以這種方式，即現在敞開在存在物中間才使存在物發光和鳴響。」[123]因此，詩意是真理投射的一種方式，詩意的天性即投射的天性。這在北島的〈夜〉中也有類似描述：

夜比所有的厄運
更雄辯
夜在我們腳下
這遮蔽詩的燈罩
已經破碎[124]

「夜」是一種隱喻，暗示未知的黑暗，它的雄辯在於謬誤的言說。而「詩」好比澄明的投射，一旦讓「遮蔽詩的燈罩」破碎，真理之光就能照進黑暗，改變我們的厄運。

詩意也是一種道的言說，即莊子所謂的「照之於天」或「以明」。正是以詩意為媒，我們才能從北島的詩中讀出「莊味」。例如〈二月〉中的一段與「莊周夢蝶」有異曲同工之妙：

在早晨的寒冷中
一隻覺醒的鳥

123 [德]海德格爾著，彭富春譯：《詩・言・思》（北京：文化藝術出版社，1991年），第68頁。

124 北島：〈夜〉，收入北島：《零度以上的風景——北島1993-1996》（臺北：九歌出版社，1996年），第96頁。

更接近真理
而我和我的詩
一起下沉[125]

究竟是「我」做夢夢到自己變成了鳥，還是鳥做夢夢到自己變成了「我」？從世人的眼光來看，「我」與鳥必定是有分別的，但從道的角度來看，二者皆是夢，好比《莊子‧齊物論》裡的莊周與蝴蝶，不過是「物化」的幻象而已。而覺醒的鳥「更接近真理」，寓意著生命的覺悟和超升。

瞭解到莊子的「物化」之理，就能更好地辨析被語言歧義所遮蔽的詩意的微光。而「所有的詩藝和所有的詩情／不過是對現實之夢的說明」[126]。以一種釋夢的心態閱讀難懂程度不下於夢中囈語的北島詩語，洞徹時的快慰感不啻於「開鎖」：

一扇窗戶打開
像高音C穿透沉默
大地與羅盤轉動
對著密碼——
破曉！[127]

而北島後期詩風的變化令「開鎖」的關鍵字的語義由大變小，從

[125] 北島：〈二月〉，收入北島：《零度以上的風景——北島1993-1996》（臺北：九歌出版社，1996年），第56頁。

[126] 這是尼采的《悲劇的誕生》中，亨斯‧薩克斯（Hans Sachs）在〈善歌者〉（Meistersinger）中的詩句：「朋友呵，這正是詩人的責任；去闡明和記下自己的夢境。信我吧，人間最真實的幻影／往往是在夢中對人們顯現；所有的詩藝和所有的詩情／不過是對現實之夢的說明。」

[127] 北島：〈開鎖〉，收入北島：《開鎖——北島1996-1998》（臺北：九歌出版社，1999年），第164頁。

強到弱，由實質轉為虛空，正如〈關鍵字〉一詩中所表現出的：

關鍵字，我的影子
捶打著夢中之鐵
踏著那節奏
一隻孤狼走進

無人失敗的黃昏
鷺鷥在水上書寫
一生一天一個句子
結束[128]

關鍵字是開啟語言謎底的鑰匙，但它也是固化的語詞，帶有語言暴力的色彩。在關鍵字密集的標準話語體系裡——或曰行話、套話，詞語沒有呼吸，沒有生命，含義僵化而不再自由指涉，「這就是權力在語言深處的延伸，從而改變人們的言說和思維方式」[129]。一心追求詩藝精進的北島試圖擺脫關鍵字的束縛，就像持燈的使者試圖擺脫自己的影子。但自由之於暴力、光明之於陰影是相互對立而又相互依存的，縱行空谷亦聞足音。正是踏著這種暴力的金屬的錚錚之音，詩人好比一隻孤狼走進他夢中的詩境。這是藝術的臻境。這是「無人失敗的黃昏」。而在莊子看來，世上本來就沒有成功與失敗的分別：「其分也，成也；其成也，毀也。凡物無成與毀，復通為一。惟達者知通為一，為是不用而寓諸庸。」（《莊子・齊物論》）

---

[128] 北島：〈關鍵字〉，收入北島：《零度以上的風景——北島1993-1996》（臺北：九歌出版社，1996年），第126頁。

[129] 北島：〈艾基〉，收入《時間的玫瑰》（香港：牛津大學出版社，2005年），第308頁。

> 萬物乃在成就另一物，而另一物的成就，也就是建立在毀壞他物上。其實萬物是沒有什麼生成與毀滅的，而是通而為「一」的。只有得道明達的人才能瞭解這通而為「一」的道理。因此就不用辯論，而把智慧寄託於平庸的道理中。[130]

「為是不用而寓諸庸」也就是「以明」。沒有大是大非的爭辯，好比「鷺鷥在水上書寫」，寫下的一刻也是消逝的一刻，生成與毀滅都是通而為「一」的。一生如此，一天如此，一個句子亦是如此。直至「結束」。

據說，漢學家魏斐德曾經朗誦北島這首詩的英文版，讀到「一隻孤狼走進／無人失敗的黃昏」時，不禁流下了眼淚[131]。打動他的一定是那一隻孤狼。孤狼是現實社會裡的失敗者。北島如此，莊子如此，魏斐德如此，卡夫卡亦是如此[132]。對此，北島有自己的理解：「失敗，在我看來是個偉大的主題，它代表了人類的精神向度、漂泊的家園、悲哀的能量、無權的權力。我所謂的失敗者是沒有真正歸屬的人，他們可能是偉大的作家，也可能是小人物，他們與民族國家拉開距離，對所有話語系統保持警惕。失敗其實是一種宿命，是沉淪到底並自願穿越黑暗的人。」[133]

---

[130] 黃錦鋐注譯：《新譯莊子讀本》（臺北：三民書局，2007年），第73頁。

[131] 參見北島：〈魏斐德：熟悉的陌生人〉，《南方週末》2006年11月9日文化版。

[132] 德國文藝評論家和哲學家班雅明曾說：「要理解卡夫卡的作品，在所有的事情裡，首先要有一個簡單的認識，那就是，他是一個失敗者。」

[133] 王寅、北島：〈失敗者是沒有真正歸屬的人〉，《第一財經日報》2004年11月26日第D3版。

第七章　「無人失敗的黃昏」
——北島散文藝術的「世界性」探索

90年代中後期，北島也開始了他的散文創作，其境界之深遠、文字之練達、人格之獨立在當代中國無人出其右者。如果說北島早期的詩作在特定的歷史時期所引起的社會效應乃是得益於一種群體的時代情緒，而在社會效應的背後卻是基於個人的情感共鳴，觸動這種共鳴的媒介正是那些被稱為「經典」的作品。但隨著80年代末詩人的出走，頻道切斷，信號中止。1989至90年代中期，異國漂泊的北島經歷了包括年齡、心態到語言的轉換。而他的詩歌，也印證了一種不斷調音和定音的過程。從貝多芬式的激越到巴赫式的平和，生命的軌跡反映在旋律的變化之中。更為甚者，他開始嘗試作文。北島說：「寫散文是我在詩歌與小說之間的一種妥協。」[1]其實也是在「自我」與「外部世界」之間的一種妥協。

詩人寫散文，多少是與生存壓力有關，北島也不例外。雖然詩歌才是他心中的繆斯，但散文拉近了他與讀者的距離。曼德爾施塔姆曾在一篇早期散文中說，散文作家必須使自己對他們同代的具體讀者發言，而詩歌總的來說則存在著一群有點兒距離的、未知的讀者：「與火星交流信號……是一項值得抒情詩人去做的事。」[2]北島本人也自嘲道：「寫詩寫久了總被人家斜眼，後來開始寫散文似乎才得到寬恕。」[3]90年代中後期以來，北島通過散文另闢天地，《青燈》、

1　翟頔、北島：〈中文是我唯一的行李〉，《書城》2003年第2期。
2　參見[美]蘇珊・桑塔格：〈詩人的散文〉，收入[美]蘇珊・桑塔格著，陶潔、黃燦然等譯：〈重點所在〉（上海：上海譯文出版社，2004年），第6頁。
3　北島：〈自序〉，《失敗之書》（汕頭：汕頭大學出版社，2004年），第1頁。

《藍房子》、《失敗之書》、《時間的玫瑰》、《午夜之門》、《城門開》等文集相繼在海外和港臺問世，並從2004年開始進入中國，且好評如潮。一時間，「北島歸來」令人倍感驚喜。

相對於北島後期詩作的隱晦難懂，他的散文明快而又幽默。用李陀的話來說：「它們像一顆溫潤明亮的珍珠，悄悄藏在書頁和字行之間，總是在讀者料想不到的時候滾了出來，給人一陣喜悅。不過，不同尋常的是，讀了若干頁之後，你在發笑之餘會嚐到一種苦澀——一種北島式的幽默所特有的苦澀。對一個敏感者，這種苦澀能讓人徹夜不眠。」[4]

正是這種「苦澀的幽默」構成一種強大的張力，將讀者的心弦拉緊。英國詩人、文學理論家和哲學家托・厄・休姆曾說：「詩是一個步行的人帶你在地上旅行，散文是一輛火車把你送到目的地。」[5] 讀過北島的詩，再來翻閱散文的確有一種日行千里的輕鬆。北島也表現出對文字的非凡的駕馭能力，載著過客行雲流水地穿越歷史、跨越疆界。

總的來說，北島的散文大致可以分為三類：漂泊路上的隨筆（收入《藍房子》、《青燈》、《午夜之門》、《失敗之書》[6]）；早年生活的追憶（收入《城門開》、《青燈》輯三[7]）；介於詩歌傳記和學術漫談之間的翻譯品鑑（收入《時間的玫瑰》）。其中又以第一類最為龐雜，可細分為「天涯記人」（《藍房子》輯一、輯二；《青燈》輯一；《午夜之門》輯二、輯四）；「閒情記趣」（《藍房子》

---

4 李陀：〈一顆溫潤明亮的珍珠〉，收入《藍房子》（南京：江蘇文藝出版社，2009年），第1-2頁。

5 [英] 湯瑪斯・厄內斯特・休姆：〈論浪漫主義和古典主義〉，收入《二十世紀文學評論（上冊）》（上海：上海譯文出版社，1987年），第188頁。

6 《失敗之書》所收的文章亦可見於另三本文集：《藍房子》、《青燈》和《午夜之門》，故此不複述。

7 牛津版的《青燈》輯三即〈斷章〉，這篇回憶性的文字未見收入大陸版的《青燈》。

輯三、《午夜之門》輯三）；「浪遊記歷」（《青燈》輯二、《午夜之門》輯一）；「旅途記囧」（《藍房子》輯四）。本章將分別論述如下：

第一節　「漂泊流散」中的全球視域

上個世紀的80年代末期，北島像一隻逃亡的刺蝟，「帶上幾個費解的字／一隻最紅的蘋果」（〈畫——給田田五歲生日〉），離開了女兒的畫；他是一個被國家辭退的人，「穿過昏熱的午睡／來到海灘，潛入水底」（〈創造〉）；然後，終於，他回來了，「歸程總是比迷途長／長於一生」，「重逢總是比告別少／只少一次」（〈黑色地圖〉）……

一、「天涯記人」和「浪遊記歷」

北島喜歡祕魯詩人瑟塞爾·瓦耶霍的詩句：「我一無所有地漂泊……」，漂泊是命中註定也是自我放逐——如同存在與虛無的約會，遠離權力中心和眾聲喧嘩，行走在物質世界的邊緣，忍受孤獨，並與同樣甘於寂寞的他者達成一種默契。例如〈約翰和安〉向我們展示這樣一幅圖景：「整整六個月，安獨守空房，在老林深處寫作。即使約翰冬天回來，這天涯海角也只是兩個人的世界。緬因冷到零下三四十度，一旦大雪封門，只能困守家中，面對爐火，度過漫漫長夜。我在這些年的漂泊中，雖有過類似的經驗，但就承受能力，遠不能相比。在說笑聲中，我意識到他們的內心磨難，遠非我能想像。而他們自甘如此，毫不畏懼，在人類孤獨的深處扎根，讓我無言。我默默向這兩個迸濺火花的寂寞靈魂致敬。」[8]黎巴嫩詩人紀伯倫有一句名

[8] 北島：〈約翰和安〉，收入《藍房子》（南京：江蘇文藝出版社，2009年），第52頁。

言：「孤獨，是憂愁的伴侶，也是精神活動的密友。」海明威也在諾貝爾文學獎的演講辭中表示：「寫作，在最成功的時候，是一種孤寂的生涯。」假如沒有後來的漂泊及孤懸狀態，北島坦言，他個人的寫作只會倒退或停止[9]。「我想流放給了我許多去面對『黑暗之心』的機會，那是每一個人都必須面對的……。有些人拒絕去走通往黑暗之心的道路，有些人中途停了下來，流亡給了我在那裡繼續行走的勇氣。」[10]談及漂泊的經驗是否改變了自己對東、西方的認識，北島認為：「『漂泊』的好處是超越了這種簡單化的二元對立，獲得了某種更複雜的視角。」[11]宏遠眼界和相容心胸的確令北島的文字擺脫了「中國執迷」（obsession with China）而具有世界格局。

由於漂泊，北島結識了金斯堡、施耐德、帕斯、艾基、特朗斯特羅姆、布萊頓巴赫等國際知名作家，也遇到了像芥末和于泳這樣命運浮沉的無名小卒——無關乎身分地位，都是些追情逐夢的紅塵白世的零餘人、瘋狂客，他們在他的散文世界裡留下雪泥鴻爪的印跡、天涯同命鳥的惺惺相惜。一些過往的人事也在舊回憶與新環境的徘徊間反覆呈現。「天涯記人」也就占據了北島隨筆的半壁空間。正如孟悅所指出的：「《午夜之門》是流浪者寫流浪者，流浪者找流浪者，流浪者認流浪者。」彼此之間的收留、依存、引領和造就實際上是一種人文精神，「確切說是一種和當前被推向功利極致的個人主義、自我解放、成功理想相反的、對於自我與他人之關係的體認」[12]。德國漢學家顧彬在其譯介的德文版的北島散文集《雛菊與革命》（*Von Gänseblümchen und Revolution*）的後記中則說：「作為散文作家的北島

---

[9] 唐曉渡、北島：〈「我一直在寫作中尋找方向」——北島訪談錄〉，《詩探索》2003年Z2期。

[10] 北島答瑞典記者：〈流亡只是一次無終結的穿越虛空的旅行〉。

[11] 查建英：〈北島〉，收入《80年代訪談錄》（北京：三聯書店，2006年），第79頁。

[12] 孟悅：〈瞎子領瞎子，穿過光明〉，收入北島：《午夜之門》（南京：江蘇文藝出版社，2009年），第10頁。

是一位偏題大師。這門技藝使他得以信馬由韁侃侃而談，並從中施展他的幽默和他的溫情。幽默和溫情可惜只是當代華文文學圈的個例。典型意義上的1949年以後的中國作家總是脫不了祖國、民族和文化的正題，幾乎不懂什麼是嘲諷，更不必說自嘲。因為他們的愛大多只適用於自己的國家、父母國君，那些上不了檯面的角色也就占據不了他們的心靈。簡而言之，對於人性的溫情實屬罕見——尤其是放浪的人性。」[13]但在北島的敘述中，個人及其命運卻被置於中心位置，國族和時代反倒退居其次，多少顯得像個惡意的玩笑。

例如〈波蘭來客〉、〈與死亡乾杯〉分兩個時段向我們講述了共同的主人公——70年代地下藝術團體「先鋒派」的「聯絡副官」劉羽的悲劇人生。相識始於1972年，「他剛從大獄裡放出來，因反動言論關了三年。有幸和不少文化名人關在一起，關出不少學問和見識。他仍像個犯人，縮在雙層鋪和小書桌之間，給我講獄中的故事，他立志要寫出來」[14]。經劉羽介紹，北島認識了芒克，通過芒克認識了彭剛，並因此而有了後來《今天》的故事。「當年的大網就是這樣織成的，而劉羽是關鍵的網結。」[15]1990年，劉羽隨移民潮去了匈牙利，後轉到波蘭克拉科夫（Kraków），打工攢錢盤下家餐館。1997年春他去美國，住在北島家，指天發誓只要賺到十萬美元就洗手不幹了。「說來那是他海外生活的頂峰，餐館賺錢，說話有底氣。他有意留在美國尋找更好的生機，未果。回波蘭後不久，遭紅眼的波蘭人算計，撕毀合約，餐館被收回。」[16]2000年秋，北島應邀去克拉科夫參加國

---

13 Wolfgang Kubin. "Nachbemerkung", Bei Dao. *Von Gänseblümchen und Revolution*, Wien: Erhard Löcker GesmbH, 2012, s. 61.

14 北島：〈波蘭來客〉，收入《藍房子》（香港：牛津大學出版社，2009年），第76頁。

15 北島：〈與死亡乾杯〉，收入《青燈》（香港：牛津大學出版社，2009年），第36頁。

16 北島：〈與死亡乾杯〉，收入《青燈》（香港：牛津大學出版社，2009年），第37頁。

際詩歌會議，見到了劉羽。「只見他衣服簇新，皮鞋鋥亮，像個準備娶媳婦的鄉下小夥兒（死後他老婆才告訴我，為了我到來，他在海外這麼多年頭一回去商店買鞋買衣服）。」[17]2001年底，北島因父親病重回到北京，發現在自己的故鄉成了一個異鄉人，唯有與劉羽的意外相遇才令他找回了一些過去，並相約第二年夏天再度聚首，不曾想那一面竟成永別。兩年後劉羽得了肺癌，病情迅速惡化。「據說剛下手術臺時他出現幻覺，狂躁地大喊：『警察來了，不要抓我！』喊了大半夜。」[18]早先的囹圄之災原來在他的意識深層烙下了不可磨滅的印記。北島終於理解劉羽何以在《今天》第1期出現分裂後選擇退出了編輯會議，並永遠地從《今天》跨了出去。「在政治高壓下，誰也沒有道德優勢」，而劉羽雖說沒有真正捲入《今天》，「但他一直是堅定的支持者」——北島幾次逃亡藏匿，都得到過他的幫助——「他深知危險的代價，甚至說不定會再次鋃鐺入獄」[19]，在死者與生者之間，悲憫盡釋前嫌。回顧劉羽的一生，可謂時運不濟、命途多舛，似乎只因那麼一步的差池，就步步踩錯了這個時代的節拍：

> 花間一壺酒，我與他對飲。死亡並不可怕，我只是打心眼裡為他喊冤叫屈：該揮霍青春年華時，他進了大獄；該用寫作抵抗黑暗時，他閒蕩過去；該與朋友幹番事業時，他先撤了；該為時代推波助瀾時，他忙著掙小錢；該安家過小日子時，他去國外打工；該退休享清福時，他把命都搭進去了。好像他的一生，只是為了證明這世道的荒謬。這是個人與歷史的誤會，還

---

[17] 北島：〈與死亡乾杯〉，收入《青燈》（香港：牛津大學出版社，2009年），第38頁。

[18] 北島：〈與死亡乾杯〉，收入《青燈》（香港：牛津大學出版社，2009年），第41頁。

[19] 參見北島：〈與死亡乾杯〉，收入《青燈》（香港：牛津大學出版社，2009年），第42頁。

是性格與命運的博弈？我不知道。死去方知萬事休，劉羽，先乾了這一杯。[20]

這一段結語讀來令人唏噓不已。與成功者的神話相比，「歷史面具上的一個人的淚」顯然更能打動人心。北島擅寫「失敗」，他筆下的人物也多是沒有真正歸屬的「失敗者」，言行做派自成一格，與國族時代拉開一定的距離。如：「在中國當代文人中絕對是個異數」[21]的蔡其矯；「有些事到死也不能講」[22]的馮亦代；「生平最大的樂事就是不務正業」[23]的胡金銓；「性情古怪，思路獨特，不合群，羞怯或孤傲」[24]的高爾泰。不僅同胞友人如此，漂泊路上的北島似乎也尤喜結交外國「浪人」。他們其實性格迴異，人生志趣和境遇也各不相同，有的外表瘋狂，如：「垮掉一代」之父艾倫・金斯堡（Allen Ginsberg）；有的外表冷靜，內心瘋狂，如：「一生充滿傳奇色彩」的蓋瑞・施耐德（Gary Snyder）；有的清貧窘迫，如同「異鄉人邁克」[25]；有的富貴享樂，好比「依薩卡莊園的主人」[26]，無論如何，他們都還有夢，正是對於夢想的追逐使得他們腳下的道路交匯延伸。中國現代史上另一位曾竭力稱頌放浪者或流浪者的作家是林語堂，他

[20] 北島：〈與死亡乾杯〉，收入《青燈》（香港：牛津大學出版社，2009年），第42-43頁。

[21] 北島：〈遠行——獻給蔡其矯〉，收入《青燈》（香港：牛津大學出版社，2009年），第64頁。

[22] 北島：〈聽風樓記——懷念馮亦代伯伯〉，收入《青燈》（香港：牛津大學出版社，2009年），第8-9頁。

[23] 北島：〈胡金銓導演〉，收入《藍房子》（香港：牛津大學出版社，2009年），第84頁。

[24] 北島：〈證人高爾泰〉，收入《藍房子》（香港：牛津大學出版社，2009年），第85頁。

[25] 北島：〈異鄉人邁克〉，收入《藍房子》（香港：牛津大學出版社，2009年），第32-36頁。

[26] 北島：〈依薩卡莊園的主人〉，收入《午夜之門》（香港：牛津大學出版社，2009年），第122-129頁。

說：「在這個民主主義和個人自由受著威脅的今日，也許只有放浪者和放浪的精神會解放我們，使我們不至於都變成有紀律的、服從的、受統馭的、一式一樣的大隊中的一個標明號數的兵士，因而無聲無臭地湮沒。放浪者將成為獨裁制度的最後的最厲害的敵人。他將成為人類尊嚴和個人自由的衛士，也將是最後一個被征服者。現代一切文化都靠他去維持。」[27]

北島的筆下，時間、地點和事件時常撲克牌般地洗在一起，自然而然地產生一種跨國的歷史參照，就像他在〈紐約騎士〉裡寫道：「艾略特和我同歲，比我大六個月。我們有很多經歷相似。比如，都沒有受過完整的教育。我當紅衛兵時，他成為嬉皮士，在耶魯大學唯讀了一年，就跟著造反了，後來再也沒回去。……當年造反派正準備焚燒圖書館時，艾略特挺身而出，向那些狂熱的學生們宣講書的重要，終於撲滅了那場烈火。很難想像，懷疑主義者艾略特當年慷慨激昂、大聲疾呼的樣子。在他保衛紐約大學的圖書館時，我正和朋友爬進北京的一家被查封的圖書館偷書。姿勢不同，立場卻是一致的。」[28]個人命運似乎超越國別差異具有時間上的驚人的相似性。又如在〈革命與雛菊〉中，尼加拉瓜女詩人兼革命者黛西（Daisy）的故事同樣也令中國讀者感同身受：「革命與詩歌共用幻想與激情，但革命一旦轉換成權力，往往就會成為自身的敵人。」[29]在歷史的廣闊背景中，英雄的身影是多麼地孤單。

近二十年的多國遊歷開拓了北島的視野，也讓他獲得了某種對照評判的能力。以「詩人之眼」看世界，世界也宛如一首詩，詩性思維

---

[27] 林語堂著，越裔漢譯：〈以放浪者為理想的人〉，收入《生活的藝術》（南京：江蘇文藝出版社，2009年），第20頁。

[28] 北島：〈紐約騎士〉，收入《藍房子》（南京：江蘇文藝出版社，2009年），第31頁。

[29] 北島：〈革命與雛菊〉，收入《青燈》（南京：江蘇文藝出版社，2008年），第107頁。

被植入散文文體，主語接謂語的平鋪直敘被形象化的智性結構取而代之，「浪遊記歷」也就超越了浮光掠影的地理獵奇。例如他說：「巴黎是個很難描述的城市。那些敢於描述巴黎的人八成都是遊客」[30]；「紐約有個和高層建築相對應的地下世界，如同影子之於巨人，黑夜之於白天」[31]；布拉格的姑娘們「有一種不諳世故的美，這在美國西歐早就見不到了。現代化首先消滅的是這種令人心醉的美」[32]；統一以前的西柏林「是藝術家和窮人的天下，如今被政客和商人所主宰；當年樸素寧靜的生活方式，被大國首都的野心和商業化的喧囂所取代」[33]；「香港如同一艘船，駛離和回歸都是一種過渡，而船上的香港人見多識廣，處變不驚」[34]；……北島便是這般娓娓道來，用「思想的流彈」追蹤歷史的吉光片羽，穩、準、狠，且又通俗易懂、朗朗上口，是真正向著口語之海的回歸，落筆行文則好比是被詩的波浪沖刷的海岸。

二、「閒情記趣」和「旅途記囧」

漂泊也讓北島獲得了某種中立的世界人的身分，無處是家，又四海為家，「對任何地理上的歷史上的『國』都不具迂腐的情結」[35]。北島後期的文風和氣韻的提升在很大程度上都得益於這種蒲公英般的「流散」狀態。其實從「流散」的角度來看，「『家園』既是實際的地緣所在，也可以是想像的空間；『家園』不一定是落葉歸根的地

---

[30] 北島：〈巴黎故事〉，收入《午夜之門》（南京：江蘇文藝出版社，2009年），第54頁。

[31] 北島：〈紐約變奏〉，收入《午夜之門》（南京：江蘇文藝出版社，2009年），第39頁。

[32] 北島：〈卡夫卡的布拉格〉，收入《午夜之門》（南京：江蘇文藝出版社，2009年），第68頁。

[33] 北島：〈憶柏林〉，收入《青燈》（南京：江蘇文藝出版社，2008年），第112頁。

[34] 北島：〈在中國這幅畫的留白處〉，收入《青燈》（南京：江蘇文藝出版社，2008年），第118頁。

[35] 旅美作家木心在〈帶根的流浪人〉中如此評價米蘭・昆德拉。

方，也可以是生命旅程的一站」[36]。也就是說，「流散」只是指生活於傳統家園之外，而家園則是指一切繁衍生命之地了。「當家園的空間有了拓展，人們在地緣上不斷穿越空間，在文化上、精神上頻繁出入於家園，原先背井離鄉的悲涼所蘊蓄的鄉愁，必然漸漸注入了繁衍生命的喜悅所帶來的明朗。」[37]因此，北島的散文雖說底色自是蒼茫，兼具歷史縱深和環球氣象，偶爾也「五嶺逶迤騰細浪」，翻出的幾朵浪花便是難得的「閒情記趣」。

中國現代散文自周作人起始開閒適之風，從平凡瑣事談天理物趣：北京的茶食、故鄉的野菜、喝茶、飲酒、鳥聲、蒼蠅、烏篷船、白楊樹皆可入文。這種「視萬物皆似人」的「泛靈論」（animism）發源於17世紀的哲學思想，由此而開啟了象徵主義藝術的表象與思想之間祕密的親緣關係——「靈」與「物」的融通，即通過可見之物，傳遞最短暫的、最複雜的、最道德的感覺，包括所有東西中隱含的一切；一絲不苟地翻譯出自然深刻的和諧[38]。周作人曾為法國象徵詩的藝術魅力所吸引，率先將果爾蒙（Remy de Gourmont,1858-1915）等人的作品介紹給國人[39]，而他的散文也是力主在人們所熟知習見的日常生活、平凡事物中發現真正的美。與之相仿，北島也受法國象徵主義詩學影響至深，他晚近詩作的一個重要特徵就是藝術的「去人性化」，即顛覆通常意義上的物與人的等級次序，反映出「一棵樹和一塊石頭都跟人類一樣，具有同樣的價值與權利」的「泛靈論」觀點。與此同時，北島的散文也折射了一個宇宙主義者的天地境界，即：人

---

[36] 王鼎鈞：〈水心〉，《左心房漩渦》（臺北：爾雅出版社，1988年），第13頁。

[37] 黃萬華：〈鄉愁是一種美學〉，收入《傳統在海外：中華文化傳統和海外華人文學》（濟南：山東文藝出版社，2006年），第168-169頁。

[38] 參見[法]波德萊爾著，郭宏安譯：《1846年的沙龍——波德萊爾美學論文選》（桂林：廣西師範大學出版社，2002年），第85頁。

[39] 1919年2月《新青年》第6卷第2號刊載周作人的《雜譯詩二十三首》，其中第十五首就是法國後期象徵詩人果爾蒙的〈死葉〉，這應該是中國新詩壇最早譯介的象徵詩之一。

與天地萬物都是一樣的，都是造化和自然的平等產物。這在「閒情記趣」的〈後院〉一文中有著淋漓盡致的體現。「後院」是私人空間，更是一個隱祕自在的生物群落。一泓「清澈碧藍」的游泳池若想免變魚塘，必先付出「與天奮鬥」的艱苦勞動：

> 除了入冬得撈出七棵樹上的所有樹葉，還得撈出無數的螞蟻飛蛾蜻蜓蚯蚓蝸牛潮蟲。特別是蜻蜓，大概把水面當成天空了。這在空軍有專業術語，叫「藍色深淵」，讓所有飛行員犯怵。除了天上飛的，還有水下游的。有一種小蟲雙翅如槳，會潛水。要是頭一網沒有撈著就歇著吧，它早一猛子扎向池底。[40]

「後院」還有一個巨大的螞蟻王國，時不時地入侵人類領地：

> 先派偵察兵進屋探路，小小不言的，沒在意；於是集團軍長驅直入，不得不動用大量的生化武器一舉殲滅。有一種螞蟻藥相當陰損，那鐵盒裡紅果凍般的毒藥想必甜滋滋的，插在蟻路上，由成群結隊的工蟻帶回去孝敬蟻后——毒死蟻后等於斷子絕孫。這在理論上是對的。放置了若干盒後，我按說明書上的預言掰指頭掐算時間，可螞蟻王國一點兒衰落的跡象都沒有，反而更加強盛了。我估摸蟻后早有了抗藥性，說不定還上了癮，離不開這飯後甜食了。[41]

僅以兩段文字為例，不難看出北島的性靈和北島的幽默。中國當代作家中，寫「宇宙之大」者多，寫「蠅蟲之微」者少，而站在蠅蟲

---

[40] 北島：〈後院〉，收入《午夜之門》（香港：牛津大學出版社，2009年），第142頁。

[41] 北島：〈後院〉，收入《午夜之門》（香港：牛津大學出版社，2009年），第142-143頁。

的立場上反諷人類的更是少之又少。這確是「知微見著」，能在常人不以為然的細枝末節處發現新意，並自由地表達出來，極具智識之靈通及筆調之幽默。「幽默」（humour）一詞在其引進者林語堂看來是一種人生觀，一種對人生的批評，其精髓在於寬容與誠懇，也就是如他所言的「謔而不虐」。別人有弱點，可以戲謔，自己有弱點，亦應自嘲。但在「戲謔」的背後，卻是一種博大的胸襟，一種對世間萬物的終極關懷與仁愛。生活在這樣一個複雜而紛亂的世間，「幸而人類的心智尚有一種力量，能夠超脫這一切觀念、思想、志向而付之一笑，這種力量就是幽默家的微妙處」[42]。林語堂認為，一般說來，幽默家比較接近事實，而理論家則比較注重觀念。當一個人跟觀念本身發生關係時，他的思想會變得非常複雜。在另一方面，幽默家突然觸發的機智會以閃電的速度顯示出觀念與現實的矛盾之處[43]。閱讀北島的散文，時常感覺既有觀念受到了衝擊，詩性的意象和睿智的幽默給他口語化的文字增添了河床砂金般的光芒，但正如李陀所說，驚喜之餘，悲從中來。北島從不諱言，「生命是墳墓上的舞蹈」，他對後現代的荒誕劇不吝嘲諷之辭。例如：「蓬皮杜中心像個巨大的機器胃，遊客被吞吐著，好像消化不了的殘渣」[44]；又如：「閒暇是一切創造的必要條件。如今閒暇正消失，據說是為了追求所謂物質上的舒適，其實閒暇正是舒適他祖宗。在現代化的暗夜，人們忘記了光源。」[45]

北島不僅能幽他人之默，洞穿人類行為之荒謬、矛盾、滑稽、虛偽、可哂之處，從而以犀利簡捷的方式一語點破，他還是華語文學圈

---

[42] 林語堂撰，越裔漢譯：〈論幽默感〉，收入《生活的藝術》（南京：江蘇文藝出版社，2009年），第81頁。

[43] 參見林語堂撰，越裔漢譯：〈論幽默感〉，收入《生活的藝術》（南京：江蘇文藝出版社，2009年），第83頁。

[44] 北島：〈巴黎故事〉，收入《午夜之門》（南京：江蘇文藝出版社，2009年），第45頁。

[45] 北島：〈巴黎故事〉，收入《午夜之門》（南京：江蘇文藝出版社，2009年），第50頁。

內一位難能可貴的掌握了自嘲藝術的作家，敢於「拿自己尋開心」，處世態度就有了一份「心遊物外」的逍遙。「旅途記囧」也是對收入《藍房子》輯四的〈搬家記〉、〈開車記〉、〈賭博記〉、〈朗誦記〉、〈飲酒記〉等專輯隨筆的主題性的總結。「囧」的本義為「光明」，在網路時代又添新解：「八」像眉眼，「口」像一張嘴，因其「臊眉耷眼」的生動神態而被賦予「鬱悶、尷尬、無奈、困惑、無語」等現代內涵，成為古語今用的一個漢字，亦可視作是對「人在囧途」的形象描畫的點睛之筆。北島自陳：

> 我是1989年的魯濱遜，剛逃離失事的沉船，帶著個空箱子，一頭鑽進語法嚴密的德語叢林。我把從墨西哥買來的繩床吊在陽臺上，躺在那兒眺望柏林搖盪的天空。我前腳走，柏林牆跟著轟然倒了。接著挪到挪威首都奧斯陸，住大學城。我有時去市中心散步，狂亂的內心和寧靜的港灣恰成對比。直到那時我才意識到回不了家了。[46]

不堪回首的流浪初年以漫不經心的調侃口氣開了個頭，類似於魯迅在〈自嘲〉詩裡的打趣：「運交華蓋欲何求，未敢翻身已碰頭。／破帽遮顏過鬧市，漏船載酒泛中流。」這裡面也有一個「囧」字，一種可愛的、曲折的自我嘲諷，有無可奈何，也有容忍與放任——「由疲乏而產生的放任，看不起人，也不大看得起自己。然而對於人與己依舊保留著親切感。」（張愛玲：〈到底是上海人〉）例如北島在〈搬家記〉中寫他在北歐居無定所的生活：住過學生宿舍，與五個挪威小夥子共用廚房，「頭疼的是，剛塞進冰箱的六瓶啤酒，轉眼少了四瓶半」[47]；隨後搬到瑞典斯德哥爾摩的寬敞公寓，替出國度假

[46] 北島：〈搬家記〉，收入《藍房子》（香港：牛津大學出版社，2009年），第133頁。
[47] 北島：〈搬家記〉，收入《藍房子》（香港：牛津大學出版社，2009年），第133-

的主人照料花草，「我日夜顛倒，索性整天拉上窗簾。三個月後，花草奄奄一息，主人回來了。一位好心的中國餐館老闆借我個小單元，更符合孤獨的尺寸」[48]。那年秋天，北島到丹麥第二大城市奧爾胡斯（Aarhus）教書，在郊區租住一間小廂房，兩位女房東是女權主義者：「她們帶各自的娃娃住正房，居高臨下，審視一個倒楣的東方男人。夜半，三盞沒有性別的孤燈，遙相呼應。小院緊靠鐵路，火車常闖入我夢中。驚醒，盯著牆上掠過的光影，不知身在何處。」[49]而當父母帶女兒前來探望時，北島臨時借點兒威嚴，住進丹麥海軍司令家隔壁小樓的二層。一層是老建築師烏拉夫，「他特別佩服貝聿銘，做中國人，我跟著沾光。不過蓋房子是給人住的，而詩歌搭的是紙房子，讓人無家可歸」[50]。父母和女兒走了。為圖便宜，又搬到郊區的新住宅區：「那單元特別，以廁所為中心，所有房間環繞相通。我心情好時順時針溜達，否則相反。那恐怕正是設計者的苦心，要不怎麼籠中困獸或犯人放風總是轉圈呢。」[51]

北島早年說過相聲，懂得如何損己娛人，不但嘲笑別人，也會釋然自嘲，泰然自貶。這項技藝在語言遊戲中難度極高，關鍵在於分寸的把握：自嘲過輕，不疼不癢，有做作之嫌；自嘲過重，又近於自輕自賤了。運用得當，便是一劑痛苦的解藥：古今多「糗」事，盡付笑談中。梁實秋曾說：「所謂幽默作家（humorists），其人必定博學多識，而又悲天憫人，洞悉人情世故，自然地談吐珠璣，令人解頤。」[52]真正的幽默其實並不在於支離瑣碎的妙語警句，而是一種舉重若輕的人格魅力。

134頁。

48 北島：〈搬家記〉，收入《藍房子》（香港：牛津大學出版社，2009年），第134頁。

49 北島：〈搬家記〉，收入《藍房子》（香港：牛津大學出版社，2009年），第135頁。

50 北島：〈搬家記〉，收入《藍房子》（香港：牛津大學出版社，2009年），第135頁。

51 北島：〈搬家記〉，收入《藍房子》（香港：牛津大學出版社，2009年），第136頁。

52 梁實秋：〈談幽默〉，收入《大道無所不在》（西安：陝西師範大學出版社，2010年），第230頁。

第二節 歷史記憶的「去革命話語」

除了漂泊路上的隨筆，自新世紀起，北島也在回憶中穿越過去。作家有一種靈智的反芻功能，他憑記憶再度品味從前的印象。這種超時空的感受是作家創作的源泉。瑞典詩人特朗斯特羅姆曾將人生比作彗星，頭部密集，尾部散漫。核心部分是童年和青少年，一個人的青春經歷決定了他的一生。「記憶像迷宮的門，追溯童年經驗就是一個不斷摸索、不斷開門的過程。」[53]由此而有了《城門開》這部散文集。寫這本書的初衷是2001年底，因父親病重，北島回到了闊別十三年的北京，發現故鄉早已面目皆非。從那時起，他意識到：「歸程總比迷途長／長於一生」[54]。也是從那時起，他萌生了一種衝動，「我要用文字重建一座城市，重建我的北京。……我打開城門，歡迎四海漂泊的遊子，歡迎無家可歸的孤魂，歡迎所有好奇的客人們」[55]。更重要的是，北島希望通過追憶性的文字發見一段歷史的開始，很多事都是在那時形成或被註定的。北島認為，「這與政治無關」，因為「從某種意義來說，政治是抽象的」，而文學所關注的卻是「個人的可感性細節」，如同重建記憶之城的磚瓦[56]。

不同於常規意義上的傳記文學的寫法，《城門開》沒有編年史性質，不按時間順序追蹤完整的生活流動過程。這本書其實有兩個主角，一個是「我」，一個是北京。北島自陳：「這兩個主角中，我是顯性的，北京是隱性的，關於我的部分，有明顯的自傳性，關於北

---

[53] 劉子超、北島：〈此刻離故土最近〉，《南方人物週刊》2009年第46期。

[54] 北島：〈黑色地圖〉，《守夜——詩歌自選集1972-2008》（香港：牛津大學出版社，2009年），第175頁。

[55] 北島：〈序：我的北京〉，《城門開》（北京：三聯書店，2010年），第1頁。

[56] 參見林思浩、北島：〈我的記憶之城——北島訪談〉，《南方週末》2010年10月07日D19版。

京，則帶有外傳或傳說色彩。」[57]開篇頭三章，作者就以「光與影」（視覺）、「味兒」（嗅覺）、「聲音」（聽覺）來喚醒感官，將象徵主義的詩歌技法作用於散文：萬事感通，世間一切相融。恰如波特萊爾〈契合〉中的詩句：「芳香、色彩和音響互相呼應。」波特萊爾認為：「自然總是呈現在我們面前，不管我們朝哪個方向轉，總像一個謎包裹著我們，它同時以好幾種形態出現，每種形態越是可以被我們理解和感知，就越是鮮明地反應在我們心中。這些形態是：形式、姿態和運動、光和色、聲音與和諧。」[58]北島利用「通感」來探求內心的「最高真實」，為讀者再現一個過往的世界，這個世界具有一種不被我們周圍任何的現實反響所干擾的純粹的實質[59]。

《城門開》的篇章鋪陳分為三、六、九等：前面的三章是感官，中間的六章是遊戲，後面的九章涉及社會生活，關鍵字為地點、人物和事件。「每章可獨立成篇，自成系統，很像漢字或北京四合院，彼此呼應，在互相勾連拼接中產生更深的含義。」[60]與特朗斯特羅姆寫作〈記憶看見我〉相仿，北島也是在他六十歲的時候試圖回顧「我的一生」。穿越「彗星」最明亮的頭部是危險的，甚至於是在接近死亡本身。羅蘭・巴特也曾說過：「文學就像是含磷的物質。」他在1953年出版的第一本書《寫作的零度》中寫道：「在它就要死去的時候，就會散發出最明亮的光芒。」[61]這裡的文學已然是一種死後的重播。北島選擇以一個少年的口吻來傾訴過往，就是要消解傳統閱讀中讀者

---

57 林思浩、北島：〈我的記憶之城——北島訪談〉，《南方週末》2010年10月07日D19版。

58 [法]波德萊爾著，郭宏安譯：《1846年的沙龍——波德萊爾美學論文選》（桂林：廣西師範大學出版社，2002年），第84頁。

59 參見[英]查理斯・查德威克著，郭洋生譯：《象徵主義》（石家莊：花山文藝出版社，1989年），第4-5頁。

60 林思浩、北島：〈我的記憶之城——北島訪談〉，《南方週末》2010年10月07日D19版。

61 [美]蘇珊・桑塔格撰，陶潔、黃燦然等譯：〈寫作本身：論羅蘭・巴特〉，收入《重點所在》（上海：上海譯文出版社，2004年），第81頁。

的被動接受地位，代之以同赴一次穿越之旅的熱情邀約，從而完成寫作－穿越－閱讀的有效連接，形成一種複雜而開放的文本。「記憶帶有選擇性、模糊性及排他性，並長期處於冬眠狀態。而寫作正是喚醒記憶的過程」，這種對於生命源頭的回溯「相當於某種史前探險，伴隨著發現的快樂與悲哀」[62]。而在閱讀的過程中，「發現的快樂與悲哀」又將通過文本傳遞給讀者。

例如北島在〈玩具與遊戲〉一章中回憶男孩兒愛用爆竹模擬軍隊火力：「『小鞭』是子彈，『大鞭』是手榴彈，『炮打燈』是照明彈，『二踢腳』是迫擊炮，『沖天炮』是地對空導彈，至於『麻雷子』，大概相當於小型戰術原子彈。」[63]從1959年春節開始，樓裡的男孩兒們幾乎年年演習，分成兩撥兒打仗，「『二踢腳』和彈弓發射的大小鞭炮穿梭如織，震耳欲聾」，似乎是在為一場真槍實彈的戰爭做準備：

> 「文化大革命」爆發的那天，我想起那草紙的嗆人煙味，以及它正點燃的第一個鞭炮。而「文化大革命」所釋放的巨大能量（包括血腥的暴力），正來自那些男孩女孩。他們似乎一夜長大成人，卸掉偽裝，把玩具與遊戲遠遠拋在身後。[64]

這一發現與北島在北京四中的同學張育海所見略同：「政治充滿了戲劇性，戲劇充滿了政治性。」[65]1966年的四中成了北京「文化大革命」的中心之一，十七歲的北島曾很深地捲進「文革」的浪潮中。時隔四十餘年，北島想探討一個少年在「文革」中的成長經驗，包括

---

[62] 北島：〈序：我的北京〉，《城門開》（北京：三聯書店，2010年），第2頁。
[63] 北島：〈玩具與遊戲〉，收入《城門開》（北京：三聯書店，2010年），第33頁。
[64] 北島：〈玩具與遊戲〉，收入《城門開》（北京：三聯書店，2010年），第34頁。
[65] 北島：〈北京四中〉，收入《城門開》（北京：三聯書店，2010年），第146頁。

對當時狂熱的懺悔。「四中在中國的地位很特殊，其中潛藏和爆發的危機也很有代表性。在我看來實際上有兩個四中：一個是以高幹子弟為中心的『貴族』四中，一個是以思想文化為動力的『平民』四中。這種內在的分裂在『文革』前被所謂『平等意識』掩蓋了，而『文革』不僅暴露，甚至加深了這種對立，鴻溝一直延伸到現在，雙方幾乎老死不相往來。這又恰好與當今的政治、社會形態掛上了鉤。」[66]

〈北京四中〉這一章也讓我們瞭解到文革初期就已出現的刊載遇羅克〈出身論〉的民辦小報：《中學文革報》，牟志京、張育海、趙京興這些獨立思考的早熟少年彷彿星光，升起在一片混亂的派系爭戰的夜空。北島本人也參與了一個署名為「紅衛兵6514部隊」的祕密組織，積累了一手的宣傳及辦報經驗：

> 《原則》總共辦了三期，無疾而終，幾乎沒在世上留下什麼痕跡，除了在我們心中——我們一夜之間長大了，敢於挑戰任何權威。而在剛剛拉開序幕的「上山下鄉運動」的浪潮中，所有原則必須修正、變革或延伸。[67]

北島最初的詩歌創作動機正是為「上山下鄉」的朋友們送行，「寫舊體詩詞成了時尚，互相唱和，一時多少離愁別緒！北京火車站成了我們最後的課堂，新的一課是告別」[68]。但舊體詩詞的古老形式顯然已經包裹不住當代社會的複雜情緒，而賀敬之、郭小川等人的作品又似乎和北島他們沒什麼關係，「最初喜愛是因為革命加聲音，待革命衰退，只剩下聲音了」[69]。直至1970年的某個春日，郭路生的詩

---

[66] 劉子超、北島：〈此刻離故土最近〉，《南方人物週刊》2009年第46期。

[67] 北島：〈北京四中〉，收入《城門開》（北京：三聯書店，2010年），第160頁。

[68] 北島：〈北京四中〉，收入《城門開》（北京：三聯書店，2010年），第161頁。

[69] 北島：〈斷章〉，收入《青燈》（香港：牛津大學出版社，2009年），第198頁。

觸動了北島的某根神經，為他的生活打開了一扇意外的窗戶。北島在〈斷章〉中再現了從他寫新詩到《今天》誕生的那段歷史：那個時代，政治無所不在，給了他們共同的語言，也給了他們反抗的能量。

北島早期的詩銳利而凜冽，猶如冰川紀的冰凌，刺透到心裡去。〈回答〉等代表作影響了整整一代讀者，北島本人卻「悔其少作」：「如果說這四十年來，我們顛覆了官方話語的統治地位，恢復了現代漢語的尊嚴，值得驕傲，那同時我們也很可悲，因為我們就像曼德爾施塔姆所說的，扮演的是『低級侍從』的角色。換句話說，我們只會行走，不會飛翔；只會戰鬥，不會做夢。」[70]北島認同用俄語寫作的楚瓦士詩人艾基的觀點：「一種專制的意識形態總是要求制度化類同化，讓每個詞都穿上堅硬的裝甲；從另一方面來講，用韻就像下棋。儘管棋路千變萬化，到了極點就只有重複。詩的節奏和韻律發自一首詩內在結構的需求，只有在必需時，這些形式的東西才能變成某種意義上的反叛。一般來說，韻律總是束縛思想，與自由相悖的。」[71]

後期的北島有意擺脫革命話語的影響，打破詩歌內部強大的韻律系統，語調趨於和緩平靜，甚至乾脆給自己放假，讓詞語解甲歸田。正如帕斯捷爾納克意識到「抒情詩已不再可能表現我們經歷的廣博。生活變得更麻煩、更複雜。在散文中我們能得到最佳表達的價值……」[72]。北島也轉而從詩歌的高山步入散文的平原，並且以車代步，角色轉換得駕輕就熟，受到國內外學者的普遍讚譽——例如顧彬認為北島是當代華語圈最傑出的散文寫者[73]。顧彬指出，儘管1979年

[70] 劉子超、北島：〈一個四海為家的人〉，原發表於《南方人物》週刊2009年第46期，原題〈此刻離故土最近〉，收入北島：《古老的敵意》（香港：牛津大學出版社，2012年），第9頁。

[71] 北島：〈艾基〉，收入《時間的玫瑰》（香港：牛津大學出版社，2009年），第282-283頁。

[72] 北島：〈帕斯捷爾納克〉，收入《時間的玫瑰》（香港：牛津大學出版社，2009年），第257頁。

[73] 德國漢學家、翻譯家、作家沃爾夫岡・顧彬2008年接受《瞭望東方》週刊記者採

以後的大陸文人、1986年以後的臺灣作家就創作自由而言早已今非昔比，可一旦觸及過去二百年間的歷史傷痕，卻大多情陷其中無法自拔——這與當局的立場無關，純屬作家本人的能力和態度問題[74]。關於好的文章，哈特費爾德這樣寫道：「從事寫文章這一作業，首先要確認自己同周遭事物之間的距離，所需要的不是感性，而是尺度。」（〈心情愉悅有何不好〉，1936年）[75]因為不能出乎其外，作家往往消耗在自身的血淚史裡，或者民族的血淚史裡。他們學會了如何去恨，卻不懂如何去愛，而唯有當生活這所學校不再教授殘忍無情，它才會教人同情。北島說：「中國不缺苦難，缺的是關於苦難的藝術。」[76]這樣的藝術，可以從他國文化圈，如南非作家布萊頓・布萊頓巴赫（Breten Bretenbach）[77]的回憶錄中有所領悟，北島在讀這本書時常做噩夢，驚醒時喘不過氣來，「有時不得不略過一些章節，好像唱針在黑色的舊唱片上跳動」[78]。布萊頓並不控訴，只是傾訴，語調充滿了調侃和挖苦，「他敏感有如琴弦。這琴弦被風暴狠命彈奏，未斷，那真是奇蹟。而奇蹟又往往源於苦難，正如基督本人的遭遇」[79]。

訪時，談到中國作家與中國文學，認為北島的散文是當代中國最好的。另參見Wolfgang Kubin. "Nachbemerkung", Bei Dao. *Von Gänseblümchen und Revolution*, Wien: Erhard Löcker GesmbH, 2012, s. 64.

[74] 參見Wolfgang Kubin. "Nachbemerkung", Bei Dao. *Von Gänseblümchen und Revolution*, Wien：Erhard Löcker GesmbH, 2012, s. 62.

[75] 哈特費爾德是日本作家村上春樹在其小說處女作《且聽風吟》中杜撰的一個人物，其實哈特費爾德就是村上的影子作家，其言論就是村上自己的一貫看法。村上之所以這樣做也是出於他的敘事風格的需要。

[76] 北島：〈證人高爾泰〉，收入《藍房子》（南京：江蘇文藝出版社，2009年），第93頁。

[77] 布萊頓・布萊頓巴赫（Breten Bretenbach）：中文名為卞廷博，南非作家、畫家，曾入獄七年，後以被捕和坐監為題材，完成回憶錄《一個患白化症恐怖份子的真實自白》。

[78] 北島：〈布萊頓・布萊頓巴赫〉，收入《午夜之門》（南京：江蘇文藝出版社，2009年），第164頁。

[79] 北島：〈布萊頓・布萊頓巴赫〉，收入《午夜之門》（南京：江蘇文藝出版社，2009年），第158頁。

關於「風暴」，北島顯然也有深入的思考，多少人性的傾軋、扭曲和抗爭便是源出於此，例如他在〈父親〉一章中描述那些波瀾起伏的政治運動對家庭造成的戕害：「轉眼間，父親似乎獲得風暴的性格，滿臉猙獰，喪心病狂，整個變了個人。」[80]直到自己成了父親，北島才意識到這暴君意識來自血液來自文化深處，根深柢固，離經叛道者也在所難逃。「回望父親的人生道路，我辨認出自己的足跡，亦步亦趨，交錯重合——這一發現讓我震驚。」[81]君君臣臣父父子子，際遇輪迴的邏輯演變似乎滲透到了中國人的骨子裡。北島發現，這世上有一種病，他稱之為「專制病」，「獨裁者和被壓迫者都會染上，且無藥可救。得了這種病，無論是獨裁者和被壓迫者，彼此相像，互為回聲」[82]。我們有意識地追求健康，卻只相信生病的現實。我們相信的真理都是那些產生於苦難的真理。我們以作家受苦的代價多少來衡量真理——而不是以與作家的言論相應的客觀真理的標準，「我們的每個真理都必須有一個烈士」[83]。

北島力圖走出惡性循環的因果怪圈，不以把少數替罪羊釘在恥辱架上來換取多數人的良心的安寧。北島認為，作為作家或知識份子，不應有任何預設立場，將歷史做簡單化的處理就等於犯罪，「在中國現代化轉型的舞臺上，有過多少戲劇性的變化，回頭望去，依然驚心動魄。我們不得不承認，在很長一段時間裡，『革命』就是正劇，馮亦代、我父親，甚至連章伯鈞、謝冰心都相信這『正劇』的合法性，儘管角色各有不同」[84]。顧彬則發現，80年代中國實行改革開放政策

[80] 北島：〈父親〉，收入《城門開》（北京：三聯書店，2010年），第175-176頁。

[81] 北島：〈父親〉，收入《城門開》（北京：三聯書店，2010年），第195頁。

[82] 林道群、北島：〈我的記憶之城〉，收入北島：《古老的敵意》（香港：牛津大學出版社，2012年），第64頁。

[83] 參見[美]蘇珊・桑塔格：〈西蒙娜・薇依〉，收入[美]布羅茨基等著，黃燦然譯：《見證與愉悅：當代外國作家文選》（天津：百花文藝出版社，1999年），第145頁。

[84] 郭玉潔、北島：〈越過王朔向老舍致敬〉，收入北島：《古老的敵意》（香港：牛津大學出版社，2012年），第54頁。

後，一直有知識份子、特別是老年知識份子喋喋不休地訴苦：「他們自認是往日政治的犧牲品，並大肆渲染。誰也不認為自己曾是營造那個建立在恐怖、謊言和烏托邦三大支柱的統治體系的幫手。事實上，他們每個人都曾為它添磚加瓦，只是方式不同而已。有人用思想，有人用靈魂，有人用行動。」[85]所有這些人，包括詩人在內，都採取了斯佩貝爾（Manes Sperber）所謂的「示範無知」的態度。之所以是「示範無知」，乃是「因為並非缺乏觀察能力，也並非不能從具體事件中推導結論，而是不願意捨棄信任，承受失望，並大膽決裂，因為從幻滅中解脫出來就等於把自己放逐到無人地帶」[86]。

而「流散」就是要隨時準備做「從征服者陣營跑出來的逃亡者」。北島相信：「逃跑是一個永恆的主題。不只是你在跑，我也在跑，每個不願與權力認同的人都在跑。」[87]這種逃跑其實就是盡我們所能去抵制人多勢眾的一方對社會大局的掌控。從另一個角度來講，也恰如村上春樹在耶路撒冷文學獎的受獎詞中所言：「在一堵堅硬的高牆和一隻撞向它的蛋之間，我會永遠站在蛋這一邊。」[88]其實我們每個人，或多或少，都是一個「蛋」：「我們每個人都是一個獨特的、無法取代的靈魂，被包裹在一個脆弱的殼裡。……而我們每個人多多少少都面對著一堵堅硬的高牆。這堵牆有個名字：它叫體制（The System）。體制應該保護我們，但有時，它不再受任何人所控，然後它開始殺害我們，或者令我們殺害他人——無情地，高效地，系統地。」[89]對於文學家而言，重要的不是人事爭端的是非判定——「域於

---

85 [德]顧彬，成川譯：〈預言家的終結——二十世紀的中國思想和中國詩〉，《今天》1993年第2期。

86 參見[德]顧彬，成川譯：〈預言家的終結——二十世紀的中國思想和中國詩〉，《今天》1993年第2期。

87 北島：〈布萊頓‧布萊頓巴赫〉，收入《午夜之門》（南京：江蘇文藝出版社，2009年），第163頁。

88 [日]村上春樹：〈永遠站在蛋這一邊〉，《學習博覽》2009年第4期。

89 [日]村上春樹：〈永遠站在蛋這一邊〉，《學習博覽》2009年第4期。

一人一事」的乃「政治家之眼」，「詩人之眼」則有待「通古今（中外）而觀之」[90]。重要的是「我們一定不能讓體制來利用我們」——即使在太高、太強，也太冷的「牆」面前，不堪一擊的「蛋」完全沒有獲勝的希望。這種「知其不可而為之」的「失敗」主題事實上代表了一種偉大的人文精神，由此北島盛讚「失敗之書博大精深」，他書中的主角也無不是與「高牆」死磕到底的「壞蛋」一枚，好比孤狼：「對，我們就是荒野狼，在長夜將盡時朝天嗥叫」[91]；「回首往事，大可不必美化青春。我們那時一個個像孤狼，痛苦、茫然、自私、好勇鬥狠」[92]。這與他的詩句「一隻孤狼／走進無人失敗的黃昏」（〈關鍵字〉）不禁暗合。「無人失敗的黃昏」顯然正是北島夢想的烏托邦，來自於每一個獨特的靈魂個體聚集一處的溫暖慰藉。

不難看出，生命形態的「流散」與形而上學的「流散」在北島90年代以後的文學探索中互為表裡，並且匯入到20世紀「世界文學」的流散美學的傳統中去。而北島的散文正是落到紙面上的環球漂泊的印跡，不僅與地理意義上的步履書寫構成互文關係，也為其詩歌解讀提供了線索。例如有了散文〈父親〉的背景，就不難理解「你召喚我成為兒子／我追隨你成為父親」（〈給父親〉）蘊含的深意；散文〈青燈〉也成為其同名詩作的一個超長注釋。北島謹以此詩獻給歷史學家魏斐德（Fred Wakeman, 1937-2006），感其深知權力和聲譽被濫用的危險，只顧在歷史的黑暗深處，點亮一盞「青燈」[93]；2001年的北島詩作〈黑色地圖〉也為其隨後的散文集《城門開》埋下了伏筆：

---

90 王國維在《人間詞話》中稱，「詩人之眼」是「通古今而觀之」；宋琳認為，寫作若渴望獲得全部文化的依託，有待「通古今（中外）而觀之」的雙重視野。參見宋琳：〈主導的循環——《空白練習曲》序〉，收入張棗、宋琳編：《空白練習曲：《今天》十年詩選》（香港：牛津大學出版社，2002年），第xvii頁。

91 北島：〈遠行——獻給蔡其矯〉，收入《青燈》（南京：江蘇文藝出版社，2008年），第67頁。

92 北島：〈彭剛〉，收入《藍房子》（南京：江蘇文藝出版社，2009年），第79頁。

93 參見北島：〈青燈〉，收入《青燈》（南京：江蘇文藝出版社，2008年），第21頁。

北京，讓我
跟你所有燈光乾杯
讓我的白髮領路
穿過黑色地圖
如風暴領你起飛

我排隊排到那小窗
關上：哦明月
我回來了——重逢
總比告別少
只少一次[94]

第三節　文化全球化的「世界詩歌」

2004至2005年間，北島在為《收穫》雜誌的「世紀金鏈」專欄寫稿時還創造了一種全新的「混搭式」文體，有人稱之為「詩歌傳記」，他認為也不無道理。「我採用的是一種較複雜的文體，很難歸類。依我看，這無疑和現代詩歌的複雜性，和個人與時代、經驗與形式、苦難與想像之間的複雜性相關。」[95]北島以20世紀的九名傑出詩人為例，採用遊記、詩歌、傳記、評論、翻譯等多種文體「混搭」的方式展示了詩人其人與其文、歲月與生活細密交織的壯美圖景。不僅完成了地域與時空的跨越，更從翻譯的角度上對比詩歌作品在不同譯者語言中的異質呈現。其中不少片段是在路上寫成的，「正是這種跨國旅行，與詩人寫作中的越界有對應關係」，比如在德國的馬堡，

[94] 北島：〈黑色地圖〉，收入《守夜——詩歌自選集1972-2008》（香港：牛津大學出版社，2009年），第175-176頁。
[95] 北島：〈後記〉，《時間的玫瑰》（香港：牛津大學出版社，2009年），第361頁。

帕斯捷爾納克由於失戀，從一個新康德主義的信徒轉向詩歌創作，寫下他早期的重要詩作〈馬堡〉。「只有在馬堡街頭行走，似乎才得其要領，因為這就是首行走的詩，一切都在行走中復活了。」[96]這九篇專欄文章於2005年結集出版，書名取自他的一首詩作：〈時間的玫瑰〉。

在北島看來，20世紀（尤其上半葉）的詩歌是人類歷史上最燦爛的黃金時代：「它衝破了國家種族和語言的邊界，獲得了前所未有的國際視野和與之相應的國際影響，正是在此意義上，才有所謂的國際詩歌。」[97]北島精挑細選的這九位詩人均屬「流散」一族，就像植物的種子或花粉，在精神的天空隨風飄散、跨越疆土，他們是：在異教文化的叛逆和寬容中長大，從邊緣向中心轉移、在紐約陌生語言中流亡、再返回邊緣的洛爾迦；生於奧地利死於波蘭，自認為與18世紀初的德國詩人君特（Johann Christian Gunther）有著血緣關係的特拉克爾；為了在藝術上真正起步，不得不和家庭的環境決裂、「在第二故鄉檢驗自己性格的強度和承受力」的里爾克；每天從事翻譯，但一直堅持用德文寫作，並認為「只有用母語一個人才能說出自己的真理」的策蘭；擁有豐富的傳統資源，承上啟下、融會貫通，在一個廣闊的背景中開創出自己的道路的特朗斯特羅姆；留學巴黎期間受法國象徵派影響，對世界文化充滿眷念、「永遠不會找到他在新世界的位置」[98]的曼德爾施塔姆；「看起來既像阿拉伯人又像他的馬」[99]，因失戀而從康德哲學轉向詩歌創作的帕斯捷爾納克；母語是楚瓦士語，從一開始就和處於稱霸地位的俄語保持某種距離，並作為一個局外人

[96] 北島：〈後記〉，《時間的玫瑰》（香港：牛津大學出版社，2009年），第360頁。

[97] 北島：〈後記〉，《時間的玫瑰》（香港：牛津大學出版社，2009年），第359頁。

[98] 曼德爾施塔姆的遺孀娜傑日達對曼德爾施塔姆的分析：「顯而易見他是命中註定的，永遠不會找到他在新世界的位置，……他不會躲避自己的同伴，他不認為自己在眾生之上，而是其中一員。」

[99] 茨維塔耶娃如此描述帕斯捷爾納克。

到歐洲和亞洲尋找精神源泉的艾基；生來繼承的是分裂的國家、分裂的傳統、分裂的語言和分裂的社會，也繼承了遊吟詩人四海為家縱飲狂歡的天賦的狄蘭・湯瑪斯。「流散」與其說是地理意義上的輾轉遷徙，不如說是心理意義上的流離失所。對此，莎洛美可謂一語道破里爾克的心魔：「在今後的歲月裡，無論你在何處逗留，無論你是否嚮往安全、健康與家園，或者更加強烈地嚮往流浪者的真正自由，樂於被變化的欲望所驅使，在你的內心深處總有一種無家可歸感，而這種感覺是不可救藥的。」[100]

九名詩人當中，特朗斯特羅姆和艾基還與北島有過私人交往，聚焦他們的鏡頭裡也難免混有北島本人的身影。即便是講述早已逝去的人物生平，介紹詩人詩作的同時也常常夾雜著畫外音：時而是北島的有感而發，時而是各種譯本的比較、引發的回憶及相關評論等等。如此一來，歷史與現實、真實與虛構、作者與讀者、原創與詮釋之間的界限就變得模糊不清了。接受美學的宗師姚斯認為：「一部文學作品，並不是一個自身獨立、向每一時代的每一讀者均提供同樣的觀點的客體。它不是一尊紀念碑，形而上學地展示其超時代的本質。它更多地像一部管弦樂譜，在其演奏中不斷獲得讀者新的反響，使文本從詞的物質形態中解放出來，成為一種當代的存在。」[101]不同於傳統意義上的詩話詩評，北島特別凸顯釋讀的過程，追蹤作品與讀者的相遇，甚至會對以往的觀點做出更正，因而《時間的玫瑰》帶有一定的「元文學」的色彩。例如，在〈里爾克〉一章的第六節中，北島回憶他與里爾克相識於70年代初：

---

[100] 摘自《莎洛美回憶錄》，參見北島：〈里爾克〉，收入《時間的玫瑰》（香港：牛津大學出版社，2009年），第81頁。

[101] [德]姚斯著，周寧、金元浦譯：〈文學史作為向文學理論的挑戰〉，收入《接受美學與接受理論》（瀋陽：遼寧人民出版社，1986年），第26頁。

> 我從《世界文學》上初次得到馮至先生譯的里爾克的詩，其中包括〈秋日〉。說實話，他並沒有像洛爾迦那樣讓我激動，我們擦肩而過。人到中年重讀里爾克，才終有所悟。他的詩凝重蒼涼，強化了德文那冷與硬的特點，一般來說，這樣的詩是排斥青年讀者的，只有經歷磨難的人才准許進入。[102]

北島認為，里爾克的寫作高峰無疑是巴黎時期，「特別是從1902年到1907年這五年的時間。〈秋日〉和〈豹〉都寫於這一時期」，相比之下，「〈杜伊諾哀歌〉和〈獻給奧爾甫斯十四行〉的成就被人們誇大了，特別是在德語世界」[103]。但到了第十節，北島又改變了他的這一看法：

> 行文至此，我對開篇時對兩首長詩的偏激做出修正，這與我重新閱讀時被其中的某些精闢詩句感動有關。但無論如何，我仍偏愛里爾克的那幾首短詩。在某種意義上，一個詩人對另一個詩人的某種排斥往往是先天的，取決於氣質和血液。總體而言，我對長詩持懷疑態度，長詩很難保持足夠的張力，那是詩歌的奧祕所在。[104]

拋開個人好惡，北島回到西方詩歌的大背景中重新來考察里爾克，發現在德語詩歌中有一條由克洛普斯托克、歌德、席勒到荷爾德林將哀歌與讚歌相結合的傳統，里爾克正是這一傳統的繼承者。「在

---

102 北島：〈里爾克〉，收入《時間的玫瑰》（香港：牛津大學出版社，2009年），第96頁。

103 參見北島：〈里爾克〉，收入《時間的玫瑰》（香港：牛津大學出版社，2009年），第96頁。

104 北島：〈里爾克〉，收入《時間的玫瑰》（香港：牛津大學出版社，2009年），第108-109頁。

這一傳統鏈條上，〈杜伊諾哀歌〉和〈獻給奧爾甫斯十四行〉在德語詩歌中的重要地位是不容置疑的。」[105]

鑑於閱讀的個人性、品味的可塑性[106]，對一個詩人的作品做出所謂全面、客觀、公正的評價幾乎是一件不可能完成的使命。特別是複雜如里爾克——相關資料浩繁無邊，「包括他無數詩作散文藝術隨筆書信日記，還有關於他的多種傳記和回憶錄」，北島並不諱言：「我就像個初學游泳的人，在汪洋大海掙扎。而更困難的是，如何評價他一生的寫作。」[107]彼得・福克納曾說：「現代主義之所以能發人深省，是因為作家意識到他們的工作是非常艱巨的。他們感到只有複雜而發人深思的藝術，才能得體地表達現代人對世界的意識。」[108]現代世界的確要比以前各種形態的社會都更為複雜，與之相應的是文學形式的奇崛多元，以及對權威崇拜的日趨削弱。北島的這本《時間的玫瑰》也彷彿是一座「交叉小徑的花園」，作者本身也是讀者——現代詩歌的close reader，他對詩歌的判斷有時是源自作品在他身上引起的感覺，正如《交叉小徑的花園》作者博爾赫斯在談到詩與讀者的關係時曾說：「蘋果的滋味（貝克萊宣稱）來自於果實與齶的接觸，而不是果實本身；同樣地（我會說）詩歌來自於詩與讀者的相會，而不是印在書頁上那些符號構成的分行。」[109]

---

105 北島：〈里爾克〉，收入《時間的玫瑰》（香港：牛津大學出版社，2009年），第109頁。

106 W. H. 奧登曾在〈論閱讀〉中說：「在二十歲至四十歲之間，用以說明一個人有真正屬於自己的品味的最確切的證據是，他對自己的品味沒有把握。」參見[英]W. H. 奧登：〈論閱讀〉，收入[美]布羅茨基等著，黃燦然譯：《見證與愉悅：當代外國作家文選》（天津：百花文藝出版社，1999年），第13頁。

107 北島：〈里爾克〉，收入《時間的玫瑰》（香港：牛津大學出版社，2009年），第95-96頁。

108 [英]彼得・福克納著，鄒羽譯：《現代主義》（哈爾濱：北方文藝出版社，1988年），第40-41頁。

109 參見[愛爾蘭]謝默斯・希尼：〈詩歌的糾正〉，收入[美]布羅茨基等著，黃燦然譯：《見證與愉悅：當代外國作家文選》（天津：百花文藝出版社，1999年），第284頁。

因此，〈時間的玫瑰〉寫的其實是一種在最終的意義上超越國界和生死的詩歌精神——如同在「回聲中開放」的「時間的玫瑰」，通過與一代代讀者相會「通往重生之門」[110]。「時間的玫瑰」也讓人想起曼德爾施塔姆的詩句：「時間被犁過，玫瑰是泥土。緩緩的／漩渦中，沉重而輕柔的玫瑰；／玫瑰的重與輕編成雙重花環。」[111]柏樺說：「正是北島這本書把我帶回到那早已死去的歲月之中並讓那死去的得以復活，得以重現閃耀出光芒，我那過去的生活與寫作彷彿讓我跟隨這本書再次經歷。一切都在眼前，真的可以觸摸。它讓我沉入回憶，回憶與詩歌初逢的歲月，回憶與優秀譯詩相遇的瞬間。」[112]

例如在〈曼德爾施塔姆〉一章中，北島開篇寫道：「我是從艾倫堡的《人・歲月・生活》中頭一回聽說曼德爾施塔姆（Osip Mandelstam）。這套四卷本的回憶錄，幾乎是我們那代人的聖經。」[113]說到《人・歲月・生活》，北島想起借給他這套書的趙一凡。於是這一章的第一節就是在艾倫堡講述曼德爾施塔姆、北島講述趙一凡的故事中交叉進行，彷彿「玫瑰的重與輕」編成的「雙重花環」。正因有了艾倫堡和趙一凡，才有了北島與曼德爾施塔姆相遇在「交叉小徑的花園」。又如在介紹狄蘭・湯瑪斯的〈通過綠色導火索催開花朵的力量〉一詩時——這裡的「玫瑰」體現了一種「危險的平衡」的藝術，靠的是一種微妙的野蠻，穿透語言與邏輯之網：「通過綠色導火索催開花朵的力量／催開我綠色年華；毀滅樹根的力量／是我的毀滅者。／而我啞然告知彎曲的玫瑰／我的青春同樣被冬天的高

---

[110] 參見北島：〈時間的玫瑰〉，收入《守夜》（香港：牛津大學出版社，2009年），第178頁。

[111] [俄]曼德爾施塔姆著，北島譯：〈無題〉，參見北島：《曼德爾施塔姆》，收入《時間的玫瑰》（香港：牛津大學出版社，2009年），第214頁。

[112] 柏樺：〈序言：回憶：一個時代的翻譯和寫作〉，收入《時間的玫瑰》（南京：江蘇文藝出版社，2009年），第8頁。

[113] 北島：〈曼德爾施塔姆〉，收入《時間的玫瑰》（香港：牛津大學出版社，2009年），第195頁。

燒壓彎。」[114]北島回憶道：

> 二十五年前我頭一次聽到這首詩。那是在《今天》編輯部每月例行的作品討論會上，邁平把狄蘭介紹給大家，並讀了幾首自己的譯作，其中就包括這首詩。我記得眾人的反應是張著嘴，但幾乎什麼都沒說。我想首先被鎮住的是那無以倫比的節奏和音調，其次才是他那輝煌的意象。很多年後我聽到狄蘭自己朗誦這首詩的錄音帶。他的聲音渾厚低沉，微微顫抖，抑揚頓挫，如同薩滿教巫師的祝福詛咒一般，讓人驚悚。[115]

除了引導回憶——對一個時代獨特語境的回憶，〈時間的玫瑰〉同時也告訴了我們，「一種西方詩歌的現代性是怎樣通過譯文在中國發生的；但最重要的是他讓我們明瞭，中國的現代性寫作是在與這些西方詩人的對話中進行的，我們彼此如此緊密，竟然一點也不陌生」[116]。柏樺舉例說：「譬如在80年代，當我們讀到帕斯捷爾納克的〈二月〉，讀到曼德爾施塔姆的〈列寧格勒〉時，我們就明確地知道，這些詩不僅是俄國的，也是中國的。這一切就如中國古詩不僅是我們的，也是世界的。」[117]荷爾德林（Friedrich Holderlin）曾經提出：「人類的每一種具體語言都是同一基本語言即所謂『純語言』的體現，翻譯就是尋找構成一個聯通所有人類語言所共有東西的一個

---

[114] [英]狄蘭・湯瑪斯著，北島譯：〈通過綠色導火索催開花朵的力量〉，參見北島：〈狄蘭・湯瑪斯〉，收入《時間的玫瑰》（香港：牛津大學出版社，2009年），第322頁。

[115] 北島：〈狄蘭・湯瑪斯〉，收入《時間的玫瑰》（香港：牛津大學出版社，2009年），第325頁。

[116] 柏樺：〈序言：回憶：一個時代的翻譯和寫作〉，收入《時間的玫瑰》（南京：江蘇文藝出版社，2009年），第8-9頁。

[117] 柏樺：〈序言：回憶：一個時代的翻譯和寫作〉，收入《時間的玫瑰》（南京：江蘇文藝出版社，2009年），第7頁。

所謂『文化和言語上的中間地帶』。」[118]班雅明進一步深化了這一概念：「在一切語言及其作品之中，除了可表達的還存在著一種不可表達的東西。……而那種在語言的演變中尋求自我呈現、自我創造的東西，正是純語言的內核。」[119]班雅明認為：「用自己的語言將純語言從另一種語言的魔咒中釋放出來，通過再創作將囚禁於作品中的純語言解放出來，正是譯者的任務。」[120]

由此可見，翻譯在很大程度上也是一種再創作，恰如班雅明在〈譯者的任務〉中所指出的：「翻譯並非像原創那樣在語言的山林內部觀照自身，而是出乎其外，直面但不入山林半步地向內呼喚原創。只有站在一個獨一無二的點上向內呼喚，譯者自己的回聲才能給出作品所屬的外語的迴響。」[121]正是在這「回聲」之中，「時間的玫瑰」次第開放。很多詩人自身也是譯者，如策蘭、曼德爾施塔姆、帕斯捷爾納克，還有北島本人。在談到翻譯與創作的區別時，北島表示：「創作是單幹戶，自給自足，一旦成書就算蓋棺論定了；而翻譯是合作社，靠的是不同譯本的參照互補，前赴後繼，而永無終結之日。」[122]

翻譯因之也是《時間的玫瑰》涉及較多的一個話題。「在各種文學形式中，翻譯承擔著監視原作語言的成熟過程和自己語言的生產陣痛的這一特殊使命」，從班雅明的這一論點出發，北島甚至認為：「從本質上來說，文學翻譯（尤其是詩歌翻譯）就是本國文學最重要

---

[118] 參見謝天振：《翻譯研究新視野》（青島：青島出版社，2003年），第11頁。

[119] Walter Benjamin. “Die Aufgabe des übersetzers”, *Walter Benjamins Gesammelte Schriften*, Vol. IV-1. Frankfurt am Main: Suhrkamp Verlag, 1991. s. 19.

[120] Walter Benjamin. “Die Aufgabe des übersetzers”, *Walter Benjamins Gesammelte Schriften*, Vol. IV-1. Frankfurt am Main: Suhrkamp Verlag, 1991. s. 19.

[121] Walter Benjamin. “Die Aufgabe des übersetzers”, *Walter Benjamins Gesammelte Schriften*, Vol. IV-1. Frankfurt am Main: Suhrkamp Verlag, 1991. s. 17.

[122] 北島：〈特拉克爾〉，收入《時間的玫瑰》（香港：牛津大學出版社，2009年），第46頁。

的組成部分之一。」[123]不同於一般意義上的翻譯品鑑，北島並不只是給出一錘定音的「生效文本」，而是側重於凸顯各種譯本之間的參照互補，將翻譯的過程作為一種「細讀」予以呈現——「細讀絕非僅是一種過程，而是揭示遮蔽開闢人類精神向度的必經之路」[124]，而在這條「必經之路」上，北島發現，「近些年來在國內出版的大量譯作粗製濫造，帶來進一步誤導，使本來在批評缺席、標準混亂的詩歌中轉向的讀者更糊塗。相比之下，老一代詩人兼翻譯家倒在歲月塵封中脫穎而出，譯作依然新鮮硬朗，讓人嘆服」[125]。其實北島明知自己的尖銳陳詞、激揚文字會引發眾怒：「我知道我這一路寫下去，會得罪更多的譯者。我和其中大多數素昧平生，翻譯又不是我本行，偶爾涉足而已。說來我是為漢語詩歌翻譯的頹勢而痛心，而這又與中國當代詩歌的危機相關。但願我能拋磚引玉，和更多的同行一起在中國翻譯界和文學界重建一種良性的批評機制。」[126]

《時間的玫瑰》果然在新世紀詩壇掀起了一場軒然大波[127]，相關譯者紛紛反戈一擊[128]。甚至宇文所安十幾年前的舊文也被援引重提，以此譏諷北島的「世界詩學」[129]。其實，爭議本身對於「活得匆忙，來不及感受」的當下社會未嘗不是一種警醒，雖然北島指摘他人的做

---

123 北島：〈翻譯與母語〉，財新《新世紀》2011年第34期。

124 北島：〈狄蘭·湯瑪斯〉，收入《時間的玫瑰》（香港：牛津大學出版社，2009年），第353頁。

125 北島：〈後記〉，《時間的玫瑰》（香港：牛津大學出版社，2009年），第360頁。

126 北島：〈曼德爾施塔姆〉，收入《時間的玫瑰》（香港：牛津大學出版社，2009年），第204頁。

127 關於這場論爭的主要經過，詳請參見劉春：〈新世紀詩壇的兩次重要論爭〉，《南方文壇》2011年第4期。

128 反駁文章包括：王家新：〈隱藏或保密了什麼——對北島的回答〉，《紅岩》2004年第6期；黃燦然：〈粗率與精湛〉，《讀書》2006年第7期、第8期；李笠：〈是北島的「焊」？還是特朗斯特羅姆的「烙」？——對北島〈黑暗怎樣焊著靈魂的銀河〉回答〉，《詩歌報月刊》2005年5月號。

129 參見繆哲：〈北島的「世界詩學」〉，《南方週末》2005年12月8日，收入繆哲：《禍棗集》（太原：山西人民出版社，2011年）。

法也有偏頗之處，但也體現了一個詩人關切中國當代文學現狀的拳拳之心。或許，經濟全球化時代的發展速度剝奪了我們細讀和思考的時間，然而，「沒有詩歌，一個民族就沒有夢想也沒有靈魂」，這一點，北島以為正應了狄蘭・湯瑪斯的詩句：「心在耗乾，用化學之血／疾行中拼寫，警告將臨的狂怒」：

> 詩人和譯者看起來都挺忙乎——疾行中拼寫，但並沒有意識到自己在忙什麼——化學之血，因而失去了重心——心在耗乾，而最終受到傳統斷裂的懲罰——警告將臨的狂怒。[130]

不過，身處權力與資本共謀的經濟全球化社會，北島相信還有另一種意義上的全球化與之抗衡：「語言和精神的種子在風暴中四海為家的全球化。」[131]這也是保護地方差異的全球化，弱勢語言、民族與文化共生的全球化。按陳冠中的說法，可稱為「雜種世界主義」。他對此做了進一步的說明：「雜種世界主義的文化跨越了國族疆界，既是傳統也是現代，既是東方也是西方，既是本國也是外國和跨國的，既是本地的也是跨越的，既是國內多數民族的，也是國內少數民族的，不光是多文化並列，而且互相混雜。」[132]漂泊在路上，離散在心中，「一個作家和一個帝國，就像花草和其生長的水土氣候的關係一樣微妙，往往超越種族和語言的界限」[133]。奧地利作家英格柏格・巴赫曼在她的小說《馬利納》（Malina）的第一章中，曾藉「卡格蘭

---

[130] 北島：〈狄蘭・湯瑪斯〉，收入《時間的玫瑰》（香港：牛津大學出版社，2009年），第353頁。

[131] 北島：〈美國聖母大學《今天》紀念活動上的致辭〉，2006年。

[132] 參見北島：〈詩意地棲居在香港〉，收入《古老的敵意》（香港：牛津大學出版社，2012年），第169頁。

[133] 參見北島：〈特拉克爾〉，收入《時間的玫瑰》（香港：牛津大學出版社，2009年），第51頁。

（Kagran）公主」的童話表達對遠方來客——猶太詩人策蘭的深切思念：「你必須回到你的人民中嗎？」公主問。「我的人民比世上所有的人民都古老，他們失散在風中。」陌生人回答說[134]。這裡的「人民」其實就有一種超自然的血緣關係。

結語

「漂泊流散」、「去革命話語」、「世界詩歌」，成就了北島散文藝術的古渡沉鐘。他的精神是自由的，他的態度是批判的，「反抗的絕不僅僅是專制，而是語言的暴力、審美的平庸和生活的猥瑣」[135]。存在主義大師薩特在他的名篇〈為什麼寫作〉中指出：「不管作家寫的是隨筆、抨擊文章、諷刺作品還是小說，不管他只談論個人的情感還是攻擊社會制度，作家作為自由人訴諸另一些自由人，他只有一個題材：自由。」[136]

策蘭在1954年的一封信中也表達了類似的看法：「詩歌，保爾·瓦雷里在哪兒說過，是處於誕生狀態的語言。」一個詩人會希望「竊聽那自由的詞語，在運動中抓住它，……而詞語要求獨特性，有時甚至以此安生立命，這驕傲基於，依然相信它能代表整個語言，檢驗全部現實」[137]。

北島說：「記得年輕時讀普希金的詩：沒有幸福，只有自由與平靜。我一直沒弄懂。直到漂泊海外，加上歲月風霜，才體會到其真正

---

134 北島：〈策蘭〉，收入《時間的玫瑰》（香港：牛津大學出版社，2009年），第127頁。

135 北島：〈美國聖母大學《今天》紀念活動上的致辭〉，2006年。

136 [法]讓·保羅·薩特：〈為什麼寫作〉，收入《二十世紀文學評論（下冊）》（上海：上海譯文出版社，1993年），第28頁。

137 北島：〈策蘭〉，收入《時間的玫瑰》（香港：牛津大學出版社，2009年），第140頁。

含義。沒有幸福，只有自由與平靜。」[138]行走、寫作、思索，一切的一切，無不是為了自由的追尋。給文字解鎖，讓心靈放飛，在自由的風裡，文學的奇花異葩得以繁衍播散，並於雜交重組中將美的基因一代代地傳承下去。這也是文學世界性的真正意義所在。

---

138 翟頔、北島：〈遊歷，中文是我惟一的行李〉，收入：《失敗之書》（汕頭：汕頭大學出版社，2004年），第295頁。

第八章　「長於一生的歸程」
——海外《今天》與中國文學史的交疊

1990年8月，《今天》在挪威奧斯陸復刊，二十年間輾轉飄零，從北歐到北美再落戶香港。雖然長期孤懸海外，但它一直與中國當代文學的發展保持著一種若即若離的關係。主編北島策略性地將之定位為跨地域的漢語文學先鋒雜誌，而並沒有成為一個海外流亡作家自娛自樂、自哀自憐的小圈子。這一點通過檢索《今天》諸期的目錄就很容易看出：無論詩歌、小說、散文、評論，還是學術文章，作者大多來自中國大陸——這是一本實實在在的中國文學刊物。李陀認為：「清楚地肯定這個事實非常重要，因為它是怎樣評價『今天』文學運動的關鍵。」[1]

一份雜誌如同人的生命一樣，有開始就必然有終結。死而復生的《今天》截至2013年春季號已經出到一百期了，這對於自打出生起就在民間浮沉、並不依附於任何官方機制自力更生的非商業刊物來說，不可謂不是一個奇蹟。曾經擔任過《今天》編輯及社長的萬之表示：「最近我讀到瑞典出版的世界文學史，意外發現其中介紹當代中國文學部分就提到了《今天》，也是所提到唯一一部中文文學雜誌。毫無疑問，《今天》已經載入了史冊。它當然是當代中文文學最重要的雜誌之一。翻開這百期的《今天》目錄，你能發現當代中文文學重要作家和詩人的名字都可以在這裡找到。」[2]的確，復刊後的《今天》集

1　李陀：〈先鋒文學運動與文學史寫作（編者前言）〉，收入李陀編選：《昨天的故事：關於重寫文學史》（北京：三聯書店，2011年），第viii頁。

2　萬之：〈聚散離合，都已成流水落花——追記《今天》海外復刊初期的幾次編委會議〉，《今天》2013年春季號（總第100期特刊）。

結了分散在世界各地的一流的詩人、作家、藝術家和批評家，這種現象在現代史上是空前未有的。寫作終究是個人的事，而一本適時出現的方向明確的刊物對於一個時代的文學發展提供見證，一本雜誌或一個社團，可以催生文學運動，記錄一代人的心靈歷程。因此《今天》編輯宋琳認為：「從這個角度說，《今天》是具有同人性的，儘管它漂泊在海外，對於國內一度沉寂的先鋒陣營而言是一個溫暖的信號，一種精神支援。沒有《今天》的記錄，多少有價值的文獻將湮沒無聞。」[3]

然而，由於地域的隔絕，《今天》在很長一段時間並不為中國公眾所知，只是到了新世紀之後，這份雜誌的一些內容才陸續以《今天》叢書及單行本的形式回歸大陸出版發行。《今天》的主要欄目和專輯命題還是北島和李陀設計的，如「重寫文學史」、「今天舊話」、「70年代」、「暴風雨的記憶」等，無不是深具文學史視野和使命感的，得到了許多同行的熱切回應，並對中國文學史的重述產生了廣泛而深遠的影響。陳思和曾經感慨地表示：「在『文革』後三十年的文學史上，《今天》的故事永遠是屬於『今天』的。只要翻開近十年出版的回憶錄和訪談錄，無論是打上了70年代和80年代的標記，其中都離不開《今天》的聲音。」[4]正如北島所言：「權力依賴的是昨天，文學面對的永遠是今天；因此，文學用不著和權力比壽命。它的責任之一是從今天俯視昨天，並從中塗掉權力的印記。」[5]本章將對一些重要專欄分別介紹如下：

[3] 宋琳：〈同人於野——《今天》雜憶〉，《今天》2013年春季號（總第100期特刊）。

[4] 陳思和：〈讀三部中國現代文學研究新著〉，《現代中文學刊》2011年第2期。

[5] 北島：〈致讀者〉，《今天》1991年第3、4期合刊（總第13期）。

第一節　《昨天的故事》：「重寫文學史」的越界流轉

《今天》於1991年7月在美國愛荷華聶華苓家中舉行了第二次編委會議，討論了《今天》的編輯方針及發展方向。參加這次會議的編委包括：北島、萬之、查建英、黃子平、阿城、李歐梵、李陀、劉小楓等人。正是在這次會議上，編委們做出了擴大《今天》視野的決定。並從1991年第3、4期合刊號開始出現了欄目內容的重大調整：

> 本期為1991年三四期合刊。從本期起，《今天》的面目有所改變：縮小開本，陸續增設一些新的欄目，打破國內文學期刊分類的傳統格局。在對復刊一年多來的刊物做反省後，我們適當地調整了編輯的方針，……由於舞臺的轉換，許多中國作家已經處於國際文學的渦流之中。多種文化的撞擊與交錯構成了20世紀文學的背景之一：在此背景下，第三世界文學的興起正在改變國際文學的格局。我們應從某種封閉的流亡心態中解脫出來，對國際上文學的重大變化作出回應，並關注港臺等地區華語文學的發展。
>
> ……我們仍強調詩歌在文學中的先導作用，刻意於語言和文學的實驗性，把更多的篇幅留給那些無名而誠實的探索者。[6]

也正是從這一期起，《今天》接手了《上海文論》被迫中止於1989年第6期的「重寫文學史」專欄，李陀在「編者按」中寫道：

[6] 北島：〈致讀者〉，《今天》1991年第3、4期合刊（總第13期）。

> 編者按：1988年，《上海文論》開闢了一個專欄——「重寫文學史」，由此引起了一場風波。在反對者看來，文學史（以及所有的「史」）是不准重寫的，可恰恰是歷史告訴我們：一切叫做歷史的東西都在歷史中不斷地被重寫。中國是崇尚歷史的國家，有人甚至把中國文化稱做「史官文化」；因此歷史話語不僅享有特殊的、高高在上的位置，成為一種具有特別權威的話語，而且也成為權力激烈爭奪的對象。在這方面，康有為寫《新學偽經考》、胡適寫《白話文學史》、范文瀾寫《中國通史簡編》，都是很好的例子。其實不管你「准」還是「不准」，歷史總是要被重新敘述的，文學史也是如此。真正值得研究的倒是：每個具體的「重寫」出來的新的歷史話語是如何被生產出來的，為什麼會被重寫，重寫的歷史情景是什麼，等等。
>
> 「重寫文學史」的欄目早就被停掉了，十分可惜。本刊早就有意接過這個話題，使之繼續。前不久正好收到王曉明先生的一篇來稿，與「重寫」有關，而王又恰是「重寫文學史」一事的始作俑者之一，這自然是個很好的機會。我們在本期鄭重辟出「重寫文學史」專欄，希望這個欄目會得到讀者的關心，也希望對這個題目有興趣的各方人士踴躍來稿，使「重寫」的事再度熱鬧起來。[7]

始於1991止於2001年夏季號，「重寫文學史」專欄在《今天》持續了十年之久，共發表二十九篇學術論文。又隔了十年之久，當這個專欄幾乎要完全被人忘掉，正成為一縷煙塵漸漸消散的時候，編者李陀有機會從中遴選十篇彙編成集，以《昨天的故事：關於重寫文學

---

7 李陀：〈重寫文學史專欄編者按〉，《今天》1991年第3、4期合刊（總第13期）。

史》為題回流大陸出版發行，雖比繁體字版晚了整整四年——四年之中，這部書稿改換了三家出版社最終花落三聯書店，但也不失為《今天》雜誌內容以「今天叢書」的身分回歸母國的一個典型案例。其間，「昨天」的寫者早已成為「今天」學術領域的著名學者，如：黃子平（香港浸會大學中文系教授）、孟悅（北京清華大學中文系教授）、陳思和（上海復旦大學中文系教授）、李歐梵（香港中文大學講座教授）、劉禾（美國哥倫比亞大學東亞系教授）、王曉明（上海大學／華東師範大學教授）、李陀（美國哥倫比亞大學東亞系研究員）等。回顧《今天》的歷史與「重寫」的歷史長達十年的重疊，李陀認為，無論對《今天》，還是對文學史寫作，這都是一段「不能再重複」的插曲：「今天，全球化對中國無所不在的改造的一個小小局部，就是學術體制迅速『和國際接軌』，不到十年的時間，學術性寫作——自然也包括文學史寫作，被很有中國特色地規範化、專業化、職業化，中國知識生產的格局已經發生根本性的變化。在今天，不管自覺不自覺，願意不願意，寫作活動只能是跨國知識生產的一個部分，只能在服從體制的規劃、安排的前提下運筆行文。」[8]王曉明也在訪談中回憶說，當年《上海文論》策畫「重寫」欄目之所以一呼百應，除了朋友們的意見支持，也是因為「那個時候發文章沒有現在那麼功利，……那時候根本沒有評職稱的概念」[9]。

「重寫文學史」作為一個口號的提出是在1988年，但相關問題的討論開始得更早，是與80年代的思想解放及文化氛圍的整體活躍分不開的。1985年，黃子平、陳平原、錢理群聯手在《文學評論》上發表了〈論「二十世紀中國文學」〉一文，其中有兩個突出的文學研究理

---

[8] 參見李陀：〈先鋒文學運動與文學史寫作（編者前言）〉，收入李陀編選：《昨天的故事：關於重寫文學史》（北京：三聯書店，2011年），第xiii頁。

[9] 參見王曉明、楊慶祥：〈歷史視野中的「重寫文學史」〉，《南方文壇》2009年第3期。

念：一是強調文學研究的「整體性」觀念，也就是將中國文學匯入「世界文學」的總體格局；二是注重文學研究的「本體性」觀念，即「內在地把握二十世紀中國文學的總體美感特徵」[10]。文章同時指出：「『二十世紀中國文學』這一概念首先意味著文學史從社會政治史的簡單比附中獨立出來，意味著把文學自身發展的階段完整性作為研究的主要對象。」[11]這篇文章的刊出，對中國現當代文學的研究產生了極大的影響，連同「重寫文學史」的專欄寫作一道，開啟了一個廣泛意義上的文學運動，直到今天也仍未停止。

事實上，文學史作為一種與文科高等教育相關的現代知識生產，其不斷地「重寫」是再正常不過的工作。但80年代的「重新文學史」顯然是另一回事，不是小修小補，小打小鬧。用當時發起者的話來說，「不是換布景或換演員，而是換劇本」，以至於很多人覺得必須用「運動」這種大詞才能概括其規模、雄心、影響和成就[12]。回憶起孕育這場運動的上世紀80年代的啟蒙思潮，黃子平表示：

> 很多人已經忘記了，上世紀80年代所有的思考，起點都是「文革」和「文革」的結束。從文學史敘述的角度，無法迴避的事實就是對作家、文藝家歷史上空前的迫害。所以我主張當代文學必須從四屆文代會講起，從全體起立為「非正常死亡」者默哀的那個長長的名單講起。你會發現過往的文學史敘述基本上是一個排他的、壓抑的裝置（「文革」中極致的表述是「從〈國際歌〉到革命樣板戲是一片空白」），是為迫害辯護的，

---

10 黃子平、陳平原、錢理群：〈論「二十世紀中國文學」〉，《文學評論》1985年第5期。

11 黃子平、陳平原、錢理群：〈論「二十世紀中國文學」〉，《文學評論》1985年第5期。

12 參見丁雄飛：〈黃子平再談「二十世紀中國文學」〉，《東方早報・上海書評》2012年9年23日。

建立了迫害的合法性，本身是迫害的組成部分。我們的核心想法就是找到一個全新的敘述框架，使現代文學中「被侮辱與被損害的人」能夠重新發聲。這就是「二十世紀中國文學」的「問題意識」的核心。[13]

黃子平的上述陳述為「重寫文學史」的動機找到了起點。從表面上來看，歷史的交疊似乎純屬偶然：假如沒有「啟蒙」的失敗、「重寫」的夭折，就不會有中國內地「重寫」與海外《今天》的越界攜手。但如果考慮到《今天》在80年代啟蒙運動中所扮演的啟示之星的角色，以及一代年輕人率先打破「文革」時期的語言迷狂，將自己從幻滅中解脫出來的那段過往，那麼《今天》從一開始就是在解構既有的文學史。李陀指出：

正是《今天》的出現，還有在《今天》帶動下湧現的文學變革，使中國文學領域中的舊秩序，無論是五四之後形成的秩序，還是自〈延安文藝座談會上的講話〉之後形成的革命秩序（這兩個秩序之間有著又斷裂又連續的複雜關係），全都遭到質疑和顛覆；而這舊秩序裡，組織被破壞得最深刻、經緯被撕扯得最破碎的部分，我以為恰恰是文學史寫作，因為文學史是任何一種文學秩序的最權威的設計師和保護神，因為文學史中潛伏著讓這個秩序得以正當存在的政治理由。換句話說，《今天》的挑戰和質疑的矛頭，並不是只指向文學寫作，而且也直接指向文學史寫作。[14]

---

13 丁雄飛：〈黃子平再談「二十世紀中國文學」〉，《東方早報・上海書評》2012年9月23日。

14 李陀：〈先鋒文學運動與文學史寫作》（編者前言）〉，收入李陀編選：《昨天的故事：關於重寫文學史》（北京：三聯書店，2011年），第iv頁。

因此，承載離經叛道的文藝作品的歷史上的《今天》不僅以其摧枯拉朽之勢消解了權力對語言的控制，還為中國的青年詩人們，特別是比《今天》元老年輕一輩的青年詩人們樹立了一個榜樣。「詩人們看出，在詩歌出版不暢的情況下，自辦刊物是一種可行的替代辦法；自辦刊物可團結一批同仁，這比單槍匹馬地打鬥更容易引人注目；自辦刊物可以自由地展示詩人的美學主張；自辦刊物是參與中國新詩建設和思想解放的有效手段。」[15]正如西川的觀察，民間立場一度有取代官方威權之勢：「可以說《今天》的出版形式為中國詩歌寫作開了一個小傳統。從此一部分青年詩人們對贏得官方或國家出版物的讚許失去了興趣。有一段時間詩人們甚至私下認為，要出名就得在民刊上出名，在官辦刊物上出名不算數。」[16]

到了90年代，市場經濟和官方機制對於文學陣地的聯合圍剿使得海外復刊的《今天》的身影在「全球化」的背景中愈顯孤單，就像漲潮中的一塊沒有被湮沒的礁岩，「在風暴間歇的空檔裡，吸引那些疲倦不堪的鳥兒們落在自己這塊礁石上，以積蓄力量，繼續飛行」[17]。北島也一直強調新老《今天》文化精神上的一脈相承：「如果說老《今天》是在荒地上播種，那麼新《今天》就是為了明天的饑荒保存種子。」[18]從「離散」的角度而言，《今天》接過「重寫」的接力棒，在文學的地平線上另闢史學經緯，就不失為偶然中的必然了。

不過，《今天》的文學創作與「重寫」的學術寫作之間似乎天然存在著某種不和諧性，這使得「重寫」文章在客觀上與《今天》的

---

15 西川：〈民刊：中國詩歌小傳統〉，《大西北詩刊》五週年紀念特刊，2010年總第9、10期合刊。

16 西川：〈民刊：中國詩歌小傳統〉，《大西北詩刊》五週年紀念特刊，2010年總第9、10期合刊。

17 李陀：〈先鋒文學運動與文學史寫作（編者前言）〉，收入李陀編選：《昨天的故事：關於重寫文學史》（北京：三聯書店，2011年），第xii頁。

18 查建英：〈北島〉，《八十年代訪談錄》（北京：三聯書店，2006年），第78頁。

寫作是盟友，是支持，是合作，但絕不是「一個戰壕裡的戰友」[19]。因為《今天》的文學主題是自由，而「重寫」專欄則因其對學術規範的念茲在茲多少顯得中規中矩，很難有大的命題、方法或理論上的突破。其實文學史作為一門學科本身就是一個悖論。1949年，著名文學理論家勒內・韋勒克（René Wellek）就曾提出過類似問題：「寫一部文學史，即寫一部既是文學的又是歷史的書，是可能的嗎？」[20]韋勒克對此予以了否定的回答，因為他尖銳地意識到「文學史」這一概念中的文學與史學之間不可調和的話語矛盾，且非常不滿當時將文學作品分析像三明治似地夾在作者生平介紹和社會歷史背景之間的所謂標準的文學史。

回顧文學史寫作全世界近百年來的發展，會發現這一發展呈循環性或週期性的運動，從外部研究（即強調文本文學與歷史事件間的關係）到內部研究（即闡述文學的整體或具體的模式、類型和形式）又回到了外部研究[21]。新的文學史把片段化和斷裂性變成文學史編寫的結構原則。當代史學總的發展趨向表現為：從總體的歷史到部分的或片段的歷史，從紀念碑式的歷史到圖示式的歷史，從歷史主義的歷史到結構的歷史，從檔案的歷史到推測的歷史。「單一整體性的概念也似乎被遺棄，代之而起的是多元化、局部化、以及中心的缺席。」[22]黃子平本人也承認：「我後來的想法比較虛無，偏於後現代，認為只有歷史的碎片存在著，文學史只不過是高等教育知識生產

---

19 參見李陀：〈先鋒文學運動與文學史寫作（編者前言）〉，收入李陀編選：《昨天的故事：關於重寫文學史》（北京：三聯書店，2011年），第vi頁。

20 [美]勒內・韋勒克、奧斯丁・沃倫著、劉象愚等譯：《文學理論》（南京：江蘇教育出版社，2005年），第302頁。

21 在1989年出版的《文學研究批評術語》一書中，李・派特森（Lee Patterson）在介紹文學史的章節中做了簡明扼要的描述。

22 這是塔棱斯（Jenaro Talens）、尊尊圭（Santos Zunzunegui）的觀點，參見張英進：〈歷史整體性的消失與重構——中西方文學史的編撰與現當代中國文學〉，《文藝爭鳴》2010年第1期。

的系統建構而已。不過，搜集被湮沒的碎片，講述被遺忘的故事，倒是文學史家的當下使命了。」[23]

以今天的眼光來審閱這本關於「重寫文學史」的「昨天的故事」，雖然在李陀看來，這些論文偏重文本，過於學術，對文學體制及其背後的制度安排和歷史含義反抗有限，但也不乏真知灼見，隔了二十年的時光讀來依然發人深省。例如黃子平的〈文學住院記——重讀丁玲短篇小說《在醫院中》〉，通過「病」的隱喻，從文學史或社會思想史的角度來對丁玲的一篇具體作品展開分析，透視該作品與多重歷史語境之間的關係、與其他話語之間的互文性，以及進入20世紀的「話語－權力」網絡後的一系列再生產過程，進而引發巨大的疑問：「如果文學家能被『治癒』，文學（作為知識者對時代、民族的道德承諾的寫作和生存方式的文學）真的能被治癒嗎？如果文學已被治癒，『國民性的病根』又於今如何了呢？更重要的是：社會群體真的可以視作與人的身體一樣的有機整體嗎？文學真的是醫治這個有機體的一種藥物嗎？文學家的道德承諾與他們實際承受的社會角色之間，真的毫無扞格嗎？」[24]對於這些問題的深思足以揭示一個以「現代方式」組織起來的「病態」環境對「異質」分子的「社會衛生學」驅邪治療儀式的荒謬。早在1980年，還在北大讀書的黃子平就憑一篇評北島小說《波動》的文章發軔於《今天》，90年代他開始擔任海外《今天》的編委，幾十年的風雨飄搖似乎無改他對這份體制外文學雜誌的關注，這也在某種程度上旁證了《今天》的前後相繼。

與黃子平相仿，孟悅的〈中國文學「現代性」與張愛玲〉也是採取以小見大的方式，通過細讀張愛玲的作品來將一場關於中國文學「現代

---

[23] 丁雄飛：〈黃子平再談「二十世紀中國文學」〉，《東方早報・上海書評》2012年9月23日。

[24] 黃子平：〈文學住院記——重讀丁玲短篇小說《在醫院中》〉，原載《今天》1992年第4期，收入李陀編選：《昨天的故事：關於重寫文學史》（北京：三聯書店，2011年），第18頁。

性」的討論具體化為一種現代文學寫作的研究。作者有感於中國文學「現代性」近年來成了一個話題，引起了許多爭論，「這本是一個極有意思的問題，因為，一個尚未完全『現代化』的國家（country）能否產生自己的『現代』文學，是否產生過這樣一種文學，這可以說是中國二十世紀文學評判面臨的最大困惑之一」[25]。而張愛玲的寫作卻能帶給人很多啟示，那就是，「如何把當時中國那種新舊間雜，『不新不舊』的生活形態和語言形成轉化成一種新的文學想像力」，因而對中國生活的表現依然可以是「現代」的[26]。孟悅同時擔任《今天》的文評編輯，也是海外時期加入《今天》的新生代力量之一。

曾經受到李陀青睞的「重寫」開篇之作：王曉明的〈一份雜誌和一個「社團」——重評五四文學傳統〉是研究文本以外的現象。「我想看清楚這份雜誌和這個社團是如何出現，又如何發展；它們對文學文本的產生和流轉，對整個現代文學的歷史進程，究竟又有些什麼樣的影響。」[27]王曉明發現，《新青年》個性中最基本的一點是：「實效至上的功利主義」；第二個特點：「有一種措辭激烈，不惜在論述上走極端的習氣」；第三個特點：「絕對主義的思路」。此外，《新青年》個性還有一個相當重要的方面：「那種以救世主自居的姿態」[28]。而《新青年》模式在文學領域裡擴散的結果，就是文學研究會這樣獨特的團體的出現。由此，王曉明通過轉換思路，研究文學話

---

25 孟悅：〈中國文學「現代性」與張愛玲〉，原載《今天》1992年第3期，收入李陀編選：《昨天的故事：關於重寫文學史》（北京：三聯書店，2011年），第49頁。

26 參見孟悅：〈中國文學「現代性」與張愛玲〉，原載《今天》1992年第3期，收入李陀編選：《昨天的故事：關於重寫文學史》（北京：三聯書店，2011年），第52-55頁。

27 王曉明：〈一份雜誌和一個「社團」——重評五四文學傳統〉，原載《今天》1991年第3、4期合刊，收入李陀編選：《昨天的故事：關於重寫文學史》（北京：三聯書店，2011年），第200頁。

28 王曉明：〈一份雜誌和一個「社團」——重評五四文學傳統〉，原載《今天》1991年第3、4期合刊，收入李陀編選：《昨天的故事：關於重寫文學史》（北京：三聯書店，2011年），第205-209頁。

語生產的外在條件，注意到由報刊雜誌和文學社團所共同構成的那個社會的文學機制，以及由這個機制所造就的一系列無形的文學規範，「譬如那種輕視文學自身特點和價值的觀念，那種文學應該有主流、有中心的觀念，那種文學進程是可以設計和製造的觀念，那種集體的文學目標高於個人的文學夢想的觀念……」，如果把這一切都看成是「五四」文學傳統的組成部分，我們對30年代中期以後文學大轉變的內在原因，也就能有一些新的解釋[29]。

同樣聚焦文學話語形成過程的還有李陀的〈丁玲不簡單——毛體制下知識份子在話語生產中的複雜角色〉。這篇長文嘗試避免將壓迫／反抗的尖銳對峙作為敘事的剪刀——「這把剪刀常常把『歷史』修剪得整整齊齊」[30]。丁玲這樣一個富於傳奇色彩的人物：「『五四』的女兒」、20、30年代交替時期的著名的女性反叛者，在1942年之前的延安時期也曾試圖從女性的立場來開出一片新的話語空間，但她遭到了澈底的失敗，成為一個進入毛文體並且被毛文體改造過的丁玲。為什麼她能夠這麼快地完成語言的「轉向」？知識份子與革命的複雜關係是一個永遠也說不盡的話題。李陀將毛文體放到現代性話語的擴張中去考察，看出了它的「雙重性」：「一方面，反對帝國主義和殖民主義，反對以自由主義、個人主義為標誌的種種資產階級的文化價值……；另一方面，主張民族獨立以建設一個現代化的民族國家，……主張大躍進的，『趕英超美』的高度工業化並且讚美機械化、自動化的物質技術。」[31]從一種本質主義的立場來看，毛文體

[29] 參見王曉明：〈一份雜誌和一個「社團」——重評五四文學傳統〉，原載《今天》1991年第3、4期合刊，收入李陀編選：《昨天的故事：關於重寫文學史》（北京：三聯書店，2011年），第222頁。

[30] 李陀：〈丁玲不簡單——毛體制下知識份子在話語生產中的複雜角色〉，原載《今天》1993年第3期，收入李陀編選：《昨天的故事：關於重寫文學史》（北京：三聯書店，2011年），第134頁。

[31] 李陀：〈丁玲不簡單——毛體制下知識份子在話語生產中的複雜角色〉，原載《今天》1993年第3期，收入李陀編選：《昨天的故事：關於重寫文學史》（北京：三

或毛話語的這種雙重性「使它根本算不上一種現代性話語」，然而，「語言的意義在於它的用途。如果考慮到自鴉片戰爭以來中國的歷史環境給中國知識份子帶來的種種複雜的壓力，考慮到他們不得不在反帝、反列強的前提下追求『現代化』，則在中國生產出這樣一種具有雙重性的、適應中國情況的現代性話語，並且用它來推動改造中國的社會實踐，這實在是合情合理的」[32]。反過來說，一旦這樣的話語被生產出來，知識份子們為它所吸引，並且積極地參與這種話語的生產，也就不足為奇了。李陀由此指出，毛文體的形成和發展離不開知識份子的智慧和努力；毛文體在現代漢語中所實現的空前大一統的局面，「以其絕對的控制嚴重妨礙了中國人的思想自由，以致出現了文化和政治上的專制，導致中國革命最後走向自己的反面」，也曾獲得過知識份子的大聲歡呼和拍手稱快[33]。因此，對那一段歷史做出回應，給予一個與今天的語境和覺悟相稱的回答，恐怕就是知識份子不可迴避的責任了。而這個責任一定不是壓迫／反抗之類的二元對立的簡單思維所能擔當。

《重寫》欄目可圈可點的佳作還有很多，因篇幅所限不做贅述。正如黃子平所說，「搜集被湮沒的碎片，講述被遺忘的故事」，是文學史家的當下使命[34]。《今天》對20世紀中國文學史最深刻的影響就是它所刊載的回憶性文字了。「今天舊話」欄目當屬一個出色的例子。

聯書店，2011年），第155-156頁。

[32] 李陀：〈丁玲不簡單——毛體制下知識份子在話語生產中的複雜角色〉，原載《今天》1993年第3期，收入李陀編選：《昨天的故事：關於重寫文學史》（北京：三聯書店，2011年），第156頁。

[33] 參見李陀：〈丁玲不簡單——毛體制下知識份子在話語生產中的複雜角色〉，原載《今天》1993年第3期，收入李陀編選：《昨天的故事：關於重寫文學史》（北京：三聯書店，2011年），第158頁。

[34] 參見丁雄飛：〈黃子平再談「二十世紀中國文學」〉，《東方早報・上海書評》2012年9年23日。

第二節　《持燈的使者》：「今天舊話」燭照新詩史

《今天》海外復刊之後，始設「今天舊話」專欄。多多的〈1970-1978北京的地下詩壇〉發表在1991年第1期上，算是一個好的開端。此後，阿城、齊簡（史保嘉）、鄭先（趙鄭先）、北島、徐曉、田曉青、崔衛平、一平（李建華）、萬之（陳邁平）等人都曾先後為「今天舊話」執筆。「這是地下刊物《今天》自70年代問世以來，第一次有意識地將自己過去的歷史作一次鬆散的、集體性的回顧。」[35]2001年，《今天》編輯劉禾將專欄文章連同廖亦武主編的《沉淪的聖殿》（1999）的部分內容結集付梓，這便是回憶性文集《持燈的使者》的來歷。該書的簡體版由廣西師範大學出版社於2009年首印。也就是說，關於《今天》的歷史在《今天》誕生三十年後又回到了它的策源地。

《持燈的使者》逼近的是一段歷史的「黑暗的細節」（北島：〈晚景〉），之所以今天讀來仍能打動人心，恰恰是因為這些細節能夠還原持燈者所經歷的現場：「那些油煙，那些淚痕，和一些實實在在的氣氛。」[36]傳統的文學史好比枯藤老樹，呈現的只是修剪過的枝幹和分杈，那些星羅密布、多彩鮮活、汁液流溢的生命的綠葉和漿果都被摘除掉了。這樣的歷史固然脈絡清晰、指陳分明，但恐怕少了幾分原汁原味。而《持燈》讓我們看到的是形形色色的成長經驗、精神現象學或精神分析學的一個橫截面：「與其說我在經歷歷史，毋寧說歷史在經歷我。並無所謂的史無前例，有的只是永恆的青春發育期

---

[35] 劉禾：〈編者的話〉，收入劉禾編：《持燈的使者》（香港：牛津大學出版社，2001年），第x頁。

[36] 劉禾：〈編者的話〉，收入劉禾編：《持燈的使者》（香港：牛津大學出版社，2001年），第xi頁。

的一個特例而已。褻瀆與負罪感，小小的失足、邪念，昇華為帶有本體論色彩的原罪以及獰厲誇張的墮落之美，並以此超越了意識形態的判決。」[37]

劉禾發現，雖然《持燈》裡每篇文章的立意是要談詩人和詩，但文中經常被凸顯出來的，甚至有點喧賓奪主的是早期「今天派」和地下文學志願者們在白洋淀、杏花村、北京十三路公共汽車沿線、東四胡同裡的「七〇六號」大雜院等地的詩歌「遊歷」和詩歌友誼。於是我們得知，多多和根子曾經作為歌者參與「徐浩淵沙龍」[38]、芒克與彭剛組建「先鋒派」[39]，而整個白洋淀，「就像當年的梁山泊，集合了一群經歷不同、背景各異，以當時正統的標準衡量無一例外地都是些『妖魔鬼怪』」[40]。毋寧說，「流亡」的歷史早已開始：

> 北島、芒克和黃銳他們創辦《今天》文學雜誌在1978年12月，（這個圈子很快又有徐曉、萬之、周郿英等人加入），但在這之前的十幾年中，手抄本詩歌的遊歷、詩人們的遊歷，還有讀詩人（經常也是寫詩人）的遊歷，是中國地下文學得以創造、生存和傳播的唯一空間，那裡面孕育了一代先鋒詩人和他們的讀者。……90年代以來，北島、多多、楊煉、萬之，還有已故的顧城等人在國外流亡的命運，好像也是延續了多年前詩人們在北京和白洋淀之間，以及其他地方所開始的遊走，這些詩人和作家的流亡肯定不是到了西方以後才開始的，反過來，也不

---

[37] 田曉青：〈十三路沿線〉，收入劉禾編：《持燈的使者》（香港：牛津大學出版社，2001年），第47頁。

[38] 參見多多：〈1970-1978北京的地下詩壇〉，收入劉禾編：《持燈的使者》（桂林：廣西師範大學出版社，2009年），第89頁。

[39] 參見亞縮、陳家坪：〈彭剛、芒克訪談錄〉，收入劉禾編：《持燈的使者》（桂林：廣西師範大學出版社，2009年），第243-251頁。

[40] 宋海泉：〈白洋淀瑣憶〉，收入劉禾編：《持燈的使者》（桂林：廣西師範大學出版社，2009年），第108頁。

> 能說留在國內的詩人就沒有開始他們的流亡。[41]

既往的文學史的敘述框架遮蔽了以「遊歷」的形式展開的文學傳播和文學創作，以及作者、讀者和作品之間互動的關鍵環節，而缺少了這一節，就很難理解「今天派」語言的「異質性」，以及他們在普遍意義的文化廢墟中所開創的一片小小的詩歌江湖。此外，「持燈」作者大多自身就是詩人或專業寫者，這些文字也就超越通常的文獻資料而別具文學價值。例如田曉青在他那篇普魯斯特筆調的〈十三路沿線〉如此描述北島所在的三不老胡同：

> 作為《今天》的中心人物，振開的位置正好處於十三路沿線的中段。這種巧合似乎印證了《今天》作為一個小小的地域性的概念所暗含的意味——文化意味著交流，交流有賴於交通的便利。一個不怎麼合度的比方是，歷史上那些沿大河流域或沿地中海形成的文明。在一個封閉與隔絕的社會裡，除在家庭鄰里之間和學校單位，任何別處的交往都是缺乏正當理由的，因而是可疑的。而十三路汽車就為這種可疑的交往提供了方便，儘管那些可疑的搭乘者並沒有意識到這一點。[42]

大約沒有一個文學研究者思考過《今天》的才子們——北島、江河（于友澤）、趙南、黃銳、多多與「十三路沿線」破敗的老城區之間的關係，田曉青的文章為我們提供了一個奇特的思路：「如果你乘坐從西南往東北開的十三路，那麼到張自忠路截止，所有的《今

---

[41] 劉禾：〈編者的話〉，收入劉禾編：《持燈的使者》（香港：牛津大學出版社，2001年），第xiii頁。

[42] 田曉青：〈十三路沿線〉，收入劉禾編：《持燈的使者》（香港：牛津大學出版社，2001年），第43-44頁。

天》同仁們都分布在你沿途的左側，那可不像所謂塞納河左岸那樣出自傳統和選擇，也許哪位朋友能給我更令人滿意的解釋，除了巧合之類。」[43]而在十三路終點站附近有一處風景如畫的地方——玉淵潭公園。1979年4月和10月，《今天》編輯部在那裡舉辦過兩次詩歌朗誦會[44]。可以說，「十三路沿線」就是《今天》的一個「文學生產場」（the field of literary production），遲來的青春發育期的躁動與迷宮般的陋巷混成了早期的生活的詩。因此，從某種意義上來說，《持燈》對於20世紀中國文學史的貢獻並非簡單的原始文獻的增補和完善，而是轉換視角，在歷史敘事上另闢蹊徑，迫使我們放棄對一段歷史理解的一貫的假設和前提。

《持燈》也在某種程度上照亮了中國當代新詩史。其中如多多的文章對於歷史的重敘起到了無法估量的作用，追訴的動機在這裡有了清晰的表白：「常常，我在煙攤上看到『大英雄』牌香煙時，會有一種衝動：我所經歷的一個時代的精英已被埋入歷史，倒是一些孱弱者在今日飛上天空。」[45]多多發掘了名不見經傳的早期先鋒者：岳重（根子），並回憶了他與岳重、芒克之間近似精神血緣關係的友誼和對峙，同時被提及的最早獻身詩歌藝術的還包括郭路生（食指）、徐浩淵、依群、史保嘉、馬佳、彭剛等。此後，更多的「黑暗的細節」也相繼在20世紀90年代顯出輪廓，如：楊健所著的《「文化大革命」中的地下文學》（1993）[46]、《詩探索》雜誌於1994年5月組織的「白洋淀詩歌群落尋訪」[47]系列活動、廖亦武主編的《沉淪的聖

---

[43] 田曉青：〈十三路沿線〉，收入劉禾編：《持燈的使者》（香港：牛津大學出版社，2001年），第49頁。

[44] 參見鄂復明提供：〈今天編輯部活動大事記〉，收入劉禾編：《持燈的使者》（香港：牛津大學出版社，2001年），第435-436頁。

[45] 多多：〈1970-1978北京的地下詩壇〉，收入劉禾編：《持燈的使者》（香港：牛津大學出版社，2001年），第117頁。

[46] 楊健：《「文化大革命」中的地下文學》（北京：朝華出版社，1993年）。

[47] 對「白洋淀詩歌群落」所做的「定義」，刊於《詩探索》1994年的總16期上。該期

誕——中國20世紀70年代地下詩歌遺照》（1999）[48]，延續了多多等人開始的對自身「歷史」的敘述。2005年，洪子誠、劉登翰在其合著的《中國當代新詩史》（修訂版）中指出：「在《今天》創刊20週年的時候，《持燈的使者》——一部集合當事人回憶文字的『細節文學史』在香港出版」，連同上述諸種努力一道，「對『文革』的『地下詩歌』（特別是『白洋淀詩群』）和《今天》的精神價值和詩歌史地位，做出了具有權威意義的強調」[49]。《中國當代新詩史》（修訂版）清理了「新詩潮」的歷史脈絡，明確提及《今天》，稱「『文革』後到80年代初，當代詩歌中的創新活力，主要來自『崛起』的、以青年詩人為主體的『新詩潮』。……最早創辦、影響廣泛，並成為『新詩潮』標誌的自辦刊物，是出現於北京的《今天》」[50]。對照1993年的初版本，不僅《今天》的地位得以凸顯，所謂「朦朧詩」的定義、「代表性」成員及「經典」文本的選定都有改變。同樣在《中國當代文學史》的著述中，我們看到「朦朧詩」代表人物直至1999年還在依照舒婷、顧城、江河、楊煉、北島的順序出場[51]，而到了新世紀以後轉換為北島、舒婷、顧城、食指、多多。對食指重要性的指認，以及「白洋淀詩群」面貌的浮現，成為這一階段「地下詩歌」發

的「當代詩歌群落」專欄集中刊登一組回憶「文革」期間白洋淀詩歌活動的文章，作者有宋海泉、齊簡、甘鐵生、白青、嚴力等。林莽以親歷者的身分在專欄「主持人的話」中對該「群落」加以「定位」，認為這一「群落」發生時間「應是：1969-1976年」；人員構成「應是：在白洋淀下鄉的各個村落間形成的鬆散的共同追求詩歌藝術的文學青年群體」；詩藝特徵是「以現代詩為主要標誌」。

48 廖亦武主編：《沉淪的聖殿——中國20世紀70年代地下詩歌遺照》（烏魯木齊：新疆青少年出版社，1999年）。

49 參見洪子誠、劉登翰：《中國當代新詩史》（修訂版）（北京：北京大學出版社，2005年），第184頁。

50 參見洪子誠、劉登翰：《中國當代新詩史》（修訂版）（北京：北京大學出版社，2005年），第175頁。

51 參見洪子誠：《中國當代文學史》（北京：北京大學出版社，1999年），第297-303頁。

掘工作的最重要的成果[52]。

《持燈》還令我們反思我們的文學史觀和文學精神。傳統的歷史似乎就是一部強人的歷史，強者令弱者噤若寒蟬。而文學史就是以宏篇巨著覆蓋隻言片語，多少脈脈溫情便隱匿無蹤了。但《持燈》有所不同，劉禾說她編纂此書的意外收穫就是「結識了像徐曉、崔德英、周郿英、鄂復明、還有趙一凡這一批曾經為《今天》冒險工作，但幾乎被文學史研究遺忘了的人」[53]。例如徐曉和一平的回憶讓我們從不同的側面瞭解到一段歷史的收藏者趙一凡的生平：

> 從60年代末，一凡就是北京地下文壇的一個中心，不少人到他那借書，聊天，傳閱作品。對於一些人，一凡是他們的文化啟蒙者，甚至改變了他們的命運和生活。一凡又是個收藏家，他幾乎保有全部的紅衛兵小報，還收集知青信件、地下文學、思想文抄。為此，一凡74年被捕入獄，罪名是傳播反動文化，公安部門懷疑他是一個不存在的組織——第四國際的成員。他拄著雙拐坐了兩年牢，76年以後才被釋放。一凡關在牢裡還給人講《資本論》。他死後，我見到了一份公安局查抄的清單，其中有北島〈陌生的海灘〉，好像還有郭路生和芒克的作品。一凡出獄後，繼續做他的事情。78年辦《今天》，一凡是其重要成員（一凡提供了不少他收集的稿件，有些連作者本人都遺失了）。[54]

---

[52] 參見洪子誠：《中國當代文學史》（北京：北京大學出版社，2007年），第238-239頁。

[53] 劉禾：〈編者的話〉，收入劉禾編：《持燈的使者》（香港：牛津大學出版社，2001年），第xviii頁。

[54] 一平：〈為了告別的紀念——獻給趙一凡〉，收入劉禾編：《持燈的使者》（香港：牛津大學出版社，2001年），第289頁。

正如徐曉所說，相對於文學成就而言，更應該張揚的是《今天》的文學精神。「很難說清，是《今天》凝聚了不止一個像一凡這樣有人格魅力的人，還是這些具有魅力的人成就了《今天》。」[55]例如鄂復明——《今天》存亡的真正的親歷者、目擊者，「如果說《今天》是一個大家庭，他就是管家；如果說《今天》是一個雜誌社，他就是總編室、辦公室主任兼會計、編務、校對」[56]；周郿英——1994年死於疾病，北島以《今天》雜誌社的名義發來唁電：「作為編委，以多病之身日夜操勞，做了大量默默無聞的工作，特別是在手工作坊式的出版與印刷過程中，他傾注了大量的心血……」[57]；桂桂——嚴格地說，她甚至算不上一個文學愛好者，她的職業是護士。「當年，她手持一本天藍色的《今天》與振開在大街上接頭，被領進一間毫無浪漫色彩的破房子，以她那纖弱的手臂印刷、裝訂沒有她署名的雜誌」……這些幕後工作者的名字永遠也不可能載入正宗文學史的史冊，「他們可貴和可愛之處正在於，他們所做的，是很多人都能做而沒有做，想做而不敢做的」[58]。因此，從某種意義上來說，《今天》所展示的人文精神比文學價值更可貴。正是靠著這種超越功利的理想主義精神，《今天》得以起死回生。萬之強調，雖然人們要說新《今天》和老《今天》已經不是一回事了，新《今天》沒有了仍在國內的芒克、徐曉、鄂復明等人的參與是很令人遺憾的事情，「但是新《今天》其實仍然是老《今天》的延續和擴展」，北島、萬之、黃子

[55] 徐曉：〈《今天》與我〉，收入劉禾編：《持燈的使者》（香港：牛津大學出版社，2001年），第57頁。

[56] 徐曉：〈《今天》與我〉，收入劉禾編：《持燈的使者》（香港：牛津大學出版社，2001年），第85頁。

[57] 轉引自徐曉：〈《今天》與我〉，收入劉禾編：《持燈的使者》（香港：牛津大學出版社，2001年），第84-85頁。

[58] 徐曉：〈《今天》與我〉，收入劉禾編：《持燈的使者》（香港：牛津大學出版社，2001年），第83-84頁。

平、查建英（小楂）等人一以貫之的堅持就是例證[59]。

值得一提的是，2013年春季號恰值《今天》第100期特刊，部分成員共同回顧了1990年復刊以來，《今天》不顧自己「孤懸海外」的囧況，堅持要做一份中國文學刊物而面臨的險境。「實際上，復刊後的《今天》連一個編輯部都沒有，擔任編輯的諸人漂泊於世界各地，彼此聯繫只有寫信、電話、傳真三途（電腦網路的方便是後來的事）；至於作者，更是遠在天邊，每一期的稿件只能如一群群不知疲倦的鷗鳥，凌亂地在大洋之間艱難旅行，何況資金、印刷、出版、發行等方面，幾乎每一個環節都有不可能解決的難題。」[60]奇蹟般地堅持到了今天，「《今天》漫長的歷程見證了知音傳統依然是活的，見證了文學這個公器不屬於某個人，而屬於每個人」——自創辦之日起，已經有好幾位同人離開了這個世界：趙一凡、周郿英、顧城、張棗，「他們的奉獻已經成為《今天》的一筆可貴的精神遺產」[61]。

第三節 《七十年代》與《暴風雨的記憶》：匯入歷史之河的個人回溯

2008年秋季號和冬季號《今天》為「70年代」專號，收錄了三十篇回憶20世紀70年代的文字，其著眼點主要不是文學，而是歷史。「對20世紀70年代的回憶和回顧，展現那樣一個特殊年代的五顏六色的個人和集體經驗」，是這個專號的立意和目的所在[62]。為什麼選擇70年代？北島曾在與查建英的訪談中說：「如果80年代是『表現

---

[59] 參見萬之：〈也憶老《今天》〉，收入劉禾編：《持燈的使者》（香港：牛津大學出版社，2001年），第320頁。

[60] 〈編者前言〉，《今天》2013年春季號（總第100期特刊）。

[61] 參見宋琳：〈同人於野——《今天》雜憶〉，《今天》2013年春季號（總第100期特刊）。

[62] 參見北島、李陀：〈編者按〉，《今天》2008年秋季號（總第82期）。

期』，那麼70年代就應該是『潛伏期』，這個『潛伏期』要追溯到60年代末的上山下鄉運動。」[63]儘管70年代充滿了歷史大事件，如毛澤東去世、文革結束等等，但是就「一代人」的成長來說，好比是在「暴風驟雨」的60年代和「天翻地覆」的80年代之間的一小段間歇，一聲沉重的喘息，因而也是一個很容易被忽略的年代，甚至可以說是一道歷史的「夾縫」：

> 我們這裡說的「一代人」，是比較具體的，主要是指在70年代度過少年和青年時代的一代人，這代人正是在那樣一個特殊的歷史環境裡成長起來的；這種成長的歷史特殊性造就了很特殊的一個青少年群體，而正是這群體在文革後的中國歷史中發揮了非常重要和特殊的作用，這一作用應該說至今還沒有得到很好的估計和清理。但不管怎麼樣，從某種意義上說，如果沒有這一代人，沒有這一代人的激情和活動，中國大概不是今天這個樣子。這大約就是我們這個專號為什麼選擇「70年代」作為題目的理由。[64]

當然，這並不是唯一的理由。李陀在編者按中指出：「編輯此書與懷舊無關，我們是想借重這些文字來強調歷史記憶的重要。」[65]歷史記憶猶如一塊正在被爭奪的殖民地，「我們不但經常看到一種歷史記憶會排斥、驅逐另一種歷史記憶，不但有虛假的歷史敘述取代真實的歷史敘述，甚至還會有對歷史記憶的直接控制和壟斷，當然，也就有了反控制和反壟斷」[66]。更有甚者，今天的我們似乎正在進入一

[63] 查建英：〈北島〉，收入《八十年代訪談錄》（北京：三聯書店，2006年），第67頁。
[64] 北島、李陀：〈編者按〉，《今天》2008年秋季號（總第82期）。
[65] 李陀：〈七十年代專號編者按〉，《今天》2008年冬季號（總第83期）。
[66] 李陀：〈七十年代專號編者按〉，《今天》2008年冬季號（總第83期）。

個沒有昨天的時代，一個沒有昨天也可以活下去的時代。如何從經驗層面去直面過去，接受歷史記憶的挑戰，從而思考「人」的變化，重新認識「人」的含義，分析文化變革的源頭和流向，便成了編輯《七十年代專號》的旨意。2009年，北京三聯書店發行簡體版的《七十年代》[67]，進一步擴大了這部書稿的影響力。

所謂70年代，照理說，是1971到1980年；80年代，是1981到1990年。但李零的感覺是：「1966到1977年才是一段，叫70年代；1978到1989年是另一段，叫80年代。」[68]對此，阿城也有相近的看法：80年代早結束了一年；70年代早結束了四年，「不過，算上1976年後的四年，80年代有十三年。70年代呢，從1966年算起，有十年，所謂十年無產階級文化大革命。按decade劃分，不準確，不符合。人生不是豬肉，不可以這樣一刀一刀按斤切」[69]。

不僅是年代劃分並無定論，每一個人記憶中的「70年代」也是一幅色彩各異、明暗不定的畫卷。絕不委屈求同才是對這段複雜的歷史所做的一個最好的見證，也是對「標籤」式思維的一種最好的反撥。例如同為「上山下鄉」的知青，徐冰就對農村滿懷「癡情」，認為毛澤東的方法和文化，雖說把整個民族帶進一個史無前例的試驗中，「導致了一場災難」，但一代人卻從中「獲得了變異又不失精髓的、傳統智慧的方法」，並成為「世界觀和性格的一部分」，深藏且頑固，「以至於後來的任何理論都要讓它三分」[70]。陳丹青卻認為，70年代的艱難是在「個人遭遇和政治事件、青春細節與國家背景，兩相重疊，難分難解」，幸虧年輕，賠得起，看得開；但對於穆旦、顧準等老一輩，「那十年是迎面而來的深淵：並非死亡，而是覆滅，

[67] 北島、李陀主編：《七十年代》（北京：三聯書店，2009年）。
[68] 李零：〈七十年代：我心中的碎片〉，《今天》2008年秋季號（總第82期）。
[69] 阿城：〈聽敵臺〉，《今天》2008年冬季號（總第83期）。
[70] 參見徐冰：〈愚昧作為一種養料〉，《今天》2008年冬季號（總第83期）。

『多少人的痛苦隨身而沒』」[71]。

今天我們談論知青下鄉，更多的理解是一個錯誤和一場災難，即便有樂也是苦中作樂。80年代轟然興起的「知青文學」就是一種回眸。城鄉之間的不平等差異似乎在那時空錯置的幾年暴露無遺。它令一個民族的烏托邦式的迷夢及早地破滅了，也令一代人像逃離瘟疫一般地逃離偏遠落後的土地——不僅是返城的「知青」，還有鄉村青年也急欲改變他們的境遇。例如閻連科回憶，他之所以萌動了寫作的念頭，就是因為「知青」的出現令他發覺在「低賤」的鄉村之外有著「高貴」的都市的存在，而寫作一部長篇小說就彷彿種下了一顆狂妄而野念的種子，以此成為出版和調動進城的契機[72]。

翻閱《七十年代》，歷史的黑白影像突然變得豐富生動起來，我們發現原來80年代的思想解放是受惠於70年代，原來「還在1967年破四舊的暴力運動未完結之時，文革前出版的那些抒情流行歌曲，已經開始在『老兵』（老紅衛兵）們的室內悠揚地飄蕩了；文革前的印刷讀物，雖然受到『焚書』的命運，但一直在民間被大量地保存和大規模地流傳——無數的碎片重新匯集起來變成一條波濤滾滾的心靈暗河，在千萬的青年人心中演繹著文學光輝中的愛情和命運，同時也映照著黑暗卻並非虛無的生活」[73]。因此，當我們回望激情澎湃的80年代，就不能不回溯70年代黎明前暗流湧動的陣痛。原來歷史從未間斷。

是的，歷史從未間斷。即使是封鎖是荒蕪甚至是浩劫，也不曾冷卻民眾的精神之血，也無法遏制新文化的萌發、積聚、壯大以及爆發，直至制度層面的變革。這才是歷史真切而生動的過程。韓少功的〈漫長的假期〉從偷書、搶書、換書、說書、護書、教書、抄書、騙書、醉

---

[71] 參見陳丹青：〈幸虧年輕〉，《今天》2008年冬季號（總第83期）。

[72] 參見閻連科：〈我的那年代〉，《今天》2008年秋季號（總第82期）。

[73] 鮑昆：〈黎明前的躍動——我看到的七十年代〉，《今天》2008年冬季號（總第83期）。

書九個方面描述了「在一個沒有網際網路、電視機、國標舞、遊戲卡、MP3、夜總會、麻將桌以及世界盃足球賽的時代，在全國人民著裝一片灰藍的單調與沉悶之中」，讀書所產生的不可思議的「鎮痛效應」和「制幻效應」[74]。從多位作家、學者的敘述來看，他們的青春歲月裡無不有著「皮書」的影子。據唐曉峰回憶，他是從北島那兒知道了「灰皮書」，即內部政治讀物：「這些書封面是灰顏色，許多是對『社會主義陣營』政治形態的揭示，是一批『解凍』文獻。看這些書，可以不睡覺，心跳不已」；還有一類「黃皮書」，是文學類的內部讀物：「這些書，與大家更是心氣相通，讀時，更睡不著覺」[75]。不過，「皮書」在很大程度上也是一種高層特供。李零承認：「『反動』的東西，只供領導看，這是特權。我們是沾老幹部的光。北京老幹部多，換外地，不可能。這種故事，沒有普遍性，外地同齡人，聽了就生氣。」[76]

來自對岸世界的文學、繪畫和音樂作品，打開了此岸世界的窗戶。或許是因為對物質的追求被嚴酷地禁止，對精神的追求就來得格外強烈。趙越勝描繪了70年代他的一個彷彿「生活在別處」的朋友：當「全世界人民都嚮往著祖國的首都——北京」時，他卻嚮往著「巴黎，宛如一朵灰色的玫瑰，在雨中盛開」；當全國人都愛看「偉大領袖毛主席慈祥的面容」時，他卻想看畢卡索筆下那些變形的「醜女人」；在大夥都愛唱「爹親娘親不如毛主席親」時，他卻要唱「一個人喝咖啡不要人來陪」。在一片灰色的蕭瑟中，他是一點綠意。同他一起聊天時，使用的幾乎是「另一種語言」。「『兩報一刊』生產的套話消失在新街口大四條的陋室裡。那裡有纏綿的琴聲，和『恨今朝相逢已太遲』的嘆息。」[77]

---

74 參見韓少功：〈漫長的假期〉，《今天》2008年秋季號（總第82期）。

75 參見唐曉峰：〈難忘的1971〉，《今天》2008年秋季號（總第82期）。

76 李零：〈七十年代：我心中的碎片〉，《今天》2008年秋季號（總第82期）。

77 參見趙越勝：〈驪歌清酒憶舊時——記七十年代我的一個朋友〉，《今天》2008年秋季號（總第82期）。

70年代，外表平靜的皇城根下成了叛逆激昂的人文新潮的暗湧之處。徐浩淵稱，1971至1972年，是北京地下詩歌的鼎盛期。依群、根子、鐵威、于小康、譚曉春、張寥寥都有優秀詩作問世，那些永遠遺失的美麗詩句是「一代少年在急風暴雨中掙扎的心靈絕唱」[78]。從內蒙古插隊回來的唐曉峰則發現，一度讚賞過賀敬之的北島1971年冬的詩句雖還是方塊字，但文辭情感意境都扭變了個模樣：

> 雖然我還是不甚理解其中的含義，但我明確意識到，自己正在面對一個十分嚴肅的挑戰，它不在這些詩歌的含義，而在這類詩歌的產生本身。我感覺振開他們這幫城裡同學跑進了（或曰開闢出了）另一個世界，他們更自由，更奮爭，更痞……，不，已經不是痞，是一種更深刻的東西。那是文化思維的高度，也是個人的高度，高的有點怪，怎麼上去的？[79]

1978年上大學的陳丹青也驚覺：「原來京城文革期間竟有詩人團夥、地下藝術家，以及早就試圖謀反或治國的少年匹夫。」[80]他們在70年代的流傳書單，江南聞所未聞：《麥田捕手》、《第二十二條軍規》，還包括貓王、甲殼蟲、約翰・藍儂的唱片，「他們是共和國第一撥青苗，也是頭一代忤逆的人，……在幾位老高中生的文革回憶中，他們研讀內部刊行的西方政治、歷史與經濟譯作，年紀青青，70年代即以國務院的眼光思路，在邊村油燈下擺弄未知的國家棋局了」[81]。

陳丹青所說的幾位老高中生的文革回憶，後來收入《今天》2010年冬季號的「暴風雨的記憶」專輯。這是北京四中「老三屆」學生關

---

[78] 參見徐浩淵：〈詩樣年華〉，《今天》2008年秋季號（總第82期）。
[79] 唐曉峰：〈難忘的1971〉，《今天》2008年秋季號（總第82期）。
[80] 陳丹青：〈幸虧年輕〉，《今天》2008年冬季號（總第83期）。
[81] 陳丹青：〈幸虧年輕〉，《今天》2008年冬季號（總第83期）。

於一段特殊歷史時期的追溯，結集為《暴風雨的記憶——1965-1970年的北京四中》[82]一書，2011年由香港牛津大學出版社出版繁體版，2012年由北京三聯書店出版簡體版。北京四中是北京乃至全國最有名的中學之一，曾處在暴風雨的中心，「這些回憶文字，正是從不同的角度和立場，記述了這場暴風雨中的個人經歷。有些敘述往往會溢出校園以外，因為暴風雨是沒有邊界的」[83]。此書的十八位作者除劉白羽是70級初中生外，其他均為1966年、1967年和1968年初中和高中畢業生，北島特意指出：

> 1966年6月「文革」爆發時，他們的年齡只有十三歲到二十歲之間，這場暴風雨不僅中斷了學業，並把他們全都捲了進去。在一所中學的小小舞臺上，展開了一幕幕驚心動魄的歷史場景。
>
> 可以說這是我們編的「70年代」專輯的延伸，一直上溯到60年代。我相信，通過一所中學的學生們不同視角的追憶與敘述，會進一步豐富那一特殊時期的歷史質感，使任何相關結論都顯得為時過早或過於草率。[84]

為了儘量容納當年不同的立場，「暴風雨的記憶」專輯特別選取了當年具有代表性或爭議性的人物。例如圍繞「文革」時期曾狂熱流行過的一句口號——「老子英雄兒好漢，老子反動兒混蛋」，即「血統論」，鼓吹者和反對者的回憶都在收錄之列。「血統論」口號

82　北島、曹一凡、維一編：《暴風雨的記憶——1965-1970年的北京四中》（北京：三聯書店，2012年）。

83　北島：〈序〉，收入北島、曹一凡、維一編：《暴風雨的記憶——1965-1970年的北京四中》（北京：三聯書店，2012年），第1頁。

84　北島：〈編者按〉，「暴風雨的記憶」專輯，《今天》2010年冬季號（總第91期）。

歌曲的譜寫者劉輝宣表示：「『文革』前，出身不好的人學習再好也考不上大學，學問再大也發表不了文章，能力再強也擔任不了重要職務」，在這個意義上，「血統論」不過是用糙話概括了這潛規則罷了。「歷來就有用糙話闡釋政治甚至哲學原理的傳統，比如『槍桿子裡面出政權』，『無土不豪，無紳不劣』這類山溝版的馬克思主義，都曾是中國革命的經典句式，『文革』中的『造反有理』也是這套話語的濫觴。」[85]事實上，「血統論」口號流行不到半年就臭街了，連劉輝宣他們自己都知道錯了，「甚至一開始就知道那是錯的」。但令其始料不及的是，紅衛兵的胡鬧卻最終導致了反對這口號的〈出身論〉的作者——遇羅克的被捕，1970年被執行死刑[86]。

劉輝宣回憶說：「當年我和遇羅克屬於兩個陣營，我編了那首歌，遇羅克批判了我們，結果他卻被殺了。『伯仁非我所殺，伯仁因我而死。』」[87]遇羅克的文章發表在《中學文革報》上，那正是四中67屆高二（二）班的學生牟志京創辦的。極具諷刺意味的是，1968年遇克羅被捕，《中學文革報》成員受到牽連。沒過兩天，劉輝宣也被工宣隊關進學校。「血統論」的鼓吹者和反對者殊途同歸。

歷史回溯至此，終點似乎又回到了起點。正如我們在上篇第一章第一節中所梳理的線索：假如沒有遇羅克的〈出身論〉，就沒有《中學文革報》的問世，也就沒有北島的幾位朋友——牟志京、張育海、

85 劉輝宣：〈昨夜星辰昨夜風——北京四中的紅衛兵往事〉，「暴風雨的記憶」專輯，《今天》2010年冬季號（總第91期）。

86 牟志京稱，遇羅克在1968年先被判處十五年有期徒刑，但拒絕簽字。為何從十五年徒刑改判死刑？在判決書上，其主要罪名是「陰謀暗殺偉大領袖毛主席」，對〈出身論〉卻隻字未提。「遇羅克是如何涉嫌暗殺的呢？一九六七年夏天，東北武鬥正盛，部分《文革報》成員結夥北上。一到長春，在火車站就給每人發武器，離開長春時，我曾囑咐大家將所有武器退還，以免留下禍根。後來才得知，羅文（遇羅克的弟弟）並未退還領到的手榴彈，把它帶回了北京。」詳請參見牟志京：〈似水流年〉，「暴風雨的記憶」專輯，《今天》2010年冬季號（總第91期）。

87 劉輝宣：〈昨夜星辰昨夜風——北京四中的紅衛兵往事〉，「暴風雨的記憶」專輯，《今天》2010年冬季號（總第91期）。

趙京興和陶洛誦與遇羅克並肩戰鬥的故事。沒有這些故事，便不會有北島早期的詩：〈眼睛〉（1972）、〈星光〉（1972）、〈宣告〉及〈結局或開始〉（1975），更不會有《今天》於1978年12月23日的誕生：「歷史終於給了我們機會，使我們這代人能夠把埋藏在心中十年之久的歌放聲唱出來，而不致再遭到雷霆的處罰。」[88]

《今天》近年所做的歷史的回眸正是踏上了「長於一生」的歸程。一本雜誌和一代同人的命運的影廓由此逐漸得以完整的顯現。從「崛起」到「流亡」，《今天》及其參與者好比在淡水的小溪中出生孵化後游向大海的成群的鮭魚，但生命的本能使其一定要回到出生地的溪流，才能完成生生不息的圓滿的循環。誠如我們所見，新世紀以來，不僅北島、楊煉、多多、張棗等「今天派」詩人的作品得以回歸中國，形形色色的《今天》叢書[89]及單行本[90]也陸續發行上市，這也是《今天》以另一種方式開啟的返回心靈故鄉的旅程。

結語

通過以上兩編的敘述，我們對北島及《今天》在過去三十餘年的文學流變有了大致的瞭解。其中有變中的不變：那便是對文學價值的始終如一的堅持。

《今天》「崛起」於一個漢語普遍荒蕪的年代，古典文言與西方話語的雙重受阻曾令現代漢語成為文化意義上的語言孤島，這便違背

---

88 北島：〈致讀者〉，原署名：《今天》編輯部，《今天》（1978-1980）第1期。

89 已經出版的《今天》叢書包括：《親愛的張棗》、《空白練習曲——《今天》十年詩選》、《昨天的故事——關於重寫文學史》、《持燈的使者》、《左邊——毛澤東時代的抒情詩人》，即將出版的《今天》叢書包括：《在廢墟上》、《危機中的闡釋——重寫文學史的今天意義》、《另一種聲音——〈今天〉小說選1990-1999》。

90 已經出版的《今天》單行本包括：《七十年代》、《暴風雨的記憶：1965至1970年的北京四中》，即將出版的包括：劉禾編的新媒體專輯、張猷編的實驗戲劇專輯，以及北島編的奇人列傳等。內容全部出自過去的《今天》雜誌。

了新文學運動的初衷——因為白話文學的確立是一種將中國文學納入世界文學的版圖之內互榮共生的努力。一國傳統的古井之水唯有匯入世界性的海洋才能進行循環淨化，汲取內外宇宙的能量，進而完成現代更新及轉型。任何交流管道的淤塞或阻隔必然導致文化的沒落和衰朽。

所幸文學本身也是一種與文明休戚與共的精神探索，即便是意識形態的嚴格管控和封鎖也無法遏制人類精神探索的綿延不絕。例如一批重要的作家和詩人在封筆之後將文學翻譯構建成一種特殊的避難所和詩意的棲居地，使得文明的種子通過另一種媒介生發成長，以「翻譯文體」的邊緣形式潛隱繁榮。這類特權讀物終因管理疏漏而流芳後世，成為在歷史夾縫中尋找出路的北島等一代青年如獲至寶的精神資源。他們以此為基礎自創了一種迥異於當時的官方頌歌卻能滿足自己智力需求的文本，這便是「今天派」的前驅——「白洋淀詩群」地下寫作的現實起源。

文學的成熟與人的成熟相輔相成。沒有長夜痛哭過的人，不足以語人生。（湯瑪斯・卡萊爾語）。不同於20、30年代象徵派詩歌在中國的傳播，「文革」後期北島等人對歐美象徵主義、意象主義的接受並非移花接木而是內心選擇的結果。以愛國、愛美、愛神為主要特徵的浪漫主義隨著早醒者所經歷的夢想幻滅、信仰坍塌的精神崩潰過程趨於沉落，現代文明轉而進入到一個批判之存在性敞開的時代。強烈的否定意識和批判精神是早期「今天派」從西方現代文學譯本中習得的「劍術」，並斡旋在中文所特有的意象迭出的語義場裡，去熔煉頗流暢又具範式的詩意。

「今天派」詩歌在80年代初期的中國社會所引發的轟動效應不是一個政治事件，而是一個文學事件。它令國人看到了一種「現代心智」的啟蒙之星刺透了先前巨大的語言蒙蔽。與此同時，「新語言」的出現也令那些自認為或者被認為對新詩進程負有指導責任的人們感到不安，試圖用一隻「看不見的手」去壓制這股「崛起」之勢。其結果是：勢比人強，官方的標靶成了民間的英雄，語言變革已經勢不可擋。值得注意的是，「今天派」的「新語言」不是中式西語的生硬轉化，而是站在老一輩文學家所構建的「文化和言語上的中間地帶」尋求自己與世界溝通的方式。也就是說：人生感受是自己的，是中國的；美學思維是世界的，這正是他們的詩歌雖然「朦朧」卻能震撼人心的深層原因所在。此外，《今天》探求的是「現時」——而不是同時代文學所普遍囿於的「現實」。誠如李歐梵所言：「早期《今天》所刊載的詩和小說，都是在捕捉這種個人的、內心的『現時』感，而不是重蹈五四寫實主義的傳統。」[91]立足「現時」給了《今天》一個存在主義的時間向度，也令漢語的現代性又向前邁進了一步。

早在國內時期，北島等「今天派」就好比是溪流中的鮭魚嗅到了海洋的氣息，到了80年代末，真實開始的海外「流散」是一種語境的轉換但更是語言變革的延續。自漢語新詩誕生以來，一代又一代的詩人在新詩現代性的追求上前赴後繼，但始終脫不了一種中國「中心意識」。而「流散」開啟了另一維的美學探險，將現代詩的參照系統打開，走出中國大陸的中心視域，從邊緣反思中心，並放眼世界。這在他們的作品中主要有兩個方面的特質體現：一是語言本體主義意識的深化，二是對中國與西方、古典與現代、自我與他者二元對立思維模式的超越。與此同時，成熟的鮭魚終歸要回游到牠們生命開始的本源，這在文學隱喻上就是一種傳統的皈依。這裡的傳統絕非民族本位主義的狹義上的傳統，而是一種屬於全人類的世界性的人文美學資源。

此外，《今天》還令我們反思我們的文學史觀和文學精神。如果說，既往的文學史寫作是一種權威話語的發聲裝置，《今天》則將歷

---

[91] 李歐梵：〈永遠的《今天》〉，《今天》2013年春季號（總第100期特刊）。

史敘述個人化了、細節化了。而這些寶貴的個人回憶和文獻資料又滲透到主流文學史的重寫過程中去。截至2013年春季號，《今天》已經出到第100期了，文學的獨立性和思想的前衛性始終是這份刊物不變的理念，只是時間之水將之淘洗得愈加純粹和清晰。于堅指出：「現代性不僅僅是一堆概念、主義、文本的引進或者現代主義旗號下的種種作品，也是一本刊物的持續，這種持續的深意在於，作者們都不寫了，現代派也煙消雲散，朦朧詩成為文學史，但那本刊物繼續，如果要說什麼批判傳統，我以為這才是更深刻有效的批判。」[92]

《今天》被定性為「偏右」雜誌而非「反動」雜誌還只是近些年的事，《今天》單行本回歸中國大陸發行上市更是思想解放文化開放的一個積極的信號。長期的視域阻隔導致中國大陸學界對於這本跨地域的漢語文學先鋒雜誌缺乏認識，但呼嘯而來的全球化浪潮已經將我們的漢語寫作拋到一個邊緣的位置，面向兩岸三地和海外社會的《今天》對於文學價值和經典重建的探索，便為深陷娛樂資本市場的我們提供了一個絕佳的研究樣本。故此，本文有意做一個拋磚引玉的嘗試。由於時間所限，力所不逮，《今天》的許多精華內容尚未充分涉及展開，這也正是本文最為遺憾的地方。

---

[92] 于堅：〈持久的象徵——《今天》出刊一百期有感〉，《今天》2013年春季號（總第100期特刊）。

附錄一：參考文獻

一、中文參引書目：

張棗著，顏煉軍編選：《張棗隨筆選》，北京：人民文學出版社，2012年版。

張棗：《張棗的詩》，北京：人民文學出版社，2012年版。

張棗、宋琳編：《空白練習曲：《今天》十年詩選》，香港：牛津大學出版社，2002年版。

查建英：《八十年代訪談錄》，北京：三聯書店，2006年版。

牟鍾秀編：《獲獎短篇小說創作談1978-1980》，北京，文化藝術出版社，1982年版。

劉禾編：《持燈的使者》，桂林：廣西師範大學出版社，2009年版。

劉禾編：《持燈的使者》，香港：牛津大學出版社，2001年版。

廖亦武主編：《沉淪的聖殿——中國20世紀70年代地下詩歌遺照》，烏魯木齊：新疆青少年出版社，1999年版。

北島：《零度以上的風景——北島1993-1996》，臺北：九歌出版社，1996年版。

北島：《失敗之書》，汕頭：汕頭大學出版社，2004年版。

北島：《藍房子》，南京：江蘇文藝出版社，2009年版。

北島：《藍房子》，香港：牛津大學出版社，2009年版

北島：《北島詩選》，廣州：新世紀出版社，1986年版。

北島：《午夜歌手——北島詩選1972-1994》，臺北：九歌出版社，

1995年版。
北島：《時間的玫瑰》，香港：牛津大學出版社，2005年版。
北島：《古老的敵意》，香港：牛津大學出版社，2012年版。
北島：《城門開》，北京：三聯書店，2010年版。
北島：《守夜——詩歌自選集1972-2008》，香港：牛津大學出版社，2009年版。
北島：《青燈》，香港：牛津大學出版社，2009年版。
北島：《青燈》，南京：江蘇文藝出版社，2008年版。
北島：《開鎖——北島1996~1998》，臺北：九歌出版社，1999年版。
北島：《在天涯——北島詩選》，香港：牛津大學出版社，1993年版。
北島：《午夜之門》，香港：牛津大學出版社，2009年版。
北島：《午夜之門》，南京：江蘇文藝出版社，2009年版。
北島（趙振開）：《波動》，香港：香港中文大學出版社，1991年版。
北島譯：《北歐現代詩選》，長沙：湖南人民出版社，1987年版。
北島、曹一凡、維一編：《暴風雨的記憶——1965-1970年的北京四中》，北京：三聯書店，2012年版。
北島、李陀主編：《七十年代》，北京：三聯書店，2009年版。
李潤霞編：《被放逐的詩神》，武漢：武漢出版社，2006年版。
楊健：《1966-1976的地下文學》，北京：中共黨史出版社，2013年版。
楊健：《中國知青文學史》，北京：中國工人出版社，2002年版。
孫基林：《崛起與喧囂：從朦朧詩到「第三代」》，北京：國際文化出版公司，2004年版。
徐慶全：《文壇撥亂反正實錄》，杭州：浙江人民出版社，2004年版。
徐慶全：《風雨送春歸：新時期文壇思想解放運動記事》，開封：河南大學出版社，2005年版。
徐慶全：《名家書箚與文壇風雲》，北京：中國文史出版社，2009年版。

王鼎鈞：《左心房漩渦》，臺北：臺北爾雅出版社，1988年版。
歐陽江河：《站在虛構這邊》，北京：三聯書店，2001年版
木心講述；陳丹青筆錄：《文學回憶錄》，桂林：廣西師範大學出版社，2013年版。
木心：〈帶根的流浪人〉，《哥倫比亞的倒影》，桂林：廣西師範大學出版社，2006年版。
木心：《瓊美卡隨想錄》，桂林：廣西師範大學出版社，2010年版。
趙毅衡：《意不盡言——文學的形式－文化論》，南京：南京大學出版社，2009年版。
趙稀方：《後殖民理論》，北京：北京大學出版社，2009年版。
徐曉、丁東、徐友漁主編：《遇羅克——遺作與回憶》，北京：中國文聯出版社，1999年版。
梁剛建、喻國英主編：《光明日報新聞內情》，北京：光明日報出版社，1999年版。
芒克：《芒克的詩》，北京：人民文學出版社，2009年版。
芒克：《瞧！這些人》，長春：時代文藝出版社，2003年版。
廖亦武主編：《沉淪的聖殿——中國20世紀70年代地下詩歌遺照》，烏魯木齊：新疆青少年出版社，1999年版。
洪子誠、劉登翰：《中國當代新詩史》，北京：北京大學出版社，2010年版。
洪子誠、程光煒編選：《朦朧詩新編》，武漢：長江文藝出版社，2004年版。
洪子誠：《中國當代文學史》，北京：北京大學出版社，1999年版。
洪子誠：《中國當代文學史》，北京：北京大學出版社，2007年版。
王家新：《中國詩選》，成都：成都科技大學出版社，1994年版。
王家新、沈睿編選：《當代歐美詩選》，瀋陽：春風文藝出版社，1989年版。

柏樺：《左邊——毛澤東時代的抒情詩人》，香港：牛津大學出版社，2001年版。
柏樺：《左邊：毛澤東時代的抒情詩人》，南京：江蘇文藝出版社，2009年版。
唐曉渡：《唐曉渡詩學論集》，北京：中國社會科學出版社，2001年版。
楊嵐伊：《語境的還原：北島詩歌研究》，臺北：秀威資訊科技，2010年版。
老木編：《青年詩人談詩》，北京：北京大學五四文學社，1985年版。
多多：《阿姆斯特丹的河流》，太原：北嶽文藝出版社，2000年版。
黑大春編：《蔚藍色天空的黃金·詩歌卷》，北京：中國對外翻譯出版公司，1995年版。
劉小楓：《這一代人的怕和愛》，北京：三聯書店，1997年版。
陳超：《中國先鋒詩歌論》，北京：人民文學出版社，2007年版。
鍾鳴：《旁觀者》，海口：海南出版社，1998年版。
何林編著：《薩特：存在給自由帶上鐐銬》，瀋陽：遼海出版社，1999年版。
張炯主編：《新中國文學50年》，濟南：山東教育出版社，1999年版。
魯迅：《中國小說的歷史的變遷》，北京：人民文學出版社，1981年版。
陳思和：《中國當代文學史教程》，上海：復旦大學出版社，1999年版。
許子東：《許子東講稿》（第1卷），北京：人民文學出版社，2011年版。
顧城：《請聽聽我們的聲音》，北京：北京大學五四文學社，1985年版。
岳建一執行主編：《生命——民間記憶史鐵生》，北京：中國對外翻譯出版有限公司，2012年版。
徐曉主編：《今天三十年》，北京：今天文學雜誌社，2008年版。
謝天振：《翻譯研究新視野》，青島：青島出版社，2003年版。
楊煉：《唯一的母語——楊煉：詩意的環球對話》，上海：華東師範大學出版社六點分社，2012年版。
楊煉：《大海停止之處：楊煉作品1982-1997詩歌卷》，上海：上海文藝出版社，2003年版。
黃萬華：《傳統在海外：中華文化傳統和海外華人文學》，濟南：山東文藝出版社，2006年版。
黃萬華：《在旅行中拒絕旅行：華人新生代和新華僑華人作家的比較研究》，北京：中國社會科學出版社，2008年版。
陳曉明：《中國當代文學主潮》（第2版），北京：北京大學出版社，2013年版。
戴望舒譯：《戴望舒譯詩集》，長沙：湖南人民出版社，1983年版。
戴望舒：《戴望舒詩全編》，杭州：浙江文藝出版社，1989年版。
顧工編：《顧城詩全編》，上海：上海三聯書店，1995年版。
宋琳、柏樺編：《親愛的張棗》，南京：江蘇文藝出版社，2010年版。
韓少功：《馬橋詞典》，北京：人民文學出版社，2008年版。
李陀編選：《昨天的故事——關於重寫文學史》，北京：三聯書店，2011年版。
瞿秋白：《瞿秋白文集（二）》，北京：人民文學出版社，1954年版。
潞潞主編：《準則與尺度——外國著名詩人文論》，北京：北京出版社，2003年版。
伍蠡甫主編：《現代西方文論選》，上海：上海譯文出版社，1983年版。
曹葆華編譯：《現代詩論》，上海：商務印書館，1937年版。
高蔚：《「純詩」的中國化研究》，北京：中國社會科學出版社，

2008年版。
梁宗岱：《梁宗岱文集II》，北京：中央編譯出版社，2003年版。
黃錦鋐注譯：《新譯莊子讀本》，臺北：三民書局，2007年版。
林語堂著，越裔漢譯：《生活的藝術》，南京：江蘇文藝出版社，2009年版。
梁實秋：《大道無所不在》，西安：陝西師範大學出版社，2010年版。
繆哲：《禍棗集》，太原：山西人民出版社，2011年版。
[清]劉熙載：《藝概》，上海：上海古籍出版社，1978年版。
[美]蘇珊・桑塔格著，陶潔、黃燦然等譯：《重點所在》，上海：上海譯文出版社，2011年版。
[德]胡戈・弗里德里希著，李雙志譯：《現代詩歌的結構——19世紀中期至20世紀中期的抒情詩》，南京：譯林出版社，2010年版。
[美]布羅茨基著，劉文飛、唐烈英譯：《文明的孩子——布羅茨基論詩和詩人》，北京：中央編譯出版社，1999年版。
[美]布羅茨基等著，黃燦然譯：《見證與愉悅：當代外國作家文選》，天津：百花文藝出版社，1999年版。
[英]特雷・伊格爾頓著，伍曉明譯：《二十世紀西方文學理論》，西安：陝西師範大學出版社，1987年版。
[英]大衛・洛奇編，葛林等譯：《二十世紀文學評論》，上海：上海譯文出版社，1987年版。
[美]哈樂德・布魯姆著，徐文博譯：《影響的焦慮——一種詩歌理論》（增訂版），南京：江蘇教育出版社，2005年版。
[美]哈樂德・布魯姆等著，王敖譯：《讀詩的藝術》，南京：南京大學出版社，2010年版。
[英]威廉・燕卜蓀著，周邦憲、王作虹、鄧鵬譯：《朦朧的七種類型》，北京：中國美術學院出版社，1996年版。
[英]特雷・伊格爾頓著，伍曉明譯：《二十世紀西方文學理論》，西

安：陝西師範大學出版社，1987年版

[美]華萊士・史蒂文斯著，陳東東、張棗編，陳東飆、張棗譯：《最高虛構筆記——史蒂文斯詩文集》，上海：華東師範大學出版社，2009年版。

[阿根廷]豪爾赫・路易士・博爾赫斯著，[加拿大]凱琳－安德・米海列司庫編，陳重仁譯：《博爾赫斯談詩論藝》，上海：上海譯文出版社，2008年版。

[阿根廷]博爾赫斯著，王永年等譯：《博爾赫斯文集・文論自述卷》，海口：海南國際新聞出版中心，1996年版。

[法]讓－保羅・薩特著，施康強譯：《薩特文集》第7卷，北京：人民文學出版社，2005年版。

[法]讓－保羅・薩特著，周煦良、湯永寬譯：《存在主義是一種人道主義》，上海：上海譯文出版社，1988年版。

[法]薩特著，關群德等譯：《他人就是地獄——薩特自由選擇論集》，天津：天津人民出版社，2007年版。

[美]威廉・福克納著，李文俊譯：《喧嘩與騷動》，上海：上海譯文出版社，2007年版。

[法]貝爾納・亨利・列維著，閆素偉譯：《薩特的世紀——哲學研究》，北京：商務印書館，2005年版。

[美]大衛斯・麥克羅伊著，沈華進譯：《存在主義與文學》，瀋陽：春風文藝出版社，1988年版。

[美]羅洛・梅著，方紅、郭本禹譯：《羅洛・梅文集》，北京：中國人民大學出版社，2008年版。

[德]顧彬著，范勁等譯：《二十世紀中國文學史》，上海：華東師範大學出版社，2008年版。

[奧地利]里克爾著，梁宗岱譯：《羅丹論》，北京：中央編譯出版社，2006年版。

[瑞典]湯瑪斯・特朗斯特羅姆著，李笠譯：《特朗斯特羅姆詩全集》，海口：南海出版公司，2001年版。

[法]夏爾・波特萊爾著，郭宏安譯：《惡之花——郭宏安譯文集》，桂林：廣西師範出版社，2002年版。

[法]波特萊爾、[奧地利]里爾克著，陳敬容譯：《圖像與花朵》，長沙：湖南人民出版社，1984年版。

[法]波德萊爾著，郭宏安譯：《1846年的沙龍——波德萊爾美學論文選》，桂林：廣西師範大學出版社，2002年版。

[法]埃斯卡皮著，王美華、於沛譯：《文學社會學》，合肥：安徽文藝出版社，1987年版。

[美]龐德等著，葉維廉譯：《眾樹歌唱：歐美現代詩100首》（增訂版），北京：人民文學出版社，2009年版。

[德]海德格著，彭富春譯：《詩・言・思》，北京：文化藝術出版社，1991年版。

[丹麥]勃蘭兌斯著，張道真譯：《十九世紀文學主流》（第一分冊　流亡文學），北京：人民文學出版社，1980年版。

[美]塞廖爾・亨廷頓著，周琪、劉緋、張立平、王圓譯：《文明的衝突與世界秩序的重建》，北京：新華出版社，1998年版。

[美]夏志清著，劉紹銘等譯：《中國現代小說史》，香港：中文大學出版社，2001年版。

[美]愛德華・W・薩義德著，王宇根譯：《東方學》，北京：三聯書店，1999年版。

[美]愛德華・W・薩義德著，單德興譯：《知識份子論》，北京：三聯書店，2002年版。

[俄]丘可夫斯卡婭等著，蘇杭等譯：《寒冰的篝火：同時代人回憶茨維塔耶娃》，桂林：廣西師範大學出版社，2012年版。

[法]聖－瓊・佩斯著，葉汝璉譯，胥弋編：《聖－瓊・佩斯詩選》，

長春：吉林出版集團有限責任公司，2008年版。

[波蘭]切斯瓦夫・米沃什著，黃燦然譯：《詩的見證》，桂林：廣西師範大學出版社，2011年版。

[美]雷納・韋勒克著，楊自伍譯：《近代文學批評史》第3卷，上海：上海譯文出版社，1997年版。

[英]查理斯・查德威克著，郭洋生譯：《象徵主義》，石家莊：花山文藝出版社，1989年版。

[德]姚斯著，周寧、金元浦譯：《接受美學與接受理論》，瀋陽：遼寧人民出版社，1986年版。

[英]彼得・福克納著，鄒羽譯：《現代主義》，哈爾濱：北方文藝出版社，1988年版。

[美]勒內・韋勒克、奧斯丁・沃倫著，劉象愚等譯：《文學理論》，南京：江蘇教育出版社，2005年版。

二、中文期刊參引篇目：

黃萬華：〈越界與整合：從20世紀中國文學史到20世紀漢語文學史——兼論百年海外華文文學的意義和價值〉，《江漢論壇》2013年第4期。

童明：〈飛散〉，《外國文學》2004年第6期。

萬之：〈聚散離合，都已成流水落花——追記〈今天〉海外復刊初期的幾次編委會議〉，《今天》2013年春季號，第100期特刊。

萬之：〈溝通、帕爾梅、我和我們——關於在瑞典召開的一次中國作家研討會〉，《今天》1996年第4期，總第35期。

陳思和：〈讀三部中國現代文學研究新著〉，《現代中文學刊》2011年第2期。

北島：〈我們每天的太陽（二首）〉，《上海文學》1981年第5期。

北島：〈對未來發出的9封信——致2049的讀者〉，《中國新聞週刊》2009年37期。

北島：〈結局或開始——給遇羅克烈士〉，《上海文學》1980年第12期。

北島：〈宣告——給遇羅克烈士〉，《人民文學》1980年第10期。

北島：〈翻譯與母語〉，財新《新世紀》2011年第34期。

韭民（阿城）：〈《今天》短篇小說淺談〉，《今天》（1978-1980）第9期。

李陀：〈《波動》修訂版序言〉，《現代中文學刊》2012年第4期。

李陀：〈汪曾祺與現代漢語寫作——兼談毛文體〉，《今天》1997年第4期，總第39期。

李陀：〈丁玲不簡單——毛體制下知識份子在話語生產中的複雜角色〉，《今天》1993年第3期，總第22期。

李陀、李歐梵、黃子平、劉再復：〈《今天》的意義——芝加哥四人談〉，《今天》1990年第1期，總第10期。

李陀、李靜：〈漫說「純文學」——李陀訪談錄》〉，《上海文學》2001年第3期。

唐曉渡、北島：〈「我一直在寫作中尋找方向」——北島訪談錄〉，《詩探索》2003年Z2期。

唐曉渡：〈我所親歷的80年代《詩刊》〉（上），《今天》2003年春季號，總第60期。

張德明：〈流浪的繆斯——20世紀流亡文學初探〉，《外國文學評論》2002年第2期。

宇文所安（Stephen Owen）著，洪越譯、田曉菲校：〈什麼是世界詩歌？〉，《新詩評論》總第3輯（2006年4月）。

奚密：〈差異的憂慮——一個回想〉，《今天》1991年第1期，總第12期。

林少華：〈詩與史之間：早期北島的詩〉，《讀書》2011年第4期。
洪子誠：〈北島早期的詩〉，《海南師範學院學報》（社會科學版）》2005年第一期總第75期。
一平：〈孤立之境——讀北島的詩〉，《詩探索》2003年Z2期。
楊四平：〈北島論〉，《涪陵師範學院學報》2005年第6期。
陳超：〈北島論〉，《文藝爭鳴》2007年第8期。
張清華、林莽：〈見證白洋淀——林莽訪談錄〉，《新文學評論》2012年第4期。
多多：〈雪不是白色的〉，《今天》1996年第4期，總第35期。
凌越、多多：〈我的大學就是田野——多多訪談錄〉，《書城》2004年4月號。
黃燦然：〈多多：直取詩歌的核心〉，《天涯》1998年第6期。
黃燦然：〈粗率與精湛〉，《讀書》2006年第7期、第8期。
楊小濱：〈今天的「今天派」詩歌〉，《今天》1995年第4期，總第31期。
章明：〈令人氣悶的「朦朧」〉，《詩刊》1980年第8期。
孫紹振：〈給藝術的革新者更自由的空氣〉，《詩刊》1980年第9期。
孫紹振：〈新的美學原則在崛起〉，《詩刊》1981年第3期。
于堅：〈持久的象徵——《今天》出刊一百期有感〉，《今天》2013年春季號，第100期特刊。
柏樺、余夏雲：〈「今天」：俄羅斯式的對抗美學〉，《江漢大學學報（人文科學版）》2008年第1期。
丁力：〈新詩的發展和古怪詩〉，《河北師院學報》1981年第2期。
樹才：〈「中間代」：命名的困難〉，《中國詩人》2004年1月總第28期。
江江：〈詩的放逐與放逐的詩——詩人多多凝視〉，《今天》1990年第2期，總第11期。

張閎：〈北島，或一代人的「成長小說」〉，《當代作家評論》1998年第6期。

翟頔、北島：〈中文是我唯一的行李〉，《書城》2003年第2期。

陳超：〈先鋒詩歌20年：想像力方式的轉換〉，《燕山大學學報（哲社版）》2009年第4期。

吳嘉、先樹：〈一次熱烈而冷靜的交鋒——詩刊社舉辦的「詩歌理論座談會」簡記〉，《詩刊》1980年第12期。

徐敬亞：〈崛起的詩群——評我國詩歌的現代傾向〉，《當代文藝思潮》1983年第1期。

謝昌餘：〈《當代文藝思潮》雜誌的創刊與停刊〉，《山西文學》2001年第8期。

黃粱：〈意志自由之路——大陸先鋒詩歌歷史脈動與文化特徵（一）〉，《今天》1999年第3期，總第46期。

呂進：〈重慶詩歌討論會〉，《文藝報》（北京）1983年第12期。

黃平：〈新時期文學的發生——以〈今天〉雜誌為中心〉，《海南師範大學學報（社會科學版）》，2007年第3期。

老廣（黃子平）：〈星光，從黑暗和血泊中升起——讀《波動》隨想錄〉，《今天文學研究會內部交流資料之二》，1980年11月。

易言：〈評《波動》及其他〉，《文藝報》1982年第4期。

阿城：〈一些話〉，《中篇小說選刊》1984年第6期。

王嶽川：〈薩特存在論三階段與文學介入說〉，《社會科學》2008年第6期。

施蟄存：〈梅雨之夕〉，《朔方》2003年第3期。

林濱：〈現代人的「兩難困境」——試析存在主義人生哲學〉，《湖北大學學報（哲社版）》2006年第1期。

林中（林大中）：〈評《醒來吧，弟弟》〉，《今天》（1978-1980）第1期。

史文（趙振先）：〈評《傷痕》的社會意義〉，《今天》（1978-1980）第4期。

李子丹、泰德・休斯：〈思想之狐〉，《英語知識》2009年第1期。

牛漢、孫曉婭：〈訪牛漢先生談《中國》〉，《新文學史料》2002年第1期。

艾龍：〈「中國氣派」與「人神合一」〉，《詩刊》2003年第12期。

卞之琳：〈「五四」以來翻譯對於中國新詩的功過〉，《譯林》1989年第4期。

王家新：〈從《眾樹歌唱》看葉維廉的詩歌翻譯〉，《新詩評論》2008年第2輯。

王家新：〈隱藏或保密了什麼——對北島的回答〉，《紅岩》2004年第6期。

石默、楊遲譯：〈現代瑞典詩選〉，《外國文學》1985年第3期。

麥文：〈中國文學在國外研討會〉，《今天》1993年第1期，總第20期。

宋明煒：〈「流亡的沉思」：紀念薩義德教授〉，《上海文學》2003年第12期。

楊煉：〈因為奧德修斯，海才開始漂流——致《重合的孤獨》的作者〉，《今天》1997年第2期，總第37期。

王安憶：〈島上的顧城〉，《視野》2012年第7期。

韓東：〈我認同的今天〉，《今天》2013年春季號，第100期特刊。

蘇杭：〈茨維塔耶娃：「活到頭——才能嚼完那苦澀的艾蒿」〉，《文景》2012年11月號。

顧昕：〈民粹主義與五四激進思潮〉，《東方》1996年第3期。

李銳：〈我對現代漢語的理解——再談語言自覺的意義〉，《今天》1998年第3期，總第42期。

江弱水：〈孤獨的舞者，沒有布景與音樂——從歐陽江河序談北島詩〉，《創世紀》總111期（1997年6月）。
劉子超、北島：〈此刻離故土最近〉，《南方人物週刊》2009年第46期。
周作人：〈雜譯詩二十三首〉，《新青年》1919年2月（第6卷第2號）。
劉春：〈新世紀詩壇的兩次重要論爭〉，《南方文壇》2011年第4期。
李笠：〈是北島的「焊」？還是特朗斯特羅姆的「烙」？——對北島〈黑暗怎樣焊著靈魂的銀河〉回答〉，《詩歌報月刊》2005年5月號。
宋琳：〈同人於野——《今天》雜憶〉，《今天》2013年春季號，第100期特刊。
王曉明、楊慶祥：〈歷史視野中的「重寫文學史」〉，《南方文壇》2009年第3期。
黃子平、陳平原、錢理群：〈論「二十世紀中國文學」〉，《文學評論》1985年第5期。
西川：〈民刊：中國詩歌小傳統〉，《大西北詩刊》五週年紀念特刊，2010年總第9、10期合刊。
張英進：〈歷史整體性的消失與重構——中西方文學史的編撰與現當代中國文學〉，《文藝爭鳴》2010年第1期。
李歐梵：〈永遠的《今天》〉，《今天》2013年春季號，第100期特刊。
[英]杜博妮（Bonnie McDougall）：〈朦朧詩旗手——北島和他的現代詩〉，《九十年代月刊》總第172期（1984年5月）。
[荷蘭]柯雷著，北島、柯雷譯：〈多多詩歌的政治性與中國性〉，《今天》1993年第3期，總第22期。
[德]顧彬，成川譯：〈預言家的終結——二十世紀的中國思想和中國詩〉，《今天》1993年第2期，總第21期。
[德]顧彬著，張呼果譯：〈片段：回憶顧城和謝燁〉，《今天》1994年第4期，總第27期。

[英]泰德・休斯作，白元寶譯：〈休斯的詩〉（13首），《詩歌月刊》2007年第8期。
[新加坡]張松建：〈「花一般的罪惡」——四十年代中國詩壇對波特萊爾的譯介〉，《中國現代文學研究叢刊》2005年第2期。
[美]宇文所安著，洪越譯、田曉菲校：〈什麼是世界詩歌？〉，《新詩評論》2006年第1輯，總第3輯。
[日]是永駿著，阿喜譯：〈試論中國當代詩〉，《今天》1997年第1期，總第36期。
[瑞典]約然・格萊德爾著，陳邁平譯：〈什麼樣的自行車？〉，《今天》1990年第1期，總第10期。
[日]村上春樹：〈永遠站在蛋這一邊〉，《學習博覽》2009年第4期。

三、中文報紙參引篇目：

多多訪談：〈我主張「借詩還魂」〉，《南方都市報》2005年4月9日。
夏榆、陳璿、多多：〈「詩人社會是怎樣一個江湖」——詩人多多專訪〉，《南方週末》2010年11月17日。
丁雄飛：〈黃子平再談「二十世紀中國文學」〉，《東方早報・上海書評》2012年9年23日。
林思浩、北島：〈我的記憶之城——北島訪談〉，《南方週末》2010年10月7日D19版。
陳炯、北島：〈用「昨天」與「今天」對話——談〈《七十年代》〉，《時代週報》2009年8月26日。
北島：〈魏斐德：熟悉的陌生人〉，《南方週末》2006年11月9日文化版。
王寅、北島：〈失敗者是沒有真正歸屬的人〉，《第一財經日報》2004年11月26日第D3版。

田志淩：〈1978年12月，《今天》創刊：青春和高壓給予他們可貴的能量〉，《南方都市報》2008年6月1日GB32版。

徐敬亞：〈《今天》，中國第一根火柴〉，《詩歌報》2011年8月4日第3版。

劉溜、北島：〈北島：靠強硬的文學精神突圍〉，《經濟觀察報》2009年1月19日。

謝冕：〈在新的崛起面前〉，《光明日報》1980年5月7日。

盧新華：〈傷痕〉，《文匯報》1978年8月11日。

陳敬容：〈波特萊爾與貓〉，《文匯報・浮世繪》1946年12月19日。

歐陽江河、趙振江、張棗對話錄：〈詩歌與翻譯：共同致力漢語探索〉，《新京報》2006年3月30日。

唐勇：〈專訪漢學家宇文所安：我想給美國總統講唐詩〉，《環球時報》2006年9月3日。

丁雄飛：〈黃子平再談「二十世紀中國文學」〉，《東方早報・上海書評》2012年9年23日。

朱大可：〈燃燒的迷津〉，《新華網》（http://news.xinhuanet.com/book/2003-03/06/content_762253.htm）。

南方都市報記者、北島：〈《今天》的故事——北島訪談錄〉，《今天文學雜誌網路版》（http://www.jintian.net/fangtan/2008/nfdsb1.html）。

四、西文參引書目／篇目：

英文：

Bei Dao. *The August Sleepwalker*, New York: New Directions, 1990.

Rey Chow. *Writing Diaspora: Tactics of Intervention in Contemporary Cultural Studies*, Bloomington: Indiana University Press, 1993.

Dian Li. *The Chinese Poetry Of Bei Dao, 1978-2000: Resistance and Exile*. New York: The Edwin Mellen Press, 2006.

Huang Yunte. *Transpacific Displacement: Ethnography, Translation, and Intertextual Travel in Twentieth-Century American Literature*. Berkeley: University of California Press, 2002.

Stephen Owen. "The anxiety of global influence. What Is World Poetry?" *The New Republic* (November 19, 1990).

Bonnie McDougall. "Bei Dao's Poetry: Revelation & Communication", *Modern Chinese Literature* 1 (Spring 1985).

德文：

Zhang Zao. *Auf die Suche nach poetischer Modernität: Die Neue Lyrik Chinas nach 1919*, Tübingen: TOBIAS-Lib, Universitätsbibliothek, 2004.

Walter Benjamin. "Die Aufgabe des übersetzers", *Walter Benjamins Gesammelte Schriften*, Vol. IV-1. Frankfurt am Main: Suhrkamp Verlag, 1991.

Fritz Strich. *Goethe und die Weltliteratur*. Bern: Francke Verlag, 1946.

Hans Magnus Enzenberger. *Museum der modernen Poesie*. Frankfurt a. Main: Suhrkamp, 1960.

Anna Fenner, Claudia Hillebrandt und Stefanie Preuß. "Eine ‚Weltsprache der Poesie'? Transnationale Austauschprozesse in der Lyrik seit 1960", *Literaturkritik* (Juni 2011).

Bei Dao. *Von Gänseblümchen und Revolution*, Wien: Erhard Löcker GesmbH, 2012.

Alexander Gumz. "Der Dichter und die schneebedeckte Insel", *ZEIT ONLINE* (06.10.2011). (http://www.zeit.de/kultur/literatur/2011-10/tomas-transtromer-gumz/seite-2).

五、文獻資料：

《今天》（1978-1980）

《今天》（1990-2013）

附錄二：相關學術論文一覽表

1、〈「傷痕」深處的存在主義——以《今天》（1978-1980）小說為例〉，《清華大學學報（哲社版）》（CSSCI）2013年第3期，獨立作者。

2、〈「朦朧詩」——歷史的偽概念〉，《學術月刊》（CSSCI）2013年第9期，獨立作者。

3、〈彼岸有界　詩意無聲——論轉折時期的北島的詩（1979-1986）〉，《南方文壇》（CSSCI）2013年第5期，獨立作者。

4、〈詩意棲居的中間地帶——北島創作與翻譯文學的關係探析〉，《東嶽論叢》（CSSCI）2012年第5期，獨立作者。

5、〈「莫若以明」——讀《莊子・齊物論》感北島詩藝〉，《當代作家評論》（CSSCI）2012年第2期，獨立作者。

6、〈體制之內　文學之外——1949至1953年間的丁玲〉，《社會科學輯刊》（CSSCI）2012年第1期，獨立作者。

7、〈跨時代文化傳播與接受中的《色・戒》〉，《山東社會科學》（CSSCI）2012年第12期，獨立作者。

8、〈「魯迅研究所」提案為何夭折？——陳荒煤一封未刊信跋〉，《魯迅研究月刊》（CSSCI）2012年第4期，獨立作者。

9、〈中國魯迅研究學會成立過程及一段小插曲——陳荒煤五封未刊信跋〉，《魯迅研究月刊》（CSSCI）2012年第6期，獨立作者。

10、〈一首政治諷刺詩的黯然退場——〈將軍，不能這樣做〉評獎始末〉，《新文學史料》（CSSCI）2013年第3期，第一作者。

11、〈漂泊的印跡——論北島散文的世界性〉，《香港文學》2011年

7月號，獨立作者。

12、〈北島與遇羅克——從「結局或開始」說起〉，《名作欣賞》（中文核心）2013年第7期，獨立作者。

13、〈黎明銅鏡裡的「今天」——「白洋淀詩群」的「新語言」探索〉，《新文學評論》2013年第4期，獨立作者。

後記

行文至此，我依然覺得這本關於北島及《今天》研究的博士論文並沒有完成。也許一切結局都只是另一種意義上的開始，這項課題為我開了一扇門，讓我進入到另一個世界的廣闊天地裡。我很慶幸自己的精神生活因此而變得豐富，也不知感謝什麼，只覺謝天謝地，心懷感念。

我是如何想到要做北島研究的呢？2004年，我去「德國之聲」工作後不久，某個夏日的傍晚，奉命前往波恩大學的語言文學樓聆聽北島朗誦並做報導。算起來，北島先生是我正式成為記者以來的第一位採訪對象。當晚發表文章，題為〈北島：不肯靠岸的紅帆船〉，開頭這樣寫道：「十五年前，還是在初中時代，與後座男生互換書籍，拿到一本薄薄的詩集。書頁已很殘破，文字卻如冰川紀的冰凌，銳利而凜冽，刺透到心裡去。寫詩的正是北島。歲月催人老，剎那芳華，他卻彷彿一直活在『今天』，並且堅定地對『明天』說『不』！對於世界，他有自己的『回答』，那便是：『我－不－相－信』！」

其實我所見到的北島與我想像的北島很不相同，絕非怒目金剛，而是人淡如水。在那次朗誦會上，我瞭解到他海外創作的最新動向。也不僅僅是北島，陸續接觸過的《今天》詩人還有楊煉、多多、張棗，也偶爾拿到過幾期《今天》雜誌，卻不曾想，命運就此埋下了伏筆。

2010年，我在旅德十二年後正式回國，考入山東大學文學與新聞傳播學院，師從黃萬華教授攻讀中國現當代文學專業博士，第二年確定了論文選題，但當時的注意力還只集中在北島身上。這期間，通過朋友的介紹認識了甘琦女士——北島的太太、香港中文大學出版社社長，獲得了有關北島及《今天》的最新資料，視野有所拓展。2012年5月，我藉到香港嶺南大學參加會議的機會，拜訪了北島夫婦，其時北島剛剛中風了一次，暫停一切工作日程，語言功能尚待完全恢復。令我感動的是，甘琦得知我是自費赴港便安排我入住北島書房，替我省下了一筆不小的開銷。正是在那間臨海的酒店客房，我見到了平生未見的小山也似規模的《今天》雜誌。甘琦也曾說過：北島是為《今天》打工的。香港中文大學圖書館原本計畫陳列一套北島作品全集，但北島提議應該把位置留給《今天》。北島的價值寓於《今天》。在某種意義上，一位作家與他所經營的那一小塊文學園地生死相連。由此我也意識到：追蹤單個作家的棋路未免褊狹，若能放置於刊物的整體棋局之中，便能由點及線，由線及面，從而極大地拓展研究向度與空間。

因此，我是在那次香港之行之後才將選題擴大到了《今天》，這樣的一個調整意味著工作量的乘數級的激增。所謂無知者無畏，假如我一早瞭解《今天》文學的浩瀚無邊，也許不會有勇氣去做這樣一個改變。但到了兩年後的今天，我才發覺《今天》是一個江湖，動手寫作好比一頭跳進湖裡，除了奮力向前游去，絕無回頭是岸的道理。而我終於得以登陸而不至於沉沒，當然要感謝那些對我施以援手的江湖之人。事實上，《今天》存活到了今天，靠的就是這種特別理想主義的俠義精神。我讀北島作品、《今天》書籍，常常感受到一種人文主義的溫情，彷彿一股暖流包圍著我。研究《今天》，雖然不比地下時期手持一本藍色雜誌作為接頭暗號那麼神祕，但也足以構成一種彼此心照不宣的認同和默契，彷彿某個時代曾經照亮我們但不再被人仰望的星辰，重要的是，它仍在那裡，成為一種恆常久遠的象徵。

我的論文是談北島、論《今天》，而又不止於寫一個作家和一份刊物。在過去的四十年間，他們的足跡蜿蜒而去，跨過了邊界，走向了世界，淡出了國人的視線，甚至被很多人誤以為他們的故事不再與主體社會有什麼關聯，但恰恰是這種離經叛道的偏離，構成了他們觀察歷史變革的一種獨特的視角。也許與我本人的漂泊經歷有關，我特別能夠理解「今天」的中國更是世界的中國，像一艘行駛在國際公海裡的巨輪。說起眼中的「祖國」，北島和多多的詩都曾不約而同地使用「船」這個意象。雖然《今天》的歷史和主流意義上的中國文學的歷史完全沿著不同的航線，但從《今天》的角度去看中國文學這艘姐妹船，反而帶來一種整體面貌的浮現。

總之，《今天》研究是一個很深很大的課題，它將中華與世界、傳統與現代的語言、文學、文化及文明勾連起來，博士論文僅僅開了個頭。我只恨自己才疏學淺，不能充分點化這些精神資源為理論思辨；又很慶幸這片領域作為一個連結大陸與海外創作的中間地帶，極有開掘價值，不失為一種建構20世紀中國文學史為20世紀漢語文學史的思路轉換的契機。這項工作我還將繼續下去。

無論如何，與文學結緣是我的幸運，特別是現代詩歌，點燃心智的火焰，令人感受一種思維的樂趣。當然，作為一個入門級的新手，我能從一個經濟學碩士變成文學博士要感謝很多人的引領。首先想到的便是我的恩師黃萬華教授。黃老師的學問與人品在業界是有口皆碑的。能夠成為他的關門弟子，誠屬三生有幸。這本博士論文的每一個章節都經由他悉心指導，每一處疏漏都難逃他的火眼金睛。

齊魯之地學風醇厚，在這裡，我結識了眾多師長前輩，有幸聆聽他們的教誨並受益匪淺，其中包括：中國現代文學研究會會長溫儒敏教授、山東大學文學院院長鄭春教授、山東大學（威海）現代詩歌研究中心主任孫基林教授、《文史哲》主編王學典教授、《文史哲》資深編輯賀立華教授。特別是賀教授，因為有過參編《沃野》雜誌的經歷，與《今天》命運同牽一線，對於我的這項課題極為關注，也給過我莫大的鼓勵。此外，還衷心感謝賀仲明教授、李平生教授、程相占教授、張學軍教授、張華教授和劉方政教授的幫助和指點。

也不僅囿於山大校園，對這本論文有過資料貢獻、提出過寶貴建議的還包括德國波恩大學的顧彬教授、去年剛剛過世的香港嶺南大學的梁秉鈞教授。梁先生（也斯）曾為《今天》編過「香港文化」專輯，還曾在一次學術會議上點評過我的文章，音容笑貌如在眼前，卻是斯人已去，令人不禁嘆惋。文學界的老前輩——中國蕭軍學會會長張毓茂先生、中國新詩研究專家孫玉石先生，對我特別關照和扶持，張老的幽默睿智、孫老的嚴謹細緻鍛造了他們獨特的人格魅力。同時特別感謝北京大學陳曉明教授和山東師範大學魏建教授，作為我博士論文的評閱老師和答辯委員所做的中肯評價。此外，就論文的某些問題有過當面賜教或郵件來往的還有詩人冷霜、西渡、姜濤、王家新、柏樺，在此一併謝過。

學界對我有過提攜和引薦之恩的還包括孫郁教授（中國人民大學文學院院長）、李鈞教授（曲阜師範大學文學院副院長），李新宇教授（南開大學）、丁東先生（著名文史學者）、邢小群女士（當代文學史研究者）、王海光教授（中共中央黨校）、孫萬國教授（澳大利亞莫納什大學）、高錚教授（美國馬里蘭大學），對於他們的看重，我也心懷感激。

本論文的寫作，當然也受惠於國內外許多學者的研究成果，具體篇目列入參考文獻，在此，我謹向這些同行致以最誠摯的謝意。

最後，還要由衷感謝我的家人，做我最強大的後盾，讓我安然無憂地度過了這四年的讀博歲月。並向我的摯友、我的同學、所有關心我的人道一聲謝謝，我相信文學是一個人的終生教育，它讓我懂得如何愛與被愛。而從生活這所學校，我們永遠都不會畢業。

亞思明

2014年6月5日

語言文學類　PG2399　文學視界113

大海深處放飛的翅膀

——北島與《今天》的文學流變

作　　者／亞思明
責任編輯／許乃文
圖文排版／楊家齊
封面設計／蔡瑋筠

發 行 人／宋政坤
法律顧問／毛國樑　律師
出版發行／秀威資訊科技股份有限公司
114台北市內湖區瑞光路76巷65號1樓
電話：+886-2-2796-3638　傳真：+886-2-2796-1377
http://www.showwe.com.tw
劃撥帳號／19563868　戶名：秀威資訊科技股份有限公司
讀者服務信箱：service@showwe.com.tw
展售門市／國家書店（松江門市）
104台北市中山區松江路209號1樓
電話：+886-2-2518-0207　傳真：+886-2-2518-0778
網路訂購／秀威網路書店：https://store.showwe.tw
國家網路書店：https://www.govbooks.com.tw

2020年6月　BOD一版
定價：460元

國家圖書館出版品預行編目

大海深處放飛的翅膀：北島與《今天》的文學流變 / 亞思明作. -- 一版. -- 臺北市：秀威資訊科技, 2020.06

面； 公分. -- (語言文學類；PG2399)(文學視界；113)

BOD版

ISBN 978-986-326-820-8(平裝)

1. 新詩 2. 中國文學史 3. 文學流派

820.9108 109006836

讀者回函卡

感謝您購買本書，為提升服務品質，請填妥以下資料，將讀者回函卡直接寄回或傳真本公司，收到您的寶貴意見後，我們會收藏記錄及檢討，謝謝！如您需要了解本公司最新出版書目、購書優惠或企劃活動，歡迎您上網查詢或下載相關資料：http:// www.showwe.com.tw

您購買的書名：________________________________

出生日期：________年________月________日

學歷：□高中（含）以下　□大專　□研究所（含）以上

職業：□製造業　□金融業　□資訊業　□軍警　□傳播業　□自由業

　　　□服務業　□公務員　□教職　□學生　□家管　□其它_____

購書地點：□網路書店　□實體書店　□書展　□郵購　□贈閱　□其他

您從何得知本書的消息？

□網路書店　□實體書店　□網路搜尋　□電子報　□書訊　□雜誌

□傳播媒體　□親友推薦　□網站推薦　□部落格　□其他__________

您對本書的評價：（請填代號　1.非常滿意　2.滿意　3.尚可　4.再改進）

封面設計____　版面編排____　內容____　文／譯筆____　價格____

讀完書後您覺得：

□很有收穫　□有收穫　□收穫不多　□沒收穫

對我們的建議：________________________________

____

____

____

請貼
郵票

11466
台北市內湖區瑞光路 76 巷 65 號 1 樓
秀威資訊科技股份有限公司 收
BOD 數位出版事業部

(請沿線對折寄回,謝謝!)

姓　　名:____________　年齡:______　性別:□女　□男

郵遞區號:□□□□□

地　　址:____________________

聯絡電話:(日)____________　(夜)____________

E-mail:____________________